AF220547

# Gefangen in der Liebe

von Michael Baltus

Der Inhalt dieses Romans ist frei erfunden. Ähnlichkeiten mit der Realität oder der Wirklichkeit sind von zufälliger Natur und nicht wissentlich beabsichtigt. Meine in dieser Geschichte geschriebenen Sätze beziehen sich nur auf meine Fantasie und wurden im echten Leben nicht erlebt.

© 2022, Michael Baltus
Herstellung und Verlag: BoD – Books on Demand, Norderstedt
ISBN: 9783755711490

In der Liebe gefangen, handelt über Mike und Angelina. Beide suchten sich zwar nicht, fanden aber zueinander. Sie liebten sich vom Herzen her und wählten den Weg der Ehe. Alles schien für beide nach ihren Wünschen perfekt zu laufen, bis sich irgendwann die erste dunkle Wolke vor die Sonne der Liebe setzte. Doch die Sonne verjagte die störende Wolke schnell und die Liebe setzte ihren Weg fort. Im Laufe der Jahre gab es dann immer wieder Höhen und Tiefen in dieser Liebesbeziehung und die Sonne wurde immer öfter von dunklen Wolken verdeckt. Ihre wärmenden Strahlen erreichten nur noch selten die Herzen der beiden Liebenden und sehr oft zogen heftige Gewitter auf. Doch die Gewitter reinigten auch die Luft und wenn die Sonne ihre Strahlen wieder zu dem Pärchen schickte, blühte die Liebe wieder auf. Es kam aber der Moment in dem Leben des Paares, als die Gewitterwolken sich nicht mehr verzogen und es nur noch Blitz und Donner gab.

Niemand weiß, wie die Liebe kommt. Auch warum die Liebe sich plötzlich ins Herz schleicht, ist nicht zu erklären. Warum lieben wir jemanden und wollen bis ans Ende unserer Tage mit der liebenden Person zusammen bleiben? Die Liebe kann die schönste Sache, aber auch die größte Tragödie der Welt sein. Was passiert mit uns, wenn wir lieben? Dieses Schönste aller Gefühle ist einfach unbeschreiblich. Die Endorphine werden vom Gehirn freigelassen und drohen uns vor Glück zu ertränken. Die Liebe verdrängt alle Unannehmlichkeiten und lässt die liebende Person nur noch aus der rosaroten Sonnenbrille das eigene Umfeld wahrnehmen. Die Liebe tut einfach gut. Sie verzeiht und bereinigt die Seele. Der Mensch benötigt die Liebe, wie die Luft zum atmen oder das Wasser, um den Durst zu stillen. Schon im Kindesalter erlebt der Mensch die Liebe. Zuerst zu den Eltern, später zu den Mitschülern oder Freunden. Die Liebe begleitet den Menschen von seiner Geburt bis zu seinem Tod. Sie kommt und geht in einem Menschenleben öfter. Jeder Liebende erhofft sich jedoch, dass seine Liebe ewig bleibt. Unvorstellbar scheint es für ein liebendes Pärchen, dass ihre Liebe nicht auf ewig angelegt ist und die Liebe verloren gehen kann. Wenn sich das Liebespaar verliebt in die Augen schaut, sich berührt und sich dabei die Härchen auf der Haut aufstellen, dass angenehme Kribbeln im ganzen Körper zu spüren ist, wähnt man sich am Ziel aller Träume. Was macht die Liebe mit einem? Die Liebe verwandelt den Menschen zum Positiven. Es gibt den Spruch, wer Liebe sät, wird Liebe ernten. Wie viel Wahrheit und Weisheit doch dieser kleine Satz beherbergt. Die Liebe seines Lebens zu finden, damit werben heutzutage eine Menge

4

an Internetportalen. Doch das Internet ist für die Liebe tödlich, aber dazu später mehr.

Wie überall im Leben gibt es auch bei der Liebe einen Gegenpart. Wenn die Sonne scheint, wirft sie auch Schatten und dieser Schatten füllt unser Herz nicht mehr mit wohlbefindlicher Wärme. Durch Enttäuschungen kann die Liebe umschlagen und entwickelt sich zu reinem Hass. Nicht umsonst gibt es in unserer Zeit genügend Scheidungsanwälte, die sich an den gescheiterten Ehen die Taschen mit Geld vollstopfen. Ein bekannter Scheidungsanwalt sagte mal zu mir, dass er vor dem Rathaus jeden Tag Visitenkarten nach den Trauungen verteilen könnte, denn die Hälfte der frisch vermählten Paare würde über kurz oder lang bei ihm oder einem Kollegen anklopfen. Ist das der Fall, wird das Auflösen der Ehe nicht nur finanziell teuer. Meistens wird das gemeinsame Porzellan bis auf das letzte Teil zerschlagen und die vorher verliebten Augen verwandeln sich zu hassende Blicke.

Wie konnte so etwas passieren? Das fragen sich sicher mehr als die unzählig gescheiterten Ehepartner nach dem Zerfall ihrer Liebe.

## Kapitel 1

Die Frühlingssonne stand hoch im Zenit des klaren hellblauen Himmels. Der Winter war lang und sehr kalt. Die Sonne schmolz die letzten Schneereste von den Feldern und die ersten Vögel balzten lautstark, um sich zu paaren. Mensch und Tier sehnten den Wechsel der Jahreszeit herbei. Die ersten Knospen der Blumen kämpften sich durch die Erde und würden in ein paar Tagen die Natur bunt verfärben. In einem hellen Grün zeigen sich die vielen Bäume und Sträucher unter der hoch oben stehenden Sonne. Ihre Kraft würde nun von Tag zu Tag ansteigen und die Natur wieder zum Leben erwecken.

Durch das offene Fenster wurde Mike von dem Zwitschern der Vögel geweckt. Der Blick auf die Uhr verriet ihm, dass die Nacht herum war und er noch übermüdet aufstehen musste. Er war spät vom Dienst als Forensiker aus einem nächtlichen Einsatz nach Hause gekommen und inzwischen war es schon Mittag. Er hatte den ganzen Vormittag geschlafen. Nachdem er die Schule mit mittlerer Reife nach zehn Jahren beendet hatte, begann Mike die Ausbildung als Krankenpfleger. Doch schon damals erkannte er, dass dies nicht der Beruf war, der ihn sein Leben versüßen sollte. Er holte in der Abendschule das Abitur nach und studierte Medizin. Im Praktikumsjahr in einer großen Klinik in Recklinghausen faszinierte ihn der Job im Krankenhaus, den die wenigsten Mediziner anstreben. In den Kellerräumen des Hauses war die Forensik beheimatet und dort heuerte er als Assistenzarzt an. Jetzt, mit 29 Jahren war Mike auf dem persönlichen Höhepunkt seines Lebens. Der

6

leidenschaftliche Single war mit seinem bisherigen Leben zufrieden, aber irgendwie nicht richtig glücklich. Die Sehnsucht endlich die Liebe seines Lebens über den Weg zu laufen, fand immer öfter den Pfad zu seinen Gedanken.

Nach einem kleinen Frühstück schnürte er seine Laufschuhe und joggte wie so oft in der Woche in der Haard. Die Haard ist das größte zusammenhängende Waldgebiet im Vestischen und wird von vielen sporttreibenden Menschen besucht. 12 Kilometer lang war die übliche Runde, die beim Start vor ihm lag. Verträumt und in seinen Gedanken vertieft joggte er schon eine gute halbe Stunde, als ihm plötzlich in einiger Entfernung ein Pärchen entgegenkam. Da er und das Pärchen sich entgegenliefen, waren sie schnell auf gleicher Höhe und Mike erkannte seinen Bekannten Thomas. Thomas war ein Mitspieler aus früheren Zeiten in dem beheimateten Recklinghäuser Fußballverein. Mike und Thomas schüttelten sich, während sie im Stand weiterliefen, die Hände und hielten einen kleinen Plausch. Dabei fiel Mikes Blick immer wieder auf die attraktive Begleitung seines Gegenübers. Mike hätte es seinem Bekannten gar nicht zugetraut solch eine tolle Frau erobern zu können. Nach einer Minute, die sich wie eine Stunde für Mike anfühlte, stellte Thomas seine Partnerin bei Mike vor. Mit leicht zittriger Hand nannte Mike seinen Namen und lächelte ihr unsicher zu. Die Frau gegenüber pustete sich eine dicke Haarsträhne aus dem Gesicht und lächelte zurück. Bisher sagte sie keinen Ton, trotzdem sah Mike ihre schönen weißen Zähne, die sie ihm durch ihr Lächeln zeigte. Ihre braunen Augen sahen ihn mitten ins Gesicht und machten ihn noch unsicherer. Warum nur machten ihn attraktive Frauen immer so nervös, fragte er sich selbst, als Thomas und seine Partnerin sich auch schon wieder verabschiedeten. Mike bewegte sich nun auch fort und der Abstand zu den beiden wurde schnell größer. Mike konnte es aber nicht über sich bringen und schaute noch einmal zurück und genau in diesem Moment sah er, dass auch Thomas Partnerin sich noch einmal zu ihm umblickte. Drei Schritte weiter bog er in einen anderen Weg ab und die beiden waren für ihn nicht mehr zu sehen. Das Einzige, außer die Erinnerung an diesem kurzen zufälligen Treffen war ihr Vorname, den er bei der gegenseitigen Vorstellung erfuhr und nun mit sich nahm. Angelina! Was für ein schöner und so seltener Name. Mit dem Bild dieser Frau im Kopf lief Mike weiter durch den Baumbestand und merkte gar nicht, wie schnell er wieder vor der eigenen Haustür stand. Noch unter der Dusche dachte er an Angelina. Ihre dunklen Haare und ihr Lächeln gingen ihm nicht aus dem Kopf und er beschloss Thomas in der nächsten Zeit zu kontaktieren.

Am nächsten Tag saß Mike in seinem schwarzen BMW und war auf der Strecke zwischen Marl und Recklinghausen. Es war früh, so kurz vor halb sechs, als im Autoradio Billy Idol mit seinem Song Rebel Yell Mike in guter Laune brachte. Er drehte die Lautstärke um das doppelte lauter und versuchte den Song so weit es seine Englischkenntnisse erlaubten mitzusingen. Plötzlich mitten im Lied unterbrach der lokale Radiosender Mikes Gesang und meldete einen Geisterfahrer auf der A43 zwischen Bochum und Recklinghausen in Höhe der Abfahrt Herne. Kopfschüttelnd und verständnislos über so wenig Hirn des Falschfahrers bog Mike in die Ausfahrt

8

Recklinghausen und parkte drei Minuten später auf dem Ärzteparkplatz seines Arbeitgebers.

Billy Idols Song lag noch in seinen Ohren und leise summte er ihn beim Betreten seines Büros vor sich hin. In der letzten Nacht kamen keine zu untersuchenden Leichen dazu und er konnte es an diesem Morgen langsam angehen lassen. Er nahm sich vor Thomas Telefonnummer herauszubekommen und recherchierte durch seine Telefonkontakte. Irgendwer von seinen früheren Mitspielern musste doch noch die Nummer von Thomas haben.

Er rief drei Kollegen aus der Fußballmannschaft an, redete kurz mit ihnen, aber die Nummer hatte leider niemand von denen. Das Internet musste her. Mitten in seinen Nachforschungen wurde er dann in den Leichenschauraum gerufen. Es war der Geisterfahrer, der dort tot vor ihm lag. Mit einem 40-Tonner frontal zusammen geknallt, überlebte nur der Brummifahrer schwerverletzt.

Mike war danach den ganzen Tag beschäftigt und fand keinen Gedanken mehr Thomas zu kontaktieren. Erschöpft nach einem langen Kliniktag, saß er zuhause alleine auf seiner Couch und schaute sich bei einem Glas Dornenfelder die Nachrichten an, als ihm seine Internetrecherche einfiel. Eine Minute später lockte er sich in seinem Notebook ein und fand in den Sozialmedien Thomas Account. Er überlegte kurz, wie er Thomas anschreiben sollte. Es stellte sich ja auch die Frage, in welcher Beziehung steht Thomas zu Angelina? Mike ging davon aus, dass die beiden ein Paar waren und das Abwerben einer Frau wäre für den Forensiker nicht gentlemanlike. Die Breitling an seinem Handgelenk zeigte 21 Uhr an, noch nicht zu spät, um Thomas anzuschreiben. Mike tippte auf die Tastatur seines Laptops und schickte das Geschriebene auf die Reise zu Thomas.

Im Fernsehen lief ein langweiliger Film und während er auf eine Antwort von Thomas auf seinen Text wartete, fielen ihm die Augen zu. Mitten in der Nacht wurde er wach, schaltete den Fernseher aus und schaute in seinem Postkasteneingang nach einer Antwort von Thomas. Zu seinem Leid fand er nur Spams und nervige Werbemails, aber nicht die erhoffte schnelle Antwort. Ein wenig enttäuscht zog er sich aus, besuchte das Bad und lag einige Minuten später in seinem Bett und träumte von seiner Traumfrau.

Thomas meldete sich die nächsten Tage auch nicht und Mike ging die ganze Woche seiner Arbeit und seinem Sport nach. Es war Freitag und das Wochenende stand an. Mike wusste noch nicht wie er das Wochenende verbringen wollte und überlegte an seinem Schreibtisch sitzend, als es an der Tür klopfte und die kleine blonde Klinikjuristin durch die Tür eintrat. Mike sah sie an und erkannte nicht einen Fehler in ihrem perfekten Aussehen. Das Gesicht dezent geschminkt. Leicht rote Lippen dank eines kussfestem Lippenstifts. Die blauen Augen mit Kajal nachgezogen und die Haare hochgesteckt. Dadurch lagen ihre Ohren frei und machten den Blick zu ihren Ohrringen frei. An ihren Füßen trug sie farblich passend zu ihrem Kostüm Pumps mit einem Absatz, der gerade noch in dieser Höhe zu vertreten war, um einigermaßen vernünftig gehen zu können. Mike wusste, dass Nina, so hieß sie, ihn sehr interessant fand. Sie setzte sich ihm am Schreibtisch gegenüber und lächelte ihn keck an. Nina war sehr selbstbewusst und redete gar nicht groß herum.

10

Sie fragte Mike, wie er denkt sein Wochenende zu verbringen. Holte danach einmal Luft und als das Opfer ihrer Begierde nicht sofort antwortete, sondern auf den einladenden Ausschnitt ihres Kostüms starrte, beugte sie sich noch etwas weiter zu ihm vor, sah ihm in die Augen und sagte Mike einfach nur, dass er doch heute gegen 20 Uhr zu ihr zum Abendessen kommen sollte. Nina wartete gar nicht auf die Antwort des Mannes ihr gegenüber. Sie stand auf, richtete das Kostüm, indem sie extra mit ihrem Hinterteil etwas mehr als nötig wackelte und verließ das Büro ohne sich noch einmal umzudrehen. Mike wusste nicht, was gerade geschehen war, doch wie er die nächsten beiden Tage verbringen würde ahnte er.

Nach der Dusche zu Hause, einen Tropfen Gaultier auf die Haut, das kurzgeschnittene Haar gegelt. Eine graue Jeans und ein passendes graues T-Shirt lagen vorbereitet auf seinem Bett. Dazu seine besten Schuhe eines italienischen Schuhherstellers und er konnte sich sehen lassen.

30 Minuten später stand er mit einer Flasche Don Perigon vor Ninas Haustür in Haltern am See. Ein erneuter Blick auf die Armbanduhr sagte ihm, dass es exakt 20 Uhr war und sein Finger drückte auf den Knopf der Klingel.

Ein paar Atemzüge weiter, hörte er den Türöffner summen und drückte die Tür auf. Nina besaß eine kleine Eigentumswohnung in dem obersten Stockwerk. Mike nahm zwei Stufen auf einmal und war schnell in der 2. Etage angekommen. Nina stand in der Tür und lächelte ihrem Date zu. Mike sah sie vor sich stehen. Die auf der Arbeit immer hochgesteckten Haare trug sie nun offen. Mit einem weißen Sommerkleid und gleichfarbige Pumps ließ sie ihn an sich vorbei eintreten. Mike sah ihre rot lackierten Zehnnägel beim Durchschreiten der Tür und

11

reichte ihr die Champagnerflasche während sie ihm zur Begrüßung die Wange für einen Kuss hinhielt.

Der kleine Esstisch im Wohnzimmer war liebevoll mit Kerzenlicht gedeckt. Aus der Küche kam ein leckerer appetitanregender Duft und fand den Weg zu Mikes Nase. Nina schien zu wissen, wie sie ihn einfangen konnte. Liebe geht durch den Magen, besagt ein Sprichwort und so tischte sie ihm an diesem Abend ein leckeres Mahl auf.

Während des Essens redeten die beiden viel über die Klinik und ließen sich unendlich Zeit bis zu dem Dessert. Nina servierte zum Abschluss noch eine große Portion Vanilleeis auf und beide waren danach wohl gesättigt. Während Nina den Tisch abräumte, machte es sich Mike auf dem Sofa bequem. Er öffnete eine Flasche Rotwein, wartete aber mit dem Eingießen damit der Wein noch kurz atmen konnte. Nina setzte sich dann zu ihm auf die Couch. Hielt Mike das leere Weinglas hin und wartete, dass er ihr das Glas füllte. Dabei musste er ihr zum ersten Mal mit dem Gesicht sehr nahe kommen und schaute in ganz kurzen Abstand in Ninas Augen. Sie prosteten sich, nachdem Mike auch sein Glas gefüllt hatte, zu und ließen sich den Wein schmecken. Nina hatte ihr zweites Glas genossen, als sie eine neue Flasche aus der Küche auf den Tisch stellte. Mike wusste zu diesem Zeitpunkt längst, dass er sich nicht mehr ins eigene Auto setzen würde. Ein Taxi müsste gerufen werden. Nina goss ihm schneller als er gucken konnte aus der zweiten Flasche nach und machte es sich nun etwas gemütlicher auf der gemeinsamen Sitzfläche. Ihre Beine lagen plötzlich auf den Oberschenkeln Mikes und machten ihn nervös. Nina spielte nun mit ihm und er wusste es.

12

Viel zu oft bewegte sie in Mikes Schoß ihre Füße und berührten mehr als ihm lieb war, sein bestes Stück. Seine Hose begann zu eng zu werden und Nina spürte dies. Mit ihren blauen Augen schaute sie ihm provozierend an und spielte weiter mit ihren Füßen zwischen seinen Beinen. Sie bemerkte seine Erektion und stellte das Weinglas auf dem Tisch ab. Jetzt war der Moment gekommen, als sie sich auf seinem Schoß setzte und ihm ihre Zunge in den Mund steckte. Ihr erster Kuss war leidenschaftlich und lang. Nach einem kurzen Luft holen folgte der Zweite. Beim dritten Kuss zog sie ihm sein T-Shirt über dem Kopf und überzog seinen Oberkörper mit kleinen Küssen. Auch sie merkte nun ihre beginnende Erregung und das Feuchte zwischen ihren Oberschenkeln. Sie stand auf und ließ das Kleid auf den Boden gleiten. Nina war nackt unter ihrer Bekleidung gewesen und Mike konnte nun ihren wunderschönen Körper bewundern. Sie hatte stramme Brüste mit großen, jetzt harten Nippeln. Ihre Scham war nicht blank rasiert und Mike saß nervös vor ihr. Nina beugte sich kniend vor und befreite ihrem Gegenüber von seiner Jeans. Sein bester Freund richtete sich auf und schaute zur Decke. Sie küsste Mike nun wieder und ihre rechte Hand fand den Weg zu seiner Erektion. Sie massierte ihn und spürte wie er es genoss. Als sie das Pochen seines Glieds in ihrer Hand bemerkte, unterbrach sie ihre Bewegungen und löste ihre Hand von seinem Zauberstab. Nina stand auf, nahm Mikes Hand und führte ihn ins benachbarte Schlafzimmer. Sie legte sich vor ihm ins Bett und spreizte die Beine einladend auseinander. Mike kniete sich vor dem Bettende, zog sie ein wenig an sich heran und liebkoste mit seiner Zunge ihre feuchte Muschi. Nina sprang sofort auf seine Zungenbewegungen an und stöhne auf. Ihre Hüfte tanzte den gleichen Tanz, wie Mikes Zunge und sie spürte den Orgasmus aufkommen. Ihre Finger krallten sich in das Oberbett, ihr Becken hob sich immer weiter und ihr Gestöhne wurde immer lauter. Mike machte einfach weiter und genoss die aufkommende Lust mit ihr. Als sie kam, schrie sie so laut, dass alle Bewohner dieses Hauses nun wieder wach geworden sein müssen. Sie gönnte sich und auch ihm keine Pause. Nina zog Mike nun zu sich, öffnete die Beine und ließ ihn in sich eindringen. Sie wollte keine schnelle Nummer und kontrollierte unter ihm liegend das Sexspiel mit ihren Bewegungen. Seine Hände und sein Mund fanden abwechselnd ihre Brüste und verwöhnten diese mit der Lust der Leidenschaft. Mit über seinem Po überkreuzten Beinen gab sie den Rhythmus an und als sein Tanz schneller wurde, ließ sie sich auch gehen. Eine Minute später spürte sie seinen Liebessaft in sich einlaufen und hatte mit ihm ihren zweiten Orgasmus an diesem Abend.

In seinem Arm liegend schliefen beide später ein und der Anruf zu einem Taxiunternehmen hatte sich erledigt.

## Kapitel 2

Am nächsten Montag saß Mike in seinem Büro und tippte Berichte in seinem Computer, als sein privates Handy summte. Gedankenverloren schaute er auf das Display und war mit einmal hellwach. Das Smartphone zeigte eine Nachricht von Thomas an. Mit zittrigen Fingern öffnete Mike das Menü und las, was sein ehemaliger Mitspieler sendete.

Thomas Joggingbegleitung war nicht seine Liebschaft, sondern nur eine sehr gute Freundin, war das Ergebnis dieser Mail. Mike war erleichtert und schrieb ihm zurück. Er bestellte schöne Grüße und fragte bei Thomas wegen der Handynummer Angelinas an. Eine Minute später kam die Antwort Thomas zurück. Er wollte seine Grüße weiterreichen und Angelina die Erlaubnis abnehmen, ihm ihre Nummer weitergeben zu dürfen.

In der Klinikkantine winkte ihm Nina bei seinem Eintritt dezent zu und er setzte sich mit seinem Tablett zu ihr an den Tisch. Er verbrachte das letzte Wochenende komplett mit Nina und schloss seine eigene Haustür erst am Sonntagabend wieder auf. Nina und er genossen das Wochenende nackt in ihrer Wohnung. Sie badeten zusammen, sie bereiteten das Essen in der Küche gemeinsam zu und sie liebten sich über die ganze Zeit. Im Badezimmer Ninas stand jetzt eine zweite Zahnbürste im Zahnputzglas. Nina war eine hübsche, attraktive und beruflich erfolgreiche Frau. Mike fand sie auch begehrenswert und erotisch. Doch irgendwie sprang der Funke zu ihm nicht so herüber wie er sollte. Nina dagegen schmiss ihm bei jeder Gelegenheit verliebte Blicke zu und teilte ihm so ihre Gedanken mit.

Am frühen Abend trafen sich Nina und Mike in der Haard beim Laufen. Nina begann gerade ihre Runde, während Mike schon den größten Teil hinter sich hatte und sich auf dem Rückweg befand. Als die beiden sich trennten, hatte Mike ein schlechtes Gewissen. Nina fragte ihn, nach dem Joggen kurz bei ihm vorbeikommen zu dürfen und er sagte dem zu. Obwohl er wusste, dass die Treffen mit ihr für ihn nicht das bedeuten, was sie sich vielleicht erhofft. Da Nina aber eine für ihn nette Frau war, müsste er ihr bei ihrem Besuch reinen Wein einschenken.

Als die Klingel etwa eine Stunde später ihren Ton abgab, öffnete Mike die Tür und ließ Nina hinein. Er bot ihr etwas zu trinken an und Nina wählte einen Aperol Spritz. Ihr weiblicher Instinkt meldete sich sofort und sie fragte Mike, was los wäre. Mike machte reinen Tisch und sah während seiner Schilderung in die enttäuschten Augen seiner Geliebten. Ihre blauen Augen füllten sich mit Tränen und Mike spürte selbst den Schmerz in seinem Herzen. Als er mit seiner Erklärung fertig war, sah sie ihn an und sprach mit leiser gekränkter Stimme zu ihm, dass sie ihn trotzdem will, auch wenn er sie nicht so liebte, wie sie ihn. Sie stand auf, machte einen Schritt auf ihm zu und drückte sich hilfesuchend an seinen Körper. Mike umarmte sie und streichelte ihren Rücken. Sie verweilten eine ganze Zeit in dieser Stellung, bis Nina sich auf die Couch fallen ließ und Mike mit sich herunterzog. Er fing sich noch gerade so ab und landete sanft auf die nun unter ihm liegende Frau. Ihre Zunge fand sofort seinen Mund und bohrte sich den Eingang frei. Mike erwiderte den Kuss und streichelte ihren Busen. Er spürte ihre Brustwarzen durch den BH und ihre Bluse hart werden.

16

Es dauerte auch nicht lange und Nina stöhnte ihm ins Ohr, dass sie ihn jetzt in sich spüren will. Um sich zu entkleiden, musste Mike sich von Nina lösen und sich erheben. So geschah es dann auch. Nina rückte zur Seite und legte ihren Rock und ihre Bluse ab. Sie war nur noch in einem weißen, mit Spitzen besetzten BH, Strapshalter und weißen Strümpfen bekleidet. Einen Slip trug sie nicht und Mike starrte auf ihr behaartes Dreieck. Sein Glied richtete sich auf und Nina fand daran gefallen. Zumindest hatte sie noch immer die Macht, sein bestes Stück steif zu bekommen. Auch wenn er ihre Liebe nicht aus vollem Herzen erwidert. Mit dem Mund saugte sie sich an ihm fest und Mike fühlte die Liebkosungen ihrer Zunge an seiner Eichel. Dieses Mal war er es, der aus dem Stöhnen nicht mehr herauskam. Kurz bevor er die Augen zu verdrehen begann, stoppte Nina ihr Zungenspiel und drehte sich so vor ihm, dass er sie von hinten nehmen musste. Ihre Vagina öffnete sich, als er mit seinem Liebesstab dort anklopfte. Durch die Feuchtigkeit, die aus ihr lief, glitt sein Penis ohne Probleme in sie ein. Sie rief einen Laut der Freude heraus und stöhnte bei jedem seiner Stöße laut in den Raum hinein. Ihren Hintern bewegte sie im gleichen Takt wie seine Bewegungen und zusammen wurden sie immer schneller. Nina kam als erste und schrie ihren Orgasmus in sein rechtes Ohr hinein. Einige Stöße weiter entledigte sich Mike seines Samens und fiel erschöpft auf den Rücken seiner Gefährtin. Nach ungefähr fünf Minuten in starrer Haltung, befreite Nina sich von dem auf ihr liegenden schweren Körper, zog sich unter seinen Blicken an und verließ weinend Mikes Wohnung. Als er alleine gelassen auf der Couch lag und das Türschloss einrasten hörte, hatte Mike schwere Gewissensbisse. Nina war eine so tolle Frau und hatte bestimmt nicht einen Mann wie ihn verdient. Sie hätte jemanden verdient gehabt, der ihre Liebe erwidert oder noch höher wertschätzt.

Am nächsten Tag war Nina in der Kantine nicht zu sehen gewesen. Auch am übernächsten und den darauf folgenden Tag ging sie ihm in der Klinik aus dem Weg. Mikes Gewissensbisse klopften schwer lastend bei ihm an. Wie konnte er nur solch eine Frau wie Nina nicht die Aufmerksamkeit geben, die ihr gerecht würde? Er konnte sich selbst diese Frage nicht beantworten und kämpfte mit dem Dämon in ihm, der für sein Schlamassel verantwortlich war. Heute war der letzte Arbeitstag der Woche und Mike setzte sich an diesem Freitagabend in sein Auto und fuhr die A43 von Recklinghausen kommend in Richtung Norden. Zehn Minuten später nahm der die Abfahrt Haltern am See und nach weiteren zehn Minuten stand er vor Ninas Haustür. Sie schien überrascht, als er plötzlich unangemeldet bei ihr auftauchte. Drückte trotzdem den Türöffner und ließ ihn zu sich hinein. Nina lag unter einer Decke auf der Couch und schaute einen Film im Fernsehen. Dieses Mal war sie nicht perfekt gestylt, trotzdem sah sie auch so unheimlich attraktiv und sexy aus. Nina bot Mike keinen Drink an und deutete auf den Platz des ihr gegenüberstehenden Sessels an. Es herrschte langes Schweigen zwischen ihnen bis Mike die Stille unterbrach. Ninas Blick war traurig und sie hörte Mike, ohne ihn zu unterbrechen zu. Er verlor den Faden und stotterte nur noch belanglose Worte heraus. Nina tat ihm leid. Er mochte sie, aber es reichte ihm nicht für eine feste Beziehung. Trotzdem wurde sein Herz schwer und er konnte es nicht über sich bringen sie einfach hier mit ihrem Fernsehprogramm

18

liegenzulassen. Er stand auf und setzte sich ans Fußende zu ihr auf die Couch. Ihre Beine lagen auf seinen und seine Hände streichelten schweigend ihre Füße. Nach einigen stillen Minuten schloss Nina ihre Augen und genoss die Streicheleinheiten Mikes. Seine Hände massierten nun ihre Waden und wanderten zu ihren Oberschenkeln. Erst jetzt bemerkte Mike, dass Nina unter ihre Decke nackt war. Seine Hände wollten sich den Weg noch höher suchen, doch Nina hielt seine Hände auf dem Weg zu ihrer Scham auf. Mike blieb nichts anderes übrig, als mit den Füßen, die vor ihm lagen zu spielen. Mit den Fingern massierte er ihre Fußsohlen und ihre Zehen. Ninas Atem ging nun gleichmäßiger und Mike fühlte wie sehr sie den Augenblick genoss. Als der Film im Fernsehen unbeachtet von den beiden zu Ende ging, schickte Nina Mike wieder nach Hause. Auf dem Rückweg nach Recklinghausen dachte Mike im Auto sitzend über die ganze Situation nach und war trotz allem nicht schlauer als vor der Hinfahrt nach Haltern am See. Beim Joggen am nächsten Morgen traf Mike seinen Kumpel Max. Die beiden kannten sich von der Schulbank, die sie zehn Jahre miteinander besuchten. Während sie die Laufstrecke zusammen beackerten, tauschten sie Neuigkeiten untereinander aus. Mike hatte Max schon eine Weile nicht mehr gesehen und die beiden verabredete sich für den Abend. In Essen gab es einen zurzeit sehr angesagten privaten Club und den wollten sie gemeinsam besuchen. Max hatte eine Clubmitgliedschaft und konnte so ein Nichtmitglied mitbringen. Die Besitzer dieses Clubs legten beim Einlass große Aufmerksamkeit auf die richtige Garderobe und während die beiden in der Menge anstanden, beobachtete Mike wie viele Leute am Eingang abgewiesen werden. Gerüchte über den Club

19

gab es einige und dass die Betreiber das Rotlichtviertel in Essen und Bochum unter sich aufgeteilt haben, ist eines davon. Als Mike und Max am Eingang um Einlass baten, Max die Clubmitgliedschaft vorzeigte, musste Mike den Blick der Türdame über sich ergehen lassen. Mit einem leichten Nicken gab sie dem Bodybuilder neben ihr zu verstehen, dass die beiden Männer an ihm vorbei ins Innere durften. Der Club war gegen ein Uhr in der Nacht brechend voll und Mike kämpfte sich durch die Menge zur Theke, um sich und Max den zweiten Wodka Lemon zu bestellen.

Das Gedränge war groß und ohne es zu merken, fand sich Mike ein wenig abseits des eigentlichen Zieles. Er stand nun am Ende der Theke und wurde von den beiden Bardamen nicht beachtet. Dadurch hatte er die Zeit sich dort ein wenig umzusehen. Er schaute sich die Menschen in seiner Nähe um ihn herum an, als sein Blick in der Mitte der Theke stechen blieb. Sein Herz setzte zwei Schläge aus, nur um danach schneller als vorher zu schlagen. Dort saß sie. Nur fünf Meter von ihm entfernt. Zu seinem Pech amüsierte Angelina sich gerade in einer vertieften Unterhaltung mit einem gutaussehenden Kerl. Mike wurde nervös, denn er wusste nicht, wie er sich nun verhalten sollte. Einfach Hallo sagen und Angelina in ihrer Unterhaltung unterbrechen, um dann einen bösen Blick oder noch schlimmer, eine Abfuhr zu bekommen. Das konnte er nicht wagen. Also kämpfte Mike sich wieder durch die Menge und ließ sich dieses Mal nicht von der Zielvorgabe, das Thekenmittelstück zu erreichen abdrängen. Geschickt stellte er sich mit dem Rücken zu seiner Traumfrau und bestellte seine beiden Longdrinks. Als er die Bestellung aufgab, drehte sich Angelina um

20

und begrüßte Mike mit einem lächelnden Hallo. Mike tat cool und überrascht. Er lächelte zurück und gab Angelina zur Begrüßung einen leichten Kuss auf die Wange. Der Kerl neben ihr war nicht amüsiert über die Unterbrechung und zog das Gespräch wieder auf sich. Mike verabschiedete sich von Angelina, gab ihr aber noch den Hinweis, wo er mit Max in dem übervollen Laden zu finden sei.

Nach einer gefühlten Ewigkeit und Max Beschwerde, warum das Holen der Getränke so lange gedauert hat, klärte Mike seinen Freund über Angelina auf. Max nahm den letzten Schluck aus seinem Glas und machte sich nun selbst auf den Weg, neue Getränke zu besorgen. Zwei Songs weiter stand er mit zwei neuen Wodka Lemons neben Mike und hatte Angelina und eine Freundin im Schlepptau. Max kannte die Freundin Angelinas und traf die beiden an der Theke. Schnell wurde er durch seine Art den Kerl an Angelinas Seite los und machte so seinen Kumpel Mike glücklich. Die Vier feierten die Nacht im Club gemeinsam und verabschiedeten sich gegen fünf Uhr morgens, um getrennt nach Hause zu fahren. Mike musste erst einmal die ganzen Informationen, die er von Angelina bekommen hatte, verarbeiten und ärgerte sich noch auf der Rückfahrt, sie nicht nach ihrer Telefonnummer gefragt zu haben. Ein einfaches, wir sehen uns beim Abschied und weg waren die beiden Frauen. Zumindest war für Mike der Abend ein voller Erfolg, denn er hatte seine Traumfrau ein wenig besser kennengelernt und dazu noch die ganze Nacht mit ihr feiern dürfen.

Das Wochenende ging, wie immer viel zu schnell vorüber und ehe Mike sich versah, saß er wieder in seinem Büro und bereitete Berichte vor. Heute musste er noch einen

Vortrag vor einigen Medizinstudenten in den Räumen der Forensik zum Thema Blinddarm halten und bereitet sich darauf vor. Immer wieder schweiften seine Gedanken ab und er dachte an Angelina. Der Tag wurde lang und länger und wollte nicht enden. Als auch der letzte Student vor dem in der Leistengegend aufgeschnittenen Leichnam keine Fragen mehr stellte, konnte Mike den Arbeitstag beenden.

Eigentlich zu erschöpft, um noch Laufen zu gehen, überwand er den inneren Schweinehund und machte sich doch noch auf die Laufstrecke durch die Haard. Auf dem längsten geraden Teilstück, kurz nachdem er um die Kurve gekommen war, sah er aus weiter Entfernung, wie Angelina am Ende der Geraden rechts in den Weg abbog. Ohne zu überlegen, erhöhte Mike seine Laufgeschwindigkeit in der Hoffnung, seine Traumfrau noch zu erreichen. Angelina hatte einige Hundert Meter Vorsprung und war eine gute Läuferin. Er brauchte gute zehn Minuten bis er zu ihr aufschloss. Dieses Mal war sie erstaunt und zusammen liefen sie den Rest der Strecke ab. Als sie das Ende der Laufstrecke erreichten, gab Mike ihr seine Visitenkarte und schrieb auf der Rückseite seine private Handynummer auf.

## Kapitel 3

In der Klinik stand Mikes Beförderung zum Stationsarzt an. Der erste Schritt wäre somit getan. Privat wartete er seit mehr als zwei Wochen auf den Anruf Angelinas. Doch die Leitung zu ihr war stumm und verwaist. Diese Frau ging ihm einfach nicht aus dem Kopf und er träumte sogar von ihr. In seinen Träumen sind die beiden jedes Mal ein Paar und er spürte ihre Liebe zu ihm. Er verfluchte dann immer den nächsten Morgen, wenn er aus dem Schlaf in die Realität geweckt wurde.

So auch an diesem Morgen. Schlecht gelaunt sah er in den Badezimmerspiegel und bedauerte sich in die für ihn unerreichbare Frau verguckt zu haben. Vielleicht sollte er sich Angelina aus dem Kopf schlagen und sich lieber auf eine Frau konzentrieren, die seine Liebe erwidert, dachte Mike beim Waschen und das Bild Ninas war vor seinen Augen. Er musste aber ehrlich zu sich selbst sein, denn auch er war für Nina unerreichbar und sie hatte ihm sein Herz geschenkt. Vielleicht war das die Strafe, die er über sich ergehen lassen musste. Sein Verhalten Nina gegenüber war nicht korrekt und nun hatte er keine Taube auf dem Dach und der Spatz in der Hand ist davongeflogen. Mike stürzte sich in seine Arbeit und brachte so seine Tage herum.

Der Frühling verabschiedete sich regnerisch und der Sommer begann ebenso. Keine Sicht auf besseres Wetter und in der Haard lief Mike meist alleine im dicken Regen. Von Angelina fehlte jede Spur.

Es war dann der erste Freitag im Juli. Endlich schien die Sonne und brachte den Menschen im Ruhrgebiet mit ihren Sonnenstrahlen gute Laune. Die Frauen kleideten sich luftiger mit ihren Sommerkleidern und waren schön

23

anzusehen. An diesem Freitagabend besuchte Mike mit seinem Kumpel Max die Großdiscothek in Bochum. Wie so oft, wenn er hier war, traf er eine Menge an Bekannten. So auch dieses Mal. Hände wurden reichlich geschüttelt und es wurde genauso viel getrunken. Mike war gerade in einem interessanten Gespräch vertieft, als ein Hallo sein linkes Ohr erreichte. Er erkannte die Stimme sofort und sah beim Umdrehen in Angelinas Gesicht. Sie lächelte mal wieder und Mike vergaß die Welt um ihn herum. Auf die Frage, was sie trinken wollte, kam dann aber die ernüchternde Antwort, dass ihr Bekannter auf sie wartete und Mikes Herz setzte ein weiteres Mal aus, als sie ihn verließ.

An diesen Abend war die gute Laune futsch und er trank ein wenig zu viel. Max hatte sich mit einer Frau auf der Tanzfläche fest getanzt und Mike blieb alleine an der Theke sitzen. Unaufgefordert stellte ihm die Thekenbedienung einen neuen Wodka Lemon auf den Platz und zeigte mit dem Finger auf eine nett aussehende Frau am anderen Ende der Bar. Sie prostete Mike zu und er machte es ihr nach. Eine Minute später stand er bei ihr und bedankte sich für den Longdrink. Sie war zwar nicht Angelina, aber auch sie hatte ein fabelhaftes Aussehen. Die Dame stellte sich als Susan vor und Mike gab ihr seinen Namen. Geredet wurde eigentlich nur belangloses Zeug, nichts wirklich Wichtiges. Nach dem dritten gemeinsamen Drink stellte Susan dann die entscheidende Frage. Ob er verheiratet oder leier sei. Als Mike verneinte, gab sie ihm ihre Handynummer und schaute ihm dabei tief in die Augen. Mike nahm den beschriebenen Bierdeckel an sich und bedankte sich mit einem Kuss auf ihre linke Wange. Susan nutze dies für sich aus und legte beide Arme um Mikes Hüften, zog ihn an sich und schob ihm ihre Zunge in den Mund. Susan küsste gut und Mike fand gefallen an ihr. Mit ihren schwarzen langen Haaren saß sie in einer schwarzen Lederjacke, schwarzer Jeans und schwarzen hohen Pumps bekleidet vor ihm. Es kam zu einem zweiten und dann zu einem dritten Kuss. Der vierte Zungenschmatzer fand dann bei ihr im Auto vor ihrer Haustür statt. Max musste an diesem Abend alleine ins Vest zurückkehren. Susan fragte Mike noch, ob er wirklich den versprochenen Kaffee trinken wollte und lächelte ihn dabei schelmisch an. Er setzte sich auf ihre braune Ledercouch und machte es sich bequem. Susan zog ihre Lederjacke und ihre Jeans vor seinen hungrigen Blicken aus und schlüpfte im BH und String wieder in ihre Pumps. So stand sie nun vor dem verblüfften Mike. Ohne die Musik anzumachen, tanzte Susan nur durch den Wohnzimmertisch getrennt vor den Mann auf ihrem Sofa. Sie bewegte ihre Hüften geschmeidig und streichelt dabei ihre eigenen Brüste. Ihr Blick war dabei starr auf Mikes Augen gerichtet. Mike saß schwer atmend da und sah ihrem Spiel erregt zu. Susan wusste, was sie wollte und spielte weiter sehr professionell mit ihrem Gegenüber. Sie beugte sich über den Tisch und Mike starrte in ihren Ausschnitt. Mit einer Hand öffnete sie ihren BH und ließ diesen auf die Tischplatte fallen. Ihre Brüste hingen jetzt direkt vor Mikes Gesicht und Susan massierte sie selbst. Mike sah ihre aufgerichteten Brustwarzen und spürte seine Hose enger werden. Susan tanzte weiter und Mikes Lüsternheit wuchs mit jeder Bewegung ihrerseits. Susan drehte sich nun vor ihm um, beugte sich vor und streckte ihm ihren Po entgegen. Der Tisch stand Mikes Händen im Weg und so konnte er ihre Pobacken nicht anfassen.

25

Langsam strich sie sich den String herunter und drehte sich kahl rasiert zu Mike um. Jetzt schob sie den Tisch so weit zur Seite, dass sie bequem zu ihm tanzen konnte, ohne von dem sperrigen Hindernis gestört zu werden. Ihre Brüste wackelten im Rhythmus und Mike starrte auf ihre fast schwarzen Nippel, die nur Zentimeter vor seinem Gesicht hin und her schaukelten. Susan stand nun vor ihm und legte ihren rechten Fuß in den Schritt ihres Opfers. Mit dem Pump drückte sie durch seine Jeans auf sein erregtes Glied und brachte Mike fast zur Verzweiflung. Susan bestieg die Couch und ihre Vulva berührte Mikes Nase. Sie drückte seinen Kopf an sich und Mikes Zunge fand den Weg zu ihrer kleinen Knospe. Er liebkoste diese und ihr Saft lief von seinem Kinn auf sein noch getragenes T-Shirt. Susan fand gefallen an seinen Zungenbewegungen und ließ ihn erst einmal gewähren. Stöhnend genoss sie den Augenblick und bemerkte den aufsteigenden Höhepunkt langsam auf sie zukommen. Ihre Finger griffen fester in seinem Haar, als sie ihren Orgasmus herausschrie. Schneller als Mike es überhaupt mitbekam, riss sie ihm die Kleider vom Leib und setzte sich auf seinen hoch aufgerichteten Penis. Susans Unterleib nahm ihn ganz auf und bewegte sich hemmungslos auf und ab. Mike biss ihr dabei leicht in ihre Brustwarzen und massierte mit seinen Händen ihre Pobacken. Seinen Höhepunkt konnte er nicht lange zurückhalten und schnell zuckte sein Glied, bevor er sich in sie ergoss. Susan löste sich von ihm und setzte sich neben ihm auf die Couch. Sie gönnte sich die Zigarette danach und beide unterhielten sich wieder über unwichtige Dinge. Kurze Zeit später saß Mike auf dem Beifahrersitz ihres Autos und wurde von ihr vor seiner

26

Haustür abgesetzt. Einen letzten Kuss und das Versprechen auf ein Wiedersehen wurden von den beiden zum Abschied ausgesprochen. Mike fiel mit dem Sonnenaufgang erschöpft in sein Bett und verschlief den Samstagvormittag.
Am späten Nachmittag, nachdem Mike seine Joggingstrecke müde hinter sich gebracht hatte, tippte er Susans Nummer ein. Sie nahm nicht ab Er legte sein Smartphone zur Seite und huschte unter der Dusche. Deshalb bekam er ihren Rückruf nicht mit und verpasste so ein weiteres Treffen mit ihr. Als er eine halbe Stunde später Susan zurückrief und sie auch an ihrem Handy bekam, sagte sie ihm, dass sie nun einen Auftrag für den Abend angenommen hätte. Wer nimmt denn an einem sommerlichen Samstagabend Aufträge an, wunderte er sich noch, als sie ihm eröffnete, dass sie im Begleitservice beruflich tätig sei. Für Mike ein Schock und die Gewissheit auf kein weiteres Treffen mit der Frau der letzten Nacht. Er verabschiedete sich und rief Susan nie mehr an.

Der Sommer war da, heiß und sonnig. Mikes Sehnsucht in den Süden zu fliegen wuchs mit jedem Tag weiter an. Da kam das Angebot des Betreuers seines ehemaligen Fußballteams gerade recht. Ein Mitspieler ist kurzfristig für die jährliche Ballermannfahrt auf Mallorca ausgefallen und Mike bekam die Anfrage für ihn einzuspringen. Ohne lang zu überlegen, sagte er zu. Zwei Wochen später schlug ihm die warme Luft beim Ausstieg aus dem Ferienflieger auf dem Flughafen Palma de Mallorca entgegen. Die Fahrt mit dem Taxi dauerte 15 Minuten und dann standen sie mit 12 Leuten vor dem Hotel an der Playa de Palma. Nach dem Einchecken schnell umgezogen und ab auf die Strandpromenade. Das Ziel der Balneario 6. Als die Truppe mit Mike dort ankam, war der Partyhöhepunkt dort erreicht und die Kicker gesellten sich sofort zu den anderen Feiernden. Nach einigen Sangrias, nicht aus einem Eimer, sondern aus mehreren Karaffen, fielen die Anfangshemmungen und es wurde gesungen und getanzt. Schnell war der Nachmittag zu Ende und die Party wurde in der Schinkenstraße weitergeführt. Es wurde weiter getrunken, gefeiert und geflirtet. Gegen ein Uhr nachts sah Mike das Innere der damals dort angesagtesten Disothek. Mit seinem Freund Willi aus dem Team steuerten die beiden die Tanzfläche an und nach einer Minute wurde dort bei stimmungsvollen Klängen geflirtet. Willi erkannte nach kurzer Zeit eine dunkelhäutige attraktive Frau, die beim Tanzen immer wieder ein Blick auf Mike riskierte. Er stieß seinen Freund an und nickte mit dem Kopf in Richtung der dunkelhäutigen Schönheit.

Keine zwei Minuten später tanzte Mike mit der Unbekannten und nach weiteren drei Liedern und vielem Lächeln saßen die beiden an der Theke und tranken Sangria. Willi verabschiedete sich und Mike war nun mit der Fremden alleine und ungestört.

Nach dem zweiten Glas des Früchtecocktails wollte die neue Urlaubsbekannte zu ihrem Hotel gebracht werden. Sie stellte sich vorher mit dem Namen Francis vor. Die Nacht war fast dem Morgen gewichen, als Mike mit Francis vor ihrem Hoteleingang stand. Es folgte ein langer Kuss und danach ein noch Längerer. Francis war ziemlich klein, trotz ihrer hohen Absätze und sie musste sich immer wieder auf die Zehenspitzen stellen, damit sie

28

Mike küssen konnte. Sie nahm dann seine Hand und führte ihn durch das Hotelfoyer in den Fahrstuhl und drücke den Knopf für die 4. Etage. Mit der Magnetkarte öffnete sie Zimmer 411 und zog Mike mit in den Raum herein. Ohne ein weiteres Wort zu verlieren, zog sie ihm das Shirt über den Kopf, öffnete die Gürtelschnalle und ließ seine Hose herunterrutschen. Ihre Hand umfasste sein noch nicht steifes Glied und spielte daran herum. Schnell wuchs der kleine Mann zu voller Größe und Francis liebkoste diesen mit ihrem Mund. Das alles passierte noch im Stehen. Kurz danach unterbrach sie ihre Mundarbeit, zog ihr Kleid aus und legte sich ins Bett. Mike lag eine Sekunde danach neben ihr und beide genossen den Augenblick des Liebesaktes.

Gegen sechs Uhr morgens verließ der Casanova ihr Zimmer und ging schnellen Schrittes zu seinem eigenen Hotel, um noch ein wenig Schlaf zu bekommen.

Die Uhr zeigte zehn Uhr an, als sich der ganze Tross zum Strand aufmachte. Schnell hatte sich herumgesprochen, dass Mike am ersten Abend eine Frau kennengelernt hatte und völlig übermüdet musste er deswegen die eine und andere neugierige Frage beantworten.

Am nächsten Abend sah Mike Francis erneut in der Diskothek. Schnell standen sie wieder zueinander und redeten miteinander. Francis entschuldigte sich für den hemmungslosen, sexuellen Überfall der letzten Nacht und legte Mike noch den Satz ins Ohr, dass sie so etwas normal nicht machen würde. Die beiden tanzten, tranken und amüsierten sich die Nacht. Es endete wie ihr gestriges Kennenlernen im Zimmer der Dunkelhäutigen.

Am darauffolgenden Tag flog Francis wieder nach Hause und lebte ihr Leben in Bielefeld, ohne jemals wieder Kontakt zu ihrem Urlaubsflirt gehabt zu haben.

29

Mike feierte die letzten Tage mit dem Team, ohne eine andere Frau kennengelernt zu haben.

# Kapitel 4

Wieder in der Alltagsroutine schnitt Mike frische Leichen auf und untersuchte diese wegen der Todesursache. Die Mallorcafahrt begeisterte ihn noch immer und er erzählte Max von seinen Erlebnissen an der Playa de Palma. Max selbst sprang direkt darauf an und seine Ohren wurden immer größer. Nachdem Mike seine Erzählungen beendet hatte, verabredeten die beiden Freunde im nächsten Jahr gemeinsam die Tour auf die Baleareninsel zu unternehmen. Sie schauten sich in die Augen, gaben sich die Hand und drückten sich. So wurde der Pakt zwischen den Kumpels besiegelt. Zwei Männer, ein Versprechen.

Der Sommer wurde vom goldenen Herbst abgelöst. Angelinas Zeit in Mikes Kopf reduzierte sich immer weiter, bis er fast gar nicht mehr an sie dachte. Im Gegenteil. Eine andere Schönheit trat unerwartet in Mikes Leben. Jenny, braune, mittellange, meist hochgesteckte Haare, blaue Augen, strahlend weiße Zähne und eine top Figur stand auf einer Feier plötzlich lächelnd vor dem männlichen Single. Mike hatte schon zwei oder drei Bier heruntergeschluckt und war bester Laune, als Jenny im Gedränge vor ihm stehen blieb. Ihre Augen fingen ihn schnell ein und Mike reagiere sofort. Diese hübsche Prinzessin durfte er jetzt nicht kommentarlos an sich vorbeilaufen lassen. Ein intelligenter Spruch und Jenny blieb neugierig stehen. Mike bestellte ihr ein Radler und sich selbst ein Bier. Zu seiner Freude blieb sie die ganze Feier bei ihm und als sie sich trennten, hatte er ihre Handynummer. An diesem Abend schlief er mit Herzklopfen ein. Er träumte von Jenny und Angelina, war aus seinen Gedanken verdrängt.

Zwei Tage später, er schnürte gerade seine Laufschuhe zu, als sein Haustelefon klingelte. Mike überlegte kurz, den Hörer abzunehmen oder nicht. Er war ja praktisch schon so gut wie auf seiner Laufstrecke. Nach dem siebten oder achten Klingeln nahm er ab und zu seiner Überraschung meldete sich auf der anderen Seite der Leitung Jenny. Er selbst hatte noch nicht den Mut zusammengebracht, sich bei ihr zu melden. Das Telefongespräch wurde immer intensiver und länger. Nach drei Stunden verabschiedeten sich die beiden und hatten eine Verabredung für den nächsten Freitag.

Die nächsten Tage zogen sich wie Kaugummi unter der Schuhsohle. Der Freitag schien sich immer weiter zu entfernen, als näherzukommen. Mikes Konzentration litt darunter. Er musste die ganze Zeit an sein Date denken und je näher der Freitag doch noch kam, desto nervöser wurde er.

Doch auch die so lang gewordene Warterei hatte dann ihr Ende. Mike bestellte zwei Mal Hähnchenbrust süßsauer mit Basmatireis beim Chinesen in der Nähe. Als der Lieferservice bei ihm schellte, hatte er die Küche schon vorbereitet. Seine Gewürze standen mit offen gedrehten Verschlüssen auf der Arbeitsplatte. Die Pfanne wurde erhitzt und die beiden Portionen des chinesischen Restaurants fanden den Weg in diese. Die leeren Verpackungen wurden in die Mülltonne vor dem Haus gebracht und so alle Beweise, die Mikes Kochkunst widersprechen könnten, beseitigt. Kurz danach, das Essen hielt sich in der Pfanne warm, schellte es an der Haustür. Mike öffnete und bekam den Mund nicht mehr zu. Vor ihm stand in einem kurzen Rock und High Heels Jenny. Ein Oberteil, das tief blicken ließ, machten aus seiner

32

leichten Nervosität ein unkontrolliertes Gestotter. Jenny in perfekter Kriegsbemalung reichte ihm eine Flasche Roten und ging durch die Tür an den verdutzten Mike ins Haus. Erst jetzt konnte Mike wieder etwas kontrollierter reden und bot Jenny einen Platz am frisch gedeckten Tisch an. Durch ihr Telefongespräch wusste er, dass sie asiatische Speisen mochte. Er öffnete die mitgebrachte Flasche Wein und goss ihr und sich ein. Jenny hielt kurz die Nase in den Raum und fragte ihn nach dem Geruch der aus der Küche kam. Mike errötete etwas und hoffte nicht aufzufliegen. Er füllte beide Teller in der Küche und stellte diese dann im Wohnzimmer auf dem Esstisch. Jenny lobte ihn wegen des gut riechenden Duftes und noch mehr nach den ersten Bissen des Geschmacks wegen. Mike nahm das Lob gerne an, hatte aber wegen seines kleinen Schwindels ein schlechtes Gewissen. Während und nach dem Essen unterhielten sich beide angeregt und lernten sich immer besser kennen. Schnell wurde es Mitternacht und Jenny verabschiedete sich von ihrem Gastgeber. Ohne einen Kuss schloss sie die Tür und Mike stand wie verloren da. Die erste Frage, die ihm durch den Kopf ging, war, was habe ich falsch gemacht? In dieser Nacht fand er keinen richtigen Schlaf, er wollte, nein er musste Jenny wiedersehen. Früh am Morgen tippte er über einen Sozialmediadienst seinen lang überlegten Text ins Smartphone und schickte diesen zu seiner neuen Liebe. Ja, er musste sich, eingestehen sich in diese umwerfend hübsche Frau verliebt zu haben. In den nächsten Wochen trafen die beiden sich häufig und es schien für alle Umstehenden, dass sie ein Paar waren. Doch aus irgendeinen Grund kam es nicht dazu. Es war dann kurz vor Weihnachten, als Jenny sich nicht mehr meldete. Mikes Verzweiflung wuchs so weit an, dass sie

33

den Gipfel des Mount Everest erreichte. Jenny brach ihm das verliebte Herz. Was ihm blieb, waren die gemeinsamen Erinnerungen und seine nächtlichen Träume.

Das neue Jahr hinter sich gelassen, buchten wie abgemacht und versprochen, Mike und Max ihren Mallorcatrip. Beide zählten ab jetzt die Monate und Wochen bis zum Reisebeginn herunter. In einem Gespräch mit Max erzählte Mike ihm von den Frauen erst einmal genesen zu sein und sich wieder auf sein Singledasein zu konzentrieren. Er hatte mit dem anderen Geschlecht einfach kein Glück. Seine bislang einzige achtjährige Beziehung war nun auch schon einige Jahre her und etwas Neues war nicht in Sicht. Mit seinen dreißig Jahren stand er jetzt an einer zukunftsbeeinflussenden Weiche seines Lebens und er musste sich für einen Weg entscheiden. Er entschied sich für das Singleleben und wollte diesen Weg fest entschlossen gehen.
Doch das Leben spielt sein eigenes Spiel und lässt sich nicht immer verplanen. So auch bei Mike.
Es war in der kalten Jahreszeit, kurz bevor der Frühling alles neu macht. Mike war zu einer Party eingeladen worden, an der auch Max teilnahm. Mikes Freund war einige Minuten vor ihm da und traf dort auf Angelina. Auch sie erkannte Max und fing ihn auf seinem Weg ab. Sie wollte von Max wissen, ob Mike heute Abend auch anwesend sein würde. Max antwortete wahrheitsgemäß, wunderte sich aber ein wenig über ihr Interesse an seinen Kumpel. Er kannte das Drama um sie und Mikes verlorenem Herz an Jenny. Max schaute Angelina von

34

oben nach unten an und musste sich selbst eingestehen, dass sie umwerfend aussah. In ihrem braunen, figurbetonten Kleid und ihren braunen Pumps zog Angelina mit Sicherheit mehr Blicke auf sich, als Mike lieb sein wird. Max hatte sich gerade von Angelina getrennt, als ihm Mike auf dem Weg zur Theke ansprach. Überrascht von seinem Freund, ohne ihn bemerkt zu haben, angesprochen worden zu sein, schleppte Max Mike mit zur Bar, bestellte zwei Bier und klärte seinen Freund über das gerade passierte Geschehen auf. Mike konnte nicht glauben, was er von seinem Freund ins Ohr gelegt bekommen hat. Angelina meldete sich seit Monaten nicht mehr und nun fragte sie plötzlich Max nach ihm. Mike konnte sich keinen Reim darauf machen, war aber trotzdem von dem Gehörten angetan. Neben Max sitzend beobachtete er die Festlichkeit, doch der Raum war zu groß, um ihn aus seiner jetzigen Position ganz zu überblicken. Immer wieder erwischte er sich selbst, wie er nach Angelina suchte. Mittlerweile standen sie an einer anderen Stelle und unterhielten sich trinkend mit mehreren Bekannten, als Mikes Herz raste. Er erkannte nicht Angelina, dafür sah er in der Menge Jenny mit einem Mann reden und lachen. Es tat ihm weh, sie so gut gelaunt dort stehen zu sehen. Dazu sah sie noch verdammt gut aus. Er rang mit sich, sie begrüßen zu gehen. Sein Herz wollte sofort losrennen, doch sein Verstand sagte ihm etwas anderes und übernahm die Führung. Er blieb dort, wo er gerade stand. In Gedanken an Jenny vertieft folgte er den Gesprächen seines Umfelds nicht mehr und bekam so gar nicht richtig mit, wie er von der Seite angesprochen wurde. Erst als Max ihn den Ellenbogen leicht in die Seite stieß, wachte der liebestrunkene Gockel auf. Neben ihm stand Angelina

35

mit ihrer blonden Freundin und schaute ihn abwartend an. Mike begrüßte sie beide, aber nicht mehr mit der Begeisterung, die er noch vor Wochen hervorgebracht hätte. Mit ein wenig Abstand und realitätsbewusst unterhielt er sich mit den beiden Frauen. Max gesellte sich schnell dazu und zog Angelinas Freundin auf die Tanzfläche. Jetzt stand Mike mit Angelina alleine in dem großen Raum mit mehreren Hundert feiernden Leuten und wusste nicht, wie er sich verhalten sollte. Die Frage, warum sie sich nicht mehr gemeldet hatte, brannte ihm unter den Fingernägeln, doch er schluckte sie herunter und behielt sie für sich. Angelina erzählte dann von ganz alleine, was passiert war und warum sie sich nicht mehr gemeldet hatte. Sie hatte sich beruflich umorientiert und musste dazu einige Wochen in der Hauptzentrale ihres Arbeitgebers nach Berlin. Dort wurde sie auf eine neue Stelle in ihrem Unternehmen vorbereitet. Als neue Repräsentantin ihres Arbeitgebers war sie von nun an für die Begrüßung und Führung neuer und alter Kunden zuständig. Sie begleitete die Kunden durch ihr Unternehmen und führte sie zu den Verhandlungen mit den Managern. Sie besorgte die Hotelzimmer und die Flug oder Bahntickets. Ein Job der ihr sehr zu gefallen schien. Mit Begeisterung erzählte sie Mike davon und dabei berührte sie ihn immer wieder unabsichtlich an seinem Arm oder seine Hand. Irgendwann war das Thema über ihren neuen Job dann beendet und die Zwei fanden sich auch auf der Tanzfläche wieder. Jetzt wurden die Berührungen zwischen den beiden mehr und diese waren nicht mehr unabsichtlich. Nach dem Tanzen standen sie eng umarmt da und schauten sich bei ihrer Unterhaltung immer tiefer in den Augen. Mike nahm all

36

seinen Mut zusammen, beugte sich vor und hauche ihr einen Kuss auf ihren Mund. Zu seiner Überraschung zog sie ihn enger an sich und erwiderte den Kuss. Aus den Küssen auf den Mund wurden Zungenküsse und die Zeit schien für die beiden stehen zu bleiben. Sie vergaßen einfach das Treiben um sie herum und wähnten sich auf einer einsamen Insel. Der Partyraum wurde leerer und dann zu Mikes Entsetzen war die Feier vorbei. Die letzten Gäste verließen das Auditorium und Mike blieb beim Abschied die Hoffnung, das Versprechen Angelinas sich bei ihm zu melden.

Den Rest der Nacht schlief er glücklich ein und träumte von einer gemeinsamen Zukunft mit Angelina.

**Kapitel 5**

Mike hatte vom Singledasein genug und wollte sich wieder fest binden. Er hoffte, mit Angelina die Frau für eine gemeinsame Zukunft gefunden zu haben. Doch er wusste ja ihr Interesse an ihm nicht und ob sie auch die Absicht hätte, sich mit ihm zu binden. Aber zuerst einmal machte er den ersten Schritt und wählte am Tag nach der Feier und den vielen Küssen ihre Nummer. Angelina war sofort an ihrem Handy und wartete eigentlich schon auf seinen Anruf. Es war Samstag Nachmittag und Mike lud sie zu einem Abendessen beim Italiener in der Einkaufsmeile von Recklinghausen ein. Sie redeten noch ein wenig miteinander und legten dann beide glücklich auf.

Mike wollte Eindruck schinden und wählte seinen besten Anzug aus. Giorgio Armani stand auf dem eingenähten Label der Hose und des Jacketts. Dazu ein enges weißes Shirt des gleichen Herstellers und abgerundet mit Boots von Giuseppe Zanotti an den Füßen machte er sich auf dem Weg, seine Traumfrau zu Hause abzuholen.

Angelina stand schon vor der eigenen Haustür, als Mike mit seinem BMW vorgefahren kam. Er stieg aus und öffnete ihr die Tür zum Einstieg in den Beifahrersitz. Angelina schien es zu gefallen und war auch von seinem Aussehen an diesem Tag angetan. Noch auf der Fahrt in die Innenstadt gab sie eine lobende Bemerkung über seine ausgewählte Kleidung ab. Mikes Nervosität nahm ab und seine Handflächen schwitzen nicht mehr so viel. Beim Essen in dem Ristorante saßen sie sich gegenüber und immer wieder fesselte Angelinas Blick Mike in ihrem Bann. Ihr Lächeln machte ihn unsicher und er

38

lächelte zittrig zurück. Um nicht unangenehm bei ihr aufzufallen, entschuldigte er sich nach dem Essen und suchte den Sanitärraum für Gentleman auf. Mit dem Zahnstocher reinigte er sich die Zahnzwischenräume und konnte nun wieder sicher Lächeln, ohne in einer Peinlichkeit zu geraten. Angelina kam nach ihm aus dem Sanitärraum für Damen und Mike sah den frisch aufgelegten dunkelroten Lippenstift auf ihren Lippen. Da es noch nicht so spät war, besuchte das Pärchen einen nahe gelegenen Pub und tranken noch einen Absacker. Auf dem Weg zu Mikes Auto fasste Angelina dann Mikes Hand und ließ diese bis zum Einstieg in den Wagen nicht mehr los. Bevor er den Schlüssel zum Starten des BMWs einsteckte, sagte Angelina ihm, dass sie gerne mit zu ihm kommen möchte. Mike meinte sich verhört zu haben, doch schweigend nahm er ihren Wunsch entgegen und nickte ihr lächelnd mit pochendem Herzen zu. Auf der Heimfahrt rasten Mikes Gedanken um die Wette mit den Pferdestärken des BMWs. Der Abend war bisher perfekt für ihn gelaufen und nun hatte er Angst aus Unwissenheit den Abend doch noch zu zerstören. Angelina spürte wohl seine Unsicherheit, denn sie wartete nach dem Betreten des Hauses nicht lange und küsste Mike leidenschaftlich und wild. Das Eis war gebrochen und beide rissen sich gegenseitig die Kleider vom Leib. Ihre Hände schienen überall, erkundeten und fühlten seinen Körper. Er machte es ihr gleich und gelang irgendwann mit seinen Fingern an ihre Brüste. Er spielte an ihren aufgerichteten Brustwarzen und Angelina fand gefallen an seinen Streicheleinheiten. Er hob sie hoch und trug sie in sein Bett. Nun lag sie nackt, wie Gott sie schuf vor ihm und Mikes Glied richtete sich auf. Angelina sah sein wachsenden kleinen Freund und zog Mike auf sich. Mike

39

spürte ihre feuchte Erregung und drang vorsichtig in sie ein. Das Gefühl war für ihn überwältigend. Es war anders als bei allen anderen Frauen, die bei ihm lagen. Dies war nicht nur Sex, dieser Beischlaf war wirkliche Liebe. Ausdauernd liebte sich das Pärchen und Angelina durchlebte mehrere Höhepunkte in dieser Nacht. Irgendwann schlief sie in seinen Armen ein und Mike lag unruhig und schlaflos neben ihr.

Einige Tage waren Mike und Angelina jetzt ein Paar, als Mike ihr über seinen versprochenen Urlaub mit Max berichtete. Begeisterung kam bei ihr nach Mikes Ansage nicht auf. Doch auch sie hatte einen Urlaub in den Bergen geplant und so waren beide quitt. Angelina lud Mike jetzt öfter zum Essen bei ihr zu Hause ein. Kochen konnte sie hervorragend, Mike dagegen hatte am Herd so viel Ahnung wie ein Legastheniker von der Rechtschreibung. Ein paar Monate waren die beiden jetzt schon zusammen und das Liebesleben der beiden harmonierte ausgezeichnet. Mike wusste seine Traumfrau in Ekstase zu bringen und Angelina genoss jede Minute mit ihm. So kam es, dass die sich Liebenden jede nur erdenkliche Minute nutzten, um sich zu lieben. Sie ließen sich kaum von jemanden stören, so auch in dem Bürohochhaus einiger ansässiger Unternehmen. Im Fahrstuhl nach Feierabend waren die beiden plötzlich alleine. Mike drückte den Knopf zum Stoppen und beide fielen sie übereinander her. Im Stehen mit heruntergelassenen Hosen hob er Angelina hoch und setzte sie mit ihrem kurzen Rock auf sein aufgerichtetes Glied. Die Anspannung des ungewöhnlichen Ortes machte beide so scharf, dass die schnelle Nummer für beide nach zwei

40

Minuten mit einem Orgasmus endete. Als sie weiter nach unten zu dem Parkdeck fuhren und sich die Tür öffnete, standen eine Menge mit dem Kopf schüttelnde oder verärgerte Leute vor dem Fahrstuhl und wollten diesen jetzt benutzen. Grinsend, ohne jemanden anzuschauen verließ unser Paar den Ort ihres Quickies und setzte mit dem Auto die Heimfahrt an.

Es gab aber nicht nur den Fahrstuhl als ausgefallenen Ort für den Liebesakt. Viele der anderen Erlebnisse werden noch beschrieben. So stand im Mai der erste gemeinsame, aber sehr spontane Urlaub an. Für eine Woche wollte das liebeshungrige Paar an den Lago Maggiore in den italienischen Bergen. Auf der Schweizer Seite wird der See als Langensee beschrieben, doch da Lago Maggiore sich etwas mehr nach Amore anhört und Italien als Land der Liebenden bekannt ist, führte die Fahrt sie nach Piemont. Über Liechtenstein ging es die Autobahn A2 Richtung Lugano. Danach über die Grenze und weiter Richtung Arona. Diese Kleinstadt mit ihren 14000 Einwohnern war das Ziel der beiden verliebten. Dort wollten sie eine Woche die Landschaft des Sees, der Berge und die Altstadt mit ihren engen mittelalterlichen Gassen genießen.

In den Restaurants und Cafes auf der Piazza del Popolo mit ihrem alten Rathaus und dem Palazzo del Podesta aus der Spätgotik planten Mike und Angelina ihre Abende dort verliebt zu verbringen. Direkt vor dem Ortseingang fanden die beiden auf einer leichten Anhöhe ein nettes kleines Hotel. Der Hotelier, ein kleiner liebenswerter Kerl, sah Mike und Angelina und gab ihnen sein bestes Zimmer. Im ersten Stock des zweigeschossigen Baus bekamen sie das Zimmer Nummer sechs zugewiesen. Der Balkon lag über der Restaurantterrasse und legte den

41

Blick auf den See frei. Die Sonne schien und das Thermometer zeigte angenehme 25 Grad Celsius an. Mit einem kleinen Trinkgeld verabschiedete sich der Hotelier dann und schloss von außen die Zimmertür. Jetzt, endlich nach der zehnstündigen Fahrt, waren die Verliebten alleine und ungestört. Eine schnelle, erfrischende Dusche sollte die Lebensgeister wieder aufmuntern und so fanden sich beide unter dem Wasserstrahl des Brausekopfes wieder. Sie schäumten sich gegenseitig ein und machten sich dabei sexuell an. Noch bevor sie sich den Schaum vom Körper wuschen, fielen sie in der Duschkabine übereinander her. Angelinas Busen wurde von Mike an die Glastür gedrückt und von hinten nahm er sie im Stehen. Angelina konnte gar nicht genug von ihrem Liebsten bekommen und bewegte ihren Po im selben Rhythmus wie der hinter ihr agierende Mike sein Becken. Ihr Höhepunkt kam explosionsartig und Angelina konnte ihn nicht leise für sich behalten, sondern schrie ihn laut aus sich heraus. Als die beiden die Nasszelle verließen, sahen sie die Balkontür weit offen stehen. Ein Blick nach unten verriet ihnen, dass die Terrasse des Restaurants gut besucht war. Beide ahnten, dass die dort sitzenden Besucher ihr Liebesspiel mit angehört haben. Sie schlossen die Tür und legten sich auf das Bett. Die Müdigkeit der langen nächtlichen Fahrt machte sich bei beiden bemerkbar und eigentlich hätten beide schnell einschlafen müssen. Doch Mike konnte seine Hände nicht bei sich lassen und er streichelte Angelina, bis sie wieder erregt war. Jetzt übernahm sie die Initiative. Sie streichelte Mikes Brust und Bauch und fühlte sein größer werdenden Freund. Der Blick nach unten verriet ihr, dass er wieder bereit war. Sie setzte sich auf ihn und bewegte langsam ihr Becken. Mike schloss die Augen und genoss den Augenblick. Auch Angelina war jetzt sexuell erregt und spürte die Feuchtigkeit aus ihr herauslaufen. Ihre Bewegungen wurden schneller und heftiger. Mit ihren Händen stützte sie sich auf seiner Brust ab und mit dem laufenden Liebesspiel bohrten sich ihre Finger in die Haut des unter ihr liegenden Lovers. Als sie merkte, wie Mike zum Höhepunkt zu kommen schien, unterdrückte sie ihre aufkommende Leidenschaft nicht weiter und ließ sich von der Liebeswelle tragen. Sie kam so mit ihm und zusammen erlebten sie den zweiten Orgasmus am Lago Maggiore. Danach schliefen beide glücklich und erschöpft für den Nachmittag ein und öffneten erst die Augen, als die Zeit für das Abendessen sie rief.

In einem luftigen weißen Sommerkleid ohne Slip und BH stand Angelina dann fertig gestylt vor dem Zimmerspiegel, zog noch einmal den Lippenstift nach und schlüpfte in ihren flachen Sandalen. Mike sah sie und konnte es noch immer nicht glauben, solch eine hübsche Frau kennen und lieben gelernt zu haben.

Im Restaurant saß das Paar dann bei Kerzenlicht und einem Glas Rotwein und schaute sich händchenhaltend verliebt in die Augen. Die Zeit schien stehen geblieben zu sein und erst der Kellner durchbrach ihre umgebende Liebesblase, indem er das bestellte Menü brachte. Nachdem Espresso im Restaurant spazierten sie noch bei leuchtenden Sternenhimmel und Vollmond ein Stück des Lagos entlang. Beim Küssen unter dem wachenden Vollmond streichelten Mikes Hände unter ihrem Kleid Angelinas Po. Es gefiel ihr und sie flüsterte ihm ins Ohr, wieder ins Zimmer gehen zu wollen. Kaum dort angekommen fielen die Zwei übereinander her und konnten ihre Lust nicht mehr bremsen. Am Ende ihres

Beischlafes schliefen beide eng aneinanderliegend ein. Erst die wärmenden Sonnenstrahlen am frühen Morgen weckten das Pärchen. Dieses Mal ging es sofort hungrig zum Frühstück, ohne sich zu lieben.

Schnell ging die Woche in Piemont vorbei und auf der Rückfahrt empfing sie der Dauerregen des Ruhrgebietes.

# Kapitel 6

Ihr erster gemeinsamer Urlaub am Lago Maggiore festigte ihre Beziehung. Beide hatten Lust auf den anderen und in der Liebe harmonierten sie im Gleichklang. Immer öfter nächtigte Angelina bei Mike und verbrachte die Tage nicht mehr ohne ihn. Mike genoss die Zeit und war bis über beide Ohren in Angelina verliebt.

Der Sommer brachte dann doch noch die ersehnte Wärme und die Menschen trafen sich auf den Terrassen der Cafes und Restaurants in den umliegenden Destinationen. So auch Angelina und Mike. Sie trafen sich in den üblichen Locations mit Freunden und Bekannten. Aus dem Liebespaar ist ein festes Paar, das sich liebte, geworden. Das Fernweh packte am Sommerende beide und gemeinsam suchten sie ein Reisebüro auf. Zwei Wochen später saßen sie in einem Ferienflieger und waren auf dem Weg zu den Malediven. Der Name Malediven bedeutet so viel wie Inselkette und die 26 Atolle binden sich mit über 1196 kleinen Inseln. Davon sind 144 für Touristen geöffnet. Nach 10 Stunden Flugzeit setzte der Flieger auf dem Flughafen vor der Hauptstadtinsel Male auf. Male ist wohl die dichtestbesiedelte Stadt der Welt und nicht wirklich schön anzusehen. Mit dem Wasserflugzeug ging es weiter zu der gebuchten Insel im Nordatoll. Dort empfing die beiden eine fünf Sterne Luxusanlage mit strahlend weißen Sand und türkisfarbenen Wasser. Das Zimmer in einem der Strandpavillons gab den Blick vom Bett über den Strand zur Lagune frei. Das verliebte Paar wähnte sich im Paradies. In den zwei Wochen auf dem Island des Atolls schwebten Mike und Angelina auf einer Wolke der Liebe.

45

Nicht ein dunkles Wölkchen bedeckte den echten noch ihren eigenen Himmel. Das Zusammenspiel der beiden passte perfekt zueinander und sie genossen die Zeit im weißen Sand mit viel Liebe, gutem Essen und viel Sonnenschein. Wenn Mike seine Traumfrau am Strand in ihrem Bikini ansah, konnte er seine Lust auf sie kaum verbergen. Während sie beim Laufen über den Strand mit ihren Brüsten und ihren Pobacken erotisch wackelte, lief ihm fast der Speichel aus dem Mund. An einem Abend unter dem Sternenzelt des nächtlichen Tropenhimmels war es dann so weit. Die beiden liefen die zehn Schritte von ihrer Terrasse über den Sand ins seichte, jetzt dunkelblaue Wasser. Keine andere Menschenseele war zu sehen. Die meisten Touristen lagen schon in ihren Betten und die Einheimischen hatten Feierabend. Das Wasser war angenehm warm und rief sie zu sich. Bis zu den Knien verschwanden sie im Meer, umarmten und küssten sich. Angelina spürte die härter werdende Wölbung in Mikes Badeshorts. Eine Minute später saß sie auf dem im Wasser sitzenden Mike und die beiden liebten sich in der nächtlichen Lagune des Indischen Ozeans. Einzige Zeugen werden wohl die nachtaktiven Fische in ihren Korallen gewesen sein. Am Ende des Urlaubs waren beide nicht nur braun gebrannt und hatten die Unterwasserwelt der Malediven kennengelernt, nein, die beiden fanden immer näher zusammen und waren verliebt und glücklich. Kein Hindernis stand den beiden bisher auf ihrem gemeinsamen Pfad im Weg.

Der Sommer ging dem Ende zu und die erste Septemberwoche stand bevor. Mike packte erneut den Urlaubskoffer, um den mit Max gebuchten Trip auf die Baleareninsel Mallorca anzutreten. Es fiel ihm schwer,

46

Angelina eine Woche alleine zu lassen, aber er hielt sein Versprechen und trat die Reise mit seinem Freund an. Nach der Landung auf dem Flughafen Palma de Mallorca setzten die beiden Männer sich in eines der vielen wartenden Taxis und stiegen 15 Minuten später vor ihrem Hotel wieder aus. Schnell frisch machen, eine Kleinigkeit essen und losging es auf die Partymeile an der Playa de Palma. Die Feierlichkeit auf der Schinkenstraße erreichte bei ihrer Ankunft ihren Höhepunkt und die beiden attraktiven Männer waren sofort mit eingebunden. Der Alkohol wurde in Übermaß von Mann und auch Frau getrunken und die Hemmungen untereinander lösten sich schnell auf. Jetzt gab es aber ein Problem. Max war Single und Mike schwer verliebt in seine Angelina. Für Maxs verliebten Freund kam deshalb eine andere Frau nicht infrage. Auch nicht weit von zu Hause entfernt. Die anderen interessierten Urlauberinnen verstanden seine Haltung nicht und konnten ihn nicht verstehen. Als es Mike zu bunt auf der Schinkenstraße wurde, machten sie sich auf in die angesagteste Diskothek am Ort. Dort, wo Mike im letzten Jahr die dunkelhäutige Schönheit aus Bielefeld kennengelernt hatte, feierten die beiden weiter. Hinter der ovalen Theke des Etablissement bedienten zwei schwarzhaarige attraktive Damen die Kundschaft. Die meist dort bestellenden, nicht mehr nüchternen Männer machten den beiden schöne Augen und gaben einen dummen Spruch nach dem anderen ab. Für die beiden dort schuftenden Frauen nicht leicht wegzuhören und diese aufdringlichen Kerle zu ignorieren. Bei Mike und Max, die auch die beiden Schönheiten sahen, aber sich beim Bestellen normal benahmen, lächelten die Bardamen gemeinsam um die Wette. Ein lockeres Gespräch der vier über die Theke und die zwei Männer wurden von den Frauen nach Feierabend um sechs Uhr in der Früh zu einer privaten Party eingeladen. Jetzt stand Mike dumm da. Verliebt über beide Ohren, konnte er der Einladung nicht folgen und sagte den beiden Grazien ab. Max sollte alleine mitgehen, aber das wollten die Frauen nicht und so fand die Feier ohne die beiden Männer aus dem Vestischen statt. Der ganze Urlaub verlief ähnlich. Die beiden Freunde wurden angeflirtet, es folgten lockere Gespräche und Mike ging alleine ins Bett. Die Belastungsprobe immer Nein zu sagen war genauso groß wie die Versuchung, sich auf das Spiel einzulassen. Doch Mike konnte mit gutem und reinem Gewissen Angelina nach einer Woche in den Arm nehmen und ihr ohne lügen zu müssen ins Gesicht lächeln.

Der Alltag hatte Mike dann nach einem turbulenten Sommer wieder ein. Das Wetter wurde herbstlich und seine Trainingsläufe fanden wieder öfter im Regen statt. Er musste mehr Zeit als vorher bei der Arbeit verbringen und sah Angelina nicht mehr jeden Tag. Auch sie hatte mit ihrem neu angetretenen Job weniger Freizeit und konzentrierte sich auf den Neustart ihrer beruflichen Karriere. Die dienstfreien Wochenenden verbrachten die beiden aber zusammen und die viele Arbeit trieb die gegenseitige Lust auf den Körper des anderen noch an. In der Liebe kannten die beiden keine Grenzen. Egal wann oder wo, wenn es über sie kam, dann fanden sie immer ein Plätzchen und die Zeit, sich zu lieben.

So war es auch nach dem Besuch von Freunden. Angelina in ihrem dunkelblauen kurzen Kleid und schwarzen Stiefeln sah umwerfend sexy aus. Mikes Lust auf sie wuchs jede Minute weiter an. Das Problem, sie konnten ihren Besuch nicht nach ein paar Minuten wieder beenden und sich verabschieden. So hielten sie tapfer durch und verspeisten mit dem Freundespaar die italienisch aufgetischten Speisen. Danach noch ein Tiramisu zum Dessert und der übliche Gesprächsstoff. Nervös rutschte Mike auf seinem Sitzplatz mit dem Hintern herum und konnte es kaum erwarten, sich zu verabschieden. Der Heimweg dauerte mit dem Auto etwa 10 Minuten. Doch diese zehn Minuten waren für Mike und Angelina zu lang. Kaum losgefahren parkte Mike den BMW auf dem Parkplatz eines Sportvereins und die beiden fielen übereinander her. Das Lenkrad war im Weg, der Fahrersitz zu klein, der gebrauchte Innenraum zu eng. All die Hindernisse störten das liebestolle Pärchen nicht und Angelina hüpfte auf Mikes Schoss rauf und runter. Die Scheiben beschlugen und beide liebten sich bis zum jeweiligen Höhepunkt. Wer jetzt denkt, das war es, liegt falsch. Kaum zu Hause angekommen, ging es zum frisch machen ins Bad und danach ins Bett. Nur Schlaf fanden die zwei nicht, denn ihr Liebesspiel ging in die nächste Runde. Erst nachdem seine Herzensdame ihren Orgasmus so laut hinausstöhnte, dass die komplette Nachbarschaft eifersüchtig werden musste, fanden die beiden in den Schlaf.

Es kam die Weihnachtszeit und sie feierten ihr erstes gemeinsames Weihnachten. Mit den üblichen Geschenken und einem guten Essen am Heiligabend war der Höhepunkt des christlichen Festes für das Paar noch nicht erreicht. Am 2. Weihnachtstag lud Mike Angelina in ein kleines nettes Restaurant mit Spezialitäten aus dem Balkan ein. Händchenhaltend wie fast immer am Tisch im Restaurant sitzend warteten sie nach dem Essen auf das Dessert. Angelina wollte kurz die Sanitärräume des Restaurants besuchen und stand auf, um ihren Platz zu

49

verlassen. Das spielte Mike für sein Vorhaben in die Karten. Angelina hatte sich gerade wieder hingesetzt und sich von ihrem Liebsten den Stuhl rücken lassen, als Mike vor ihr kniete und mit der offenen Ringschatulle um ihre Hand anfragte. Angelinas Herz setzte für einige Schläge aus. Sie bekam keinen Ton heraus. Damit hatte sie nicht gerechnet. In Sekundenbruchteilen fragte sie sich, ist Mike der richtige Mann für ein gemeinsames Leben? Ja, sie liebte ihn, das war gar keine Frage und sie hoffte, mit ihm den Mann ihres Lebens gefunden zu haben. Ihre Antwort war dann ein leises, aber eindeutiges Ja. Beide sahen sich nach der Antwort mit Tränen in den Augen an und die anderen Gäste gratulierten genauso wie die Angestellten des Restaurants.

Nun war es also geschehen. Mike fragte nach der Hand der Frau mit der er alt werden wollte. Zu diesem Zeitpunkt hätte sich keiner, der beiden überhaupt nur ein kleinstes Wölkchen an ihrem Liebeshimmel vorstellen können. Ihre Liebe schien perfekt.

In der zweiten Woche des neuen Jahres bestellten beide im Rathaus zu Recklinghausen das Aufgebot. Die Hochzeit sollte im Sommer stattfinden. Die Terminierung gab den 08.08. als Hochzeitsdatum bekannt. Von da an mussten eine Menge Vorbereitungen getroffen werden. Mikes Haus in der Nähe der Recklinghäuser Sternwarte war groß genug für eine zweite Person. Sogar eine Familie hatte dort genügend Platz und Zimmer zur Verfügung. So kündigte Angelina ihre Wohnung und hatte drei Monate Zeit für den Umzug aus Haltern am See in die Kreisstadt. Mit Tränen in den Augen verabschiede sie sich dann in den nächsten Wochen von vielen ihrer Möbel. Als auch noch der Käufer ihrer

50

geliebten Küche, deren Abtransport bewerkstelligte, flossen dicke Tränen über ihre Wangen. Sie stand plötzlich ohne eigenes zu Hause da. Ein unangenehmes Gefühl baute sich in ihr auf. Sie tauschte ihre Freiheit und Selbständigkeit für ein Eheleben ein. Ab jetzt mussten Entscheidungen zu zweit besprochen und nicht mehr eigenständig entschieden werden. Ein großer Schritt den sich beide zumuteten. Bisher brauchten beide in ihrem Leben auf niemanden Rücksicht nehmen. Das war jetzt vorbei. Mehrere Tage fuhren beide mit ihren vollgepackten Autos von Haltern die A43 nach Recklinghausen herunter und brachten Angelinas Hausstand in ihr neues zu Hause.

Zwei Monate vor ihrer eigenen Trauung waren sie Gäste bei der Hochzeit von Mikes Freund Tom. Ein riesiges Spektakel mit etwa 300 Personen. Man traf viele alte Bekannte und redete über die vergangene Zeit. Angelina in ihrem schwarzen enganliegenden Kleid und den offenen Pumps, sah sehr reizend und sexy aus. Mike konnte es gar nicht abwarten endlich mit ihr wieder in der Zweisamkeit zu sein. Doch die Party war im vollen Gange und er konnte diese deswegen noch lange nicht verlassen. Angelina und Mike tanzten, aßen und tranken zusammen. Als Mike dann beim Tanzen den Schweiß auf der Haut von Angelina fühlte, gingen beide an die frische Nachtluft im Garten der Gaststätte. Sie standen dort, küssten und streichelten sich immer wieder und es dauerte nicht lange bis die Lust sie überfiel. Leider teilten sie sich den Garten mit vielen der anderen Hochzeitgäste und so musste ein anderer Ort gefunden werden. Der fand sich schnell. Hinter den angrenzenden Garagen waren sie alleine. Angelina schlüpfte aus ihrem Slip und streifte das Kleid über ihre Hüften. Mike sah ihren wohlgeformten

Po und seine Lust erreichte den Höhepunkt. Mit beiden Händen in Kopfhöhe an der Garagenwand abstützend, empfing Angelina Mike bestes Stück von hinten. Beide wussten, es würde nur ein Quickie werden und ließen ihren Gefühlen freien Lauf. Angelina kam zuerst und Mike folgte ihr mit seiner Ejakulation kurz danach. Als Angelina ihr Kleid wieder richtete und Mike sich die Hose zuknöpfte, sahen sie, dass ein anderer Gast sie beobachtet hatte. Mike fragte sich nur, was dieser hier hinter den Garagen machen wollte. Die Toilette im Gasthaus war groß genug und sauber. Mit einem verständnislosen Blick schaute Mike im Vorbeigehen den betrunkenen Unbekannten an. Danach feierte das Paar die Nacht mit den anderen Gästen, bis der Sonnenaufgang die Feierlichkeiten beendete. Zu Hause aus dem Taxi steigend, hatte Mike dann statt sein Portemonnaie den Slip Angelinas in der Hand. Der Taxifahrer lächelte Mike dann nach der Bezahlung zu und wünschte den beiden noch viel Spaß an diesem Morgen.

## Kapitel 7

Ihre eigene Hochzeit fiel eine ganze Nummer kleiner als die von Tom aus. Max, der mittlerweile auch in einer festen Beziehung lebte, war Mikes Trauzeuge und freute sich mit seinem besten Freund. Die Feierlichkeiten fanden in dem dort ansässigen Brauhaus statt und das Brautpaar fand sich schnell nach Mitternacht in der nur ein paar Schritte entfernten Engelsburg wieder. Dort verbrachten sie ihre Hochzeitsnacht. Nach einem ergiebigen Frühstück auf dem Zimmer checkten die beiden aus, fuhren nach Hause, schnappten sich die gepackten Koffer und checkten eine Stunde später am Düsseldorfer Flughafen ein. Das Ziel war der Strand von Punta Cana in der Dominikanischen Republik.
Hier sollte die Traumehe mit einem Traumurlaub beginnen. Weißer Sand, wärmende Sonne und türkisfarbenes Meer, so stellten sich die beiden ihre Flitterwochen in der Karibik vor. Doch die Wirklichkeit sah anders aus. Es war August und ein Tropensturm erreichte die Stärke eines Hurrikans. Der Strand durfte nicht betreten werden. Das Karibische Meer tobte mit meterhohen Wellen, die den Strand und das Ufer überrollten. Alle Gäste mussten in ihren Zimmern bleiben. Türen und Fenster blieben geschlossen. Der Regen peitschte mit dem Wind gegen die Glasscheiben und Angelina verkroch sich ängstlich unter der Bettdecke. Der Hurrikan hörte sich an, als wenn er gerade mit dem Dach des Hotels um die Rechte des Stärkeren kämpfte. Das Geräusch, das dabei entstand, ließ die beiden befürchten, dass der Sturm diesen Kampf gewinnen würde. Kurz danach fiel der Strom aus und das

Hotelpersonal klopfte zum Verteilen von Kerzen an jede Zimmertür. Beide hatten so ein Unwetter noch nie erlebt und befürchteten das Schlimmste. Die ganze Nacht tobte sich der Hurrikan auf der Halbinsel Hispaniola aus. Mit dem Sonnenaufgang ließ er dann nach und es regnete nur noch heftig. Ein Notstromaggregat sorgte für die nötige Elektrik, um so die Gäste wieder zu bewirten. Jetzt wurde das ganze Ausmaß der Katastrophe erst sichtbar. Das ganze Erdgeschoss stand einen guten Meter unter Wasser und konnte nicht benutzt werden. Die Gäste wurden auf ihren Zimmern bedient. Das Wasser lief wegen der starken Regenfälle nur langsam ab und erst nach drei Tagen durften die Urlauber ihrer Zimmer wieder verlassen. Der Strand war nicht mehr wiederzuerkennen oder teilweise gar nicht mehr da. Die Hälfte der Palmen lagen dort entwurzelt und warteten auf das Räumkommando. Der Pool musste abgepumpt und die ganze Anlage gereinigt werden. So verbrachten Angelina und Mike ihre Flitterwoche meist im Bett des Hotelzimmers. Der Frust auf die verkorksten Urlaubstage ließ auch keine erotische Stimmung aufkommen und so saßen sie nach einer Woche wieder im Flieger Richtung Deutschland und weinten der Karibik keine Träne nach. Wieder zu Hause angekommen, redete Angelina plötzlich von einem schlechten Omen.

Einige Wochen nach der Flitterwoche in der Karibik wurde Angelina von Übelkeit geweckt. Ohne sich irgendwelche Gedanken zu machen, erledigte sie ihre Arbeit im Unternehmen und kam erst spät am Abend nach Hause. Da die Übelkeit sie nicht mehr belästigte, erwähnte sie das Thema beim Essen mit Mike auch nicht. Doch am nächsten Morgen übergab sie sich erneut und

54

dieses Mal bekam Mike es mit. Aus Scherz sagte er dann, sie wird wohl schwanger sein, doch Angelina zeigte ihm im Badezimmer die angebrochene Packung der Antibabypille. Trotzdem nahm sie sich den Nachmittag frei und besuchte ihre Frauenärztin. Nach der Untersuchung blickte die Ärztin in ihren Computer, tippte einige Wörter ein und schaute Angelina plötzlich lächelnd an. Gratulation waren dann ihre ersten Worte an die Patientin und Angelina konnte es nicht glauben. Es war noch zu früh, um das Geschlecht des Kindes im Mutterleib zu bestimmen, doch im nächsten Sommer wird sie ein Baby zur Welt bringen.

Tausend Dinge gingen Angelina auf der Heimfahrt durch den Kopf. Ein Kind war jetzt noch nicht geplant gewesen. Sie wusste gar nicht, ob Mike Kinder wollte. Dieses war bisher bei den beiden nie ein Thema gewesen. Auch sie selbst wollte in ihren neuen Job Karriere machen und dachte nicht an ein Baby. Doch die Realität war nun eine andere. Das Kind wuchs jetzt in ihrem Bauch und war nicht mehr wegzureden. Zu Hause angekommen, ließ sie die Badewanne volllaufen und legte sich zum Relaxen hinein. Kurz danach schloss Mike die Tür auf und trat ein. Er wunderte sich, seine Frau vor ihm hier anzutreffen und fragte sich, was los sei. Als er Angelina in der Wanne sah, erkannte er mal wieder, wie schön seine Frau doch war und Mike bekam Lust, mit ihr gemeinsam das Bad zu nehmen. Als er ein paar Sekunden später in die Wanne stieg, drohte das Wasser überzulaufen. Angelina sah ihn ernst an und klärte ihn über das Ergebnis der medizinischen Untersuchung auf. Angelina hatte sich vorher alle vorstellbaren Szenarien als Antwort vorgestellt und Angst vor der Reaktion ihres Mannes gehabt. Doch mit Mikes Reaktion hatte sie nicht gerechnet. Er freute sich riesig über die Schwangerschaft und war begeistert. Ihre Brustwarzen schauten aus dem Wasser und er fragte Angelina über alles, was in seinem Kopf vor sich ging. Im Gegensatz zu Mike war Angelina selbst zwiegespalten. Sie war sich nicht sicher, ob Freude oder Enttäuschung in sie aufkommen sollte. Mike dagegen war fröhlicher Stimmung und das sah Angelina dann auch. Sein kleiner Freund guckte über den Badeschaum aus dem Wasser heraus. Sie war erstaunt über Mike und lächelte ihn dann zum ersten Mal an. Sie schaute ihn in die Augen und massierte mit ihrer rechten Hand sein bestes Stück. Mike lag mit geschlossenen Augen vor ihr und genoss den Augenblick. Als Angelina merkte, wie ihr Mann dem Höhepunkt entgegenfieberte, ließ sie von ihm ab und stieg aus dem Bad. Eine Minute später lag sie im Bett und wartete auf den verdutzten Mike. Die beiden liebten sich dieses Mal besonders gefühlvoll und blieben bis zum nächsten Morgen eng umschlungen schlafend zusammen liegen.

Vier Wochen später wussten die beiden, dass Angelina eine Tochter zur Welt bringen würde. Die Welt von Mike und Angelina schien perfekt und noch immer war kein Wölkchen an ihrem Liebeshimmel zu erkennen gewesen. Das Leben der beiden wurde von Außenstehenden als Bilderbuchehe beschrieben. Sie liebten und verehrten sich. Für Mike war Angelina die Frau seiner Wünsche. Er begehrte sie und hoffte sie ihn genauso. Die Wochen und Monate vergingen und Angelinas Bauch wuchs an. Im Juni war es dann so weit. Angelina lag in den Wehen. Mike fuhr mit ihr ins Krankenhaus und hielt die ganze Zeit ihre Hand. Es sollte aber über die ganze Nacht bis zum anderen Morgen dauern, als ihre Tochter endlich das

56

Licht der Welt erblicken wollte. Mike war im Kreißsaal dabei und konnte nach dem ersten Ton seiner Tochter die Tränen nicht mehr zurückhalten. Als die kleine Ela, so sollte sie heißen, auf dem Bauch ihrer erschöpften Mama lag, weinten beide aus Liebe und Glück. Das Kind kam gesund zur Welt und die Familie war gegründet. Mike konnte auf dem Weg nach Hause sein Glück kaum fassen und drehte das Autoradio bei dem Song alles nur aus Liebe von den toten Hosen voll auf.

Drei Tage später durfte Angelina mit ihrem Baby das Krankenhaus verlassen und ihren Mutterschutzurlaub antreten. Ein wenig Sorgen machte sie sich wegen ihres Jobs. Sie war gerade erst richtig eingearbeitet gewesen und nun übernahm eine Kollegin für unbestimmte Zeit ihre Stelle. Doch der Blick auf ihr Baby entschädigte ihre Ängste und brachten ein liebevolles Lächeln in ihrem Gesicht. Nach der Geburt Elas änderte sich die Beziehung des Vorzeigepaares langsam. Mike musste damit leben, für Angelina nur noch an 2. Stelle zu stehen. Ihre ganze Aufmerksamkeit gehörte jetzt ihrer Tochter. Es kam nun die Phase, als die beiden nicht mehr täglich miteinander schliefen. Doch wenn sie das Bett zusammen teilten, hatten sie beide weiterhin ihren Spaß.

Im Gegensatz zu Angelina, die ihrer Arbeitsstelle erst einmal fern blieb, ging es bei Mike weiter bergauf. Ihm wurde die Stelle als Leiter der forensischen Abteilung angeboten. Als Chefarzt kam so auch noch etwas mehr Geld in die Familienkasse und mehr Geld zum Leben konnte ja nicht schaden. Mike hatte sich innerhalb kürzester Zeit vom Assistenzarzt zum Chefarzt hochgearbeitet und war mit seinem Leben zufrieden. Angelinas ganze Zeit gehörte der kleinen Ela und so drehte Mike seine Laufrunden in der Haard wieder alleine. Es kam dabei immer öfter vor, dass er dort mit einer anderen Joggerin zusammentraf, man sich nett grüßte und weiterlief. Dies ging monatelang so. Es war Nina und sie fragte ihn dann, den Rest der Strecke gemeinsam mit ihm laufen zu dürfen. Mike hatte nichts dagegen und so liefen er und Nina zusammen, die letzten Kilometer. Am Auto stehend kam es dann, wie es kommen musste. Nina fragte vorsichtig, ob Mike und sie nicht öfter gemeinsam die Laufrunde auf sich nehmen könnten. Ihr wäre wohler dabei, vor allem in der dunklen Jahreszeit einen Bekannten dabei zu haben. Mike sagte zu und überlegte auf dem Weg zu Angelina, wie er ihr dies erzählen sollte.

Beim Abendessen berichtete Mike Angelina von seiner Laufrunde und erwähnte Nina. Sofort meldeten sich bei Angelina die Alarmglocken. Mit feurigen Augen fragte sie Mike, ob er dieser Nina abgesagt hätte. Doch da Mike nur an das Laufen dachte, hatte er ihre Anfrage natürlich nicht abgesagt. Angelina wurde zum ersten Mal in ihrer Beziehung wütend. Sie verlangte von Mike, dass er sich von dieser Frau distanziert und keinen weiteren Kontakt mehr zu ihr hat. Mike verstand den ganzen Wirbel nicht, auch erkannte er seine Frau plötzlich nicht mehr wieder, aber er beruhigte sie und wollte Angelina zu Liebe die Laufverabredung mit Nina absagen.

Zwei Tage später schnürte Mike seine Laufschuhe und bevor er die Haustür schloss, gab Angelina ihm noch die Anweisung mit, nicht mit der ihr unbekannten Nina laufen zu gehen. Mike versprach ihr, die unbequeme Sache zu klären.

Als Mike auf dem Parkplatz lief, wartete Nina schon auf ihm. Mit einem Lächeln, das ihre schönen ebenen weißen

Zähne zum Vorschein brachte, begrüßte sie ihren Joggingpartner. Mike war es unangenehm und peinlich, doch während die beiden nebeneinander unter den Baumkronen durch den Wald liefen, klärte er Nina über die Aussage Angelinas auf. Ihm täte es leid, doch er wollte auf Angelina hören und keinen Ehekrach riskieren. Nina hörte anfangs kommentarlos zu und lief im gleichen Schritt neben Mike her. Sie fragte ihn nur, warum er seiner Frau von ihr erzählt habe. Sie selbst hätte ihrem Partner nichts über Mike gesagt. Außerdem wollte sie ja keine Affäre beginnen, sondern nur joggen. Danach liefen die beiden ihre Runde, ohne zu reden zu Ende. Auf dem Parkplatz schaute Nina dann Mike noch einmal an und sagte ihm, dass sie sich nicht mehr mit ihm verabreden würde, sie aber immer am Dienstag, Donnerstag und Samstag zur gleichen Zeit hier zum Laufen wäre. Jetzt lag es an Mike, wie er mit der Sache umgehen würde. Zu Hause angekommen, erzählte er Angelina, dass er Nina abgesagt hätte. Angelina wollte alles ganz genau wissen und frage nach der Reaktion Ninas. Sie traute der fremden Frau nicht und nahm sich vor, auf Mike besser aufzupassen.

Nina wurde so die erste dunkle Wolke an dem sonst immer strahlend blauen Himmel.

**Kapitel 8**

So vergingen die nächsten Wochen und Monate ohne weitere Zwischenfälle. Nach neun Monaten fiel Elas erstes verständliche Wort und dies war Papa. Angelina wähnte sich verhört zu haben, doch auch Mike hörte es ganz eindeutig. Angelina war enttäuscht und beschäftigte sich mit unnötiger Arbeit in der Küche. Mit 11 Monaten schaffte Ela es, die ersten eigenen Schritte durch das Wohnzimmer zu bewerkstelligen und ließ sich in Mikes Armen auffangen. Da Angelina bei diesem Ereignis nicht anwesend, sondern beim Einkaufen war, nahm Mike die ersten eigenständigen Gehversuche seiner Tochter mit dem Smartphone auf und schickte es seiner Frau. Angelina sah das Video noch im Supermarkt und wieder überwältigte sie die Eifersucht.

Zumindest war das zweite Wort Elas Mama und machte Angelina dann doch noch ein wenig glücklich und stolz. So feierten die Drei Elas ersten Geburtstag und waren an diesem Tag alle glücklich und zufrieden.

Mit der Geburt Elas wurde das Liebesleben des vorher liebeshungrigen Pärchen stark ausgebremst. Nur noch selten fanden Liebesspiele zwischen ihnen statt. Doch wenn sie die Lust beide überfiel, war es für sie immer noch leidenschaftlich und geil.

Angelinas Körper wurde nach der Geburt Elas etwas runder und ihre Brüste sind wesentlich dicker geworden. Mike fand seine Frau jetzt noch erotischer anzusehen und sagte es ihr fast jeden Tag. Angelina wollte es nicht wahrhaben, dass ihre Röcke und Hosen nicht mehr

60

passen sollten und ihr blieb nichts anderes übrig, als ihren Kleiderschrank mit neuer Kleidung zu bestücken.

Am Ende des Sommers stand der erste gemeinsame Familienurlaub an. Auf dem Flughafen Münster/Osnabrück wartete die junge Familie auf das Boarding des Ferienfliegers nach Mallorca. Nach zwei Stunden Flug und weiteren 90 Minuten Busfahrt, erreichten die Drei ihren Urlaubsort Cala Ratjada an der Ostküste der Baleareninsel. Hier sollten Mike, Angelina und Ela ihren ersten gemeinsamen Urlaub als richtige Familie genießen.

Zwei Tage waren vergangen, als Angelina Mike mit Ela alleine zum Strand schickte. Sie wollte durch die Geschäfte zum Shoppen laufen und später an die Cala Guaya nachkommen. Den halben Tag verbrachte Mike mit seiner kleinen Tochter im Sand der Bucht, bis er Angelina mit stolzem Schritt über den Strand kommen sah. Begeistert erzählte sie Mike dann, was sie sich gekauft und wie viel Rabatt sie bekommen hatte. Mike schaute währenddessen auf die Uhr. Es war eigentlich schon wieder Zeit, zum Hotel zurückzukehren. Mit seiner etwas vermiesten Stimmung packten sie die Strandutensilien zusammen und begaben sich auf den Rückweg. Sie sprachen bei dem Gang zum Hotel nicht viel und Mike musste sein Unverständnis über seinen alleinigen Strandtag schwer unterdrücken.

Beim Abendessen in einem der kleinen romantischen Hafenrestaurants sprach Angie plötzlich davon, einen Tauchkurs in der örtlichen Tauchschule besuchen zu wollen. Mike kam aus dem Staunen nicht mehr heraus. Noch nie während ihrer gemeinsamen Zeit erwähnte Angie, dass sie Spaß am Tauchen haben würde. Mike wollte aber nicht seine Urlaubszeit mit Ela alleine verbringen und protestierte gegen das Vorhaben seiner Frau. Die wiederum verstand seine Aufregung nicht und tat enttäuscht.

Am nächsten Morgen zog Angie eine ihrer neu erworbenen Blusen über. Das in weißen Baumwollstoff gefertigte Kleidungsstück war fast durchsichtig und zeigte mehr, als es verdeckte. Mike wollte so mit ihr nicht zum Frühstück gehen und drängte darauf, dass Angelina zumindest eines ihrer Bikinioberteile tragen sollte. Mike wunderte sich über das komische Verhalten seiner Liebsten und fragte sie nach dem Grund der merkwürdigen Verhaltensweise. Angie schaute ihn nur an und schüttelte mit dem Kopf. Ohne weiteren Kommentar frühstückten sie mit Ela und brachen danach auf zum Strand. Die Bucht der Cala Guaya zeigte sich an diesem Tag mal wieder von ihrer schönsten Seite. Das türkisfarbene Wasser wechselte sich mit den verschiedenen Blautönen, während die Sonne ihre Strahlen mal vom klaren Himmel und manchmal an den Wolken vorbei in Richtung Bucht schickte ab. Der Strand mit seinem hellen Sand, der Pinienwald und der Berg mit dem antiken Leuchtturm luden zum Augenschmaus ein. Mike, Angelina und Ela machten es sich in dem warmen Sand bequem und genossen den Tag. Es wurde Nachmittag und Angie wollte einen Kaffee trinken gehen. Mike sollte ruhig noch mit Ela hierbleiben und später ins Hotel nachkommen. Nach ihrer Ansage stand Angie auf und machte sich davon. Auf dem Rückweg zum Hotel schaute Mike Kinderwagen schiebend in jedem der vielen kleinen Cafes nach seiner Frau, doch er sah sie nicht. Er erwartete sie dann auf dem Hotelzimmer, doch als er dort ankam, war von Angie nichts zu sehen. Jetzt machte ihm

62

das Verhalten seiner Frau Sorgen und er nahm sich vor, ein ernstes Gespräch mit ihr führen zu wollen.

Eine gute Stunde nach Mike und Ela betrat Angelina das Zimmer. Mike konfrontierte sie sofort mit seinem Unbehagen und der erste richtige Streit war ausgebrochen. Ela fing an, heftig zu weinen und aus Rücksicht zu ihrer Tochter legten sie ihre Auseinandersetzung erst einmal bei. In den nächste zwei Tagen hielten beide die Füße still. Doch am dritten Tag wollte Angelina zum Abschluss noch einmal bummeln gehen. Zu Mikes Verwunderung wollte sie jedoch ohne ihn durch die Geschäfte streifen. Mike verbrachte diesen Tag nicht am Strand und wartete am Hotelpool, wo sich Angie für das Shopping verabschiedete. Einige Minuten später verließ sie das Ressort und schlenderte durch die Gassen des Balearenstädtchens. Mike folgte ihr mit Ela auf dem Arm unauffällig. Er hoffte von ihr nicht doch gesehen zu werden und blieb in einiger Entfernung im Hintergrund. Angelina vertrieb sich die Zeit, indem sie sechs Geschäfte betrat und ohne Beute wieder verließ. Im Hafen setzte sie sich dann in einem der vielen Cafes und bestellte einen Milchkaffee. Mike stand noch ungesehen etwas abseits und beobachtete seine Frau. Kurz nachdem Angie dann das dritte Mal auf ihre Armbanduhr geschaut hatte, stand plötzlich ein fremder Mann vor ihrem Tisch. Der Typ mit seinen langen, zum Zopf gebundenen, von der Sonne ausgeblichenen Haaren und seinem braunen Teint begrüßte Angie umarmend mit einem Kuss auf die Wange. Setzte sich danach ihr, gegenüber an den kleinen Tisch und bestellte bei dem ankommenden Kellner ein Wasser. Mike traute seinen Augen nicht. Er konnte es kaum fassen, was er beobachtete. Seine Gedanken rasten, doch noch hatte er sich im Griff und schaute sich das

63

Schauspiel Angelinas weiter an. Es dauerte nicht lang und er sah die beiden herzhaft lachen. Auch die ausgetauschten Blicke der beiden erkannte er zu gut. Als sich dann auf der Tischplatte immer wieder ihre Hände berührten, war es mit seiner Geduld am Ende.

Einige Atemzüge weiter stand er mit der schlafenden Ela auf dem Arm vor Angelina und fragte, was hier los sei. Damit hatte seine Frau nicht gerechnet und ihr fiel die Sonnenbräune aus dem Gesicht. Der Kerl ihr gegenüber schaute Mike noch unverschämt lächelnd ins Gesicht. Für Mike war das zu viel. Er bat den Fremden, jetzt sofort aufzustehen und ohne sich zu verabschieden, seines Weges zu gehen. Mikes Blick dabei sorgte dafür, dass der Typ aufstand, das Geld für sein Wasser auf den Tisch legte und kommentarlos verschwand. Ohne weitere Worte zu verlieren, begaben sich dann Mike, Angie und die immer noch schlafende Ela auf dem Arm ihres Papas auf den Weg zum Hotel. Mike wusste, er durfte jetzt erst einmal nichts sagen, denn seine Wut hatte zurzeit die Oberhand über ihn. Angelina spielte Mike gegenüber noch die beleidigte Person und das machte ihn noch wütender. Der Urlaub war gelaufen und die beiden sprachen bis zum Heimflug nur noch über das Nötigste. Zu Hause angekommen musste eine Aussprache her und Mike machte den Anfang. Auf der Couch sitzend fragte er seine Frau, was ihr Verhalten auf der Baleareninsel zu bedeuten hatte. Angelina spielte die Geschehnisse herunter und versuchte Mike zu überzeugen, dass er im Irrtum sei. Nichts sei zwischen ihr und dem Tauchlehrer gewesen. Sie hätte ihn bei ihrem Einkaufsbummel kennengelernt und er bot ihr an, bei ihm einen Tauchkurs zu belegen. Das war es. Durch Zufall hatte sie ihn dann in

64

dem Hafencafe wiedergetroffen. Das wäre alles gewesen. Mike empfand Angelinas Geschichte als ziemlich unglaubwürdig, denn was er beobachtet hatte, sah ein wenig anders aus.

Einige Tage brauchten die beiden und der Alltag hatte sie wieder eingeholt. Angie kümmerte sich um Ela und Mike ging seiner Arbeit nach. Immer seltener dachte er an den Vorfall auf Mallorca, bis die Erinnerung nach ein paar Monaten fast vollständig verblasste. Das Paar näherte sich wieder an und das Leben der beiden lief wieder in gewohnter Manier ab. Auch der Sex zwischen ihnen schien wieder zu harmonieren und so nutzten sie oft die wenigen Möglichkeiten, um sich lieben zu können. Für Mike war die Welt wieder in Ordnung und er freute sich auf den anstehenden zweiten Geburtstag seiner Tochter Ela.

Einige Tage nachdem Elas Geburt zwei Jahre her war, besuchte sie den Kindergarten in ihrem Wohnviertel und Angelina heuerte wieder in ihrem alten Unternehmen an. Da Ela einen Ganztagsplatz im Kindergarten hatte, konnte Angelina wieder Vollzeit arbeiten. In Absprache mit Mike sollte es dabei keine Probleme geben. Doch ihren alten Job in der Firma war sie durch ihre Abwesenheit los. Angelina musste nun im Büro die Termine, Treffen und Firmenreisen einiger Manager organisieren. Das hieß, sie würde wieder einmal in einem neuen Job angelernt werden müssen.

Mit der Zeit arbeitete sie selbstständig und fand Gefallen in ihrem neuen Aufgabengebiet. Jeden Morgen stand sie vor dem Spiegel und kleidete sich top gestylt an. Sie legte immer großen Wert darauf, modisch und adrett gekleidet im Büro ihrer Arbeit nachzugehen. Überhaupt war für sie ihr äußeres Erscheinen immer sehr wichtig und sie würde noch nicht einmal unordentlich an der Haustür erscheinen. Mike dagegen lebte ziemlich legere und lief im eigenen Haus oft nur in Jogginghose und T-Shirt herum. Ein Zustand, den er als bequem bezeichnete und Angelina manchmal zum Kopfschütteln brachte. Sie achtete beim gemeinsamen Ausgehen immer ganz genau auf die Garderobe ihres Mannes und oft genug musste Mike sich vor dem Verlassen des Hauses noch einmal umziehen. Sie selbst liebte den großen Wandspiegel in ihrem Ankleidezimmer und begutachtete sich darin selbstkritisch bei jedem Gang vor die Haustür. Für Mike war dieses Vorgehen ihrerseits schon zur Gewohnheit geworden und deshalb verschwand er keinen Gedanken mehr an dieses tägliche Ritual.

# Kapitel 9

Das Jahr ging schnell und ohne besondere Ereignisse vorüber. Ela ist zum ersten Mal mit ihren Großeltern in den Urlaub gefahren. Angelinas Eltern wollten mit ihrem Enkelkind zwei wunderschöne Wochen in den Tiroler Bergen verbringen. Ela liebte ihre Großeltern und so sprach nichts gegen den Urlaub mit ihrer Oma und Opa. Mike und Angelina wollten die Zeit nach drei Jahren für sich nutzen und buchten selbst einen einwöchigen Urlaub in einem fünf Sterne Club auf der karibischen Halbinsel Yucatan in Mexiko. Endlich mal stressfrei entspannen und die Zeit gemeinsam unter der karibischen Sonne einfach nur genießen. Die Seele baumeln lassen, gut Essen gehen und im türkisfarbenen Meer baden gehen. So planten Angie und Mike ihren Urlaub. Im Flieger sitzend erinnerten die beiden sich noch an ihrem letzten Aufenthalt in der karibischen See und hofften nicht noch einmal solch ein Desaster zu erleben. Doch als nach der Landung auf dem Flughafen die Boardtüren geöffnet wurden, schlug ihnen die Hitze des mexikanischen Sommers sofort entgegen. Die Sonne lachte vom klaren blauen Himmel auf sie herab und ließ sich in der Woche nur in der Nachtzeit nicht sehen. In der Hotelanlage angekommen, sorgte der Blick vom Balkon des zweistöckigen Gebäudes bei Angelina für leuchtende Augen. Durch den mit Palmen und anderen mit tropischen Gewächsen bepflanzten Garten des Hotels konnte die beiden auf den weißen Strand schauen. Ein Bild wie im Paradies, das bei Mike und Angelina die Endorphine zum Tanzen brachte. Glücklich standen sie nun nach dem langen Flug und der Taxifahrt hier und küssten sich vor Freude. Mike umarmte seine Frau und zog sie an sich. Bei dem nächsten Kuss spürte er ihren Busen an seinem Oberkörper und seine Hormone kamen in Schwung. Auch bei Angelina wurden die Gefühle durch die wundervolle Situation angefeuert und auch sie fühlte sich in Mikes Armen wohl. Die Gefühle zueinander brachten Mike dazu, seine Angie auf seinen Armen in das Zimmer zurückzutragen und sie sanft auf das Boxspringbett zu legen. Er sah sie dort lächelnd liegen und war begeistert von ihrer Schönheit. Er strich ihr die Schuhe von den Füßen und küsste vor dem Bett kniend ihre Knöchel, dann ihre Waden, die Knie und die Oberschenkel. Mike schob ihr weißes Kleid ein wenig nach oben und küsste sie an der Stelle, wo vorher ihr Slip saß. Angie hatte es immer gern, wenn Mike sie an ihrer Scham küsste. So auch jetzt. Sie schloss die Augen und genoss den Augenblick. Mikes Zunge liebkoste ihren Venushügel und Angelina keuchte dabei sanft. Mit einem gefühlvollen Tanz kreiste Mikes Zunge um die kleine Knospe zwischen ihren Beinen und brachte Angelina fast zum Wahnsinn. Ihr Becken fing an, sich zu heben und wieder zu senken. Ihre Finger griffen fester in seinem Haar. Ihre Schenkel drückten sich nun fester an ihm heran und Mike fühlte ihren Saft aus ihr heraus und über sein Kinn laufen. Angelinas keuchen wurde schneller und lauter. Mike spürte ihren Höhepunkt kommen und passte sich weiter ihrem Rhythmus an. Mit einem lauten Gestöhne ließ sie die Welle der vollständigen Lust über sich kommen und von ihr auf den Höhepunkt tragen. Erschöpft entspannte sie danach und Mike wusste, es ist Zeit, das Zungenspiel zu beenden. Beide lagen sie einige Minuten relaxend zusammen, als Mike Angelinas Hände auf seinem Körper fühlte. Ihre Hände fanden den Weg

68

unter seinem Shirt und streichelten seine Brust. Kurz danach zog sie ihm das Oberteil über den Kopf. Danach war die Hose ausgezogen und Mike lag so wie Gott ihn schuf neben seiner Frau. Angelina ließ ihr Kleid von den Hüften gleiten und stand aufrecht im Bett über ihrem Mann. Mike schaute zu ihr herauf und sah den wundervoll geformten Körper seiner Angebeteten. Ihr Po und ihre Brüste waren trotz der Geburt Elas stramm geblieben und der kleine Bauchansatz machte sie noch erotischer. Den Blick, den er jetzt erhaschen durfte, machte ihn noch erwartungsfreudiger. Er konnte genau auf die über seinem Kopf stehende Vulva Angelinas schauen. Sie wusste, dass es ihn heißmachen würde. Mit ihren Händen streichelte sie sich selbst zwischen ihren Beinen und Mike hielt es vor Wollust kaum noch aus. Sein bestes Stück ragte in voller Größe zur Zimmerdecke und er wollte Angie jetzt auf sich haben. Doch Angelina spielte noch ein wenig mit ihm, ließ ihn zappeln und erreichte so, dass Mike nicht mehr innehalten konnte. Er zog sie jetzt zu sich herunter und seine Angie ritt ihn wie einen Hengst bei einem Rodeo in Texas. Es dauerte nicht lange und sie fühlte seinen Liebessaft in ihr und das Abklingen seiner harten Erektion. Sie löste sich von ihrem Mann und legte sich eng an ihn gekuschelt neben ihn.
Die beiden verbrachten einen schönen gemeinsamen Liebesurlaub. Jeden Tag liebten sie sich. Manchmal sogar mehrere male am Tag. Beide schienen glücklich und zufrieden. Diese um ihnen liegende Aura spürten auch die anderen Hotelgäste und die Angestellten. Oft witzelten die Kellner deswegen scherzhaft mit ihnen. Sie fühlten sich aber auch von ihnen bevorzugt im Restaurant behandelt. Der Urlaub in Mexiko ging viel zu schnell

vorüber und mit einem sonnengebräunten Teint saßen die beiden am Ende der Woche wieder im Flugzeug Richtung Deutschland. Ein paar Tage später klopften Angelinas Eltern an und übergaben die freudig anstürmende Ela ihren Eltern. Die Familie war nun wieder zusammen. Alles zeigte auf eine perfekte gemeinsame Zukunft der kleinen Familie.

In den nächsten Jahren wuchs die kleine Ela zu einem bildhübschen Mädchen heran. Sie war schlank, hatte die langen schwarzen Haare ihrer Mutter und die blauen Augen ihres Vaters geerbt. Bei ihrer Einschulung mit sechs Jahren sah sie mit ihrer großen Schultüte wie eine kleine Prinzessin aus einem Märchenland aus. Der Tag ihrer Einschulung war ihr Tag und im Garten der Familie feierten Mike, Angelina und Ela mit den Großeltern und anderen Verwandten den Eintritt in den nächsten Abschnitt ihres Lebens. Die Zeit verging viel zu schnell, stellten alle Anwesenden bei dem Anblick Elas fest. Diese Erkenntnis konnte Mike nur teilen, denn denselben Spruch sagte er sich jeden Morgen beim Blick in den Badezimmerspiegel selbst. Tagtäglich meinte er in seinem Gesicht mehr Falten zu erkennen und beim Besuch seiner Frisörin fallen auch immer mehr graue Haare auf den Umhang. Doch das Wichtigste war für ihn nicht sein Aussehen, sondern die eigene Familie. Er liebte seine Frau und natürlich seine Tochter. Diese beiden Personen waren für ihn der Grund seiner Existenz. Er konnte sich vorstellen, die Familie mit einem weiteren Kind noch zu vergrößern und nahm sich vor, mit Angelina darüber zu reden.

Da Ela jetzt nicht mehr in einem Ganztagskindergarten war, sondern die Grundschule nur bis zur Mittagszeit

70

besuchte, musste Angelina beruflich wieder kürzertreten. Mit ihrem Arbeitgeber handelte sie einen neuen Vertrag aus. Sie wollte demnächst nur noch 30 Stunden die Woche bei flexiblen Arbeitszeiten im Unternehmen anwesend sein. Die restliche Zeit wollte sie im Homeoffice für ihren Arbeitgeber ihren Job nachgehen. So konnte sie für Ela nach der Schule da sein und weiterhin beruflich aktiv bleiben. Zu ihrem Glück wurde vonseiten des Arbeitgebers ihrem Wunsch stattgegeben und Angelina war darüber sehr zufrieden.

Einige Tage nach Elas Einschulung bereitete Mike einen romantischen Abend vor. Bei seinem Lieblingsitaliener bestellte er zwei leckere Pizzas. Dazu zwei Flaschen Lambrusco und zündete auf dem schon gedeckten Tisch die aufgestellten Kerzen an. Angelina brachte gerade Ela zu Bett, als der Pizzaservice an der Tür klingelte. Mike legte die Pizzas auf die vorbereiteten Teller und rief seine Frau zu sich. Er rief ein zweites und drittes Mal. Danach stand er auf und öffnete Elas Zimmertür. Dort sah er m dunklen Zimmer Ela schlafen. Keine Spur von Angelina. Als er die Schlafzimmertür öffnete, sah er noch, wie Angelina ihr Smartphone in die Handtasche steckte, ihn erstaunt ansah und kommentarlos mit ihm ins Wohnzimmer zu dem gedeckten Tisch ging. Mike wunderte sich ein wenig über das komische Verhalten seiner Frau, doch als die beiden lächelnd mit dem Lambrusco anstießen, waren seine Zweifel fortgeflogen. Immer wieder hielten sie sich während des Essens verliebt die Hände und nachdem Mike die Hälfte seiner Pizza vertilgt hatte, sprach er Angelina wegen des zweiten Kinderwunsches an. Vor Schreck ließ sie die Gabel fallen, hustete ein Stück des vorher gekauten Pizzateigs aus und sah Mike ungläubig an. Sie zeigte ihm

71

den Vogel und fragte ihn, ob diese Frage ernst gemeint war. Der romantische Abend fand so ein schnelleres Ende als vorher von beiden erwartet. Angelina stand auf und Mike war der Appetit vergangen.

Es dauerte drei Tage, bis Mike mit Angelina wieder vernünftig und normal reden konnte. Eine Woche später machte sie Mike darauf aufmerksam, dass sie am nächsten Tag länger in der Firma anwesend sein müsste. Mike musste umstrukturieren und die Klinik dann eher verlassen. An diesem Tag holte er Ela aus der Schule ab. Er bereitete zum frühen Abend das Essen vor und gemeinsam mit Ela warteten die beiden auf das Eintreffen der Frau des Hauses. Doch Angelina kam nicht. Mike rief sie über ihr Smartphone an, doch das Handy war ausgeschaltet. Er aß mit Ela alleine und brachte die Kleine danach ins Bett. Danach versuchte er noch einmal seine Frau zu erreichen und bekam Angelina ans Telefon. Mit der Begründung, es hätte länger gedauert als gedacht und sie nun auf dem Weg nach Hause sei, legte sie wieder auf. Eine halbe Stunde später öffnete Angelina die Tür. Top gestylt in einem hübschen Kleid betrat sie die Wohnung. Mike roch von Weitem schon ihr Parfüm. Ihre Haare waren hochgesteckt und der Lippenstift frisch aufgebracht. Mike saß am Essenstisch und Angelina setzte sich einen Wangenkuss gebend ihm gegenüber. Mike servierte ihr die von ihm zubereitete und warmgehaltene Mahlzeit und schaute zu, wie seine Frau es genüsslich aß. Auf die Frage, warum sie so lange arbeiten musste, erklärte Angelina ihm, dass ein neuer Großkunde begleitet werden musste und sie den Manager des Kunden begleiten sollte. Um nicht gestört zu werden, hatte sie während der Verhandlungen ihr Handy

72

ausgeschaltet. Mike nahm es so hin und lächelte seine Frau an. Angelina erklärte ihm dann, dass sie demnächst öfter solch ein Job übernehmen würde. Sie möchte gern beruflich ein Stück weiter kommen und dieses Angebot ihres Unternehmens nicht abschlagen wollte. Mikes Ohren richteten sich auf und er fragte sie, wie dies mit Ela im Einklang zu bekommen sei. Angelina zeigte nur auf ihm und sagte, dass jetzt er an der Reihe wäre sich auch um Ela zu kümmern. Mikes Gedanken rasten in seinem Kopf. Natürlich konnte er seine Arbeitszeit flexibler gestalten, aber auch nicht immer. Na ja, Angelina war stur und beharrte darauf, sich beruflich weiterzuentwickeln und Mike blieb nichts anderes übrig, als dem zuzustimmen. So kam es, dass Angelina mehrmals im Monat über die normale Arbeitszeit hinweg im Unternehmen tätig war und Mike seine Arbeitszeit Elas wegen anpassen musste.

Ela hatte Spaß und Freude am Schulunterricht. Sie fand schnell Freundinnen und die Lehrerin war sehr zufrieden mit der Tochter von Mike und Angelina. So brauchten Mike und Angie nie viel Zeit in Hausaufgaben oder zur Vorbereitung der Schule opfern. Ela machte alles freiwillig und gern.

Eines Tages an einem Nachmittag, als Mike die Kleine aus der Schule abholte und das Essen vorbereitete, spielte Ela im Ankleideraum ihrer Eltern. Sie stand vor dem großen Wandspiegel und probierte Kleidungsstücke an. Dabei posierte sie mit ihrem kleinen Popo wie ein Model vor ihrem Spiegelbild und Mike wunderte sich über seine Tochter. Er fragte sie, was sie dort machen würde und Ela antwortete, sie wäre wie Mama. Mike fragte erstaunt weiter und Ela spielte Angelina nach. Es schien, als wenn Angie sich öfter wieder umzog, bis das entscheidende

73

Outfit gefunden war. Auch zog sie wohl halterlose Nylons an, denn Ela spielte dies eindeutig nach. Mike wunderte sich über das Geschick seiner Tochter, Dinge, die sie sieht, so gut nacheifern und vorführen zu können. Es blieb nur die Frage offen, warum seine Frau so ein Aufsehen bei dem Ankleiden zur Arbeit machte.

Das Jahr ging viel zu schnell vorüber und wieder stand Weihnachten vor der Tür. Ela, schon Tage davor aufgeregt und nervös, wartete ungeduldig auf das Christkind und die mitgebrachten Geschenke. Die Familie feierte den Tag Christi Geburt im kleinen Rahmen alleine. Nachdem Ela glücklich über die Geschenke irgendwann müde einschlief, begann für das Paar der romantische Teil des Christenfestes. In ihren neuen Dessous und den hochhackigen Pumps rief Angelina Mike ins Schlafzimmer.

Eine Woche später klopfte das neue Jahr an. Da Mike und Angelina auf einer Party eingeladen wurden, war Ela am Silvesterabend bei ihren Großeltern. Angelina stand mal wieder vor dem Spiegel und konnte sich nicht entschließen, welches Kleid das Attraktivste für diesen Abend sei. Mike entschied sich dann für einen kurzen schwarzen Rock, die passenden Strümpfe und ein rot-schwarzes Oberteil. Angelina sah damit hübsch und sexy aus. Als sie dann zu ihrem wartenden Mann ins Wohnzimmer kam, hatte sie etwas anderes an. Mike schüttelte nur mit dem Kopf und die beiden ließen sich mit dem Taxi zu der Feier fahren.

Mike fand, dass seine Frau von allen weiblichen Gästen die erotischste Dame aller Anwesenden sei. Ihr Outfit zeigte ihre Figur von der erotischsten Seite, indem es ihre Rundungen an Brust und Po unterstrich. Ihre langen

74

schwarzen Haare reichten fast bis zum Steißbein und sie sah wesentlich jünger aus, als ihr wirkliches Alter war. Mike war zufrieden und glücklich, mit ihr verheiratet zu sein. Die beiden amüsierten sich. Ein großes Buffet erwartete die Gäste mit reichlich gutem Essen. Es wurde getrunken und getanzt. Mit vielen Bekannten kurze Gespräche geführt und miteinander gelacht. Mike und seine Angie hatten an diesem Tag des Jahreswechsels Spaß zusammen.

Die beiden zählten mit den anderen Gästen die letzten Sekunden des Jahres ab und begrüßten das neue Jahr. Mike und Angelina küssten sich innig und standen wie zwei frisch verliebte Teenager für den Beobachter da. Ein paar Minuten nach Mitternacht summte und vibrierte das Handy in Angies Handtasche. Angelina störte es nicht und ging nicht dran.

Als Mike sich dann auf der Toilette von einigen getrunkenen Bierchen erleichtern musste und auf dem Rückweg noch zwei Getränke bestellte, stand seine Frau nicht mehr an dem Platz, wo er sie verlassen hat. Mike schaute sich um und bekam von einem anderen Gast, der wohl zu ahnen schien, dass er seine Frau suchte, den Tipp vor die Tür zu gehen. Mike mühte sich, die Tür mit den beiden Getränken in der Hand zu öffnen und irgendwann stand er dann doch vor der Eingangstür. Mit dem Rücken zum Gebäude auf dem Parkplatz stehend beobachtete er, wie Angelina telefonierte. Er ging auf sie zu und in dem Moment packte Angelina ihr Handy wieder in die Handtasche. Als er hinter ihr stand, drehte sie sich um und lächelte Mike an. Mit Ela alles in Ordnung war ihr Kommentar, bevor Mike überhaupt fragen konnte, mit wem sie telefoniert hat. Die zwei feierten bis in die frühen Morgenstunden und hatten dann auch noch Glück,

75

schnell ein Taxi zu bekommen. Als Mike zu Hause seine Frau küssen wollte, hielt Angelina etwas Abstand zu ihm. Erstaunt fragte er, was los sei und schaute sie fragend an. Angelina lächelte und erklärte ihm nur, dass sie zu erschöpft wäre, um noch sexuell tätig zu sein. So schliefen sie dann nebeneinander ein und wurden zur Mittagszeit von der klingelnden Ela vor der Haustür geweckt. Mike stand auf, öffnete die Tür und begrüßte seine Schwiegereltern, die Ela wieder nach Hause brachten. Als er danach wieder mit Ela das Schlafzimmer betrat, tippte Angelina irgendetwas in ihrem Handy ein. Schnell legte sie es wieder weg und begrüßte freudig ihre Tochter.

Das Frühstück fiel an diesem Neujahrstag aus und in der Küche bereitete Mike, Angelina und Ela das Essen zu. Die Kleine hatte immer Spaß, beim Kochen mit dabei zu sein und so durfte sie oft bei der Zubereitung der Mahlzeiten unterstützend helfen. Die kleine Familie war zufrieden und ihr Leben schien perfekt zu harmonisieren.

## Kapitel 10

Zwei weitere Monate vergingen und Mike bekam das Angebot einer anderen Klinik des Krankenhausverbundes deren Chirurgie als Chefarzt zu übernehmen. Das anfragende Hospital war in der Nachbarstadt Marl beheimatet und nicht weit von Mikes zu Hause entfernt. Doch er müsste dann mit dem Auto zur Arbeit fahren. Auch die Arbeitszeiten waren andere als bisher. Er würde einige Nächte im Krankenhaus anwesend sein müssen. Angelina war sehr begeistert und sprach Mike zu, das Angebot aus der Marler Klinik anzunehmen. Das Gehalt wäre besser und er würde sich beruflich weiterentwickeln. So kam es, dass Mike nach Ostern zum ersten Mai seinen neuen Job als Chefarzt der Chirurgie in Marl antrat.

Ela entwickelte sich zu einer Vorzeigeschülerin und machte dem stolzen Elternpaar keine Sorgen. Sie liebte zudem ihre Großeltern und war gerne bei ihnen. Auch Angelinas in der Nähe wohnenden Eltern liebten ihr einziges Enkelkind über alles und waren sehr gerne bereit, in der kommenden Not durch die Arbeitszeiten ihrer Tochter und ihres Schwiegersohnes die Kleine zu sich zu nehmen.

Wieder schien der Familie das Glück entgegengekommen zu sein. Der liebe Gott meinte es gut mit Mike und Angelina. Unter den Bekannten und Verwandten wurde immer unter vorgehaltener Hand von dem perfekten Traumpaar gesprochen.

Zum Sommeranfang, kurz vor den Sommerferien, saß die kleine Familie beim Sonntagsfrühstück beisammen, als Angelina Mike eröffnete, dass sie einen der Manager des Unternehmens für drei Tage nach London begleiten müsste. Mike schaute seine Frau ungläubig an. Das war eine überraschende Ansage seiner Frau und er auf solch einen Fall nicht vorbereitet gewesen. Ihm fehlten die Worte, doch Angelina sagte ihm, dass auch sie sich beruflich weiter entwickeln und die Chance nicht einer Arbeitskollegin vor die Füße legen möchte. Mike schluckte den Kloß herunter, sah seiner Frau in die Augen und nickte nur. Als er sie mit Ela an ihrer rechten Seite so sitzen sah, dachte er darüber nach, wann sie sich zum letzten Male geliebt hatten. Er stellte fest, dass es schon Monate her war und er die körperliche Liebe mit ihr vermisste. Er nahm sich vor, bei nächster Gelegenheit das Thema mit ihr besprechen zu wollen.

Am Tag vor Angelinas Londonaufenthalt brachte sie Ela zu ihren Eltern. Mike war dienstlich so eingespannt, dass seine Schwiegereltern einspringen mussten. Am Tag danach saß er am Abend zum ersten Male nach all den Jahren wieder alleine zu Hause vor dem Fernseher. Den ganzen Tag hatte sich Angelina noch nicht gemeldet und Mike schrieb sie jetzt über einen Messengerdienst an. Doch auch darüber meldete sich seine Frau nicht zurück. Er schlief müde auf der Couch ein und wurde mitten in der Nacht wach. Der Blick auf seinem Handy verriet nichts Neues und Mike legte sich ins Bett. Als am nächsten Morgen um fünf Uhr früh der Wecker summte, blickte er zuerst auf sein Smartphone. Angelina hatte geschrieben, dass es ihr gut geht und alles O.K. sei. Mike rätselte, warum seine Frau so kurz angebunden ist und wusste keine wirkliche Antwort auf seine Frage. Erst in der Chirurgie kam er wieder der Arbeit wegen auf andere Gedanken und vergaß Angelinas seltsames Verhalten. Diese Nacht hatte er Dienst im Krankenhaus und für die nächtlichen Notfälle verantwortlich. Erst am anderen Morgen gegen sieben in der Früh durfte er sich auf den Heimweg machen und fiel erschöpft ins Bett. Um die Mittagszeit weckte ihn dann sein Handy. Angelina war am anderen Ende der Leitung. Sie sprachen kurz miteinander und legten dann auf.

Als Mike am anderen Tag aus der Klinik nach Hause kam, waren Angelina und auch Ela wieder daheim. Ela rannte ihrem Papa freudestrahlend entgegen und sprang ihm in die Arme. Nach der heftigen Begrüßung durch seine Tochter hauchte Angelina ihren Mann ein Kuss auf die Wange. Beim Abendessen erzählte sie dann von ihrem Londoneinsatz für die Firma. Mike hörte ihr zu und stellte zwischendurch einige Fragen. Am Ende ihrer Erzählungen angekommen, wusste Mike aber noch immer nicht, warum seine Frau sich kaum gemeldet hat. Er fragte sie danach und sie antwortete kurz und knapp, dass sie zu viel zu tun gehabt hätte. Damit war für Angelina das Thema beendet. Später im Badezimmer sah Mike die gebrauchte Wäsche seiner Angie im Wäschekorb und erkannte einige Dessous, die sie getragen haben musste. Eine innere Stimme flüsterte ihm jetzt ins Gewissen. Im Bett neben seiner schlafenden Frau rasten seine Gedanken wie ein ICE über die Gleise der Bundesbahn. Ihr Verhalten ihm gegenüber machte ihm Sorgen. Nach einer unruhigen, fast schlaflosen Nacht trat er um sechs Uhr morgens seinen Dienst im Krankenhaus an. In einer Pause rief er Max an und verabredete sich mit seinem Freund für den Abend. Die beiden Kumpels trafen sich im Brauhaus, aßen etwas zusammen und unterhielten sich bei einem alkoholfreien Bier. Mike berichtete Max über das Verhalten seiner Frau in letzter Zeit. Max hörte genau zu und was er Mike antwortete, war für den Freund nicht schön anzuhören. Max sprach den Verdacht einer eventuellen Affäre Angelinas aus. Als er dann von seinem Treffen mit Max zu Hause durch die Haustür schritt, war es mittlerweile zehn Uhr abends und Ela lag schon lange im Land der Träume. Angelina hatte den Fernseher noch eingeschaltet, hielt sich jedoch im Badezimmer auf. In dem Augenblick, als Mike sich auf das Sofa setzten wollte, summte einmal kurz das Handy seiner Frau auf. Auf dem Display war der Eingang einer Nachricht mit dem Namen Martin zu sehen gewesen. Mike kannte keinen Martin aus dem näheren Umfeld. Als Angelina wiederkam, setzte sie sich neben ihm und fragte nach seinem Tag. Mike hatte nicht das Gefühl, dass sie wirklich interessierte, wie sein Tag verlaufen war und antwortete kurz und knapp. Interessant war nur, dass Angelinas Handy währenddessen noch einmal summte, sie es sofort an sich nahm, aber nicht nachschaute, wer sich gemeldet hat. Mike hatte nun endgültig genug von ihren Spielchen und fragte, wessen Nachricht da bei ihr eingeflogen kam. Ihre Antwort kam schnell und spontan. Werbung sagte sie ihm ins Gesicht. Von Martin fragte Mike weiter. Angelina verlor ihren Teint im Gesicht und wurde innerhalb einer Sekunde blass um die Nase. Sie schluckte dreimal und fragte Mike, welcher Martin. Das wüsste er gerne von ihr, war daraufhin seine Antwort. Angelina drehte sich daraufhin mit dem Kommentar, dass es ihr zu blöd wäre, solch ein Gespräch zu führen, um und verschwand ins Schlafzimmer. Doch dieses Mal ließ sich Mike nicht so einfach abspeisen und folgte ihr. Er forderte sie ernst und wütend auf, ihr Handy zu öffnen. Angelina aber sagte ihm, er sei verrückt und verwehrte ihm den Blick in ihrem Smartphone. Mike äußerte den

80

Verdacht seines Freundes Max. Noch in diesen Gedanken verloren, stand Angelina plötzlich wütend vor ihm. Mike ließ nicht locker und die Stimmung wurde gereizter. Mitten in der aufgebrachten Diskussion stand plötzlich Ela weinend in der Tür und beendete das Gespräch ihrer Eltern abrupt. Angelina brachte ihre Tochter wieder ins Bett, vergaß dabei aber nicht ihr Handy mitzunehmen. An diesen Abend sah Mike seine bei der Tochter schlafende Frau nicht mehr und schlief alleine im Ehebett ein.

Seit er seinen Verdacht gegenüber Angelina ausgesprochen hat, schwebt nun eine dicke Gewitterwolke über das Glück der kleinen Familie. Zum ersten Mal verspürte Mike nicht nur Sonnenschein in der Partnerschaft mit seiner Frau. Angelina sprach am nächsten Morgen einfach nicht mit ihm und Mike trat den Dienst im Krankenhaus ohne eine Antwort Angelinas an. Er wollte sich aber so nicht abspeisen lassen und der Sache weiter auf den Grund gehen.

Der Zufall half ihm dann einige Tage später dabei, doch noch einen Schritt weiterzukommen. An einem freien Tag in der Woche nach einer 24 Stunden-Schicht, holte er Ela aus der Schule ab. Wieder zu Hause angekommen stand der Postbote vor der Tür und drückte Mike die Post in die Hand. Mike sortierte die Werbung aus und schmiss diese sofort in den Mülleimer. Danach schaute er sich die Post genauer an und hatte die Kreditkartenabrechnung seiner Frau in der Hand. Noch nie hatte er einen Brief an seine Frau geöffnet. Doch dieses Mal meldete sich beim Anblick des Kuverts seine innere Stimme wieder und flüsterte ihm ins Ohr, dort mal reinzuschauen. Mike wusste, sollte er den Briefumschlag öffnen, wäre es nicht sonderlich fördernd, seine schlechte Stimmung zu Angelina wieder abzubauen. Sie wird ausflippen, wenn er die Abrechnung öffnete. Doch seine innere Stimme sprach ihm ohne Ende zu, bis er den Kuvert geöffnet und das Blatt Papier in der Hand hielt. Zuerst war an der Abrechnung nichts Besonderes. Unterwäsche, Schuhe und Kleidung waren dort in der Abrechnung aufgelistet. Doch auf der Rückseite fiel ihm eine Abbuchung von 59 € auf. Vor sechs Wochen besuchte Angelina ein Hotelzimmer einer bundesweiten Hotelkette und bezahlte dieses mit ihrer Kreditkarte. Warum buchte seine Frau an einem Mittwoch ein Hotelzimmer. Er überlegte, obwohl Mike schon ahnte, was kommen wird. Es war ein Mittwoch, an dem Angie wieder länger für ihren Arbeitgeber im Unternehmen tätig gewesen sein soll. Er vergaß Ela und bestellte beim Lieferdienst eine Pizza für sich und seine Tochter. Er recherchierte weiter und fand im Computer die Handyrechnungen seiner Frau. Mit aufgeführt der Einzelgesprächsnachweis ihres Handys. Dort fiel ihm sofort eine Nummer auf, die fast jeden Tag öfter angewählt oder angenommen wurde. Er gab die Nummer unter seinen Kontakten in sein Smartphone ein und sah im Status seines Messengerdienstes ein Foto, das mit dieser Nummer angezeigt wurde. Das Bild zeigte einen braun gebrannten Glatzkopf mittleren Alters. Cool schaute er mit seiner Ray Ban in das Objektiv der Kamera. Ein Typ zum Verprügeln. Er gehörte zu den Blendern und Aufreißern. Das Foto war alleine schon so aussagekräftig, dass Mike ihn in der Schublade mit gehassten Personen steckte. Was sollte er nun tun, fragte er sich, nachdem die Pizza von Ela und ihm in ihren Bäuchen gelandet war. Er tippte auf den Kontakt und ließ den Anruf durchbimmeln. Beim gefühlten zehnten Mal, als er gerade auflegen wollte, meldete sich eine

82

männliche Stimme. Mike meldete sich mit Namen und auf der anderen Seite wurde es ruhig. Sekundenlang war es totenstill. Bis der Typ einfach mit einem Ja die Stille unterbrach. Mike sprach danach zu ihm, dass die beiden sich wohl etwas zu sagen hätten. Der Kerl an der anderen Seite wollte keine Unterhaltung führen und machte es Mike eindeutig. Erst als Mike ihm drohte, seine Frau zu kontaktieren, wurde der Gesprächsteilnehmer etwas redseliger. Das Mike die Frau ins Spiel brachte, war einfach nur ein glücklicher Moment gewesen. Doch seine Intuition in diesem Moment gab ihm den Joker in die Hand, den er brauchte. Der Kerl am anderen Ende der Leitung beantwortete Mikes Fragen aus Angst vor dem Anruf an seine Frau. Nach ungefähr einer halben Stunde beendete Mike das Gespräch und überlegte weitere Schritte. Um zu dieser Zeit einen befreundeten Rechtsanwalt anzurufen, war es schon zu spät. Angelina musste auch jeden Moment von der Arbeit nach Hause kommen. Mike wusste nicht, wie er sich gegenüber seiner Frau verhalten sollte. Mit der Tür ins Haus fallen oder ruhig und mit bedacht Angelina konfrontieren? Er hoffte, sich im Griff zu haben und nicht, dass die Wut in ihm die Oberhand gewinnt. Das Schlimmste war für ihn noch nicht einmal das Fremdgehen seiner Frau. Schlimmer war der Betrug und nichts davon gemerkt zu haben. Er hatte Angelina blind vertraut und ihr immer geglaubt, was sie ihn aufgetischt hatte. Doch dieser Martin bekam bei seinem Telefongespräch wohl kalte Füße und war gar nicht mehr so cool und lässig, wie er vorgab. Gesungen wie ein Kanarienvogel hatte er und Mike angefleht, seiner eigenen Frau nichts von dem Verhältnis mit Angelina zu erzählen. Jede Woche, meistens Mittwoch hatten die beiden sich für ein paar

Stunden in einem Hotel in Dortmund getroffen, um Sex miteinander zu haben. Auch der Trip nach London war von Mikes Nebenbuhler so im Unternehmen eingefädelt worden, dass Angelina ihn begleiten durfte.
Die Enttäuschung, von seiner Frau so hintergangen worden zu sein, nahm Besitz über die Gedanken Mikes und ihn kamen die Tränen. Es wurde Zeit, Ela ins Bett zu bringen und die Kleine sah ihren Vater an und fragte, warum er so traurig sei.
Kurz nachdem Ela eingeschlafen war, marschierte Angelina durch die Haustür. Gut gelaunt, die Tasche mit den neuen Schuhen noch in der linken Hand, begrüßte sie Mike mit einem Kuss auf den Mund. Oder besser gesagt, sie wollte ihren Mann auf den Mund küssen. Mike drehte sich so weg, dass sie ihn verfehlte und der Kuss sich in Luft auflöste. Ihre weiblichen Alarmglocken sprangen sofort an und ihr Gesicht schaltete in einem Sekundenbruchteil von Sonnenschein auf Hurrikan um. Mit der Frage, was jetzt schon wieder los sei, traf sie Mike mit voller Wucht. Er erzählte ihr von seinem Gespräch mit ihrem Geliebten. Angelina lachte ihn unwirklich aus, doch die Unsicherheit ihres Lachens verriet sie. Sie stritt die Behauptung eines Liebhabers ab. Doch Mike legte die Beweise auf den Tisch und erzählte den gesamten Verlauf des Telefongesprächs mit dem Kerl, der ihn seine Frau stahl.
Angelina setzte sich und sagte kein Wort mehr. Mike aber wollte Antworten von ihr hören und ließ nicht locker. Er stellte seine Fragen, doch Angelina hielt einfach den Mund. Jedes Mal, wenn sie angeblich länger im Unternehmen tätig war, hatten sie sich in einem Hotelzimmer getroffen und sexuellen Spaß gehabt. Mike

84

bemerkte, wie er die Kontrolle verlor und schickte Angelina ins Schlafzimmer. Er wollte sie erst einmal nicht mehr um sich haben. Die ganze Nacht recherchierte er weiter und bekam den vollen Namen und die Adresse seines Nebenbuhlers heraus. Auch die Festnetznummer hatte er nun zur Hand und er nahm sich fest vor, die Frau dieses Mannes zu kontaktieren.

Er rief am anderen Morgen in der Klinik an, sagte alle Termine bei seiner Sekretärin ab und blieb für den einen Tag zu Hause. Angelina machte Ela fertig und verschwand mit ihr, ohne ein weiteres Wort zu verlieren. Mike nahm sein Handy gegen neun Uhr und tippte die Nummer mit der Vorwahl aus Düsseldorf ein. Es dauerte nicht lange und eine Frau meldete sich. Mike nannte seinen Namen und erklärte der Gesprächspartnerin, wer er war und warum er anrief. Er spürte die Anspannung der Frau auf der anderen Seite der Leitung. Die Dame hörte nur zu, sagte nichts und Mike hörte sie schluchzen. Es musste sie treffen, wie ein Stich mit der Lanze ins Herz. Als Mike seine Erzählung beendet hatte, bedankte sie sich mit tränenbehafteter Stimme und legte auf. Danach übernahm die völlige Leere in seinem Kopf das Kommando. Still vor sich hinstarrend saß er stundenlang auf der Couch und konnte keinen klaren Gedanken fassen. Um ein Uhr schloss Angelina die Tür auf und betrat mit Ela das Haus. Überrascht Mike dort sitzen zu sehen. Sie hatte ihn bei der Arbeit erwartet. Angelina kümmerte sich, ohne mit Mike gesprochen zu haben, um das Essen für Ela und kontrollierte danach die Hausaufgaben ihrer Tochter. Mike lag die ganze Zeit untätig auf der Couch. Es war der frühe Abend, Ela war noch nicht im Bett, als Angelinas Handy summte. Erstaunt blickte sie auf das Display und nahm das

Gespräch mit einer ihr unbekannten Nummer an. Mike sah, wie sie ihre Gesichtsfarbe verlor und sie nicht fähig war, sich dem Gespräch zu stellen. Die Frau ihres Lovers beschimpfte sie als Ehebrecherin und ließ ihren ganzen Frust bei ihr ab. Angelina sah Mike dabei nicht an und legte einfach auf. Daraufhin klingelte ihr Handy wieder und das Spiel ging von vorne los. Angelina ging in die Offensive und warnte die Gesprächsteilnehmerin, sie nie mehr zu belästigen. Danach beendete sie das Gespräch erneut und schaltete das Smartphone aus. Mike saß stumm weiter auf der Couch und sah die Rückansicht seiner Frau. Als sie sich umdrehte, wollte sie ihn mit ihrem Blick töten. Mike beschloss am nächsten Morgen einen Scheidungsanwalt aufzusuchen. Als er ins Schlafzimmer wollte, war die Tür von innen abgesperrt und Angelina gewährte ihm keinen Einlass. So durfte er die Nacht auf der Couch schlaflos im Wohnzimmer verbringen und hatte viel Zeit, über das Scheitern seiner Ehe nachzudenken. Als er an seine Tochter dachte, weinte er bitterliche Tränen. Das unschuldige Kind wird daran mit Sicherheit zerbrechen, waren seine Gedanken.

Am nächsten Morgen ging er früher als gewohnt aus dem Haus. Angelina und Ela schliefen noch. Nun saß er eine Stunde vor Dienstbeginn in seinem Büro und recherchierte im Netz nach einem zuverlässigen Rechtsanwalt. Er notierte sich einige Namen und Telefonnummern und beschloss, diese Liste heute noch abzuarbeiten. So kam es, dass er am Nachmittag mit einer Rechtsanwältin für Familienrecht am Telefon sprach und einen Termin drei Tage später bekam. Mike wusste nicht, wie er die drei Tage überstehen und vor allem seine Frau

aus dem Wege gehen konnte. Er rief Max an und durfte nach Feierabend zu ihm kommen. Bei einem Bier in Max Wohnung klärte Mike seinen Freund über die Ehesituation auf. Max hörte schweigend zu und bot seinen Freund an, erst einmal bei ihm zu bleiben. So lag Mike im Gästezimmer und verbrachte die erste Nacht ohne seine Familie. Er vermisste Ela, doch Angelina um sich zu haben, konnte er nicht ertragen und wählte deshalb den Weg, bei Max die Nacht zu verbringen. Am nächsten Morgen summte sein Handy und Mike sah den Namen Angie auf dem Display aufleuchten. Er überlegte einen Sekundenbruchteil und nahm dann gegen seine wirkliche Überzeugung das Gespräch an. Anstatt reumütig zu klingen, überschüttete Angelina ihn mit Vorwürfen. Sie beschimpfte, schrie und weinte Mike an. Mike drückte das Gespräch weg und meinte sich verhört zu haben. Angelina machte ihm den Vorwurf, sie durch das Öffnen der Kreditkartenrechnung hintergangen zu haben. Diese Aussage seiner Frau machte ihn noch wütender, als er ohne hin schon war. Doch in der Pause, alleine in seinem Büro meldete sich zum ersten Mal nach der Enthüllung sein Herz. Er liebte seine Tochter, aber er liebte auch noch seine Frau. Mike wollte seine Familie nicht verlieren und hoffte, dass Angelina mit einer Entschuldigung den ersten Schritt für eine Versöhnung wagen würde.
Nach drei Tagen saß er der Rechtsanwältin gegenüber und sie klärte Mike über das Scheidungsrecht und die übliche Vorgehensweise auf. Ein Trennungsjahr setzte der Gesetzgeber in seinem Fall fest. Erst danach würde die Scheidung durch einen Richter genehmigt werden. Ein Jahr, um sich wieder zusammenzufinden oder für immer zu trennen. Im Gästezimmer am Abend im Bett liegend,

87

wägte er alle Pros und Kontras ab und entschloss sich, die Scheidung einzureichen.

Doch es kam anders, als er sich das am Vorabend ausgedacht hatte. Am nächsten Morgen klopfte es an seiner Bürotür und als diese sich öffnete, sah er seine Frau im Türrahmen stehen. Angelina trat ein und schloss die Tür. Ohne zu warten, eröffnete sie das erwartete Wortgefecht. Sie wollte über das weitere Vorgehen reden. Kein Wort der Reue, keine Entschuldigung und sonst auch nichts über das Verhältnis, dass sie mit dem fremden Kerl hatte, kamen über ihre Lippen. Angelina sagte Mike nur, dass sie keine Trennung wollte und sie mit ihm verheiratet bleiben möchte. Mike verstand die Welt und vor allem seine Frau nicht mehr. Doch Angelinas Joker war Ela und sie spielte diese Karte zum richtigen Zeitpunkt aus. Danach stand sie auf und verschwand durch die Bürotür. Mike grübelte den ganzen Arbeitstag über das Gespräch mit Angelina und beschloss, nach Dienstschluss wieder nach Hause zu fahren.

Ela schlief schon fest, als Mike durch die Tür trat. Er schaute durch die Kinderzimmertür und sah sie ihrem Teddybär umarmend schlafen. Jetzt erst drehte er sich zu Angelina um und setzte sich ihr gegenüber in einen der beiden Sessel. Die Spannung zwischen den beiden war spürbar und knisterte durch den Raum. Mike wusste jetzt ein falsches Wort und die Lage könnte mehr zerbrechen, als wieder gutmachen. Obwohl gutmachen konnte Angie seiner Meinung nach nichts mehr, denn was sie getrieben hat, war nicht mehr wegzureden. Angie begann dann das Gespräch, indem sie ihren Mann sagte, dass sie keine Scheidung möchte und er doch auch an Ela denken sollte. Mike glaubte sich verhört zu haben. Er sollte plötzlich

88

ans eine Tochter denken? Wann hat sie an ihre Tochter gedacht, als sie jedes Mal mit ihrem Liebhaber in ein Bett gehüpft ist, war seine Antwort. Beide warfen sich nun ihren Frust vorwurfsvoll an die Köpfe. Nach etwa zwei Stunden hatten beide keine Munition der Wörter mehr und sahen sich stillschweigend an. Die Situation änderte sich jetzt. Es liefen die Tränen, dann wurde sich umarmt und zum Schluss geküsst. Angelinas Hände wanderten über Mikes Oberkörper und fanden den Weg unter seinem Shirt. Einige Wimpernschläge später saßen sich beide eng umschlungen nackt gegenüber. Mike verteilte seine Küsse auf die Brüste Angelinas und ihre Brustwarzen wurden hart. Angelina fasste ihm dabei in den Schritt und spürte, wie sein Glied in ihrer Hand anschwoll. Als Mikes bestes Stück bei voller Größe aufgerichtet war, setzt sie sich drauf und beide liebten sich heiß und innig. Am nächsten Morgen einigten sie sich, es noch einmal miteinander zu versuchen.

# Kapitel 11

Es verging die Zeit und nach außen schien alles wieder in Harmonie zu verlaufen. Mikes Freund Max sollte in ein paar Tagen vor dem Traualtar stehen und er hatte Mike als seinen besten Freund gebeten, ihn als Trauzeuge beizustehen. Mikes Aufgabe war es, einen Abend vor dem Polterabend den Junggesellenabschied zu organisieren. Mit fünf Freunden wurde Max dann von zu Hause abgeholt. Mit einem Großraumtaxi ging es in eine bekannte Bochumer Diskothek. Max wusste vorher nichts von seinem Glück, durfte aber den Abend für seinen engsten Männerbekanntenkreis bezahlen. Die sechs Kumpel hatten Spaß. Es wurde an diesem Donnerstagabend bei der Work-out-Party getrunken, geflirtet und getanzt. Irgendwann gegen zwei Uhr in der Früh, trudelten die sechs Freunde dann wieder in ihre Heimat ein. Der Termin beim Standesbeamten war für ein Uhr mittags angesetzt. Viel Zeit zum Schlafen hatten die Jungs also nicht mehr. Auch Max Braut Andrea hatte den Abend zuvor mit Freundinnen ihren Abschied aus dem Singledasein gefeiert. Trotzdem standen die beiden wie frisch aus dem Ei gepellt pünktlich im Standesamt und gaben sich vor ihren Bekannten und Verwandte das Ja-Wort. Mike stand an der Seite seines Freundes und übergab ihm die Eheringe. Nachdem sich Braut und Bräutigam geküsst hatten, unterzeichnete Mike noch die Heiratsurkunde, gratulierte als Erster dem Brautpaar und setzte sich dann neben seiner Angelina. Angie liefen, wie vielen anderen anwesenden Damen einige Tränen vor Rührung die Wangen herunter und Mike reichte ihr sein Stofftaschentuch, damit sie sich die Tränen aus dem

90

Gesicht tupfen konnte. Angie bedankte sich mit einem Lächeln und verliebten Augen. Das war genau der Moment, als Mike an ihre Verlogenheit der letzten Jahre dachte. Plötzlich waren seine Gedanken wieder bei der Affäre, die Angelina geführt hatte. Er fragte sich nur, wie seine Frau ihn jetzt wieder so verliebt ein Lächeln schenken konnte, als wenn nie etwas zwischen ihnen gestanden hatte. Mikes Herz füllte sich mit Wut und Enttäuschung, doch er lächelte zurück und verdrängte seine Gedanken an diesem Tag. Er hoffte nur, dass sein Freund Max mehr Glück im Verlaufe seiner Ehe haben würde, als er selbst. Angie und Mike amüsierten sich an diesem Abend wie in früheren unbekümmerten Zeiten. Sie tanzten zusammen, berührten sich häufiger, als es notwendig gewesen wäre und küssten sich. Mikes kurzer Trübsal war nicht mehr da und er war froh, seine Ehe mit seiner hübschen Frau fortgeführt zu haben. Der Abend wurde lang und die Nacht noch länger. Die Müdigkeit kam mit dem Sonnenaufgang und Mike verabschiedete sich mit Angie als einer der letzten Gäste von dem Brautpaar. Auf dem Nachhauseweg saßen beide auf der Rückbank des Taxis, als Mike völlig unerwartet Angelinas Hand auf seinen Oberschenkel spürte. Sie streichelte ihn und wanderte über die Anzugshose in seinen Schritt. Mike fühlte die Erregung in ihm aufsteigen und ließ seine Frau gewähren. Mit in der Hose steifen Glied bezahlte er das Taxi und beide stiegen vor ihrem Haus aus, um schnell genug das angefangene Liebesspiel im Schlafzimmer fortzuführen. Mike schaffte es gerade noch, die Haustür von innen zu schließen, als er schon mit heruntergelassenen Hosen da stand. Der Weg ins Schlafzimmer war für Angie zu lang und sie kniete vor ihrem Mann, um ihn mit dem Mund Vergnügen zu

91

bereiten. Mike versuchte nebenbei Angie von ihrem Kleid zu befreien, schaffte es aber in der Situation nicht richtig. So kam es, dass Angie ihre Liebkosungen unterbrach und ihr Kleid über die Hüften herunterrutschen ließ. Nur noch in Dessous, Strapse und in High Heels sah Mike seine Frau nun vor ihm stehen. Er hob sie hoch, drückte sie gegen die Wand im Flur und drang in sie ein. Angelina genauso erregt wie er, genoss den Augenblick und stöhnte ihn herrliche Seufzer ins Ohr. In dieser Stellung wanderte Mike mit ihr bis ins Wohnzimmer, dort angelangt ließ er sie auf das Sofa gleiten. Angie nahm die Doggystylestellung ein und beide kamen wenig später gleichzeitig zu ihren Höhepunkten. Erst danach suchten sie gemeinsam das Badezimmer und das Schlafzimmer auf, um den verdienten Schlaf zu finden.

Am nächsten Tag ruhten sich beide einfach nur aus. Ela blieb noch bis Sonntag bei ihren Großeltern und das Paar konnte sich so nach langer Zeit mal wieder einen Tag für sich nehmen. Sie frühstückten zur Mittagszeit zusammen und nahmen ein gemeinsames Schaumbad in der Wanne. Mike und Angie genossen den Tag alleine und liebten sich noch einmal im eigenen Ehebett. Der Tag erinnerte Mike an die frühere Zeit mit seiner Angelina und machte ihn glücklich. Ihm war bewusst, wie sehr er seine Frau noch liebte. Nichts sollte dieser Liebe noch einmal im Wege stehen, schwor er sich und nahm sich vor, besser auf sein Eheleben aufzupassen.

Das Leben der kleinen Familie nahm den gewohnten Verlauf und die nächsten Jahre verliefen für Mike ohne irgendwelche außergewöhnlichen Vorkommnisse. Ela

92

entwickelte sich von dem kleinen Mädchen zu einer kleinen Lady. Ihr zehnter Geburtstag stand an und Mike nahm sich vor, ihren Herzenswunsch zu erfüllen. Seit Monaten lag sie ihren Eltern wegen eines Hundes in den Ohren und Mike wollte deswegen mit Angelina reden. Ein Hund würde die Familie bereichern und den Zusammenhalt stärken. Angelina war sich dessen aber nicht sicher. Ein Haustier benötigt viel Zeit und Pflege. Da Mike beruflich oft mit sechzig Stunden in der Woche beschäftigt sei, sie aber auch ihren Job nicht aufgeben möchte, würde ein Hund nicht die benötigte Zeit von ihnen bekommen können. Sie verlegten das Thema für unbestimmte Zeit nach hinten.

Trotzdem gab es ein Happy End auf Elas Geburtstag. Mike schenkte ihr auf einem in der Nähe befindlichen Bauernhof eine Reitbeteiligung und Ela durfte so einen weiteren Wunsch nachgehen und das Reiten erlernen. Die Familie schien in Takt und alle Anwesenden machten nach Außen einen zufriedenen Eindruck. Weitere Monate vergingen und Elas Grundschuljahre gingen dem Ende zu. Da sie eine gute Schülerin mit Spaß an den Schulbesuchen war, stand dem nichts entgegen, das Vorzeigegymnasium in Recklinghausen nach den Sommerferien zu besuchen. Angelina konnte ihre Arbeitszeiten weiter flexibel im Unternehmen und im Homeoffice gestalten und konnte so für Ela nach der Schule da sein. Mike dagegen musste sich eingestehen, zu viele Stunden in der Klinik zu verbringen, konnte sich dem aber in seiner Position nicht entfliehen und hatte ein schlechtes Gewissen seiner Familie gegenüber. Der Vorteil dessen war, dass Girokonto des Ehepaares wuchs gewaltig an.

Einige Monate, nach dem Ela in die weiterführende Schule gekommen war, passierte in ihrem noch jungen Leben etwas, womit sie noch nie konfrontiert wurde. Elas Opa und Angelinas Vater starb an einer Lungenentzündung im Krankenhaus. Obwohl die Ärzte alles versuchten, um ihn am Leben zu halten, schaffte es Elas Großvater nicht, dem Tod zu entrinnen. Der Schock in der Familie saß tief, denn niemand hatte damit gerechnet. Eigentlich machte Angies Vater bis vor zwei Wochen einen gesunden und fitten Eindruck. Ela verstand es anfangs nicht, dass ihr Großvater nicht mehr wach wurde und nun im Himmel auf sie warten würde. Immer wieder fragte sie Mike, wo ihr geliebter Opa jetzt sei. Aber wie es bei Kindern eben ist, sie vergessen auch schnell und passen sich den Lebensumständen fix an. Anders sah es da bei Angelina aus. Sie war schon immer ein Papa-Kind gewesen und als Nesthäkchen der Familie von ihren Eltern auch immer gegenüber ihren beiden älteren Brüdern bevorzugt behandelt worden. Angie fiel in ein mentales Loch. Sie zog sich in ihrem Schneckenhaus zurück und versuchte den Tod ihres Vaters zu verarbeiten. Angie sprach immer weniger und blieb zum ersten Male wegen Krankheit dem Arbeitsplatz fern. Den einzigen Grund in dieser für sie schweren Zeit überhaupt aus dem Bett zu steigen, war Ela. Gezwungenermaßen musste sie ihre Tochter morgens für die Schule fertigmachen. Danach legte sie sich wieder ins Bett oder auf die Couch und verbrachte so ihre Vormittage. Gegen zwölf bewegte sie sich dann hoch und bereitete sich auf Elas Heimkehr vor. So vergingen Tage, Wochen und Monate nach dem Tod ihres Vaters. Mike sah keine andere Möglichkeit und vermittelte seine Frau

94

an einen ehemaligen Kommilitonen, der damals seinen Doktor in Psychologie mit Bestnote abgeschnitten hatte. Dieser Psychologe mit seiner Praxis im wohlhabenden Essener Süden schaffte es dann nach einigen Sitzungen mit Angelina, sie so weit hinzubekommen, dass Mikes Frau und Elas Mutter wieder neuen Lebensmut aufbaute und ihre Arbeit wieder aufnehmen wollte. Doch an ihrem ersten Arbeitstag wurde sie dann unangenehm überrascht. Ihr Vorgesetzter hatte wegen ihres langen Fehlens die Stelle neu besetzt und Angelina wurde als einfache Bürokraft eingesetzt. Voller Frust meldete sie sich am nächsten Tag erneut krank von der Arbeit ab und blieb gefrustet zu Hause. So verging das erste Jahr nach dem Tod ihres Vaters und ihr Zustand besserte sich nicht. Im Gegenteil, ihr Arbeitgeber kündigte ihr und Mike schaltete daraufhin einen Juristen für Arbeitsrecht ein. Dieser handelte einen Vergleich aus und Angelina bekam den Lohn von drei Monaten ausgezahlt. Ihren Job war sie aber los und meldete sich beim Arbeitsamt als arbeitslos an. Der Jobverlust ließ sie dann noch weiter in ihrem Loch versinken. Mikes Bindung zu seiner Frau entfernte sich immer mehr und er bekam keinen richtigen Zugang mehr zu ihr. Mike verzweifelte daran, den Kontakt zu Angelina verloren zu haben. Ela bekam von den Problemen ihrer Eltern kaum etwas mit. Im Gegenteil, sie reifte zu einer hübschen Teenagerin heran. Hatte Erfolg in der Schule wie im Pferdesport. Sie nahm jetzt öfter an Turnieren im Dressursport teil und die Familie fieberte an den Wochenenden den Bewertungen der Punktrichter entgegen. Stolz stehen die gewonnenen Pokale in ihrem Zimmer sorgfältig nebeneinander aufgereiht und präsentieren sich in den Augen eines jeden, der ihr Zimmer betrat.

Da Mike aber auch an manchen Wochenenden Dienst in der Klinik hatte, kam es dann vor, dass Angelina Ela zu ihrem Sport alleine begleitete. Mike hatte plötzlich das Gefühl, dass mit jedem neuen Pokal in Elas Vitrine Angies Stimmung sich aufhellen würde. Nur die Distanz zwischen den beiden blieb. Der letzte Sex zwischen Mike und seiner Angelina fand vor über einem Jahr statt. Beide lebten so ihr Leben und mit den Wochen entfernten sie sich unbemerkt immer weiter voneinander fort.

Als dann Angelinas Mutter ihrer Tochter noch erzählte, dass sie einen netten Mann ihres Alters kennengelernt hatte, war die sich anschleichende Depression da. In der Zeit nach dem Ableben ihres Vaters veränderte sich nicht nur der psychische Zustand Angelinas, auch ihre Figur hatte jetzt mehrere Rundungen, die vorher nicht da gewesen waren. Gute 15 Kilogramm hatte sie jetzt mehr mit sich zu tragen und der Kleiderschrank wurde täglich von dem Postboten neu befüllt. Das Bestellen aus dem Internet war zu ihrer Lieblingsbeschäftigung geworden. Jede freie Minute hatte sie ihr Smartphone vor ihren Augen und tippte auf der Tastatur herum. Seit einigen Wochen fuhr nur noch Angelina ihre Tochter nachmittags zum Pferdestall. So konnte Mike sich um andere, manchmal wichtigere Dinge kümmern. Mike war froh, dass seine Frau ihn diese Zeit schenkte und noch zufriedener war er darüber, dass Angie langsam wieder am Leben teilnahm.

Zu seiner und vor allem Elas Überraschung sprach an einem Sonntagmorgen Angelina das Thema Hund von ganz alleine an. Mike verschluckte sich fast an seinem Kaffee und Elas Augen leuchteten auf. Eigentlich wollte Mike nur den Kaffee austrinken und dann in die Haard

96

zum Joggen. Jetzt bombardierte Ela ihren Vater ohne Pause mit Worten. Mikes Tochter sah ihre Chancen, doch noch einen Hund zu bekommen, genau in diesem Moment so gut wie noch nie. Mike verlangte von seiner Familie Bedenkzeit und verließ mit seinen Laufschuhen das Haus.

Gedankenverloren trabte er durch den Wald und versuchte sich eine akzeptable Ausrede gegen einen Hund einfallen zu lassen. Innerlich wollte er auch schon immer einen vierbeinigen Freund besitzen, doch die wenige Freizeit hielt ihn immer davon ab. Mitten in diesen Gedanken riss ihn plötzlich und völlig unerwartet eine bekannte Stimme aus seinen Überlegungen. Mike joggte schon die ganze Zeit durch den Forst, ohne wirklich einen Blick auf sein Umfeld zu haben. Jetzt stand die ihm entgegengekommene Nina direkt vor seiner Nase und lächelte ihn verschwitzt an. Mike hatte Nina schon Jahre nicht mehr gesehen und musste sich eingestehen, dass sie noch immer umwerfend hübsch aussah. Im Gegensatz zu ihm schien die Zeit der Jahre an ihr spurlos vorbeigegangen zu sein. Mikes Haar mittlerweile mit der Farbe Grau durchzogen, zeigten ihm jeden Morgen sein wirklich reifer werdendes Alter. Nina strahlte ihn an und fragte ihn auf seine Runde begleiten zu dürfen. Jetzt lächelte Mike sie an und nickte ihr sprachlos zu. Nina erzählte und fragte ihn, während den Rest der Strecke ohne Unterbrechung, wie die letzten Jahre verlaufen waren und Mike verlor keinen Gedanken mehr an den Vierbeiner für Ela.

Verschwitzt und ohne eine überzeugenden Ausrede, stand er in der Küche und trank ein Glas Wasser. Erst jetzt frühstückte Mike und begab sich danach unter der Dusche. Ela ließ ihren Vater nicht aus den Augen und

Mike sah die ganze Zeit in ihren hoffnungsvoll aufleuchtenden Augen. Ihm tat das eigene Herz weh, wenn er daran dachte, seine Tochter zu enttäuschen. Er nahm sich vor, noch einmal mit Angelina über das Thema zu sprechen.

Beim Abendessen an diesem Sonntag sprach Mike dann den Wunsch Elas, einen Hund haben zu dürfen, an. Er erklärte seinen beiden Frauen seine Bedenken. Ein Hund kostet sehr viel Zeit und diese Zeit wäre er nicht bereit, von seiner wenigen Freizeit zu opfern. Doch anscheinend hatten Ela und Angelina genau diese Antwort erwartet und miteinander abgesprochen, denn beide versuchten nun, ihn davon zu überzeugen, dass sie sich die Zeit nehmen würden. Mike bat die beiden dann um etwas Bedenkzeit und lächelte seine Tochter an. Ela lächelte zurück und drückte ihren Vater einen liebevollen Kuss auf die Wange. Mike lag danach auf der Couch und schlief während des Films im Fernsehen ein. Angelina saß auf dem Sofa ihm gegenüber. Als Mike durch die Lautstärke des Finales des Blockbusters aus dem Schlaf gerissen wurde, sah er, wie Angelina mit ihrem Handy beschäftigt war. Sie war so vertieft, dass sie nicht mitbekam, von ihm beobachtet zu werden. Erst nachdem Mike sich von seiner Liegeposition aufgerichtet hatte, beendete sie ihre Handyaufmerksamkeit abrupt und lächelte ihren Mann unsicher an. Mike fragte sie daraufhin, wem sie denn am Sonntag Abend noch schreiben würde und Angie erklärte ihm, dass sie nur nach neuen Schuhen im Internet geschaut habe. Mike gefiel die Antwort seiner Frau irgendwie nicht, sagte aber nichts mehr und verschwand ins Badezimmer.

98

Einige Minuten später verabschiedete er sich von Angelina und ging zum Schlafen ins Bett. Angie wollte noch ein wenig Fernsehen gucken und blieb auf ihrem Sofa liegen. Mike lag dann auf seiner Seite des Ehebettes und eine innere Stimme sprach ihm zu. Mike hörte auf den Hinweis, nahm sein eigenes Handy und sah, dass Angie über einen Messengerdienst online war. Sie schrieb, sie wartete, sie schrieb und war die ganze Zeit online. Mikes Alarmanlage in seinem Kopf gab ihm plötzlich ein warnendes Zeichen. Leise schlich er sich aus dem Schlafzimmer und beobachtete aus dem dunklen Flur seine Frau im Wohnzimmer. Das Fernsehen lief unbeachtet von seiner Frau. Immer wieder tippte sie Sätze über ihrem Smartphone an einem Empfänger. Mikes Wut auf seine Frau stieg langsam an, doch ohne einen wirklichen Beweis würde er ihr vielleicht auch unrecht tun und etwas unterstellen, was nicht der Realität entspräche. Er zog sich wieder ins Schlafzimmer zurück, aber an Schlaf war in dieser Nacht nicht mehr zu denken. Unruhig wälzte er sich von einer auf die anderen Seite und die Gedanken rasten wie ein ICE durch seinen Kopf. Er schaute auf die Uhr, als Angie das Schlafzimmer betrat. Es war kurz vor vier und er hatte jetzt noch eine Stunde, bevor er aufstehen musste.

Übermüdet saß Mike dann um sechs Uhr in seinem Büro und bereitete sich auf den Tag in der Klinik vor. Drei Operationen standen an diesem Morgen an und benötigten seine volle Konzentration. Mike schaffte es abzuschalten und dachte durch seine Beschäftigungen nicht mehr an Angelina. Auf der Heimfahrt überlegte er wieder und wollte sie mit seinen Beobachtungen am Abend konfrontieren. Aber dazu kam es dann nicht mehr. Mike öffnete die Haustür und wurde von einem kleinen schneeweißen Grönlandhund begrüßt. Der Welpe schaute Mike mit seinem Hundeblick an und Mikes Herz öffnete sich in diesem Moment, um diesen kleinen Welpen darin für immer einzuschließen. Das neue Familienmitglied würde als Rüde einmal ein mittelgroßer Hund mit etwa 30 Kilogramm Körpergewicht und einer Schulterhöhe von 60 Zentimetern werden. Mike hoffte nur, dass seine beiden Frauen dies auch berücksichtigt hatten. Ela begrüßte ihren Vater enthusiastisch und glücklich. Angelina lächelte nur und begrüßte ihren Mann mit einem Kuss auf den Mund. Mike war über den Kuss überrascht, denn es sind mittlerweile Monate seit dem letzten Kuss dieser Art vergangen.

So kam es dann, dass die Familie um ein Mitglied erweitert wurde und Mike die Besprechung mit Angelina aus den Augen und seinen Kopf verlor.

Schnell, viel zu schnell wuchs der kleine Welpe mit Namen Leo zu einem stattlichen Rüden heran. Angelina und Ela kümmerten sich sehr um den Liebling der Familie und hielten Mike gegenüber ihr Wort und opferten viel ihrer Zeit für den Hund. Mike hatte nun auch wieder einen Joggingpartner und drehte seine Runden durch die Haard jetzt mit Leo.

Die Familie schien glücklich und im Reinen zu sein. Die Sonne schien auf Mikes Heim und keine dunklen Gewitterwolken waren am Himmel zu erkennen gewesen. Angelina fühlte sich in dieser Zeit wesentlich besser und beendete die Stunden bei ihrem Psychologen.

Sie machte sogar solche psychischen Fortschritte, dass sie sich wieder um einen Job bemühen wollte. Mike wusste, dass in einer Tochterklinik des Krankenhausverbundes eine Bürokraft gesucht wurde und fragte bei deren Personalverantwortlichen einmal locker wegen dieser Stelle an. Das Telefonat lief zufriedenstellend und am darauffolgenden Tag stellte Angelina sich dort in Dorsten persönlich vor.

Angetan von ihrem überzeugenden Auftritt und den Beziehungen durch Mike, durfte sie am nächsten Monat an ihrem neuen Arbeitsplatz antreten. Ela mit ihren jetzt dreizehn Jahren sollte nun nach der Schule bis um vier am Nachmittag alleine zu Hause zurechtkommen müssen. Alle drei und Leo waren glücklich und zufrieden.

Ela kam jetzt in einem Alter, wo die Jungen interessant wurden. Mike sah in ihrem Zimmer ein Blatt Papier mit einem selbstgemalten Herzen. Natürlich kannte er die Gefühlswelt eines Teenagers und sprach Ela nicht auf das Gesehene an. Mikes Tochter reifte langsam zu einer Frau heran. Nicht nur ihre kindliche Figur änderte sich. Mit den Ansätzen der weiblichen Rundungen wurde auch ihr Verhalten erwachsener. Mike konnte es kaum glauben. Wo sind nur die Jahre geblieben, fragte er sich und vermisste die vergangene Zeit. Mit den Jahren des Älterwerdens ist ihm auch die Lockerheit seiner Jugend abhandengekommen. Das Leben eines Teenagers ist frei von Zukunftsängsten und steht einem noch bevor. In Mikes Alter beginnt jetzt der Herbst und der junge Frühling, der alles neu macht, ist Vergangenheit. Zumindest freut sich Mike darüber, seiner Familie ein schönes und angenehmes Leben bieten zu können. Nicht jeder Mann hat dieses Glück. Mike dankte Gott dafür,

101

ihm diese Möglichkeit gegeben zu haben. Natürlich waren dies nur seine Gedanken und nicht die seiner Angelina. Aber das wusste Mike zu diesem Zeitpunkt nicht.

Der nächste Sonntag stand an. Die Sonne schien und der goldene Oktober zeigte sich mit seiner bunten Blätterwelt noch einmal von seiner besten Seite. Mike wollte nach langer Abwesenheit mal wieder einen Dressurwettkampf seiner Tochter mit ansehen. Mit dem Wagen fuhren sie zum Gestüt. Mike ließ Angie, Ela und Leo aussteigen und suchte sich einen Parkplatz. Das Turnier war gut besucht und Mike musste sich einen Platz für sein Auto suchen. Ela war schon ihr Pferd fertigmachen und Angelina nicht zu sehen, als Mike den Hof betrat. Er fand Ela und fragte sie nach Angelina. Mikes Tochter zuckte nur mit den Schultern und beschäftigte sich mit ihrem Wallach. Mike verließ den Stall und bewegte sich nach Angelina umschauend auf dem Anwesen. Er konnte kaum glauben, dass seine Frau sich in Luft aufgelöst haben soll, als er Leo bellen hörte. Mike schaute in die Richtung des Gebells und sah Angelina um die Ecke des Haupthauses hervorkommen. Lächelnd lief sie auf ihn zu und beide machten sich auf den Weg, der zu den Zuschauerrängen hinführt. Im letzten Augenblick noch sah Mike einen Mann von derselben Stelle kommen, an der auch Angelina vor zwei Minuten herkam. Für einen kurzen Moment wurde ihm flau im Magen und die innere Stimme klopfte bei ihm an. Doch mit dem Auftritt seiner Tochter auf dem Parcours verschwanden auch seine komischen Gedanken. Ela führte ihr Pferd sicher und selbstbewusst durch die geforderten Prüfungen und Mike schaute mit Angelina nervös zu. Nach Ela betrat ein

102

anderes Mädchen, das im gleichen Alter wie Ela schien den Parcours und der Mann von eben klatschte als erster ziemlich lautstark. Auch dieses Mädchen machte kaum Fehler mit ihrem Pferd und verließ den Platz ziemlich selbstsicher. Am Ende musste sich Ela mit dem zweiten Platz begnügen. Gratulierte der Konkurrentin zum Sieg und ging enttäuscht zu ihren Eltern. Im Auto auf der Rückfahrt flossen bei Mikes Tochter aufgrund des verpassten Sieges einige Tränen und Mike nahm sich vor, sie später etwas zu trösten.

Zu Hause angekommen bereitete Angelina in der Küche das Essen vor und Mike nahm die Chance wahr und klopfte an die Zimmertür seiner Tochter. Als er die Tür öffnete, tippte Ela gerade einige letzte Wörter in ihr Handy und legte es dann zur Seite. Mike staunte immer wieder über die Leidenschaft seiner beiden Damen mit dem Smartphone. Für beide war dieses Elektronikteil der Nabel zur Welt. Mike setzte sich zu seiner Tochter auf das Bett und sprach begeisternd über ihren Auftritt im Parcours. Ela fing daraufhin wieder an zu weinen und Mike nahm seine Tochter in den Arm. Ela schluchzte und erklärte ihrem Vater, dass jedes Mal dieses Mädchen ein Turnier gewinnt. Sie hasste sie, gab Ela noch offen zu. Mike versuchte ihr zu erklären, dass es im Sport nun mal so ist. Es gibt immer nur einen Gewinner und aus der Fairness sollte der Unterlegende dies akzeptieren. Vielleicht gewinnt sie ja beim nächsten Mal tröstete Mike seine Ela. Jetzt sagte sie jedoch etwas, das Mikes Bauch wieder mit einem unguten Gefühl füllte. Auch Mama würde das immer sagen und mit dem Vater der Konkurrentin immer viel reden und lachen. Jetzt war es Mike, der dumm guckte. Er fragte Ela weiter und seine

103

Tochter erzählte, dass die beiden oft beim Training und bei den Wettkämpfen zusammenstehen und ihren Kindern zuschauen würden. Ela meinte nur den Nachnamen des Mannes zu kennen. Sie ging davon aus, dass der Vater ihrer gehassten Konkurrentin den gleichen Familiennamen hätte. Van Boer, so hieß die Gewinnerin und Mike merkte sich den holländischen Namen. Genau in dem Moment, als er mehr von seiner Tochter wissen wollte, öffnete Angelina ohne zu klopfen die Zimmertür und bat die beiden, zum Essen zu kommen. Mike hätte gerne mehr gewusst und ärgerte sich ein wenig über die Unterbrechung. Er wollte der Sache trotzdem auf dem Grund gehen und über diesen Kerl Nachforschungen ausüben.

Am frühen Abend, während Angelina vor dem Fernseher hockte, nahm Mike in seinem Bürostuhl platz und tippte den Namen van Boer in eine der Suchmaschinen seines Computers. In Recklinghausen gab es nur einen Eintrag unter diesen Namen und Mike wurde auf die Webseite des Unternehmens van Boer weitergeleitet. Mit breitem Grinsen schaute der Kerl Mike plötzlich von seinem Bildschirm an. Es war ein Volltreffer, denn dies war der Mann vom Turnier. Er war der Firmeninhaber eines Logistikunternehmens mit mehreren Sattelzügen und riesiger Lagerhalle. Er warb auch auf seiner Seite, als Großsponsor im Pferdesport aufzutreten. Jetzt kam Mike ein Licht auf, warum van Boers Tochter immer gewann. Dieser Kerl war Mike nach seiner Recherche auch unangenehm und er nahm sich vor, Angelina weiter zu beobachten. Hendrik van Boer prägte sich in Mikes Gedächtnis ein.

104

So verging der Sonntag und Mike ging am Montag wieder seiner Arbeit in der Klinik nach.

Schon in seinem Studium träumte Mike davon, den Professor vor seinem Titel als Doktor stehen zu sehen. Heute wurde sein Tag. Mike wurde zur Mittagszeit von der Klinikleitung ins Büro gerufen und ihm berichtet, dass seine Bewerbung an der Bochumer Universität um eine Dozentenstelle in seinem Fachgebiet angenommen wurde. Dem Universitätsgremium hat Mikes Habilitation so gut gefallen, dass sie die freie Stelle als Dozent mit ihm besetzen wollen. Glücklich über diese Auskunft vergaß Mike seine heimischen Probleme. Jetzt musste er nur noch seine Lehrfähigkeit in den Hörsälen beweisen und einer Professur sollte nichts mehr im Wege stehen. Aber zuerst galt sein Engagement an der Universität, das eines Privatdozenten. Bis zum Vorsingen wird es also noch einige Zeit dauern. Die ganze Sache hatte nur einen Haken. Mikes Freizeit wurde nun um einige Stunden in der Woche gekürzt. So würde er in den frühen Abendstunden zweimal in der Woche Vorlesungen im Bereich der Chirurgie in der nahen Zukunft geben. Ein erster Schritt seines Traumes wäre damit getan.

Als Mike an diesem Tag etwas verspätet nach Hause kam, waren Ela und Angelina nicht daheim. Noch nicht einmal Leo begrüßte Mike, denn auch er glänzte mit Abwesenheit. In der ganzen Hektik des Tages hatte Mike Elas Training auf dem Gestüt vergessen. Nun saß er auf der Couch und konnte mit niemandem aus der Familie sein Glück teilen. Er tippte auf seinem Handy die Nummer seiner Eltern ein und übergab ihnen die Neuigkeit. Sein Vater, ein ehemaliger Steiger im

105

Bergbau, war voller Stolz auf seinen Sohn und Mikes Mutter weinte Tränen der Zufriedenheit.

Mike aß nach dem Telefonat das von Angelina vorbereitete Abendessen und nickte auf der Couch ein. Leos kalte Nasenspitze an seiner Wange weckte ihn wieder. Seine Familie war wieder daheim und Mike rief sie zu sich. Mit gespannter Nervosität standen seine beiden Frauen nun vor ihm und erwarteten seinen Vortrag. Ela verstand zwar nicht wirklich, was ihr Vater so toll an der Dozentenstelle fand, freute sich aber trotzdem mit ihm über sein Glück. Angelina machte einen sehr zufriedenen Eindruck, obwohl Mike über die noch kleiner werdende Freizeit berichtete.

Später am Abend, Ela schlief schon, rief Angelina mit leiser Stimme Mike ins Schlafzimmer. Eigentlich wollte Mike sich gerade fertigmachen und schlafen gehen. Doch nachdem Angie ihn zum dritten Mal in ganz kurzer Zeit rief, stand er auf und ging in das gemeinsame Schlafzimmer. Zu seiner Überraschung brannte auf der Nachtkonsole eine Kerze. Angelina lag in roten Dessous auf dem Bett und lächelte ihren erstaunten Mann erotisch an. Mike spürte sein Verlangen nach seiner Frau und wollte zu ihr ins Bett steigen. Doch Angelinas rechter ausgestreckter Fuß hielt ihn davon ab. Mike sollte dort, wo er gerade war, stehen bleiben. Angelina spreizte ihre Beine und spielte sich selbst an ihrer Vagina. Dabei musste Mike im Licht der Kerze zusehen. Er sah, wie ihre Finger die kleine Liebesknospe massierten. Es dauerte auch nicht lange und Angies Becken bewegte sich in einem gleichmäßigen Rhythmus. Immer wieder steckte sie sich den Zeigefinger in den Mund, sah Mike dabei provozierend in die Augen und machte dann

106

zwischen ihren Beinen weiter. Mike hielt es vor leidenschaftlicher Lust nicht mehr aus und zog seine Klamotten aus. Jetzt sah Angelina ihn in voller Größe vor sich stehen und auch ihre Lust steigerte sich. Sie hob die Beine zur Zimmerdecke und lud nun ihren Mann ein, ihr zum Glück zu verhelfen. Mike ließ sich nicht zweimal bitten. Zulange war der letzte Geschlechtsverkehr der beiden her. Mike genoss das Gefühl, als er in sie eindrang. Kurz danach wurden Angies Hüftbewegungen schneller und er fühlte ihre Fingernägel seinen Rücken entlanglaufen. Es war ein leichter, lustvoller Schmerz, den er nur beim Liebesakt aushalten konnte. Als sich Angelinas Fingernägel tiefer in seine Haut bohrten, wusste Mike, dass ihr Höhepunkt bevorsteht. Auch er wurde jetzt mit seinen Bewegungen hektischer, schaffte es aber nicht mehr, mit ihr gleichzeitig die Glocken im Himmel zu hören. Angelina bis ihm stöhnend ins Ohrläppchen und ließ ihren Orgasmus freien Lauf. Danach stieß sie den auf ihr liegenden Mike von sich herunter und befriedigte ihn mit dem Mund. Es dauerte keine zwei Minuten und Angelina spürte die warme Flüssigkeit aus ihm in ihrem Mund laufen. Als der Liebesakt dann zu Ende war, küsste sie ihn noch einmal leidenschaftlich und Mike schmeckte seinen eigenen Liebessaft. Danach drehte Angelina sich um und Mike schlief erschöpft ein.
Kurz danach blies sie die Kerze aus, schaute noch einmal auf ihr Handy und schloss die Augen.

Am nächsten Morgen wachte Mike mit einem glücklichen Gefühl auf. Angelina lag nicht mehr neben ihm. Mike duschte und gesellte sich gut gelaunt zum

107

Frühstückstisch. Seine beiden Frauen waren schon fast mit dem Frühstück fertig. Mike war spät dran, trank seinen Kaffee im Stehen und aß sein Brötchen auf der Fahrt zur Klinik. Er liebte seine Frau und wünschte sich, jeder Tag wäre wie der Gestrige. Heute würde ein langer Arbeitstag werden, denn nach dem Dienst in der Klinik durfte er seine erste Vorlesung an der Uni geben. Mike bereitete sich in seiner Pause darauf noch einmal vor und stand um fünf Uhr im voll besetzten Hörsaal vor seinen Studenten. Er holte tief Luft und begann mit seinem Vortrag. Er sprach über die Entfernung des Blinddarms. Früher war die Entzündung des toten Stücks des Darms tödlich. Dank der modernen Medizin kann dieses Stück aber chirurgisch entfernt werden und der Patient nach einigen Tagen genesen das Hospital verlassen. Mikes erste Vorlesung war einfach und unkompliziert. Nach seinem Vortrag stellte er sich den Fragen der Studenten. Seine lockere Art zu antworten machten ihn schon nach der ersten Stunde bei den Anwesenden im Hörsaal beliebt und als er die Vorlesung beendete, applaudierten einige der Studenten. Der Diakon war zufrieden und gratulierte Mike zu seinem Auftritt. In einigen Tagen begann der folgende Monat und Mike durfte seinen Job als Privatdozent antreten.

Mike suhlte sich auf der Sonnenseite des Lebens. Seine Familie war gesund, er war beruflich erfolgreich und verdiente gutes Geld. So kamen auch Angelina und Ela zu dem Genuss, ihre Hobbys nachzugehen. Sie fuhren gemeinsam dreimal im Jahr in den Urlaub und schienen nach Außen als die perfekte Familie. Alle vorherigen Probleme, die es mal gegeben hatte, waren in weiter

108

Entfernung gerückt oder sogar verschwunden. Nur dass mit seiner Frau gar kein Liebesleben mehr stattfand, machte ihn traurig. Irgendwie hatte Angelina immer eine passende Ausrede oder entzog sich geschickt seinen Annäherungsversuchen.

Die Sonne schien und bis zu dem Tag, als Ela ihren Vater nach einem neuen Smartphone fragte. Mike sollte ihr zum Geburtstag den Wunsch erfüllen und das neueste Modell des Unternehmens mit dem angebissenen Apfel schenken. Zum vierzehnjährigen Geburtstag packte Ela dann freudestrahlend ihr neues Handy aus und wollte sofort alle Informationen von dem alten Handy auf ihr Neues übertragen. Doch es klappte nicht so recht und Mike musste dabei helfen. Die Lösung war ein Klonprogramm und das neue Smartphone war mit den Daten des alten Handys gefüttert. Nun saß Mike in Elas Zimmer und hatte ihr altes Handy in der Hand. Ela war so beschäftigt mit ihrem neuen Spielzeug, dass sie ihren Vater gar nicht mehr wahrnahm. Mike öffnete das Fotoalbum und schaute sich die Bilder seiner Tochter an. Im Schnelldurchlauf klickte er sich oberflächlich durch die gespeicherten Fotos. Es waren typische Teenagerbilder und eigentlich nichts Interessantes dabei. Bis zu dem Augenblick, als er einige Fotos vom Reiterhof erblickte. Mike schickte sich die Fotos auf sein eigenes Handy und verließ mit Bauchschmerzen Elas Zimmer. Als Elas Geburtstag zu Ende ging, die Großeltern sich verabschiedet hatten und wieder Ruhe im Haus eingekehrt war, verschwand Mike in sein Arbeitszimmer. Angelina saß vor dem Fernseher und Ela versuchte einzuschlafen. Mike verband sein Handy mit seinem Notebook und lud die Bilder von Ela hoch. Die

109

Fotos zeigten immer nur Elas Wallach. Doch was Mike interessierte, war nicht der Rappe, sondern die Personen, die im Hintergrund standen. Dort erkannte Mike seine Frau lachend neben van Boer stehen und das nicht zufällig auf einem Bild. Die Mehrheit der Fotos wurden an verschiedenen Tagen geknipst und jedes Mal stehen Angelina und van Boer eng zusammen. Mike fand, dass dies kein Zufall sein konnte. Seine Wut stieg ins Unermessliche an und er überlegte sein Vorgehen. Als er sich dann ins Wohnzimmer neben seine Frau setzte, packte Angelina hier Handy zur Seite. Mike lächelte sie an und fing das Gespräch über von Boers Tochter an. Er erzählte Angie, dass er es merkwürdig findet, dass sie jedes Mal die Dressurprüfungen gewinnt. Angelina zuckte nur mit den Schultern und gab von sich, dass Ela eben besser werden müsste. Mike hielt mit dem Argument des Großsponsors dagegen. Ganz unvermittelt fragte er Angelina, ob sie wüsste, wer der Kerl sei. Angie schüttelte nur den Kopf und sagte, dass er der Vater eines der reitenden Mädchen war. Mehr wisse sie auch nicht über ihn. Mike ließ sich ihre Lüge und sein Misstrauen nicht anmerken, antwortete nur darauf, dass er wohl auch mal eine kleine Spende an einen der Turnierausrichter überweisen wollte. Er verabschiedete sich mit einem Kuss auf die Wange und legte sich schlafen. In der Nacht rasten seine Gedanken durch seinen Kopf und an einen erholsamen Schlaf war nicht zu denken. Angelina kam spät ins Bett und Mike tat, als schliefe er tief und fest. Angelina tippte noch etwas über ihr Smartphone und schloss danach die Augen. Am nächsten Morgen hatte Mike viel um die Ohren, sodass er keine Gelegenheit hatte, weitere Nachforschungen über van Boer

110

einzuholen. Nachmittags dann noch eine Vorlesung in der Uni und der Tag war gelaufen. Am Freitagabend blieb er länger im Büro der Klinik und recherchierte über van Boer. Der Kerl war verheiratet, 45 Jahre alt und hatte neben einer Tochter noch zwei Söhne aus erster Ehe im jungen Erwachsenenalter. Über alte Presseberichte fand er noch heraus, dass die Steuerfahndung im letzten Jahr van Boers Unternehmen auf den Kopf gestellt hat. Durch einen Zufall bekam er dann noch eine Handynummer über den Reitverein von van Boer. Diese Nummer speicherte Mike auf seinem Handy und überlegte sein weiteres Vorgehen. Mit einem einfachen Trick wollte er Angelina heimlich beschatten. Er nahm sein altes Handy, aktivierte das Ortungsprogramm und legte es in Angelinas Handschuhfach. So wusste er immer, wo gerade ihr Auto war.

In den nächsten Tagen konnte er aber keine außergewöhnlichen Orte ausmachen, die seine Frau angesteuert hat. Sie fuhr zur Arbeit, zum Einkaufen und zum Reiterhof mit Ela. Nichts Besonderes konnte Mike feststellen. Mittlerweile zweifelte er schon an sich selbst und dachte, er tat seiner Angie unrecht.

111

## Kapitel 12

Zwei weitere Jahre vergingen und Mikes Handy lag seitdem mit leerem Akku im Handschuhfach von Angelinas Auto. Irgendwie verschwand van Boer langsam, aber stetig aus Mikes Gedankenwelt. Angelina und er schliefen ab und zu miteinander und sahen zu, wie ihre Tochter zu einer jungen Frau heranwuchs. Noch immer galt Elas Liebe dem Dressursport. Weiterhin sammelte sie Pokale für ihre Platzierungen. Doch für einen Sieg reichte es bisher nicht. Ela hasste van Boer, den auch sie glaubte, durch van Boers Sponsorengelder, um viele Siege betrogen worden zu sein. Doch mit nun sechzehn Jahren kamen weitere interessante Dinge in ihrem Leben, die vorher keine Aufmerksamkeit von ihr bekamen. Plötzlich waren Jungs nicht mehr blöd, sondern cool. Ihre Freundinnen und sie trafen sich öfter mit einigen Jungen aus der näheren Umgebung und ließen sich den Hof machen. Die erste Liebe wird wohl nicht mehr lange auf sich warten lassen, dachte Mike noch, als er seine Tochter an einem Freitag Abend aus der Haustür gehen sah.

Angelina fand schnell Gefallen an ihren Job im Krankenhaus und war nach fast zwei Jahren zu einer nicht mehr wegzudenkenden Mitarbeiterin dort geworden. Schnell hatte sie die Büroleitung im Dorstener Krankenhaus übernommen und sich so die Karriereleiter nach oben bewegt.

Mike opferte in den letzten Monaten immer mehr Zeit der Forschung und band sich fester in dem universitären Betrieb ein. Er konzentrierte sich voll auf seine nächste Publikation seiner Hochschulforschungen. Durch seine fachliche Reputation an der Uni und in der Klinik wollte er nun seine Professur erreichen. So würde er seinem Traum, als Professor angesprochen zu werden, einen großen Schritt näher kommen. Oft kam er erst spät am Abend nach Hause und entfernte sich so unbemerkt von seiner Familie.

Es fanden keine Gespräche oder gemeinsame Aktivitäten mehr statt und Angelina fühlte sich einsam und vernachlässigt. Zum Glück der Familie stand der nächste Urlaub in den Bergen des Salzburger Landes an und somit reichlich Zeit, um Gemeinsamkeiten mit der Familie zu erleben.

Zell am See hieß der Ort in Österreich, der das Urlaubsziel sein sollte. Angelina traf sich auch öfter mit Bekannten, während Mike an solchen Abenden der Forschung nachging. Oft kam sie dann spät in der Nacht nach Hause und legte sich kommentarlos neben ihren schlafenden Mann. Sie wollte eben nicht jeden Abend alleine in ihrem Haus sitzen und auf Mike warten. Deshalb traf sie sich zweimal im Monat mit anderen Frauen und ging mit ihnen aus. Mike sah es zwar nicht gerne, seine Frau aufgestylt alleine ausgehen zu sehen, gestand sich aber wegen seiner fehlenden Freizeit ein, dies zähneknirschend hinnehmen zu müssen.

Es war dann in Zell am See, als ein Ungeschick seinerseits ihn in Erstaunen brachte. Als er aus der Dusche nach seinem Handtuch griff, fiel Angies Kulturtasche auf den Fliesen des Badezimmerbodens. Mike sammelte alle auf dem Boden liegenden Dinge wieder ein und steckte diese wieder in die Kulturtasche seiner Frau. Bis er plötzlich ein Päckchen Kondome in seiner Hand hielt. Er nahm das Päckchen an sich und

113

wollte Angelina deswegen befragen. Mike musste so lange warten, bis Ela mit Leo den Abendspaziergang antrat. Er saß Angie gegenüber und legte die gefundenen Kondome auf den Tisch. Angelina fragte ihn sofort, was das sollte. Doch genau dies wollte ja Mike von seiner Frau wissen. Er sagte ihr, wo er die Gummis gefunden hatte und wollte eine Antwort hören. Angelina war einen Moment sprachlos und Mike erkannte, wie sie nach einer passenden Antwort suchte. Bleich im Gesicht geworden, sagte sie ihm, dass die Dinger für Ela wären. Ihre gemeinsame Tochter wäre eine junge Frau und sollte sich beim Sex schützen können. Jetzt war Mike überrascht. An Ela hätte er niemals gedacht. Aber er musste sich eingestehen, dass Angelina recht hatte. Ela war nicht mehr sein kleines, sondern sein großes Mädchen. Er entschuldigte sich bei seiner Frau wegen des Verdachtes und gab ihr das Päckchen zurück. Der Urlaub verlief danach harmonisch und ohne nennenswerte Zwischenfälle. Nur ein Sexleben fand zwischen Mike und Angelina nicht mehr statt. Vor Jahren wäre dies für beide noch unvorstellbar gewesen. Sie hatten vor ihre Ehe und noch lange Jahre nach ihrer Hochzeit jede passende Gelegenheit für den Sex miteinander genutzt. Nie gingen sie nicht zusammen ins Bett und jeden Abend liebten sie sich vor dem Einschlafen. Sie hatten ein gegenseitiges Verlangen und stillten ihre Leidenschaft durch körperliche Liebe. Doch von dieser Zeit ist nun nichts mehr übrig. Mike lebte in der Ehe wie im Zölibat eines Klosters. Auch betraten die beiden jetzt ihr Schlafzimmer zu unterschiedlichen Zeiten. Mike ging früher und Angie sehr spät ins Bett zum Schlafen.

114

Irgendwann einmal traf er sich mal wieder mit seinem Freund Max zu einem Bier im städtischen Brauhaus. Es wurde viel unter den Freunden geredet und das Bier schmeckte den beiden gut. So wurde der Abend lang und es nicht bei einem Bier. Einige Halbe später fragte Max Mike ganz unbedeutend, warum Angelina oft mitten in der Nacht bei einem Messengerdienst online ist. Mike sah seinen Freund erstaunt an und fragte ihn, was er damit meinte. Max wiederum erkannte Mikes Unwissenheit und wollte schnell von dem Gesagten ablenken. Doch Mike ließ sich jetzt nicht von dem Gehörten ablenken und bohrte nach. So musste Max mit der Wahrheit rauskommen. Seine Frau machte ihn darauf aufmerksam, dass Mikes Angelina ziemlich oft nachts noch online wäre. Daraufhin hat auch Max dieses öfter beobachten können. Ohne irgendwelche Andeutungen zu machen, klärte Max seinen Kumpel darüber auf. Was Mike mit dieser Information machen würde, läge allein bei ihm. Plötzlich schmeckte Mike das Bier nicht mehr und die beiden Freunde verabschiedeten sich. Mike nahm kein Taxi und wanderte die drei Kilometer durch die frische Nacht nach Hause. Sein Kopf war dann vor der Haustür wieder viel klarer als noch eine halbe Stunde zuvor. Als Mike in sein Haus eintrat, saß Angelina vor dem Fernseher. Mike hielt seine Wut unter Kontrolle und gab sich völlig normal. Angelina fragte ihn, wie der Abend mit Max gewesen ist und Mike antwortete mit dem Wort interessant. Natürlich sah Mike Angelinas Handy vor ihr auf dem Wohnzimmertisch liegen und setzte sich zu ihr auf die Couch. Er berührte ihr Bein und fühlte die nackte Haut unter der Decke. Mike streichelte seine Frau und wanderte mit seinen Händen den Oberschenkel weiter

115

nach oben. Angelina tat uninteressiert und schaute weiter auf den Bildschirm des Fernsehers. Erst als Mikes Hände ihre Vagina berührten, schüttelte sie den Kopf und verschloss sich ihm. Mike wollte wissen, warum sie ihn abwies, doch eine richtig plausible Antwort bekam er nicht. Er versuchte Angelina auf den Mund zu küssen, doch auch dabei öffnete sie ihren Mund nicht, um den Kuss zu erwidern. Mike setzte sich auf, löste sich von ihr und verließ das Wohnzimmer in Richtung Badezimmer. Er sah in den Spiegel über dem Waschbecken und musste sich eingestehen, dass seine eigene Frau ihn ablehnte und auf Distanz hielt. Es war für ihn nur schwer zu ertragen, doch sein nicht ganz nüchterner Kopf sagte ihm nicht zum ersten Male, dass seine Ehe gescheitert war. Sein Herz wollte davon jedoch nichts wissen, was sein Kopf schon längst wusste. Er sah sich selbst in die Tränen unterlaufenden Augen und erkannte einen verzweifelten Mann im Spiegel sich gegenüber ansehen. Mit dieser ohnmächtigen Hoffnungslosigkeit begab er sich ins Bett und fiel in einen unruhigen Schlaf. Als er erwachte, lag Angie schlafend neben ihn. Ihr Handy hatte sie neben sich auf dem Kopfkissen liegen und Mike versuchte vorsichtig, ohne sie zu wecken, aufzustehen. Als er von Angelina unbemerkt das Bett verlassen hatte, meldete sich die Stimme in seinem Kopf wieder. Diese Stimme riet ihm, sich mal das Handy seiner Frau näher anzuschauen. Mit leisen Schritten schlich er um das Ehebett und konnte das Handy an sich nehmen. Nur um festzustellen, dass dieses multiple Elektronikteil passwortgeschützt war. Er legte es wieder an seinen Platz und entfernte sich aus dem Schlafzimmer. Beim Kaffee trinken grübelte er über den sechsstelligen Code des

116

Handys nach und wollte sein Glück bei nächster Gelegenheit versuchen. Er wusste aber auch, dass dieses ein Vertrauensbruch war, doch für ihn galt es einfach nur Gewissheit zu erlangen. In der Hoffnung, nichts was einem Fremdgehen seiner Frau bestätigen würde zu finden, nahm er sich vor, dem Ganzen ein wenig mehr Aufmerksamkeit zu schenken. Er erinnerte sich an das Handy im Handschuhfach, holte es aus Angelinas Auto, lud den Akku wieder auf und legte es noch am gleichen Tag wieder in den Wagen.

Am darauffolgenden Dienstag fuhr Angelina Ela wie jeden Dienstagnachmittag um fünf zum Reiterhof. Mike stand zu diesem Zeitpunkt hinter dem Pult des Hörsaales und bereitete seine zuhörenden Studenten auf eine weitere Stunde mit ihm vor. Mit seinen Gedanken war er aber bei Angelina und leierte das heutige Thema gekonnt auswendig herunter. Nach der Vorlesung verließ er, ohne Fragen zu stellen das kleine Auditorium und begab sich in sein Büro. Auf dem Handy öffnete er die Ortungsapp und konnte nun sehen, dass Angelinas Auto nicht wie gewohnt auf dem Parkplatz des Reiterhofes, sondern ein paar Kilometer weiter an einem Weg der Hohen Mark stand. Mit dem Handy in der Hand rannte Mike durch die Universität, stieg in seinem BMW und raste so schnell es ging die A43 Richtung Norden. Zu seinem Leidwesen staute sich der Feierabendverkehr wie üblich kurz vor dem Autobahnkreuz Herne. Für die paar Meter bis hinter Recklinghausen benötigte er fast 45 Minuten. Als er in Haltern am See abfuhr und auf seinem Handy blickte, erkannte er, dass Angies Golf wieder vor dem Reiterhof stand. Mike bremste, drehte den BMW und fuhr nach Hause. Noch im Auto vor dem Haus sitzend, fragte sich

Mike, was Angelina in der Hohen Mark zu suchen hatte. Er wollte nicht glauben, dass Angelina ihn betrog und hoffte auf eine einfache Begründung ihrerseits. Doch was wäre gewesen, er hätte sie dort nicht alleine angetroffen? Diese Frage drängte sich jetzt in seinen Gedanken auf und ließ Mike langsam verzweifeln. Kurz nach ihm betraten Angelina, Ela und Leo das Haus. Mike begrüßte alle drei und fragte Ela nach ihrem Tag. Mikes Tochter plauderte nach der Frage ihres Vaters munter drauf los und war stolz auf das Interesse Mikes an ihr. Mike hörte aufmerksam zu, lächelte und nickte ab und zu und war dann froh, als Ela ihren Tagesbericht beendet hatte. Als die Familie am Esstisch saß und Leo darunter lag, fragte er Angelina, wie ihr Tag verlaufen ist. Angie sah Mike erstaunt und fragend an, erzählte dann etwas über ihren Tagesverlauf, ohne ihren Ausflug in die Hohe Mark zu erwähnen. Mike nahm ihren Bericht kommentarlos hin, sah seiner Frau in die Augen und lächelte sie an. Er stellte keine anderen Fragen und erzählte ein wenig über seinen Arbeitstag. Seinen Verdacht gegenüber Angelina behielt er aber für sich.

Nach dem Abendessen, Ela war schon verschwunden, setzte sich Angelina nicht wie üblich auf die Couch Mike gegenüber, sondern direkt neben ihn. Ihre linke Hand legte sie auf seinem rechten Oberschenkel und streichelte diesen gefühlvoll. Mike sah seine Frau an und Angelina schaute zurück. Sie lächelte und ihre Hand wanderte in seinen Schritt. Dabei blickte sie ihn ununterbrochen an. Sie spürte durch seine Jeans sein bestes Stück anwachsen und erhöhte gekonnt den Druck mit ihrer Hand. Aus dem Streicheln wurde eine Massage und Mike merkte die aufsteigende Leidenschaft für seine Frau. Angelina

118

öffnete Mikes Jeans und er saß eine Minute später nackt neben seiner Frau. Angie nahm dann seine Hand und führte ihn ins gemeinsame Schlafzimmer. Sie drückte ihren Mann auf das Bett und ließ ihn zuschauen, wie sie sich auszog. In roten Dessous mit schwarzen halterlosen Nylons stand sie nun vor ihm. Mike wollte sie jetzt und sofort. Vergessen waren seine Zweifel an Angelina, zumindest für den Augenblick. Die beiden liebten sich wie in früheren Zeiten. Nachdem beide ihren Höhepunkt erreicht hatten, schliefen sie eng umschlungen zusammen ein. Mike schlief zum ersten Mal seit Tagen wieder tief und fest bis zum nächsten Morgen.

Glücklich und vergessen wachte er am anderen Morgen auf. Keinen Gedanken verschwand er mehr an seinen Verdacht gegen Angelina. Er meinte ihre Liebe und Zuneigung ihn gegenüber zu spüren. Singend und gut gelaunt spazierte er aus dem Badezimmer und setzt sich zu seinen beiden Damen an den Frühstückstisch. Leo wartete wie immer unter dem Tisch auf ein Stück Wurst oder Käse. Mike schlurfte seinen Kaffee herunter, aß eine Scheibe Brot mit Käse und verabschiedete sich von seiner Familie.

Die nächsten Sommerferien standen an und Ela wollte diese auf einem Reiterhof im Allgäu verbringen. Ohne ihre Eltern wollte sie die Natur auf dem Rücken eines Pferdes erkunden und Spaß mit gleichaltrigen Teenagern haben.

Angelina schlug der Familie vor, ihre Tochter mit dem Auto auf den Bauernhof in der Nähe von Kempten zu bringen und dann mit Mike weiter durch die Alpen bis nach Venedig zu fahren. Auf dem Rückweg würden sie Ela wieder abholen und zusammen den Heimweg

119

beschreiten. Angies Idee wurde von Mike und Ela begeistert aufgenommen. Doch ob Leo mit konnte, stand noch in den Sternen. Die Lösung wurde dann Mikes Freund Max. Dieser erklärte sich bereit, dem Grönländer für die zwei Urlaubswochen Asyl anzubieten.

So kam der Tag des großen Aufbruchs. Mikes BMW fuhr vollgepackt die Sauerlandlinie in den Süden, um später die A3 und die A7 nach Kempten zu nehmen. Sechs Stunden später packten sie Elas Koffer und Taschen aus dem Wagen und wünschten ihrer Tochter einen schönen Urlaub. Zum ersten Mal war die Familie getrennt. Mike und Angelina wollen die Zeit alleine nutzen, um sich wieder näherzukommen und den Alltag von sich abzustreifen. Während Mike den BMW durch die Schweiz fuhr, spielte Angelina an ihrem Handy herum. Mit dem Sonnenuntergang fuhren sie dann in Arona am Lago Maggiore ein. Die Vergangenheit holte die beiden somit wieder ein und der Ort hatte sich mit der Zeit überhaupt nicht verändert. In einer kleinen familiären Pension checkte das Paar ein und wollte ihren Urlaub genussvoll beginnen. Da es schon spät war und der Küchenchef seine Arbeit für diesen Tag beenden wollte, mussten die beiden schnell in das Restaurant der Pension und ihr Essen bestellen. Nichts war es wie in ihrem ersten Besuch mit sofortiger Liebe in ihrem Zimmer. Bei Kerzenschein und einer Flasche Chianti ließen Mike und Angelina sich ihr Mahl schmecken. Im Hintergrund hörten sie Andrea Bocelli aus den Lautsprechern seinen Anteil an der im Raum stehenden Romantik beitragen. Händchenhaltend lächelte das Paar sich an und der Hotelier dämmte für seine beiden letzten Gäste das Licht etwas weiter herunter. Nachdem der Rote leer getrunken

120

war, machte sich das Urlaubspaar auf dem Weg in ihr Zimmer in die erste Etage des Gebäudes. Mike öffnete seiner Frau die Zimmertür und trat nach ihr ein. Als er die Tür mit dem Rücken zum Raum schloss und sich wieder zu Angelina umdrehte, stand sie drei Schritte vor ihm und ließ ihr blumen-bedrucktes Sommerkleid über die Hüften zu Boden gleiten. Mike stand wie verwurzelt da. Angie stand in offenen Pumps und sonst nichts vor ihm. Ihre Brüste standen noch immer fest von ihr ab und die Brustwarzen riefen ihn zu sich herüber. Angelina ging einen Schritt zurück und ließ sich rückwärts auf das Bett fallen. Ohne ihren Mann aus den Augen zu lassen, spreizte sie ein wenig die Beine und Mike konnte in das feuchte Rosa schauen. Nervös und hektisch öffnete er den Gürtel und die Knöpfe seiner Hose. Zog sich sein Hemd über den Kopf und fiel tollpatschig fast über die heruntergelassenen Jeans. Auf allen vieren rutschte er zu ihr. Angelina kam ihm etwas entgegen und ließ nun ihre Beine von der Bettkante baumeln. Mike stieß mit seiner Nase an ihrer Vagina und ließ sofort seine Zunge an ihrem Venushügel tanzen. Angelina liebte es oral befriedigt zu werden und genoss den Moment sehr. Ihr Orgasmus kam schnell und hielt lange an. Von Mikes Kinn tropfte ihr Liebessaft, als er seinen Tanz beendete. Nun liebten sie sich noch in abwechselnden Stellungen, bis auch Mike seinen Höhepunkt erreichte und sich in ihr ergoss. Das Paar fühlte sich danach erschöpft, aber zwanzig Jahre jünger.

Drei Tage verbrachte das Pärchen am Lago Maggiore, bevor es weiter Richtung Venezia ging. Drei wundervolle Tage mit gutem Essen, schönen Spaziergängen und viel körperlicher Liebe machten den Lago zu dem perfekten

121

Urlaubsort. Vergessen war der Stress von zu Hause und von außen gesehen machte dort ein verliebtes Paar Ferien vom Alltag.

Aus mehr als hundert kleinen Inseln wurde die Hauptstadt Venetien in der Adria-Lagune erbaut. Nur wenige Straßen führen durch die Stadt. Die Verkehrswege bilden meist die vielen Kanäle, wobei der Canale Grande mit seinen aus der Renaissance und Gotik stammenden Palästen das Herz der Touristen höherschlagen lässt. Die Piazza San Marco, in Deutschland als Markusplatz bekannt, bildet mit dem Markusdom den zentralen Punkt Venedigs. Unvergessen bleibt dabei der Blick aus dem Glockenturm über die roten Dächer und der Lagune. Venedig ist für Touristen nicht mehr kostenlos zu besuchen und Mike musste mit Angelina für die Fahrt mit einer Gondel fast 200 Euro bezahlen.
Die Ponte Rialto, Venedigs berühmteste Brücke, diente den beiden noch als Fotohintergrund und die Woche in der Lagunenstadt ging schneller vorüber, als den beiden lieb war. Glücklich und verliebt machten Mike und Angelina sich wieder auf dem Weg durch Norditalien in den Allgäu.

Die Sommerferien gingen zu Ende. Ela besuchte die elfte Abiturklasse und Angelina ging auch wieder ihrem Job nach. Der Alltag hatte die Vorzeigefamilie wieder fest im Griff, als Mike den Brief seiner Hochschule in den Händen hielt. Mike wurde durch die Universitätskommission zum Professor vorgeschlagen und zu der Ernennung eingeladen. Mit zittrigen Händen

122

las er den Brief noch einmal und verdrückte mehr als eine Freudenträne. Endlich war er am Ziel seiner Jugendträume angelangt. Unter dem Blick seiner Frau und seiner Tochter nahm Mike die Bürde der Professur an und feierte dies am Abend mit seiner Familie in einem italienischen Restaurant der Stadt.

Der Herbst kam und der Oktober zeigte sich in goldener Weise. Es war am ersten Sonntag eines sonnigen Tages. Die Blätter an den Bäumen strahlten in Grün, Gelb, Rot und Braun um die Wette. Ein buntes Farbenmeer lud den Betrachter in die Natur ein. Ela führte reitend ihr Pferd fehlerfrei durch den Parcours und wartete gespannt auf die Vorführung ihrer Konkurrentin. De Boers Tochter patzte jedoch leicht und die Bewertung fiel zu ersten Mal schlechter als die bei Ela aus. Zum ersten Mal gewann Mikes und Angelinas Tochter einen Wettkampf gegen die ewige Rivalin. Doch jetzt zeigte sich das wahre Gesicht von de Boer. Lautstark protestierte er gegen die Wertung und wollte den zweiten Platz seiner Tochter nicht akzeptieren. Doch die Punktrichter ließen sich durch seinen Aufstand nicht beeinflussen und änderten ihre Wertung nicht mehr. De Boer schimpfte immer weiter und blamierte sich mittlerweile vor dem anwesenden Publikum. Als er selber merkte, das Gesicht nun endgültig zu verlieren, rief er dem Veranstalter zu, in Zukunft keine Sponsorengelder mehr an den Verband überweisen zu wollen und verließ die Wettkampfstätte. Elas Freude über den Sieg trübte de Boers Wutausbruch jedoch nicht und sie feierte ihn glücklich mit ihren Eltern. Angelina sah den Auftritt de Boers ebenso wie Mike und schämte sich innerlich. Sie nutzte einige Zeit später einen günstigen Augenblick und wollte de Boer wegen des

123

Vorfalls zur Rede zu stellen. Mit der Ausrede, die Toilette aufzusuchen, entfernte sie sich von Ela und Mike, um den Weg zu de Boer zu finden. Sie fand ihn im Stall vor der Pferdebox und sprach ihn an. De Boer drehte sich um und lächelte Angelina böse an. Als sie ihn wegen seines Wutausbruchs ansprach, packte er sie und drängte sich an sie. Angelina wollte sich wehren, doch wollte sie auch kein Aufsehen erzeugen. Sie waren alleine in dem Stall und de Boer fand gefallen an seiner Überlegenheit gegenüber seinem Opfer. Er riss Angelina den Slip unter dem Rock vom Po und drang trotz der Gegenwehr in sie ein. Von hinten drückte er sie gegen die Trennwand aus Holz und nahm sich die Frau gegen ihren Willen. Die Gewalt, die er Angelina antat, dauerte nicht lang und er ergoss sich in sie. Danach sah er sie provozierend an und schickte sie zu ihrer Familie zurück. Angelina stapfte wütend und unsicher aus dem Stall, richtete ihre Kleidung und tat, als wenn nichts passiert sei. Übelkeit vortäuschend, bat sie Mike, sofort nach Hause zu fahren. Dort angekommen suchte sie das Badezimmer auf und duschte sehr ausgiebig. Sie wollte sich den Staub vom Reiterhof von der Haut waschen, begründete sie ihr Vorgehen.
Mike und Ela bekamen von der Gewalt die Angelina von de Boer angetan wurde nichts mit und wunderten sich nur über Angelinas mentale Abwesenheit an diesem Sonntag.

4 Wochen nach dem Sieg Elas im Dressurparcours flatterte eine E-Mail in Mikes Dienstpostfach. Der Absender war eine anonyme Adresse und hielt den Verschicker geheim. Doch was Mike im Anhang sah, brachte sein Herz zum Aussetzten mehrerer Herzschläge.

Er sah ein Foto, wie de Boer seine Angelina von hinten in einer Pferdebox nahm.

Mikes Gedanken rasten wie ein ICE durch seinen Kopf. Was sollte er jetzt tun, fragte er sich und wollte wissen, wer der anonyme Verfasser dieser Mail war. Doch bei der Suche des Absenders kam er nicht weiter. Außerdem rief ihn seine Aufgabe in der Klinik immer wieder dazu auf, seinen Job zu machen. Gedankenverloren funktionierte Mike an diesem Tag nur noch wie ein Roboter. Er nahm sein Umfeld gar nicht mehr richtig wahr und fieberte dem Feierabend entgegen. Die geplante Vorlesung am Abend sagte er telefonisch ab und machte sich nach Dienstschluss auf dem Weg nach Hause. Im Auto überlegte Mike, wie er das Gespräch über das Geschehen beginnen sollte. Ela durfte über Mikes und Angelinas Probleme nichts mitbekommen und so wollte er das Gespräch nicht im Beisein seiner Tochter führen. Mike öffnete die Haustür und wurde von Leo schwanzwedelnd begrüßt. Das Haus war ansonsten verwaist gewesen. Er rief Angelina an und wollte wissen, wo sie war. Doch ihr Handy war abgeschaltet. Jetzt fiel Mike sein altes Smartphone im Handschuhfach von Angies Auto wieder ein. Er öffnete das Ortungsprogramm nur, um festzustellen, dass der Akku leer und der letzte Kontakt Monate her gewesen war. Verärgert legte er sein eigenes Handy auf den Tisch und öffnete eine aus dem Kühlschrank geholte Flasche Bier. Die Wut und die Enttäuschung wuchsen von jeder Minute zur anderen an. Ihm schien die Zimmerdecke auf den Kopf zu fallen. Er musste raus und seinen Frust loswerden. Fünf Minuten später saß er mit Leo im Auto und fuhr in die Haard zum Joggen. Mit der ganzen Wut im Bauch rannte Mike viel

125

schneller als gewohnt die ersten Meter der Strecke ab. Doch sein Körper verlangte schnell eine Erholung und auf halbem Weg trabte Mike nur noch langsam durch den Forst. Seine Laune schloss sich dem kalten Novembertag an. Nach einer guten Stunde stand er wieder mit Leo vor seinem BMW und machte sich fertig für die Heimfahrt. Plötzlich berührte ihn jemand an der linken Schulter. Mike drehte sich verschreckt um und blickte direkt in Ninas Gesicht. Lächelnd begrüßte sie ihn mit roter Nase und geröteten Wangen. Nina sah Mike schon lange vor sich herlaufen, doch schaffte sie es trotz aller Anstrengungen nicht zu ihm aufzuschließen. Genau in dem Augenblick der Begrüßung fing es an, stark zu regnen. Beide standen wie angewurzelt vor Mikes Auto und wurden bis auf die Haut nass. Erst als Leo sich das Fell schüttelte und bellte, öffnete Mike ihm die Ladetür seines Kombis und der Grönländer sprang ins trockene Innere. Jetzt hielt Mike Nina die Beifahrertür auf und bot ihr den Sitz in seinem Wagen an. Nina zögerte kurz, stieg dann aber doch ein und wartete, bis Mike sich auf den Fahrersitz begab. Sie erzählte ihm von ihrem Leben in den letzten Jahren und einer enttäuschend endenden Beziehung, aus der ein kleiner Junge entsprungen war. Beide saßen dort und erzählten sich, was der andere hören wollte. Mit der Zeit wurde es stockdunkel auf dem Parkplatz und Nina fröstelte. Immer noch durchnässt nieste sie plötzlich. Mike sah sie frieren und gab ihr selbst durchnässt sein trockenes Handtuch. Nina bedankte sich, zog ihr nasses Oberteil über den Kopf aus und trocknete sich ab. Danach bot sie Mike das Handtuch an. Auch er entledigte sich seines Trainingsshirts und trocknete sich etwas ab. Jetzt saßen die beiden

126

nebeneinander im Auto und sagten nichts mehr zueinander. Mike blickte zu Nina und sah sie dort nur im BH sitzen. Von Gänsehaut überzogen fror sie sitzend neben Mike. Sie sahen sich in die Augen und der Moment, an dem die Emotionen das Spiel übernahmen, war gekommen. Nina öffnete ihren BH und die prallen Brüste lachten Mike an. Sie rutschte zu ihm auf dem Fahrersitz und küsste ihn auf den Mund. Mike zögerte erst, erwiderte dann aber Ninas Kuss. Leer im Kopf der ganzen Gefühlswelt beraubt, ließ er geschehen, was jetzt passierte. Auf einmal störte das Lenkrad und Nina drückte den Knopf, um die Sitzlehne nach hinten zu fahren. Dabei streckte sie sich so, dass ihr Busen in Mikes Gesicht landete. Aus Reflex liebkoste er sofort ihre vor Kälte erstarrten Brustwarzen. Er fühlte dann ihre kalte Hand in seiner Jogginghose verschwinden. Sein Stab wurde hart und groß. Nina massierte ihn weiter und ihre freie Hand versuchte sich von ihrer Laufhose zu befreien. Mike ließ sie gewähren. Doch als sie sich auf ihn setzen wollte, hielt Mike sie zurück. Er schüttelte den Kopf und erklärte ihr, dass er es nicht könnte. So lange er verheiratet wäre, würde er es nicht wollen. Auch um Nina später nicht vor den Kopf zu stoßen oder eventuellen Problemen vorab aus dem Weg zu gehen, wäre es besser, jetzt noch aufzuhören. Nina sah ihm ins Gesicht und trotz der Dunkelheit konnte Mike die Tränen an ihrer Wange herunterlaufen sehen. Mühselig stieg sie aus, öffnete ihr Auto und zog sich eine Jacke über. Danach kam sie noch einmal zu Mike, hauchte ihm einen Kuss auf die Wange und entschuldigte sich für den Vorfall. Mike hatte nun ein schlechtes Gewissen und wollte sie trösten. Doch Nina drehte ihm den Rücken zu, stieg in ihren Wagen und fuhr

127

davon. Mike dagegen stand noch einige Minuten regungslos dort und versuchte wieder einen klaren Verstand zu bekommen. Leo schlief während der ganzen Situation hinten drin und öffnete erst die Augen, als Mike den Sechszylinder startete.

## Kapitel 13

Zu Hause angekommen wurde er und Leo von Ela begrüßt. Nina stand am Herd und bereitete das Abendessen vor. Mike duschte und setzte sich zu seiner Familie an den Tisch. Der zubereitete Fisch mit Kartoffeln und grünen Prinzessbohnen schmeckte hervorragend und Mike überschüttete seine Frau deswegen mit Komplimenten. Er lächelte Angelina und Ela an, bis seine Tochter sich in ihr Zimmer verabschiedete. Als Angelina aufstand, um das Geschirr abzuräumen, bat er sie, sich wieder zu setzen. Mike sah ihr in die Augen und sagte nur de Boer. Er erkannte Angelinas aufkommende Nervosität sofort. Mike wiederholte den Namen und seine Frau saß ihm nur kommentarlos gegenüber. Langsam verlor er die Geduld und sagte zum dritten Male den Namen de Boer. Jetzt erst fragte Angelina, was er mit seinem Verhalten bezwecken möchte und tat ahnungslos. Mike eröffnete die Partie mit seinem ersten Zug. Er fasste in seine Hosentasche und entknitterte ein Stück Papier. Er strich es mit den Händen glatt und legte das Foto vor ihr auf den Tisch. Alle Farbe verlor Angelina aus dem Gesicht und ihre Augen wurden feucht. Zwei Sekunden später weinte sie bittere Tränen. Plötzlich stand Ela im Raum und Mike nahm das Foto verdeckt an sich, bevor er Ela wieder in ihr Zimmer bat. Noch am selben Abend saßen Mike und Angelina im Polizeirevier in Recklinghausen und erstatteten Strafanzeige wegen Vergewaltigung gegen de Boer. Hätte Mike gewusst, welche Lawine er damit auslöste, er würde es sich jetzt mehrmals überlegen, die Behörden einzuschalten.

129

Am nächsten Tag nahmen sich beide frei und saßen nachmittags bei einem befreundeten Rechtsanwalt. Dieser hörte sich Angelinas Geschichte an, sprach immer wieder in seinem Diktiergerät. Kurze Zeit danach kam eine junge Bürokraft ins Zimmer und brachte einige Formulare, die Angelina unterzeichnen musste. Zittrig setzte sie ihren Namen dorthin wo des Anwalts Finger zeigte und der erste Schritt war getan. Als das Ehepaar die Kanzlei verließ, konnte es nur noch auf de Boers Reaktion warten. Zwei Tage dauerte, als Angelinas Handy unaufhörlich summte. Das Display zeigte de Boers Name und Nummer an. Mike wunderte sich, warum die Nummer in Angelinas Handy gespeichert war. Angie unterdrückte das ankommende Gespräch und danach herrschte wieder Ruhe.

Als Mike am nächsten Morgen aus der Garage fuhr, versperrte ein schwarzer Mercedes Benz die Auffahrt. Mike stieg aus seinem BMW und wollte den Fahrer des Mercedes bitten die Einfahrt freizumachen. Doch zu seinem Entsetzen stieg de Boer aus dem anderen Wagen. Körperlich Mike mit gut 30 Kilogramm an Körpergewicht überlegen, packte er seinen Gegner am Kragen und schüttelte ihn kräftig durch. Dabei faselte er immer wieder von Angelina als läufige Hündin und riet Mike die Strafanzeige zurückzunehmen. Mit einem kräftigen Kinnhaken verabschiedete er sich dann und ließ Mike auf dem Boden liegen. Erst als de Boer verschwunden war, half Angelina Mike wieder aufzustehen. So kam es, dass Mike erneut eine Strafanzeige gegen de Boer aufgab. Dieses Mal musste er nicht zum Polizeirevier, sondern tat dies von seinem Büro aus online.

130

Es war dann der kommende Freitag, als Angelinas Rechtsanwalt sie in seine Kanzlei bat. Mike fuhr sie hin und betrat die Räume der Kanzlei mit seiner Frau. Doch als sie von einer weiteren Bürodame ins Zimmer des Anwalts gerufen wurde, musste Mike draußen sitzen bleiben. Verwundert über diese Maßnahme blieb Mike erstaunt in seinem Sessel sitzen. Es dauerte über eine Stunde, bis er Angelina wiedersah. Sie eilte aus der Tür, ohne bei ihm anzuhalten und wartete vor Mikes Auto auf ihm. Erst im Auto sagte sie ihm, die Anzeige gegen de Boer zurückzuziehen. Mike meinte sich verhört zu haben und fragte nochmals nach. Doch Angelina wiederholte ihre Aussage und blieb danach stumm. Mike konnte es nicht fassen und redete wütend auf seine Frau ein. Doch seine Worte fanden bei ihr kein Gehör. Auf dem Weg nach Hause musste Mike sich zwingen verbal nicht unhöflich zu werden. Er zweifelte langsam an den Verstand seiner Frau. Als Mike das Haus betrat, hatte sich Angelina schon im Schlafzimmer eingeschlossen. Mike sah Ela in der Küche weinen und verzichtete auf weiteres Vorgehen. Er nahm seine Tochter in den Arm und flüsterte ihr beruhigende Sätze zu.

Irgendwann schlief dann Ela in ihrem Bett in seinem Beisein ein und Mike setzte sich in seinem Arbeitszimmer vor dem PC. Er studierte noch einmal die anonyme Mail, wurde aber nicht schlauer daraus. Erst beim Bild kamen ihm die Gedanken, dass der Fotograf ein Angestellter oder ein Pferdebesitzer sein könnte. Noch am Abend fuhr er zum Hof und untersuchte den Pferdestall. Er fand die Box in der Angelina beim unfreiwilligen Sex mit de Boer fotografiert wurde. Er drehte sich um und leuchtete mit der Taschenlampe in die

131

Richtung, aus der das Foto gemacht worden sein könnte. Dort war nichts außer eine leere mit Stroh gefüllte Ablegestelle. Genau in dem Moment, als Mike die Taschenlampe ausschaltete und aus dem Tor gehen wollte, sprach ihn ein Mann mittleren Alters an. Der Fremde stand wohl schon eine ganze Weile dort und beobachtete Mike bei seinem Vorgehen. Auf Mikes Frage, wer er wäre, fragte er, was er hier in der Nacht noch zu suchen hatte. Er stellte sich als der Aufseher des Reiterhofes vor. Eine Art Hausmeister und wollte Mike des Grundstückes verwaisen. Auf dem Weg zum Auto begleitete der Aufseher Mike und dieser fragte ihn, ob er de Boer kenne. Als der Gefragte den Namen de Boer hörte, blieb er stehen und schaute Mike fragend an. Dieser blickte den Fremden plötzlich genauso erstaunt an und bohrte weiter. Der Angestellte des Reiterhofes sah Mike fest in die Augen und erklärte seinem Gegenüber, dass er diesen Narzissten nicht ausstehen könne. Dieser Kerl meinte, mit seinem Geld sein ganzes Umfeld zu seinen Gunsten beeinflussen zu können, sprach er zu Mike. Jetzt sagte er aber noch etwas, dass Mike den Boden unter den Füßen wegzog. Fragen Sie doch einfach ihre Frau, war der Satz den Mike von ihm hörte. Danach drehte er sich um und verschwand aus Mikes Sichtfeld. Immer wieder fragte er sich, was der Aufseher des Reiterhofes mit seiner letzten Aussage meinte. Tagelang, in jeder freien Minute dachte er an diese Worte. Seine Frau ging ihm seit dem Kanzleibesuch aus dem Weg. Kein Wort wurde zwischen ihr und ihm gewechselt. Schweigend saß die Familie in den letzten Tagen bei den Abendessen zusammen ohne zu reden.

Es war dann Ela, die die Stille unterbrach und wissen wollte, was hier vor sich ginge. Mike antwortete seiner Tochter kurz und knapp, indem er auf Angelina verwies. Doch sie antwortete nicht, stand auf und verschloss sich wieder im Schlafzimmer.

Es war dann mal wieder der Zufall, der Mike weiter half. Er erinnerte sich an das im Handschuhfach befindliche Handy und wollte dieses aus Angies Wagen holen. Als er dann auf dem Beifahrersitz saß und das Handschuhfach durchstöberte, entdeckte er ein zweites Smartphone. Mike nahm beide an sich und setzte sich in seinem Heimbüro vor seinem Computer. Er lud den Akku seines alten Telefons auf und überlegte, was er mit dem anderen gefundenen Handy anstellen sollte. Das Ding war Passwort geschützt und nach einigen falschen Eingaben durch Mike nicht mehr zu öffnen gewesen. Jetzt fiel Mike einer seiner Krankenpfleger auf seiner Station ein. Der Mitarbeiter, ein langhaariger Nerd, kannte sich unwahrscheinlich gut mit Computern aus. Vielleicht konnte dieser Mike helfen. Er überlegte, doch der Name des Angestellten blieb ihm fern. Er rief die Oberschwester an und fragte sie nach dem Pfleger. Diese wusste sofort Bescheid, gab ihrem Chef die Auskunft und Mike legte wieder auf.

In der Mittagsschicht hatte der Gesuchte dann Dienst und Mike rief ihn zu sich. Nachdem der Pfleger gehört hatte, dass sein Chef, sein Handypasswort nicht mehr wüsste, nahm er das Teil an sich und versprach Mike ihm das Handy morgen ohne Passworteingabe wiederzubringen. Mike sollte nur ein privates Notebook mit in die Klinik nehmen, war der Wunsch des Hackers.

133

So kam es, dass der Krankenpfleger am darauffolgenden Tag nach der Spätschicht am späten Abend bei Mike im Büro auftauchte. Mike wartete schon auf ihn und übergab dem Pfleger seinen Platz am Schreibtisch. Er schloss das Handy an das Notebook an, installierte aus dem Netz eine Software und zeigte Mike, wie er die Daten des angeschlossenen Handys herunterladen konnte. Dies alles dauerte keine dreißig Minuten. Danach verabschiedete sich der Krankenpfleger und ließ seinen Chef mit der Auswertung des Smartphones alleine. Mike wusste gar nicht, wo und wie er anfangen sollte, doch das Programm war selbsterklärend. Es führte seinen Benutzer mit einfachen Erklärungen durch das Programm. Nach etwas über zwei Stunden hatte Mike die Kopien aller Gespräche, Kurznachrichten und die von den Messengerdiensten auf seinem Notebook. Er schaute auf die Uhr, sie zeigte kurz nach ein Uhr in der Nacht an. An Schlafen war jetzt sowieso nicht zu denken und er machte sich an die Arbeit, die Aktivitäten der Vergangenheit auf dem Mobiltelefon auszuspionieren. Als Erstes fiel ihm auf, dass das Handy nur eine fremde Nummer gespeichert und nur diese immer wieder angewählt wurde. In knapp zwei Jahren wurden 188 Telefonate mit dieser Nummer gewählt oder angenommen. Über den Messengerdienst sind 2779 Nachrichten, teilweise mit Anhang versendet worden. Mike nahm sich die Nachrichten vor und die hatten es in sich. Er musste lesen, wie seine Frau mit de Boer ein Verhältnis über mehrere Jahre eingegangen war. Von Liebe ihrerseits bis zu den Verabredungen las er sich durch den Mailverkehr. Oft beschrieben die beiden ihren gemeinsamen Sex und sendeten sich gegenseitig keine jugendfreien Fotos zu. Mike war entsetzt. Er konnte nicht

134

glauben, was er da vor sich sah. Ohne zu bemerken, wie schnell die Zeit verging, begann der Dienstanfang und er musste seine Recherche völlig übermüdet unterbrechen. Ein schnelles Frühstück mit einem starken Kaffee und er konnte seine Aufgaben in der Klinik in Angriff nehmen. Am späten Nachmittag stand er dann noch im Hörsaal der Uni. Als er zu Hause ankam, fiel er müde auf die Couch und schlief sofort ein. Leo weckte ihn dann und mit dem Öffnen seiner Augen sah er Ela vor sich stehen. Orientierungslos schaute er auf die Uhr, es war kurz vor zehn. Drei Stunden hatte er auf dem Sofa verbracht. Ela schaute ihn an und wollte wissen, wo er letzte Nacht war und ob sich ihre Eltern trennen würden. Die erste Frage konnte Mike seiner Tochter noch beantworten, doch die Zweite konnte er sich selbst nicht beantworten und so schwieg er dazu. Angelina war noch immer nicht zu Hause und Mike schaute auf das Ortungsprogramm seines Handys. Der Wagen seiner Frau stand auf dem Parkplatz des Hotels im Jammertal. Mike stand auf, ging in die Garage und fuhr von Recklinghausen über Oer-Erkenschwick ins Jammertal. Er blieb vor Angelinas Auto stehen, stieg aus und schaute sich um. Er erkannte auf dem beleuchteten Parkplatz den schwarzen Mercedes de Boers. Die Gefühle an Wut und Verzweiflung, die in ihm aufstiegen, waren nicht mehr zu beschreiben. Er rüttelte und schüttelte an dem schwarzen Benz, bis er die Alarmanlage auslöste. In ohrenbetäubenden Lärm löste die Sirene den Alarm aus. Mike trat ein paar Schritte zur Seite und beobachtete das weitere Vorgehen. Nach dem Nachtportier trat kurze Zeit später de Boer im Bademantel an seinen Wagen und deaktivierte den Alarm. Als er wieder ins Hotel verschwand, folgte Mike ihn

135

unter dem Schutz einiger anderer Gäste. De Boer nahm den Fahrstuhl und stieg in der ersten Etage aus. Mike rannte nun im Treppenhaus in den ersten Stock, sah aber nicht mehr welches Zimmer de Boer genommen hatte. Er zückte sein Handy aus der Tasche, wählte Angelinas Nummer und aus dem Zimmer Nummer 104 hörte er es läuten. Er stand nun vor der Tür, holte dreimal tief Luft und klopfte an. Mike hörte de Boer wütend rufen, weshalb man ihn schon wieder störte. Nachdem Mike noch einmal klopfte, öffnete de Boer die Zimmertür. In dem Moment als die Tür einen ersten Spalt geöffnet wurde, sprang Mike mit seinem vollen Gewicht und all seiner Kraft dagegen. De Boer rechnete nicht so überrascht zu werden und flog rücklings auf den Boden. Mike trat mit dem Fuß auf den am Boden Liegenden zu. De Boer versuchte sich noch aufzurichten, doch der zweite Tritt löschte bei ihm das Licht aus. Blut lief aus seiner Nase, doch das interessierte Mike nicht. Er sah seine Frau nackt in dem Bett des Hotelzimmers liegen, drehte sich um und verschwand ohne ein Wort zu verlieren.

## Kapitel 14

Mike saß drei Tage später mit seinen ausgedruckten Beweisen bei einer ansässigen Rechtsanwältin für Familienrecht. Aufgrund der Voreingenommenheit hatte sein eigentlicher Anwalt ihn gebeten, sich einen anderen Rechtsvertreter zu nehmen. Nun saß er im Warteraum der Kanzlei und wartete nervös auf das erste Gespräch mit der renommierten Anwältin. Es dauerte auch nicht lange und die Dame stand vor ihm. Als er hochschaute, blieb sein Herz für eine gezählte Ewigkeit stehen. Vor ihm stand in einem klassisch blauen Kostüm, blauen Pumps und weißer Bluse Nina. Ihre blonden Haare trug sie hochgesteckt und begrüßte Mike ganz formell mit Nachnamen. Mit zittrigen Knien und wackeligen Beinen folgte er ihr ins Büro. Nina gab der Anwaltsgehilfin die Erlaubnis, Feierabend zu machen und schloss die Tür. Mike war an diesem Tag der letzte Klient. Sie zeigte auf den Stuhl vor dem Schreibtisch und setzte sich selbst dahinter. Mike wusste die ganzen Jahre nicht, dass Nina Juristin ist. Sie selbst schaute ihn an und fragte ihrem Gegenüber, ob er überrascht sei. Mike nickte und bekam noch immer kein Wort heraus. So begann Nina selbstbewusst und fragte ihn nach dem Grund seines Besuches. Mike legte den Stapel von etwa hundert Blatt Papier auf den Tisch und schob diese Nina zu. Nina schaute sich im Schnelldurchlauf die Kopien an und schüttelte mit dem Kopf. Sie sah ihn an und redete von einem Paragrafen § 1579 Nr.7 BGB. Mike verstand davon nichts und musste Nina fragen, was es mit diesem Paragrafen auf sich hat. Nina klärte Mike über diesen Absatz im Bundesgesetzbuch auf und fragte ihn, ob sie

137

die Scheidung einreichen sollte. Mike bekam plötzlich ein ungutes Gefühl, schluckte schwer und bejahte mit leiser Stimme. Nina benutzte die Tastatur ihres Computers und schrieb einige Sätze, druckte diese aus und übergab Mike die Dokumente zum Unterschreiben. Mike unterschrieb diese und Nina übernahm das Mandat, ihn in dieser Sache zu vertreten. Danach lächelte sie, erklärte Mike, dass der formelle Teil für heute erledigt sei und hängte die Jacke des Kostüms über die Lehne ihres Schreibtischstuhls. Jetzt erst fragte sie ihn, wie es ihm ginge. Mike kamen die Tränen und er fing an zu reden. Er redete sich den ganzen Frust und seine Wut von der Seele und Nina hörte geduldig zu. Die Zeit verging wie im Fluge und als Mike endete, schaute der Vollmond durchs Fenster.

Nina lud Mike zu einem Abendsnack beim Italiener um die Ecke ein. Mike zögerte aufgrund seines Gewissens, sagte dann aber doch zu und beide gingen die fünf Minuten Fußweg spazierend zum Abendessen.

Im Restaurant sprachen die beiden nicht über die Trennung von Mike und Angelina. Nina fragte Mike, was das Laufen in der Haard machen würde und so kam es, dass sich beide für Sonntagmorgen an ihrem früheren Parkplatz zum Joggen verabredeten.

Mike bezahlte den Restaurantbesuch und begleitete Nina noch zu ihrem Auto. Auf dem Weg erzählte sie ihm, wie sie von der Krankenhausjuristin zu einer selbstständigen Scheidungsanwältin wurde. Mike war begeistert und sehr von ihr beeindruckt. Nina ging ihren Weg und schien eine starke Frau zu sein. Mit einem Kuss auf die Wange stieg sie in ihrem Zuffenhausener 911 und fuhr nach Haltern am See. Mike machte sich gleichzeitig auf den Weg nach

Hause und fand Ela wieder alleine vor. Seine Tochter war mit ihren siebzehn Jahren eine kleine Schönheit und klug war sie dazu. Mike bat sie, sich zu ihm zu setzen und klärte Ela über die Trennung mit Angelina auf. Natürlich behielt er den wahren Grund für sich. Er wollte keinen Rosenkrieg führen. Wo Angelina sich die letzten Tage aufhielt, wusste er nicht und sagte dies auch Ela. Seine Tochter überraschte ihn dann, als sie ihm sagte, dass ihre Mutter eine eigene Wohnung hätte. Jetzt war Mike erstaunt und fragte seine Tochter, seit wann sie das wusste. Vor drei Tagen hatte ihre Mutter ihr über die eigene Wohnung berichtet. Ela wollte aber in ihrem gewohnten Umfeld und somit bei ihrem Vater bleiben.

Als Mike dann zwei weitere Tage später nach Hause kam, hatte Angelina ihre Schränke ausgeräumt. Nun war es endgültig. Für Mike gab es kein zurück mehr. Er fuhr zu einem ansässigen Sicherheitsunternehmen, dass direkt neben dem Kino in der City ihrem Verkaufsladen hatte und erwarb zwei Sicherheitsschlösser. Diese montierte er dann zu Hause selbst in die beiden Außentüren und gab seiner Tochter einen von den nicht zu kopierenden Schlüsseln. Nur mit seinem Ausweis und der Sicherheitskarte konnten Kopien von den Schlüsseln nachgemacht werden. Jetzt brauchte Mike sich keinen Kopf mehr darüber zu zerbrechen, wer in seinem Haus ein und ausgehen könnte.
Im Gegensatz zu Mike nahm Ela die ganze Trennung ihrer Eltern nach außen hin ziemlich entspannt auf. Sie zeigte niemanden, wie sie wirklich fühlte. Bei einer Pizza wollte Mike mit seiner Tochter über die bevorstehende Scheidung reden, doch Ela entschuldige sich nach der

halben Pizza mit Kopfschmerzen und suchte ihr Bett auf. Jetzt saß Mike an einem Samstagabend ganz alleine mit Leo im Wohnzimmer und ordnete seine Gedanken. Für morgen früh war er mit Nina zum Laufen verabredet und wollte deshalb rechtzeitig ins Bett gehen. Doch an Schlaf war nicht zu denken und so stand er wieder auf und setzte sich vor seinem Laptop. Er schloss Angelinas Handy an und öffnete das von seinem Krankenpfleger aufgezogene Spyprogramm. Als er sich dann ein wenig orientierungslos durch das Programm wühlte, stieß er auf den E-Mail-Account seiner Frau. Die Versuchung war einfach zu groß und er öffnete den Account. Es dauerte einige Minuten, bis das Programm alle Mails heruntergeladen hatte. Das Erstaunliche an diesem Programm war, dass es auch schon gelöschte Mails wiederherstellte und herunterlud. Sogar die Anhänge konnte Mike nun öffnen. Der Satz, dass Internet vergisst nie ging durch seinen Kopf. Wie viel Weisheit dieser Spruch doch wirklich besitzt. Mike stöberte durch Angelinas Mailverkehr und suchte nach irgendwelchen Auffälligkeiten. Es schien die Suche nach der Nadel im Heuhaufen zu werden. Der Maileingang umfasste über achttausend Nachrichten. Dazu kamen noch die gesendeten Nachrichten, die eine Anzahl von mehr als dreitausend zählte. Das Meiste waren Spams und Werbenachrichten und konnten ignoriert werden. Es dauerte eine ganze Weile, bis Mike die erste Auffälligkeit bemerkte. Zuerst dachte er schon wieder an eine Werbemail, doch aus irgendeinen Grund sagte der Mann im Kopf ihm sich diese Nachricht einmal genauer anzuschauen. Die Mail stammte von einem Dating-Portal. Na ja, so ein Mist hatte sich auch schon in Mikes

140

Maileingang wiedergefunden und wurde ungelesen wieder gelöscht. Doch in dieser Nachricht wurde das Mitglied Hotangie angeschrieben. Also wurde Angelina als Mitglied dieses Portals geführt. Mike kopierte die Mail und speicherte diese auf seiner Festplatte ab. Er registrierte sich auf diesem Portal, das angebliche Diskretion versprach. Mit Fake-Daten war er jetzt kostenloses Basismitglied dieser Seitensprungplattform. Sofort bekam er von irgendwelchen suchenden Damen Nachrichten, doch wenn er seinen Posteingang öffnen wollte, blieb ihm der Zugang verwehrt. Nur ein Premiummitglied konnte Nachrichten einsehen und schreiben. Dafür wären siebzehn Euro im Monat fällig gewesen. Mike ignorierte dies und suchte nach Hotangie, die er sofort fand. Das Foto einer in Reizwäsche unkenntlich gemachten Dame erschien auf dem Desktop. Um weiter mit ihr zu kommunizieren oder in das Profil zu schauen, folgte der Aufruf, eine Premiummitgliedschaft abzuschließen. Mike fotografierte mit seinem Handy die Seite mit dem Bild der Hotangie und speicherte es ab. Doch auch hier ließ ihn die Neugier nicht mehr los und er kaufte sich für ein Jahr ein Premiumabo. Nachdem er mit seiner Kreditkarte bezahlt hatte, konnte er den fast vollen Umfang dieses Portals nutzen. Er öffnete das Profil, von dem er dachte, es gehört seiner Frau und schaute sich darin um. Das Alter stimme genauso wenig wie der Wohnort. Die Dame des Profils gab sich mit 33 Jahren aus. Dazu stimmte der Wohnort Lünen nicht mit Angies Daten überein. Trotzdem gefror Mike das Blut in den Adern, als er sich die über fünfzig Bilder im Profil ansah. Kein Foto zeigte das Gesicht der sich anbietenden Frau, doch er erkannte

141

Angelina trotzdem. Stolz präsentierte sie nicht nur ihre nackten Brüste dem Profilbesucher. Auch ihr Geschlechtsteil war mehrmals zu erkennen. Die Fotos schienen in einem Swingerclub aufgenommen worden zu sein und Mike kam mit dem abfotografieren gar nicht mehr nach. Er konnte es kaum fassen. Seine Frau führte jahrelang ein von ihm unbemerktes Doppelleben. Er sah auf die Uhr und stellte fest, dass seine Verabredung mit Nina in nur drei Stunden fällig war. Er stellte den Wecker und legte sich noch einmal schlafen.

Mit Leo an seiner Seite stieg er aus dem Auto. Nina wartete schon auf Mike und nach einer legeren Begrüßung trabten sie los. Während des Laufes berichtete Mike seiner Anwältin von seinen Recherchen. Nina bat um Kopien und hörte dem Gesagten nur zu. Nach einer guten Stunde wurde Mike langsamer. Das Atmen fiel im schwerer und es wurde Zeit, ans Ziel zu kommen. Die beiden Laufpartner mit dem Grönländer im Rücken nahmen eine Abkürzung und kamen erschöpft auf dem Parkplatz an. Sie standen verschwitzt vor ihren Autos und keiner sagte etwas. Als nach einer gefühlten Ewigkeit Mike sich verabschieden wollte, unterbrach Nina das Schweigen. Sie lud Mike zum Frühstück bei sich ein. Mike zeigte auf Leo und Nina nickte nur. So saß er eine Minute später hinter dem Lenkrad seines Kombis und folgte der vorausfahrenden Nina. Auf dem Weg hielt Nina kurz beim Bäcker an und kaufte einige frisch gebackene Brötchen. Dann ging es weiter und sie hielt erst wieder vor ihrer Haustür an. Ninas Sohn besuchte dieses Wochenende den Vater und so waren die beiden mit Ausnahme von Leo alleine. Nina zog,

142

während sie den Kaffee aufsetzte, ihre Laufkleidung aus und einen Bademantel an. Sie deckte den Tisch und bot Mike den Platz ihr gegenüber an. Dieser saß dann in verschwitzen Sachen da und ihm wurde kalt. Nina erkannte dies und warf ihm ein Saunahandtuch zu. Dankbar nahm Mike das Handtuch an, entledigte sich seines Oberteils und trocknete sich ab. Dann legte er das Frotteetuch über die Schultern und frühstückte mit Nina. Während ihrer Unterhaltung konnte Mike immer wieder ihren Brustansatz wegen des schlecht verdeckenden Bademantels sehen. Als sie ihm dann noch den Kaffee nachschenkte und sich über den Tisch beugte, sah er alles, was der Bademantel vorher noch verdeckte. Nina wusste um ihre Reize und setzte diese jetzt zu ihrem Vorteil geschickt ein. Mike spürte seine Lust auf diese Frau ansteigen, wollte aber ihre jetzige Beziehung nicht gefährden. Deshalb hielt er sich sehr zurück. Nina räumte nach dem Frühstück den Tisch auf und goss sich und Mike einen Sekt ein. Mit den zwei Gläsern in den Händen kam sie ins Wohnzimmer zu dem wartenden Mike. Er saß im Sessel und nahm das Glas entgegen. Sie prosteten sich zu und nahmen beide einen Schluck. Nina ließ danach den Bademantel herunterrutschen und stand plötzlich nackt und wunderschön vor dem verwunderten Mike. Er saß in Augenhöhe mit ihrem behaarten Dreieck. Im Gegensatz zu Angelina war Nina dort unten gepflegt behaart. Sie sah die Wölbung in Mikes Laufhose und ging den letzten Schritt auf ihn zu. Sie trank den Rest des Sektes, stellte das Glas auf den Tisch und zog Mike die Hose über den Beinen aus. Dieser ließ sie walten und begab sich in die devote Haltung. Nina gab von nun den Takt an und Mike fand gefallen an die Rollenverteilung.

143

Nina legte ihm ihre Brüste ins Gesicht und setzte sich auf seinen hoch aufgerichteten Freund. Während Mike mit seinem Mund ihre Brüste liebkoste, ritt die Anwältin ihn wild und heftig. Sie kam schnell, hörte aber nicht auf und machte ungebremst weiter. Als Mike fühlte, wie sie erneut zu kommen schien, unterdrückte er seine Gefühle nicht mehr und kam mit ihrem zweiten Orgasmus zur Ejakulation. Danach lagen sich beide erschöpft in den Armen und hielten die Stellung, ohne sich zu bewegen. Die Kälte holte sie in die Gegenwart zurück und kurz danach standen beide zusammen unter der warmen Dusche. Als Nina sich beim Einseifen bückte und ihr Po Mike vorne berührte, schwoll der kleine Kerl erneut an. Mike konnte nichts dagegen tun. Nina spürte sein bestes Stück an ihren Pobacken anwachsen und führte ihn von hinten in sich ein. Das Paar liebte sich so in der Duschkabine erneut und war nun völlig ausgepowert. Mike fühlte sich wie in früheren Singlezeiten. Nina küsste ihn und verließ das Bad. Mike folgte ihr ins Schlafzimmer und legte sich neben sie ins Bett. Beide schliefen nebeneinander ein und wachten erst am Nachmittag wieder auf. Es wurde Zeit, sich zu verabschieden. An der Haustür erinnerte Nina Mike noch an die Kopien und schickte ihm einen Handkuss hinterher.

Mit dem Öffnen der Haustür stürmte Leo in Elas Zimmer. Mikes Tochter lag weinend im Bett und klagte ihrem Vater noch immer Kopfschmerzen zu haben. Mike sah sich seine Tochter an und gab ihr eine Kopfschmerztablette. Doch Ela lehnte diese mit der Begründung der Wirkungslosigkeit ab. Jetzt war Mike nicht nur besorgter Vater, sondern auch Elas Arzt. Auf die

144

Frage, wie lange und wie oft sie schon Kopfschmerzen habe, antwortete sie mit ein paar Mal. Aber nie so heftig und vor allem nicht so lange wie dieses Mal. Mike gab ihr ein Mittel zum Einschlafen und wollte der Sache morgen auf den Grund gehen. Er wollte Ela mit zur Klinik für eine gründliche Untersuchung mitnehmen. Als Mike das Zimmer verließ, schlief Ela schon tief und fest. Leo blieb vor ihrem Bett liegen und wich die ganze Nacht nicht von ihrer Seite.

Am nächsten Morgen schien es Ela wesentlich besser zu gehen und sie wollte nicht mehr mit ihrem Vater zur Untersuchung in die Klinik fahren. Doch Mike, der sonst seiner Tochter nie einen Wunsch ausschlug, beharrte auf ihr kommen. So saß Ela an diesem Montagmorgen in Mikes Büro und hörte dem Telefonat ihres Vaters mit der Neurologie zu. Einige Minuten später holte eine Krankenschwester Ela ab und führte sie durch die ganzen Untersuchungen. Zu Elas Verwunderung dauerte diese bis in den frühen Nachmittag hinein. Zum Abschluss lag sie noch im MRT, wo Aufnahmen vom Inneren ihres Kopfes gemacht wurden.

Als sie dann auf das Ergebnis wartend vor dem Chefarztzimmer saß, setzte ihr Vater sich neben sie. Mike hielt ihre Hand und fragte seine Tochter, ob er zuerst alleine mit dem Chef der Neurologie reden dürfte. Ela sah ihren Vater an und nickte ihm ängstlich zu.

Mike betrat das Büro seines Kollegen und setzte sich nach der Begrüßung auf den Patientenstuhl. Der Neurologe hatte den Bericht in der Hand und blickte ernst. Er heftete die Aufnahmen an die Lichttafel und erklärte Mike das Ergebnis seiner Untersuchung. Mike erfuhr so als erster die schlimme Nachricht, die ihm aus

145

seinem jetzigen Leben warf. Ela hatte einen mittelgroßen Hirntumor. Um überhaupt eine Chance zu bekommen, diesen heimtückischen Krebs zu besiegen, musste sofort mit der Behandlung angefangen werden. Mike blieb die Luft weg. Er konnte gar nicht mehr zuhören und ihm liefen die Tränen aus den Augen. Warum war Gott so grausam zu seinem Kind, fragte er sich immer wieder.

Mike trat aus dem Büro des Neurologen und sah seine Tochter gegenüber auf einem der Stühle sitzen. Er schaute sie an und setzte sich neben sie. Wieder fragte er sich, warum Gott kein Mitleid mit seinem unschuldigen Kind hatte. Sie hätte doch noch ihr ganzes Leben vor sich gehabt. Mike versuchte Ela langsam und einfühlsam den Grund ihrer manchmal auftretenden Kopfschmerzen beizubringen. Mit der Magnetresonanztomografie und dem infusierten Kontrastmittel wurde ein Glioblastom in ihrem Kopf sichtbar gemacht. Die Kontrastmittelaufnahmen stellten eine Störung der Blut-Hirn-Schranke bei Ela fest, die sich im Bereich des Krebstumors zeigte. Die Lebenserwartung für einen Patienten mit der Diagnose eines Glioblastom beträgt ohne Behandlung drei mit einer lebensverlängernden Behandlung etwa achtzehn Monate. Mike behielt den letzten Satz aber für sich.
Als er mit seinen Worten zu Ende war, weinte Ela bitterliche Tränen und er musste seine Tochter tröstend im Arm festhalten. Obwohl Trost ihr auch nicht wirklich half.
Als die erste Welle des Schocks sich ein wenig gelegt hatte, fragte Ela ihren Vater, wie es für sie weiterginge. Mike zuckte mit den Schultern. Er kannte den

146

schwierigen und tödlichen Verlauf dieser Diagnose. Wie sollte er dies seiner Tochter nur erklären?

Ela wollte nach Hause. Mike zögerte keine Sekunde, nahm sich frei und beide verließen gemeinsam die Klinik. Zu Hause angekommen legte Ela sich in ihr Bett. Mike musste sie kurz alleine lassen und mit Leo Gassi gehen. Auf dem Weg versuchte er Angelina anzurufen, doch sie nahm sein Gesprächsversuch nicht entgegen. Ihm blieb nur die Möglichkeit, ihr über den Messengerdienst zu schreiben. Als er wieder zu Hause war, rannte Leo sofort zu Lea. Mike ging ihm nach und sah seine Tochter mit dem Laptop im Bett sitzen. Ela hatte die ganze Zeit im Internet recherchiert und sich Informationen über diesen Glioblastom geholt. Mit Tränen unterlaufenden Augen sah sie den in der Tür stehenden Mike an und sagte, sie wolle keine Chemotherapie. Mike sah sie an und klärte sie nun über ihre Lebenserwartung mit dem Hirntumor auf. Ela nickte nur und fragte nach ihrer Mutter. Mike gab ihr ein Schlafmittel und als Ela eingeschlafen war, machte er sich auf den Weg zu Angelina. Es dauerte nur ein paar Minuten und er stand vor dem Mehrfamilienhaus, in dem sie jetzt eine Wohnung hatte. In seiner Verzweiflung übersah Mike den schwarzen Mercedes und klingelte an der Klingel mit dem Namen seiner Frau. Niemand öffnete die Tür. Mike klingelte noch einmal und noch immer rührte sich nichts. Danach ließ er den Knopf der Schelle nicht mehr los und plötzlich hörte er den Türöffner summen. Er drückte sich gegen die Haustür und stand kurz danach vor Angelinas Wohnung in der ersten Etage. Als die Tür geöffnet wurde, stand zu Mikes Überraschung de Boer im Türrahmen. Dieser holte mit der Faust aus und traf mit voller Wucht

147

Mikes Nasenbein. Es krachte, wie wenn ein Baumast zerbrechen würde. Das Blut spritzte sofort aus der schmerzenden Nase und Mike fiel hinten herüber. Erst jetzt fragte de Boer was er in seinem Haus wolle. Nun wurde Mike klar, warum Angelina so schnell eine Wohnung fand. De Boer drehte sich um und gab Angelina den Weg zu ihrem Mann frei. Unhöflich fragte sie ihn, was er hier zu suchen hatte. Mike wischte sich das Blut mit dem Ärmel aus dem Gesicht und fragte nach einem Handtuch. Als Angelina ihm eines gab, sah er sie zum ersten Male an. Jetzt erkannte er, dass sie nur im Slip und T-Shirt vor ihm stand. Er wusste, mit seinem Klingeln hatte er sie bei ihrem Beischlaf gestört. Mike klärte Angelina über den Krankheitszustand ihrer Tochter auf und verließ das Haus de Boers.

Wieder daheim angekommen, stand er vor dem Badezimmerspiegel und wusste, dass er jetzt noch einmal eine schmerzliche Prozedur über sich ergehen lassen musste. Er richtete sich seine Nase selbst und wieder blutete diese heftig. Sein Gesicht um die Nase schwoll schon an und verfärbte sich blau. Ela lag noch immer tief schlafend in ihrem Bett. Plötzlich und ohne wirklichen Grund wurde Leo unruhig und stand unruhig vor der Haustür. Mike dachte, sein Hund müsste nach draußen, um sein Geschäft zu machen und wollte ihn gerade anleinen, als die Klingel sich meldete. Er öffnete die Tür und Angelina stand weinend davor. Mike machte ihr den Zugang frei und Angelina marschierte in Elas Zimmer. Ein paar Minuten später schaute Mike nach dem Rechten und sah Angelina auf dem Bett neben ihrer Tochter liegen. Dieses Mal gab er ihr ein Tuch, um sich die

148

Tränen aus dem Gesicht zu wischen. Er schloss die Tür und ließ die beiden alleine.

## Kapitel 15

Mike war in der Küche mit dem Essen beschäftigt, als Angelina aus Elas Zimmer trat. Eigentlich war es schon viel zu spät zum Essen, aber Mike und auch Ela hatten den ganzen Tag noch nichts gegessen. Es gab Spaghetti in einer Provence-Soße mit mediterranen Gemüse. Dieses Menü war schnell zubereitet und sehr lecker. Mike schaltete geraden den Ofen aus, als Angelina zu ihm kam. Er sah sie an und spürte seine Wut und Enttäuschung wieder bei ihm anklopfen. Mike wollte eigentlich, dass seine Frau das Haus schnell verlässt. Doch in dem Moment, als er Angelina verabschieden wollte, stand Ela in der Tür und wünschte, ihre Mutter bei sich zu haben. Zähneknirschend stellte Mike einen dritten Teller auf den Tisch und gemeinsam nahmen sie die zubereitete Mahlzeit ein. Ela hielt die ganze Zeit die Hand ihrer Mutter. Als Angelina gehen wollte, drückte Ela sich an sie und wollte sie nicht aus dem Haus lassen. Mikes Herz zerbrach bei diesem Anblick und er bot trotz seiner Bedenken Angelina an, hier zu bleiben. So kam es, dass die Familie noch einmal gemeinsam im Wohnzimmer saß. Mike verabschiedete sich dann von seinen beiden Frauen und legte sich im Schlafzimmer ins Bett.
Als Leo ihn am frühen Morgen viel zu früh weckte, blickte er durch die Tür in Elas Zimmer und sah Ela mit ihrer Mutter dort schlafend liegen. Er schnappte sich Leo und ging mit ihm die Morgenrunde machen. Auf dem Rückweg nahm er Brötchen für alle drei vom Bäcker mit und decke den Frühstückstisch. Als er die beiden Frauen wecken wollte, sah er, dass Ela alleine im Bett lag.

150

Angelina hatte ihr früheres Heim still und heimlich verlassen.

Während des Frühstücks sprachen Mike und seine Tochter über die nächste Vorgehensweise und den Umgang mit ihrer Krankheit. Ela bestätigte noch einmal ihren Wunsch, keine Chemotherapie über sich ergehen lassen zu müssen und Mike versprach ihr, ihren Wunsch zu akzeptieren.

In der nächsten Zeit ließ sich Angelina mehrmals die Woche bei ihrer Tochter blicken. Oft blieb sie auch über Nacht. Mike erzählte Nina natürlich beim Joggen von seinem grausamen Schicksal und obwohl ihr sein Umgang mit Angelina nicht sehr gefiel, zeigte sie Mitgefühl und respektierte sein Handeln. Über die Scheidung redete Mike in der Zeit des Wartens weder mit Nina noch mit Angelina. Nina selbst lud Mike auch nur zu sich nach Hause ein, wenn ihr Sohn die beiden Wochenenden bei seinem Vater verbrachte. Sie wollte bis zum jetzigen Zeitpunkt eine klare Trennung zwischen Mike und dem Leben mit ihrem Sohn. Sie mochte Mike und die Treffen waren immer sehr schön. Manchmal auch romantisch, doch für mehr war sie nicht bereit.

Elas 18. Geburtstag stand an und alle Beteiligten wussten, es würde ihr letzter Geburtstag werden. Mike fragte sie nach ihrem Geburtstag und sie wünschte sich ihre Mutter zurück. Mike konnte ihr diesen Wunsch natürlich nicht erfüllen und stand mit schlechtem Gewissen da. Doch auch Angelina stellte die Frage zu Elas Geburtstagswunsch und stand ebenso dumm wie Mike da. An einem Abend dann, als Ela schon schlief, redeten die beiden miteinander und einigten sich ihre Tochter den Gefallen zu tun und bis zu ihrem Tod als

151

Familie zu funktionieren. Über Angelinas Fehlverhalten während ihrer Ehe unterhielten sie sich nie. So kam es, dass Mike und Angelina sich abwechselnd um ihre Tochter kümmerten und beide ihren Jobs trotzdem nachgehen konnten. Mike konnte es kaum ertragen, seine Tochter so schnell abbauen zu sehen. Mittlerweile hatte Mike für Ela eine nette Dame für die Sterbebegleitung engagiert. Auch für die immer häufiger auftretenden Kopfschmerzen behandelte er sie mit Morphine. Morphine stammen vom Opium ab. Genauer gesagt ist es der getrocknete Milchsaft des Schlafmohns. Morphine werden in der Schmerztherapie bei starken Schmerzen eingesetzt. So kam es, dass Ela in ihren letzten Wochen oft benebelt in ihrem Bett lag. Die Dame des Palliativdienstes blieb dann in den letzten Tagen über Nacht und benutzte das Gästezimmer im Haus.

Kurz nach ihrem Geburtstag war es dann so weit. In einer Nacht schlief Ela für immer ein. Für Mike, aber auch für Angelina brach eine Welt zusammen. Ihr einziges Kind war tot und Mike haderte mit dem Schicksal, überhaupt weiterleben zu wollen. Elas Beerdigung war der bisher schlimmste Moment in Mikes Leben. Schon oft musste er beruflich anderen Menschen den Tod eines geliebten Verwandten erklären, doch jetzt erkannte er, dass es keinen wirklichen Trost gab. Am Abend des Tages, als Ela beigesetzt wurde, ging er spät mit Leo spazieren. Auf dem Rückweg wurde der Grönländer immer schneller, je näher sie sich dem Zuhause näherten. Vor der Haustür wusste Mike, warum sein Hund sich so auffällig verhielt. Vor seiner Tür saß Angelina weinend auf der einen Stufe des Einganges. Leo schleckte sie ab und Mike schaute sie verwirrt an. Er half Angelina aufzustehen und bat sie

152

hereinzukommen. Sie hatte noch immer die Kleidung vom Morgen an. Nicht mehr frisch aussehend setzte sie sich im Wohnzimmer auf die Couch und weinte bitterlich. Mike schaffte es gerade noch, seine Trauertränen zurückzuhalten. Er stellte zwei Gläser auf den Tisch, füllte diese mit ein paar Eiswürfel und schüttete den Bourbon Southern Comfort darüber. Er schob Angelina das gefüllte Glas herüber und nahm selbst einen kräftigen Schluck. Eine gute Stunde später war die Flasche halb leer und Mike wie Angelina nicht mehr nüchtern. Angelina stand plötzlich auf und ging ins Badezimmer. Als sie wieder zurück war, hatte sie ihre Kostümjacke abgelegt. Auch ihre Schuhe blieben im Bad. Sie stand vor Mike und umarmte ihn ohne Vorankündigung. Mike rührte sich nicht. Erst als sie wieder heftig zu weinen begann, wollte er nicht herzlos sein und legte seine Arme um seine Frau. Angelinas Weinen nahm kein Ende und Mike stand bewegungslos da. Plötzlich sprach sie mit verweinter Stimme und entschuldigte sich bei ihm. Sie öffnete sich ihm gegenüber zum ersten Mal. Immer noch in seinen Armen stehend, beichtete sie ihm nymphoman veranlagt zu sein. Sie war deswegen auch in psychologischer Behandlung, sah aber Elas Tod als die Strafe Gottes für ihr Verhalten, Ehebruch begannen zu haben. Ihre mit Wimperntusche verfärbten Tränen durchnässten Mikes weißes Hemd und hinterließen schwarze Flecken. Angelina schaute ihn an und versuchte ihn auf den Mund zu küssen. Mike drehte sich von ihr weg. Sie sagte ihm, dass sie Trost bei ihrer gemeinsamen Trauer brauche und ihm nicht auf sexueller Hinsicht küssen wollte. Mike löste sich von ihr und schüttete noch einmal die Gläser voll. Es war weit nach

153

Mitternacht, als Angelina wieder die Toilette aufsuchte. Nachdem sie zurück ins Wohnzimmer kam, besuchte Mike betrunken das Bad. Im Spiegel schauend weinte er nun auch heftig um seine geliebte Tochter. Als er das Bad verließ, war Angelina nicht mehr zu sehen. Mike dachte, sie hätte sich aus dem Haus geschlichen, zog sich aus und betrat im Dunkeln sein Schlafzimmer. Er legte sich auf seiner Seite des Bettes, als er plötzlich von Angelina umarmt wurde. Seine Gefühlswelt geriet völlig aus den Fugen. Dazu die gemeinsame Trauer und der selbst suchende Trost. Er spürte Angelinas Tränen auf seiner Schulter und ihre Hände auf seiner Haut. Er ließ ihre Berührungen zu und begann auch sie Trost suchend zu streicheln. Die beiden ließen ihren Gefühlen freien Lauf und küssten sich. Mike fühlte ihre Hände in seinem Schritt und sein bestes Stück wuchs an. Sie liebten sich innig, als wenn nichts zwischen ihnen stand. In dieser Nacht vergaßen die beiden ihre Streitigkeiten und liebten sich wie frisch verliebt.

Mit einem schlechten Gewissen wachte Mike am nächsten Tag auf. Angelina lag nicht mehr neben ihm. Er stand auf, nur um festzustellen, dass sie fortgegangen war.

Mike war verzweifelt. Er bewohnte nun alleine das Haus, wo vorher seine Familie mit ihm lebte. Um mit dem Verlust seiner einzigen Tochter fertig zu werden, stürzte er sich in Arbeit. Er suchte jeden Tag Gründe, nicht nach Hause gehen zu müssen. Doch es gab da noch Leo, der auf Mike wartete. Da der Grönländer nicht den ganzen Tag alleine bleiben konnte, stellte Mike eine Haushaltshilfe auf Basis eines Minijobs ein. Es gab einige Bewerbungen und Mike lud die Bewerberinnen an

154

einem Samstag zu sich ein. Nacheinander klingelte es bei ihm und die Frauen stellten sich vor. Doch entscheiden musste Mike sich gar nicht, das nahm Leo ihm ab. Maria hieß die Dame im mittleren Alter. Sie war verwitwet und wollte sich ein paar Euro zu ihrer Witwenrente dazu verdienen. Leo fand sofort gefallen an Maria, die es mit den mitgebrachten Leckereien auch clever angestellt hat. Leo fraß ihr sozusagen aus der Hand. Mike sah, dass Maria mit seinem Hund umgehen konnte und stellte sie ein. Nun war Maria in der Woche jeden Tag drei Stunden um die Mittagszeit in Mikes Haus und kümmerte sich um das Putzen, das Aufräumen und um Leo. Sie sorgte auch immer dafür, dass der Kühlschrank mit den von Mike bestellten Produkten gefüllt war. Mike indessen war froh über die Hilfe durch Maria und fragte sich, warum er nicht vorher schon eine Haushälterin eingestellt hatte. So vergingen die nächsten Wochen und Monate. Die schlimmste Zeit für Mike waren die Weihnachtstage und die über den Jahreswechsel. Verbittert und an Ela denkend, vergrub er sich im Haus und ließ sich draußen nur wegen Leos Runden blicken. Es war dann der dritte Sonntag im Januar. Es hatte geschneit und die Natur zeigte sich in den Farben schwarz und weiß. Mike lag noch im Bett, als es klingelte. Überrascht über das Geräusch der Klingel, öffnete er erstaunt die Tür. Sportlich in ihrer Laufbekleidung stand Nina vor der Tür und fragte lächelnd nach ihrem Laufpartner. Mike hatte seit dem Tod Elas keine Laufschuhe mehr an den Füßen gehabt und wollte schon verneinen. Doch Nina drang sich an ihm vorbei ins Innere und nötigte Mike zum Laufen. Unmotiviert zog er sich um und lief mit Leo und Nina seine erste Runde durch den blätterlosen Wald. Schnell

155

ging ihm die Puste aus und er verlangsamte seinen Schritt. Nina, wesentlich besser in Form als Mike, passte sich seinem Tempo an. Nina brachte die beiden dann mit ihrem Auto nach Hause und stieg mit aus. Sie fragte gar nicht, ob sie mit eintreten durfte und ob es Mike recht war. Sie tat es einfach. Die Frau war einfach selbstbewusst und sehr dominant. Für das Frühstück war es schon etwas zu spät und so bestellten die beiden um die Mittagszeit jeweils eine Pizza, die der Lieferdienst in 45 Minuten versprach vorbeizubringen. Während sie auf die Pizzas warteten, klärte Nina ihren Klienten wegen der Scheidung auf. Es gab Neuigkeiten und diese waren für Mike nicht schön. Angelinas Anwalt forderte Unterhalt und Mike sollte diesen rückwirkend bezahlen. Nina schlug Mike ein Treffen mit der Gegenseite vor. Sie erklärte ihm ihre Strategie und hoffte, alles zu Mikes Gunsten abwehren zu können. Mike saß stumm da und nickte dem am Ende zu. Damit war für Nina der berufliche Teil erledigt gewesen. Sie legte gerade ihre Joggingschuhe ab und wärmte sich an der Fußbodenheizung ihre noch kalten Füße, als der Pizzamann vor der Tür stand. Mike bezahlte die Pizzas und Nina holte das Besteck aus der Küche. Gemeinsam saßen sie nun am Esstisch und vertilgten ihre italienische Teigware. Nebenbei tranken sie den mitbestellten Lambrusco und ließen es sich schmecken. Schnell war die Flasche leer und Mike holte aus dem Keller eine neue Flasche des süßen Weines. Zum ersten Male dachte er nicht an Ela, während er sich im Haus aufhielt. Als er aus dem Keller nach oben kam, saß Nina auf der Couch im Wohnzimmer. Mike goss den Wein in die beiden schon gebrauchen Gläsern und setzte sich an das Fußende des

156

Sofas. Das er jetzt einen guten Meter von ihr weg saß, gefiel Nina nicht und sie legte ihre Füße auf seinem Schoß. Mike sah ihre rosa lackierten Zehennägel und wie sie diese immer bewegte. Ihre Berührungen stimulierten ihn. Aber Mike fühlte sich noch nicht so weit und versuchte Ninas Avancen zu ignorieren. Sie bemerkte dies und nahm es als Herausforderung an. Jetzt spielte sie mit ihren Füßen zwischen seinen Beinen und fühlte, wie er darauf reagierte. Es dauerte nicht lange und sie hielt ihm das leere Glas zum Nachschenken vor die Nase. Mike goss ihr und sich nach. Als er ihr eines der Gläser reichen wollte, sah er Nina ohne Oberteil mit nackten Brüsten auf der Couch sitzen. Wie hat sie das nur so schnell geschafft, war sein erster Gedanke. Der Zweite war dann unkeusch. Ninas Brustwarzen waren hart und in voller Größe aufgerichtet. Sie sah ihn provozierend an und spielte mit ihren Fingern an ihren Nippeln. Jetzt kam der Moment, als Mike alles um sich vergaß. Seine Umwelt existierte für diesen Augenblick nicht mehr. Nachdem Nina gegangen war, kam er wieder zu klarem Verstand. Er schämte sich selbst dafür, schwach geworden zu sein. Er mochte Nina sehr, doch mehr nicht und auch von ihr kam kein Zeichen zu ihm herüber, dass sie eine Bindung mit ihm eingehen wollte. Noch nie hatte sie ihm ihren Sohn vorgestellt und das fand Mike schon sehr merkwürdig. Wieder alleine im Haus kamen die Erinnerungen an Ela zurück und so auch die Traurigkeit. Zum ersten Mal, nachdem sie die Welt verlassen hat, machte Mike sich Gedanken, wie es in naher Zukunft mit ihm weitergehen könnte. Nur zu arbeiten war dabei keine wirkliche Alternative.

157

Ein paar Tage später sah er zum ersten Mal nach dem überraschenden Abend Angelina wieder. Sie hatte eine neue Frisur mit blonden Strähnchen. Gekleidet war sie so adrett wie Mike sie kannte. Nur ein Lächeln konnte seine Frau sich nicht abgewinnen. Ihr Rechtsberater schob Mike ein Blatt Papier zu, welches Angelinas Forderungen waren. Nina nahm das Stück Papier an sich und schüttelte beim Lesen den Kopf. Danach sagte sie ihrem Kollegen, dass niemand eine schmutzige Scheidung wolle und seine Mandantin doch ihre Forderungen noch einmal überdenken sollte. Der Anwalt verstand nicht so ganz und Nina half ein wenig nach. Sie würde es drauf ankommen lassen und den Richter entscheiden lassen. Ihre Karten deckte sie jedoch nicht auf. Anscheinend hatte Angelina ihrem Anwalt nicht alles erzählt und er fragte, sich mit seiner Mandantin kurz alleine beraten zu dürfen. Nina und Mike, der bis dahin kommentarlos dabei saß, verließen den Besprechungsraum. Nach ein paar Minuten wurde die Tür geöffnet und die beiden verabschiedeten sich von Mike und Nina. Die Verhandlungen waren somit gescheitert und Nina klärte Mike auf, sich auf eine Klage einzustellen. Mike wollte die Sache nur noch hinter sich bringen und danach seine Ruhe haben. Er verließ die Kanzlei und lief zu seinem Auto. Gerade als er aus der Parklücke fahren wollte, klopfte es an der Beifahrerscheibe. Mike sah Angelina böse ins Wageninnere gucken. Er hatte einfach keine Lust auf einen Streit oder eine Diskussion mit ihr. Er fuhr davon. Als er am frühen Abend mit Leo von seiner Runde wiederkam, stand Angelina wütend vor der Tür. Von Weitem schon sah er, dass sie mit ihrem rechten Fuß nervös auf den Asphalt klopfte. Er konnte sich jetzt der

158

Konfrontation nicht mehr entziehen, denn sie hatte ihn gesehen. Leo begrüßte Angelina liebevoll, ganz im Gegensatz zu Mike. Damit die Nachbarn nichts von ihrem Disput mitbekamen, bat er sie hereinzukommen. Ihre Augen wollten ihn töten, das meinte Mike auf jeden Fall erkannt zu haben. Angelina legte dann auch sofort los und sagte ihm, die Familienfotos einsehen zu wollen und diese aufzuteilen. Mike nickte und Angelina holte die Alben aus dem Schrank. Auch aus dem Haushalt wollte sie ihren Anteil. Mike fragte, was genau sie wolle und bot ihr eine Abschlagszahlung an. Für Unterhaltszahlungen wäre er aber nicht zu haben, dachte er noch, als Angelina dieses Thema ansprach. Die Juristen sollten das für uns klären, war Mikes Antwort. Sprachlos und mit ihrer Wut alleingelassen, kämpfte Angelina gegen den Wutausbruch an. Sie klappte eins der Alben auf und schaute sich die Fotos von Ela an. Je länger Angelina sich mit den Fotos beschäftigte, desto ruhiger wurde sie. Mit ihren rot lackierten Fingern strich sie über die Bilder und ihr liefen einige Tränen über die Wangen.

Mike beobachtete sie still und leise. Angelina war jetzt gedankenverloren und blätterte sich durch das Fotoalbum. Plötzlich brach sie laut in Tränen aus und rief in den Raum herein, dass sie keine Scheidung möchte. Mike dachte sich verhört zu haben und war geschockt. Ihr emotionaler Ausbruch durfte doch nicht wahr sein. Doch sie schaute Mike fragend an und wiederholte das Gesagte. Jetzt redete sie weiter. Mike hätte sie jahrelang alleine gelassen und sich nur um seine Karriere gekümmert, warf sie ihn an den Kopf. Das sie krank und er ihr nicht geholfen hat, ihren Sextrieb in den Griff zu bekommen, schob sie noch vorurteilsvoll nach. Mike

159

konnte nicht kontern und ließ die Worte in sich eindringen. Wenn er ehrlich zu sich selbst war, musste er sich eingestehen, seine Frau noch zu lieben. Aber er konnte mit ihrem Verhalten in der Vergangenheit nicht umgehen und auch nicht akzeptieren. Zu schwer wiegt der Schmerz noch im Herzen. Auch sein Stolz untersagte ihm, Angelina dies zu verzeihen. Das Band, das alles zusammenhielt, war nicht mehr da. Ihre Tochter war gestorben. Angelina stand auf und ging auf Mike zu. Kniete vor ihm und bettelte sie wieder in seinem Haus und Herzen aufzunehmen. Mike spürte den Kloß im Magen größer werden. Angie drückte sich an ihm und gab ihm keinen freien Raum mehr. Mike saß in seinem Sessel und Angelina umarmte auf den Knien stützend seine Beine. Mike spürte ihren Busen an seinen Schienbeinen. Er brachte es nicht übers Herz, sie abzustoßen. Sein Verstand forderte ihn auf, sie wegzuschicken, doch Mike war dazu zu schwach. Die Gefühle, die noch für sie vorhanden waren, übernahmen die Oberhand. Ohne es bemerkt zu haben, spürte er jetzt, dass er ihren Nacken die ganze Zeit streichelte. Angelinas Kopf lag auf seinen Oberschenkeln und ihre Tränen durchnässten seine Jeans. Angelina gestand Mike dann, dass sie mit de Boer fertig sei und ihm untersagt hatte, sich ihr noch einmal zu nähern. De Boer warf sie danach aus der von ihm bereitgestellten Wohnung. Sie hatte seit gestern kein Dach mehr über dem Kopf und war praktisch obdachlos. Sie habe die Nacht in der Engelsburg verbracht und möchte wieder in ihrem Zuhause wohnen. Egal was auch passiert war, sie liebe ihn immer noch waren die letzten Worte, die sie ihm zusteckte. Mikes Herz war weichgekocht. Er blickte sie

160

an und zeigte auf die Tür des Gästezimmers. Danach stand er mühevoll auf und ging ins Badezimmer. Als er wieder herauskam, war Angelina im Gästezimmer verschwunden. Mike atmete erleichtert durch und verschwand in seinem Schlafzimmer. Er lag lange wach und wälzte sich im Bett herum. Da er am Morgen früh wieder aufstehen musste, ärgerte er sich über den nicht kommen wollenden Schlaf. Er hörte Angelina das Bad benutzen und drehte sich von links nach rechts. Dann wurde ganz langsam und leise die Tür zu ihm ins Schlafzimmer geöffnet. Mike sah durch die Dunkelheit Angelina auf ihn zu schleichen. Er richtete sich ein wenig auf und dachte daran, sie wieder wegzuschicken. Doch irgendetwas hielt ihn davon ab. Angelina hatte mittlerweile die Rundungen einer Frau in ihren Jahren. Einen runden weiblichen Po und wunderschöne große Brüste. Mike sah ihre Umrisse an seinem Fußende vor sich stehen. Angelina sprach ihn ganz leise an, dass sie ihn jetzt bräuchte. Sie hätte ein nicht zu stillendes Verlangen nach ihm. Sie bat ihn, sie in sein Bett zu lassen. Als Mike nicht antwortete, hob sie die Decke an und verschwand darunter. Mike spürte ihre Küsse an seinen Beinen hoch wandern. Er schloss die Augen und ließ sie ihr Verlangen nachzugehen. Mit dem Mund verwöhnte sie ihn dann und sein Glied wuchs zu voller Größe an. Angelina, noch immer unter seiner Decke, bewegte sich dann weiter nach oben. Bis sie ihn auf seinem Mund küssen konnte. Mike spürte ihre feuchte Vagina auf seinem Bauch hin und her rutschen. Jetzt hielt ihn auch sein Gewissen nicht mehr zurück. Er griff mit beiden Händen ihre Pobacken und massierte diese kräftig durch. Angelina stöhnte laut auf und fand Gefallen an

161

seiner Massage. Mit der Kraft, die ihm zur Verfügung stand, hob er sie an und setzte sie auf sein Gesicht. Sofort liebkoste er die kleine Knospe mit seiner Zunge. Aus dem Gestöhne wurde ein leidenschaftliches Keuchen. Angelina war jetzt vor einem multiplen Orgasmus. Ihr Gekeuche wurde lauter und schneller und in demselben Rhythmus bewegte sie ihr Becken im Zusammenspiel mit Mikes Zunge. Der Orgasmus kam heftig und war dauerhaft lang. Sie squirte ihm ins Gesicht und Mike lag nass da. Eigentlich dachte er, dass jetzt Schluss wäre, doch er kannte seine Frau nicht. Jetzt konnte sie sich nicht mehr zurückhalten. Sie setzte sich auf seinem prallen Penis und ritt ihn wild. Wieder setzte ein nächster Höhepunkt bei ihr ein und wieder fühlte Mike ihren Liebessaft an sich herunterlaufen. Mike war zu diesem Zeitpunkt noch nicht gekommen und Angelina bat ihn, sie von hinten zu nehmen. Jetzt lag es an Mike, das Tempo und den Takt vorzugeben. Je tiefer er in sie hinein stieß, desto kräftiger hielt Angie dagegen. Sie nahm seine Lanze voll in sich auf und schrie nach mehr. Mike fühlte sich nicht mehr Manns genug und zweifelte an sich, seine Frau befriedigen zu können. Mike zog sich aus ihr heraus. Angelina war aber noch nicht fertig und wollte seinen Samen in sich spüren. Sie nahm sein bestes Stück und führte ihn in ihren Po ein. Mike fühlte die Enge und sein Glied schwoll noch weiter an. Angelina schrie jetzt bei jedem Stoß und machte Mike wahnsinnig. Er stieß so feste zu, dass er Angst um sie hatte, doch Angelina fand immer mehr gefallen an seine dominante Vorgehensweise. Mit ihren Fingern rieb sie an ihrem Venushügel und spürte einen weiteren Orgasmus anrollen. Doch bevor dieser kam, stöhnte Mike laut auf

162

und entlud seinen Samen in ihren Po. Er zog sich aus ihr und war erschöpft. Angelina aber machte mit ihren Fingern noch weiter, bis der angerollte Orgasmus sie überfuhr und sie diesen laut herausrief. Danach küsste sie Mike, entschuldigte sich und verschwand ins Gästezimmer. Die Uhr zeigte kurz nach drei an. Mike hatte noch zwei Stunden zum Schlafen.

## Kapitel 16

Mike war schon Stunden in der Klinik, als Angelina durch ein Geräusch geweckt wurde. Sie dachte, Leo hätte dieses verursacht und drehte sich im Bett wieder um. Doch als sie die Musik aus dem Radio hörte, war ihr klar, dass diese nicht von dem Grönländer eingeschaltet worden war. Mike musste also eher von der Arbeit zurückgekommen sein. Angelina spürte wie an jeden Morgen schon wieder ein Kribbeln in ihrer Leistengegend. Mit ihren Fingern spielte sie unter der Decke an sich herum. Sie brauchte ihren Mann, schob das Oberbett von sich und rief nach Mike. Die Tür öffnete sich einen Augenblick später und Maria sah eine nackte, sich selbst befriedigende Frau vor sich im Bett liegen. Im gleichen Moment öffnete Angelina die Augen und hielt geschockt inne. Die Decke hatte sie kurz zuvor mit den Füßen aus dem Bett gestoßen und hatte sich so der Möglichkeit beraubt, sich schnell zu bedecken. Maria holte tief Luft, bückte sich und warf das Oberbett auf die dort liegende Frau. Danach wartete die Haushälterin in der Küche auf die ihr unbekannte Dame.

Mit ihrer Bluse und dem gestern schon getragenen Slip trat Angelina dann aus dem Gästezimmer heraus. Maria bot ihr einen Kaffee an und Angelina nahm dankbar an. Danach wollte die Haushaltshilfe wissen, wer die Kaffee trinkende Frau ihr gegenüber war. Als Angelina sich als Mikes Frau vorstellte, glaubte ihr Maria nicht. Mike hatte ihr gegenüber nie von einer Frau gesprochen. Sie wählte auf ihrem Handy Mikes Nummer und wartete, dass dieser abnahm. Doch Mike war unpässlich und nicht zu erreichen. Maria wählte das Kliniksekretariat an und bat dringend um Rückruf ihres Chefs. Angelinas Kribbeln ist ihr vergangen und sie bewegte sich ins Badezimmer. Als sie wieder frisch aus dem Bad kam, war Maria mit Leo fort. Da Angelina keinen Haustürschlüssel hatte, aber ihre Kleidung aus dem Auto holen musste, lehnte sie die Tür nur an. Eine Minute später stand sie mit zwei großen Taschen in den Händen vor der zugefallenen Haustür. Sie spürte den aufkommenden Ärger in sich aufsteigen und machte die Haushälterin dafür verantwortlich. Eine halbe Stunde stand sie in der Kälte, bis Maria mit Leo wieder zurück war. Kommentarlos mit bösem Blick marschierte sie an Maria durch die geöffnete Tür ins Gästezimmer vorbei. Maria nahm den Einkaufszettel aus der Küche und fuhr zum Supermarkt. Als sie mit vollem Einkaufswagen an der Kasse in der Schlange stand, vibrierte ihr Handy. Mike war dran und musste Maria erklären, wer Angelina war.

Wieder im Haus angekommen, füllte Maria den Kühlschrank auf und verabschiedete sich von Mikes Frau.

Als Mike am Abend nach der Vorlesung nach Hause kam, stand Angelina vor dem Herd und sorgte für ein lecker duftendes Abendessen. Doch bevor Mike sich dem Essen zu widmen durfte, forderte Leo seine abendliche Runde. Danach saßen die beiden am Tisch und verspeisten die zugerichtete Mahlzeit. Mike unterbrach dann die Stille. Er musste mit Angelina reden. Den ganzen Tag dachte er an nichts anderes. Er ging in den Keller und kam mit einer Flasche Dornenfelder wieder in die Küche. Stellte zwei Gläser auf den Tisch und prostete Angelina zu. Danach bat er sie, ihn nicht zu unterbrechen. Angelina fiel es schwer, Menschen bei ihren Vorträgen nicht zu

165

unterbrechen, doch sie nickte Mike zu. Zuerst fragte er sie, warum sie nicht bei der Arbeit war. Sie antwortete, dass sie eine schwierige Zeit durchmachte und von ihrem Arzt arbeitsunfähig geschrieben worden sei.

Jetzt nickte Mike und begann zu reden.

Er sprach von ihrer Hypersexualität, im Volksmund auch als Sexsucht bekannt. Dies sei eine Sucht wie jede andere auch. Dadurch das diese Sucht immer weiter zunimmt, schränkt diese die Freiheit des Betroffenen sehr ein. Dies führt in extremen Fällen sogar zu Persönlichkeitsveränderungen. Wie die Sucht nach Drogen oder Alkohol kompensiert das kurzfristige Hochgefühl beim Orgasmus die sonst vorhandene innere Leere. Das Problem ist die nur kurzfristige Befriedigung. Das Lustgefühl nimmt mit der Zeit immer weiter ab und der Betroffene fühlt sich nicht mehr imstande, die entstandene Leere zu füllen. Als Folge steigern diese Personen sich immer weiter in exzessiveren Sexpraktiken, um ihre Lust stillen zu wollen. Die Frequenz der sexuellen Aktivität nimmt zu und wird trotz aller negativen Folgen von dem Süchtigen ausgeübt. Die Betroffenen können ihr Sexualverhalten nicht mehr kontrollieren und vernachlässigen dadurch ihren Job und die Familie. Findet der Betroffene keine Befriedigung, schlägt sein Verhalten oft in Aggression um. Im Falle der Hypersexualität leiden diese Personen nicht wie die substanzgebundenen Süchtigen nicht an einem körperlichen Entzug. Unruhe, Nervosität und erhebliche Reizbarkeit dagegen gehören zu den psychischen Entzugserscheinungen bei der Sexsucht.

Mike sah Angelinas Nervosität anwachsen und erkannte, dass sie nicht mehr lange zuhören würde können. Er kam

166

zum Ende seiner Rede. Mit einer verhaltenstherapeutischen Unterstützung eines Profis können die Betroffenen ihren sexuellen Hunger kontrollieren. Eine solche Therapie erfolgt in vielen Einzel- und Gruppengesprächen. Mike betonte dann noch, dass eine sexuelle Abstinenz in der Therapie nicht angestrebt wird. Der normale Umgang mit dem Sex ist das Ziel, den Hilfesuchenden einzuverleiben. Auch mit Medikamenten wie Antidepressiva kann die Therapie begleitend zum Ziel führen. Mike hatte genug gesprochen und schaute die fast platzende Angelina an. Sie hatte ihr Glas noch nicht angerührt, nahm aber jetzt einen großen Schluck und konnte so einen Teil ihrer Wut herunterspülen. Ein weiterer Schluck und Mike musste nachschenken. Angelina fragte ihn, ob er spinne. Doch je länger sie ihm in die Augen schaute, desto mehr wurde ihr bewusst, wie ernst er es meinte. Mike sah, wie sie mit sich haderte und machte sie dann noch darauf aufmerksam, dass er ohne diese vorgeschlagene Therapie kein Funken der Hoffnung für eine gemeinsame Zukunft sah. Angelinas Wut schlug in Verzweiflung um. Da sie noch immer nicht reden konnte, trank sie ihr Glas erneut leer. Mike schüttete noch einmal nach und die Flasche war leer. Jetzt kamen die ersten Worte von ihr zu ihm herüber. Schluchzend liefen ihr die Tränen über die Wangen. Zum ersten Mal gab sie nach und gestand Mike, wie recht er hatte. Alles, was er ihr vorhin erklärt habe, traf auf sie zu. Sie hatte sich schon Jahre nicht mehr im Griff. Ihr Verlangen führte sie dazu, immer härteren und extremeren Sex zu suchen. Sie beichtete ihm, Stammkundin in mehreren Swingerclubs zu sein. Sie hatte sich ihr Leben auch anders vorgestellt, doch sie

167

hatte es bisher nicht schaffen können, diese Sucht zu besiegen. Mike hörte nun mehr als Arzt statt als Ehemann zu. Jetzt trank er seinen ersten Schluck aus seinem Glas. Angelina dagegen spürte den Alkohol schon wirken. Sie bat Mike, ihr zu helfen. Er dagegen sah sie an und fragte sie nur, wie? Angelina wollte seine Unterstützung und die Chance, wieder mit ihm eine Partnerschaft eingehen zu dürfen. Mike war sich nicht sicher, ob er dies wollte. Zu sehr verletzt und vor allem enttäuscht hatte sie ihn. Doch er hatte sie geliebt, sehr sogar und ein kleines Flämmchen dieser Liebe loderte noch in ihm. Er bat um Bedenkzeit und konnte ihr zum jetzigen Zeitpunkt keine Antwort geben. Auch das Scheidungsverfahren wollte er nicht unterbrechen. Angelina musste schlucken und seine Entscheidung zähneknirschend hinnehmen. Mike machte ihr den Vorschlag, das Gästezimmer zu beziehen und dann zu versuchen, sich in Therapie zu begeben, den Rest würde die Zeit dann zeigen. Eine erste Bedingung hatte Mike dann aber doch. Keine fremden Männer mehr. Angelina stimmte dem zu und war um die bekommene Chance froh. Mike legte ihr den Haustürschlüssel auf den Tisch und lächelte sie sanft an. Jetzt lächelte auch sie zurück und prostete ihm mit ihrem leeren Glas zu. Mike schaute auf die Uhr und verneinte, eine neue Flasche zu öffnen. Er brauchte in dieser Nacht seinen Schlaf. Angelina akzeptierte seinen Vorwand und begab sich ins Bad. Mike musste sich auch zum Schlafen fertigmachen und Angelina blockierte das Badezimmer. Er wartete ein paar Minuten und betrat dann das Bad. Angelina lag in der Badewanne und war vom Schaum bedeckt. Nur ihr Kopf und ihre Brustwarzen schauten aus der Schaumdecke heraus. Mike putze seine Zähne und wusch

168

sich für die Nacht. Er versuchte Angelina einfach zu ignorieren. Doch sie beobachtete ihn aus der Wanne heraus und spielte in ihrem Schritt mit den Fingern. Sie versuchte sich zurückzunehmen, was die Hypersexualität anging, doch das hätte auch Zeit bis morgen waren ihre Gedanken. Als sie bemerkte, dass Mike das Bad verlassen wollte, lud sie ihn zu sich ins warme Wasser ein. Mike zögerte einen Moment und diesen nutzte Angelina zu ihren Gunsten aus. Sie fasste ihn am Arm und zog ihn zu sich in die Wanne. Mike wehrte sich aber auch nicht und so hatte sie ein leichtes Spiel gehabt. Sie flüsterte ihn zu, dass sie ihn brauchte. Mike saß unbequem auf dem Auslaufstöpsel und versuchte einen anderen Sitz einnehmen zu können. Er bewegte sich in der engen Wanne und berührte mit seinen Hoden Angelinas Füße. Diese spielte nun mit ihren Zehen an seinen Klunkern und Mike spürte die Erregung in sich aufsteigen. Angelina wusste ganz genau, wie sie Männer in ihren Fängen bekommt und diesen Joker setzte sie oft gezielt ein. Wie ein Seerohr eines U-Bootes schaute sein Glied plötzlich aus dem Schaumbad. Angelina lächelte ihm deswegen zu und hoffte auf ein Liebesspiel an Ort und Stelle. Sie streichelte ihre Brüste und wartete auf eine Reaktion ihres Badewannenbesuches. Mike wollte sie jetzt auch, aber die Wanne war einfach zu klein. Also stand er auf und verließ das warme Wasser. Angelina ließ das Wasser ablaufen und folgte ihm nass wie sie war. Ihre Haut glänzte durch die Nässe ihrer Haut und machte sie für Mike noch erotischer. Bis ins Schlafzimmer schafften sie es dann nicht mehr. Mike nahm sie im Stehen im Wohnzimmer. Legte sie dann auf dem Esstisch und liebte sie fest und hart, so wie sie es mochte. Ihr Orgasmus kam

169

und ein Zweiter folgte gemeinsam mit seinem Höhepunkt. Danach löste sich Mike mit der Bitte nach Schlaf von ihr.

Am anderen Morgen verließ er früh das Haus. Sein Job kostete ihm viel Zeit, die er mittlerweile lieber in Freizeit umwandeln würde. Angelina schlief noch fest im Gästezimmer, als er die Tür zu zog. In der Tiefgarage des Krankenhauses blickte er auf seinem Handy und sah, dass Nina ihn gestern mehrere Male versucht hat zu erreichen. Wie sollte er ihr die ganze Situation nur erklären, fragte Mike sich selbst. Er verstand es ja selber noch nicht einmal. Wie ist er wieder in die Fänge von Angelina geraten? Warum ist das Leben immer nur so kompliziert? Er dachte an Ela und vergaß die Zeit. Plötzlich klopfte es an der Scheibe und eine der Stationsschwestern fragte ihn, ob alles in Ordnung wäre. Mike stieg aus und zusammen benutzten sie den Fahrstuhl zu ihrer Krankenstation.

Mike nahm sich vor, Nina in seiner Pause telefonisch zu kontaktieren und machte sich eine Notiz auf einem Blatt Papier. Danach gehörte seine volle Konzentration in den nächsten Stunden der Operationssaal, wo er Eingriffe an drei Patienten vornehmen musste.

Während Mike seinen Beruf als Arzt nachging, schlief Angelina noch ihren Rausch aus. Maria verhielt sich leise. Sie nahm Leo und verließ das Haus schnell wieder. Sie wollte Mikes Frau aus dem Weg gehen. Sie war ihr unsympathisch. Angelina dagegen wachte irgendwann auf. Sie fragte sich nur, wie sie der Forderung Mikes nachkommen könnte. Ihre Gedanken drehten sich nur noch um die schönste Nebensache der Welt. Obwohl es bei ihr das Hauptanliegen geworden ist. Ihr Unterleib

170

kribbelte schon wieder und sie war noch nicht einmal aufgestanden. Sie überwand sich und quälte sich ins Badezimmer. Zehn Minuten später saß sie mit einer Tasse Kaffee am Esstisch und überlegte ihre Vorgehensweise. Mitten in ihrem Gedankenfluss wurde sie dann durch Marias Erscheinen gestört. An die Haushälterin hatte sie gar nicht mehr gedacht und wieder saß sie nackt vor ihr. Maria ließ Leo ins Haus und kümmerte sich um ihre Arbeit. Sie ignorierte Angelina vollständig. Angelina dagegen war diese Frau egal. Sie blieb einfach sitzen und ignorierte sie ebenfalls. In ihrem Notebook recherchierte sie wegen einer für sie passenden Verhaltenstherapie. Das Internet führte sie auf einige Anbieterseiten und Angelina speicherte ein paar interessante Angebote auf ihrer Festplatte. Sie wollte ihr früheres Leben zurück und war bereit, sich dafür von ihrer Sucht zu befreien. Auch sie dachte plötzlich an Ela und sie weinte bitterliche Tränen. Niemand war da, der ihr Trost zukommen ließ und sie fühlte sich mal wieder einsam und von aller Welt verlassen. Sie öffnete eine Social-Media-Seite im Netz und loggte sich unter ihrem Profilnamen ein. Ihr Posteingang lief über. Da sie schon einige Tage nicht mehr online war, musste sie sich nun überlegen, was sie mit den vielen Nachrichten tun würde. So chattete sie sich durch den Postkasten. Mit jeder Antwort, die sie gab, schien es, als würden drei Weitere zu ihr gelangen. Sie vergaß die Zeit und erst als sie das Garagentor hochfahren hörte, schaute sie auf die Uhr. Mike kam schon wieder nach Hause und sie saß so da, wie sie aufgestanden war. In aller Eile klappte sie das Laptop zu uns zog sich einen Sweater über. Als Mike dann eintrat, wurde er herzlich von Leo begrüßt. Angelina stand in der

171

Küche und fragte ihn, war er essen wolle. Mike sah sie erstaunt an und zuckte mit den Schultern. Er musste zuerst mit dem Grönländer eine Runde gehen und wollte dabei versuchen, Nina telefonisch zu erreichen. Sie hatte tagsüber einen langen Verhandlungstag vor Gericht und deshalb keine Zeit für Mike gehabt. Mike fürchtete sich vor diesem Gespräch und wäre froh gewesen, es schon hinter sich zu haben. Er wählte Ninas Nummer und sie war sofort an ihrem Handy. Mike begrüßte sie und stotterte sich dann in eine Erklärung nach der anderen. Nina glaubte sich verhört zu haben und bat ihn um ein persönliches Gespräch. Die beiden verabredeten sich für den frühen Abend des folgenden Tages. Als er wieder ins Haus trat, hatte Angelina Omeletts für beide zubereitet. Mike sah sie in ihrem Sweater hinter dem offenen Küchenblock und mit nacktem Hinterteil werkeln. Kurz darauf stellte sie die beiden Teller auf den Tisch und verharrte den Bruchteil einer Sekunde vor dem sitzenden Mike. Fast auf Augenhöhe schaute er für diesen kurzen Augenblick auf ihr Geschlechtsteil. Mike erkannte, dass Angelina im Gegensatz zu früher nachlässig wurde. Haarstoppeln bildeten ein dunkles Dreieck zwischen ihren Beinen. Heute stellte Mike keine Flasche Wein auf den Tisch, stattdessen legte er nach dem Verzehr der Omeletts eine Packung Antidepressiva vor sich und schob diese zu Angelina herüber. Morgens und abends eine Tablette, gab er ihr den fachlich medizinischen Rat, dass diese Psychopharmaka ihre Stimmung verbessern und nebenbei ihren Sexualtrieb eindämmen könnte. Angelina schaute auf die vor ihr liegende Medikamentenpackung. Sie wusste noch gar nicht, ob sie die Tabletten überhaupt wollte. Zu viele Nebenwirkungen hatten diese Pillen.

172

Doch sie wollte es sich auch mit Mike nicht verscherzen und nickte ihm dann zu. Vor seinen Augen schluckte sie dann mit einem Schluck Wasser die erste Tablette herunter. Sie räumte die Teller ab und begab sich dann auf die Wohnzimmercouch. Mit hoch angewinkelten Beinen saß sie dort und hoffte, Mike würde sich zu ihr gesellen. Sie hatte den ganzen Tag sexuelle Lust verspürt. Sich aber zurückhaltend auf den Abend mit Mike gefreut. Im Internet beim Chatten wurde ihre Lust wie immer angeregt. Doch dieses Mal wurde sie nicht schwach. Sie schrieb zwar einigen Männern und auch einer Frau sexuelle Mails, doch zu einer Verabredung kam es nicht. Es war für sie einfach nur nicht befriedigender Cybersex. Normalerweise spielte sie beim virtuellen Sex im Internet an sich herum, doch auch dies tat sie heute nicht.

Mike kam nur in Unterhose und Shirt aus dem Bad. Er setzte sich wieder ans Fußende des Sofas und fragte Angelina, wie ihr Tag verlaufen war. Sie antwortete ihm, dass sie nach einem Therapieplatz im Internet gesucht habe. Mike lächelte und nickte ihr zu. Er erzählte ihr, dass er einen Psychologen in einer Therapieklinik bei Travemünde an der Ostsee kenne. Wenn sie es wollte, würde er versuchen, sie bei seinem Bekannten unterzubringen. Prof. Dr. Rolff hatte Mike einmal bei einer Fachtagung kennengelernt und seit dem liefen sie sich in medizinischen Fortbildungen öfters über den Weg. Angelina nickte dem zu und versprach, sich morgen im Internet über diese Klinik zu informieren.

Plötzlich herrschte Stille im Raum. Keiner der beiden sagte ein Wort. Es lag ein elektrisierender Moment in der Luft. Mike sah seine Frau dort sitzen und verspürte ein sexuelles Verlangen, sie berühren zu müssen. Doch er

173

wollte ihr ja von ihrer Hypersexualität befreien und nicht noch anheizen, deshalb hielt er sich zurück. Doch Angelina sichtete seine größer werdende Beule in der Unterhose und sah ihm lächelnd in die Augen. Ohne ein weiteres Wort zu verlieren, spreizte sie etwas ihre Beine und wartete Mikes Reaktion ab. Dieser blickte nun in Angelinas Vulva und wurde noch mehr erregt. Jetzt kam der Moment, indem sie mit ihm spielen konnte. Die Lust auf sie ließ seinen Verstand nicht mehr rational arbeiten. Angelina weitete ihre Oberschenkel noch etwas mehr. Ihre Libido war angeregt und sie bewegte den Zeigefinger und den Daumen ihrer rechten Hand an ihrer Klitoris. Mit der anderen Hand streichelte sie ihren Venushügel. Mikes Verlangen stieg enorm an und Angelina nutzte das zu ihren Gunsten aus. Mike sah ihr dabei zu. Angelinas Finger wurden feucht und sie leckte ihren Liebessaft von ihrem Finger und Daumen. Jetzt verlor auch sie die Kontrolle und die Wollust übernahm die Oberhand. Sie hob spreizend die Beine in die Luft und hob ihren Po an. Es ähnelte jetzt einer Brücke wie beim gymnastischen Turnen. Mike konnte seinem Verlangen nun nicht mehr die Stirn bieten und verwöhnte seine Frau mit Zunge und Mund. Angelina genoss ihn und ließ sich mit ihm treiben. Mit plötzlich hektischem Zucken ihres Beckens kündigte sich ihr Höhepunkt bei Mike an. Ihre weibliche Ejakulation kam gleichzeitig mit ihrem befreienden Schrei. Mike putzte sich mit der Handfläche sein Kinn trocken und führte sich in ihre feuchte Vagina ein. Sein Rhythmus glich eher einer Bewegung wie beim ACDC-Song Hells Bells als bei einer weichen Ballade. Er kam schnell und verhalf der unter ihm liegenden Angelina nicht mehr zu einer

174

zweiten Explosion ihres Unterleibes. Ein wenig enttäuscht ließ sie ihn sich dann von ihr erheben. Mike wusste sie nicht richtig befriedigt zu haben und legte oral noch einmal nach. Ein paar Minuten später lagen beide erschöpft auf der viel zu engen Couch.
Bevor Mike sich in sein Bett begab, erwähnte er noch ganz beiläufig, dass er morgen nach der Arbeit später als gewohnt nach Hause kommen würde. Angelina sah ihn fragend an, hielt aber ihren Mund und blieb still.

Der nächste Arbeitstag war vorüber und Mike war in Ninas Kanzlei der letzte besuchende Klient. Er erlebte, wie Nina ihn selbst in ihr Büro holte und ihre beiden Anwaltsgehilfinnen in den Feierabend schickte. Es war Freitag Abend und das Wochenende stand an.
Nina setzte sich dieses Mal nicht auf ihrem Platz hinter dem großen Mahagoni-Schreibtisch, sondern auf dem zweiten Mandantenstuhl neben Mike. Sie kam sofort zur Sache und fragte ihn, ob Angelinas das alles Wert sei. Auch das er ihre Beziehung dadurch beenden würde, fügte sie hinzu. Mike war sich nicht mehr im Klaren, was er wollte und schwieg erst einmal. Nina riet ihm trotzdem zur Scheidung, egal wie sich Mike entschied. Ihre Erfahrungen in den letzten Berufsjahren würden ihre Meinung bekräftigen, waren ihre Worte zu ihm. Da die Scheidung aber schon eingereicht worden war, bräuchte Mike nichts zu tun, außer abzuwarten. Das Trennungsjahr musste vorüber sein, erst dann würde ein Richter die Ehe scheiden. Sollte er aber erfahren, dass ein Ehepaar die Ehe fortführe, würde er bei Widerstand einer der Parteien die Scheidung nicht aussprechen. Mike würde sich so in Angelinas Hand begeben. Auch seine gesammelten

175

Beweise wären damit hinfällig. Er hätte ja die Ehe mit dem Wissen des Ehebruchs weiter fortgeführt und so das Fremdgehen akzeptiert und abgesegnet. Jetzt erst wurde Mike langsam klar, was er eventuell schon vorher befürchtet hatte. Angelina könnte ein böses Spiel mit ihm treiben. Er war sich nicht mehr sicher, was für ihn das Richtige war. Nina erkannte seine Unsicherheit. Um ihn seine Unentschlossenheit zu nehmen, klärte sie ihn juristisch auf. Mike stimmte ihrem Vorschlag zu und wollte die Scheidung. Zu sehr wurde er hintergangen und schmerzlich von Angelina verletzt. Er konnte dies einfach nicht vergessen.

Als der juristische Teil beendet war, zog Nina ihren Blazer aus und lud Mike zu einem Absacker in die City ein. Er hatte nichts dagegen und freute sich, mal wieder herauszukommen. Nina wechselte ihr Kostüm und Bluse noch im Büro gegen legere Kleidung aus. Ungeniert tat sie das vor seinen Augen. Mike tat so als schaue er in eine andere Richtung, sah ihr aber trotzdem dabei zu. Im Brauhaus neben der Engelsburg aßen die beiden ein bürgerliches Essen und tranken das hauseigene Bier. Da es Freitag Abend war, war das Gasthaus sehr gut besucht. Im Schankraum legte der DJ Musik auf und einige Leute tanzten auf der kleinen Tanzfläche. Nina und Mike gesellten sich nach dem Essen dazu und mischten sich unter das feiernde Volk. Die Zeit verging wie im Fluge und es blieb nicht nur bei einem Bier. Nina konnte nicht mehr nach Haltern am See fahren und Mike war auch nicht mehr fahrtüchtig. So beschlossen sie, sich für die Nacht nebenan ein Zimmer zu nehmen. Als sie gemeinsam das Brauhaus verließen, um sich in der Engelsburg einzuquartieren, wurden sie vom

176

gegenüberliegenden Parkhaus von der wartenden Angelina beobachtet. Sie schaute sich die gerade aufgenommenen Fotos auf ihrem Handy an. Sie folgte den beiden die wenigen Meter zur Hotellobby unauffällig und wartete auf ihr Glück sehen zu können, welches Zimmer die zwei genommen haben. In dem Innenhof stehend beobachtete sie die Fenster des Hotels. Sie wurde aber enttäuscht und wartete vergebens auf einen Hinweis, welches Zimmer sie hatten. Unzufrieden suchte sie den Heimweg auf und spürte die eigene Eifersucht in sich aufsteigen. Der Rückweg führte sie an einigen Lokalen der Innenstadt vorbei und die Versuchung eines davon aufzusuchen, vergrößerte sich minütlich.

Mike und Nina buchten ein Zimmer. Doch Nina und auch Mike waren sich einig, nur die Nacht zum Schlafen zusammen zu nutzen und nicht intim zu werden.

Am nächsten Morgen trennten die beiden sich, ohne ein gemeinsames Frühstück eingenommen zu haben. Mike öffnete mit frischen, noch warmen Brötchen seine Haustür und deckte den Frühstückstisch. Der Kaffee lief durch die Maschine und füllte die gläserne Kanne. Der Duft frischer Brötchen und des frisch gebrühten Kaffees durchzog die unteren Räume. Mike öffnete die Tür des Gästezimmers und wunderte sich über die Leere des Zimmers. Angelina war nicht anwesend. Mike schnappte sich Leo und ging mit dem Grönländer auf seine Morgenrunde. Als er dann hungrig wieder das Haus betrat, saß seine Frau beim Frühstück am Esstisch. Ihr Blick, den sie ihm zuwarf, sprach Bände.

Mike setzte sich an den Tisch und griff nach einem Brötchen. Angelina stand kurz vor der Explosion. Während Mike das Brötchen aufschnitt, belegte und

177

herzhaft hinein biss, fragte Angelina, wo er die Nacht verbracht habe. Mike sah sie an und antwortete wahrheitsgemäß. Angie glaubte ihn aber nicht und sagte ihm das auch. Jetzt war es Mike, der wütend wurde. Er trank einen Schluck Kaffee und löschte so die brodelnden Flammen in seinem Inneren. Seine Reaktion war dann ziemlich nüchtern. Er machte Angelina darauf aufmerksam, dass sie den Ehebruch begangen und so die Trennung erwirkt hatte. Im eigentlichen Sinne war er ihr keine Rechenschaft mehr schuldig. Doch ob sie ihm glaubte oder nicht, er hätte die Wahrheit gesagt. Danach schwieg er und aß ein zweites Brötchen. Angelina beobachtete ihn und wurde mit jeder weiter verstrichenen Minute ruhiger. Als Mike dann erkannte, dass sie sich beruhigt hatte, fragte er sie, wo sie die Nacht verbracht habe. Jetzt wurde sie ganz bleich im Gesicht und schwieg auf seine Frage. Mike sah sie lange an und sagte dann, dass es ihm auch nicht zustehen würde, ihr solche Fragen zu stellen. Er dachte an Nina und war froh, ihrem Rat gefolgt zu sein und die Scheidung nicht aufgehoben zu haben.

Die Spannung zwischen den beiden hob sich auf und sie gingen am Ende des Frühstücks wieder normal miteinander um. Angelina wurde plötzlich von ihren Gefühlen überrannt und ihr liefen einige Tränen über die Wangen. Sie dachte an Ela und an die Zeit, als das Familienglück noch in Takt war. Mike wurde unwohl, denn auch er weinte jetzt um Ela. Beide sprachen über die schönen Zeiten, die sie als Familie gemeinsam hatten und wie glücklich sie waren.

Die Zeit verging am Frühstückstisch mit den Erinnerungen wie im Fluge. Als Angelina aufstand und

178

ins Bad ging, zeigte die Küchenuhr schon 14 Uhr an. Mike räumte den Tisch ab und benutzte das Gäste-WC. Als er wieder in die Küche kam, rief Angelina ihn durch die offene Gästezimmertür zu sich. Mike stand in der Tür und schaute mit offenem Mund zu der im Bett liegenden Angelina. Sie lag nackt auf dem Bett und warf Mike beide Hände zu. Mike blieb angewurzelt stehen, wo er war. Er wusste, so darf es nicht weitergehen. Angelina sah, dass er ihre Einladung nicht annehmen wollte und rief ihm leise zu, dass sie ihn bräuchte. Sie wollte mit seiner Unterstützung ihre Sucht bekämpfen. Mike schaute auf ihren prallen Busen und musste sich eingestehen, dass er sie auch wollte. Angelina erkannte, wohin seine Augen starrten und nahm ihre Brüste in ihre Hände. Sie wippte mit den beiden Brüsten und massierte sie selbst. Dabei ließ sie Mike nicht aus den Augen. Sie breitete ihre Schenkel aus und ließ ihn ihren roten Bereich sehen. Für Mike wurde es zu viel. Er wurde schwach und gab nach. Ausgezogen legte er sich zu ihr.

Das Paar liebte sich den ganzen Nachmittag bis in den frühen Abend hinein. Der Hunger holte sie dann aus dem Bett und der Lieferdienst einer Pizzeria klingelte etwas später mit der Bestellung an der Haustür.

Am nächsten Morgen wartete Mike mit Leo auf dem Parkplatz der Haard auf Nina. Normalerweise war sie immer pünktlich und hatte sich noch nie zum Joggen verspätet. Mike blieb weitere 10 Minuten im Auto sitzen und rief Nina danach an. Doch sie nahm das Gespräch nicht an. Mike lief an diesem Sonntag mit Leo alleine durch den Wald. Wieder auf dem Parkplatz angekommen, stand Nina bei ihm am Wagen. Mike wollte sie mit einem freundschaftlichen Kuss begrüßen, doch Nina entzog sich

179

dem, indem sie sich von ihm abwendete. Mikes Alarmanlage heulte auf. Nina ließ die Katze sofort aus dem Sack und erklärte Mike, dass sie sich privat von ihm eine Zeit lang entfernen möchte. So könnten er und auch sie über ihre Beziehung Klarheit gelangen. Als seine Anwältin würde sie aber weiterhin für ihn da sein, waren ihre Worte an den verdutzten Mike. Danach stieg sie in ihr Auto und Mike wusste, dass er Nina verloren hatte.

## Kapitel 17

Es war ein warmer Frühlingstag. Die Sonne lachte vom azurfarbenen Himmel und die Natur zeigte sich von ihrer schönsten Seite. Mike hielt Angelina die Tür im Amtsgericht auf und trat nach ihr ins Freie. Das Paar war frisch geschieden. Mike und Angelina hatten sich geeinigt und einen Rosenkrieg somit verhindert. Sie fuhren zusammen nach Hause und stießen dort mit einem Glas Roten auf die Scheidung an. Angelinas Verhaltenstherapie stand für den anderen Tag an und Mike wollte sie am frühen Morgen zum Bahnhof fahren. Ihr Ziel war Travemünde. In den letzten Monaten lebten die beiden wieder wie ein glückliches Paar. Angelina nahm ihren Job im Dorstener Krankenhaus wieder auf und Mike konnte sich wieder seinen beruflichen Aufgaben konzentriert widmen.
An diesem vorerst letzten Abend liebten sie sich wild und innig. Angelina schlief seit Wochen wieder im gemeinsamen Schlafzimmer. Am Bahnhof verabschiedeten sich die beiden voneinander und Mike winkte dem ICE beim Verlassen des Bahnhofs nach. Jetzt stand er da und fühlte sich alleine. Viel Zeit zum Nachdenken blieb ihm jedoch nicht, die Arbeit im Krankenhaus rief ihn zu sich.
Im Büro angekommen summte schon das Handy. Angelina schickte ihm ein rotes Herz als Nachricht. Lächelnd schickte Mike ihr eines zurück und war froh über seine wieder intakte Beziehung zu Angelina.
Als Mike nach der Vorlesung etwas verspätet zu Hause ankam, wartete Leo schon ungeduldig auf ihn. Aber auch Angelina hatte einen Haufen an Nachrichten über den

181

Messengerdienst da gelassen. Leo musste warten, denn Mike antwortete erst auf Angies Mails und machte sich dann mit dem Grönländer auf die Abendrunde. Zum ersten Mal seit langer Zeit war er wieder alleine zu Hause. Wie der Teufel es wollte, meldete sich Max bei ihm. Der Trauzeuge wollte sich bei seinem Freund über die Scheidung informieren. Mike verabredete sich mit ihm für den Freitagabend im Brauhaus. So konnten sie sich bei einem Bierchen alles Neue erzählen.

Mike saß schon an einem der vielen Tische und hatte sich ein Bier und eine Kleinigkeit zu essen bestellt, als Max verspätet eintrat. Er setzte sich vom Regen durchnässt an Mikes Tisch und legte die Jacke ab. Auch er bestellte sich ein Gericht und ein Bier. Danach redeten die beiden Freunde ununterbrochen über die nahe Vergangenheit. Dabei gingen einige Bierchen über den Tisch und die Stimmung wurde lockerer. Beide hatten jetzt Lust, mit den anderen Gästen zu feiern. Auf der Tanzfläche mitten im Gedränge sah Mike plötzlich Nina mit einer Freundin tanzen. Sein Bauchgefühl sagte ihm, gehe nicht zu ihr. Doch die vielen getrunkenen Bierchen benebelten seine Denkweise und er drängelte sich durch die Masse an feiernden Leuten bis zu ihr durch. Nina wirkte verwundert, aber nicht wirklich erfreut Mike vor sich stehen zu sehen. Für eine richtige Unterhaltung war die Musik zu laut und so tanze sie weiter. Mike wusste nicht auf Ninas Verhalten zu reagieren, also tanzte er in ihrer Nähe mit. Max dagegen blieb an der Theke stehen und beobachtete seinen Freund aus der Entfernung. Er erkannte aus Ninas Körperhaltung, dass ihr das Treffen mit Mike unangenehm war. Ninas Freundin dagegen, die

182

Max nicht kannte, schien neugierig auf den Mann bei Nina zu sein.

Max erkannte, wie sie aus der Menge versuchte, Mike anzulächeln. Nina aber blieb auf einer gewissen Distanz zu Mike. Spät, aber nicht zu spät, um sich Vollendens zu blamieren, verließ Mike die Tanzfläche und gesellte sich zu Max. Kurz danach stand Nina mit ihrer interessierten Freundin bei den beiden Männern an der Theke. Mitten in der gemeinsamen Unterhaltung fragte sie Mike, wie es seiner Frau gehen würde. Mike sah sie erstaunt an und musste die bittere Pille von Nina schlucken. Ihre Freundin lächelte nun nicht mehr und ihr Interesse erlosch auch rapide. Zwei Minuten später standen Mike und Max wieder alleine an der Theke. Ungefragt von Max, sagte Mike, dass er sich doch nur unterhalten wollte. Max zuckte mit den Schultern und klopfte seinen Freund auf die Schulter. Dies war sein Zeichen an Mike, den Heimweg anzutreten.

Am nächsten Morgen weckte der sechsjährige Leo Mike mit der Zunge in dessen Gesicht. Die Uhr zeigte kurz vor elf an und Mike musste mit ihm raus. Mit leichten Kopfschmerzen zog er sich seine Laufkleidung an und begab sich mit seinem Hund vor die Tür. Der Blick auf sein Handy zeigte ihm, dass Angelina sich heute noch nicht gemeldet hatte. So schrieb er ihr die erste Mail am heutigen Tage. Kurz danach vibrierte sein Handy in der Hosentasche. Mike dachte an eine Antwort von Angelina, doch zu seiner Überraschung stand der Name Nina auf dem Display. In ihrer Mail bat sie ihm, sie nicht mehr bei zufälligen Treffen anzusprechen. Das war alles, was Mike lesen durfte. Auf dem Weg mit Leo zurück kamen ihm

183

plötzlich Zweifel in der Vergangenheit richtig gehandelt zu haben.

Sein Handy blieb still und Mike beschäftigte sich mit dem über den Winter stark vernachlässigten Garten. Mike war handwerkliche und vor allem körperliche Arbeit nicht gewohnt und schwitzte schnell sein Shirt voll. In seiner Gartenarbeit vertieft, holte ihn Leo mit seinem plötzlichen Gebell in die Wirklichkeit zurück. Mike war gedankenverloren beim Rasenmähen gewesen und hatte gar nicht mitbekommen, dass die Haustürklingel geläutet hatte. Mit Leo im Schlepptau bewegte er sich zum Gartentor und sah eine weibliche Person vor seiner Haustür stehen. Mike rief ihr aus seiner Position zu und erkannte Ninas Bekannte von gestern Abend, als sie sich zu ihm umdrehte. In ihren kurzen Rock und mit den hohen Absätzen stöckelte sie auf ihn zu. Mike wollte von der Nachbarschaft nicht mit ihr gesehen werden und öffnete sofort das Gartentor. Er zeigte ihr mit einer Bewegung den Weg durch die Terrassentür und bot ihr einen Platz im Wohnbereich an. Sie streckte Mike ihre rechte Hand hin und stellte sich als Violetta vor. Mike schüttelte diese kurz und fragte, welches Getränk sie gerne zu sich nehmen wollte. Kurz danach kam Mike mit einer Flasche spanischem Roja aus dem Keller. Violetta erzählte Mike, wie schwierig es für sie war, seine Adresse zu bekommen, denn Nina hat sich nicht überreden lassen, ihr sie zu geben. Aber über das Internet bekam sie dann doch sie richtige Antwort. Während Mike verschwitzt und von der Gartenarbeit verdreckt die Gläser füllte, klärte er Violetta auf, dass er nicht vorhabe, seine Frau zu hintergehen. Violetta nahm die Ansage lässig auf und ging nicht weiter darauf ein. Sie lenkte das Gespräch

184

geschickt auf ein anderes Thema und lobte Mikes schönes Haus und dessen moderne Ausstattung. Mike fragte sich, warum Ninas Bekannte bei ihm im Wohnzimmer saß. Violetta schien seine Gedanken lesen zu können und antwortete, ohne eigentlich gefragt worden zu sein. Sie wollte Mike einfach nur kennenlernen. Ohne irgendwelche Hintergedanken zu haben, nur aus Sympathiegründen. Mike fühlte sich nicht wohl in seiner Haut. Er wollte erst einmal den Schmutz und Schweiß der Gartenarbeit von sich abwaschen. Leo blieb im Wohnzimmer bei Violetta liegen, als Mike sich ins Bad begab. Er befürchtete, Violetta würde dies als Einladung sehen und ihm in die Nasszelle folgen. Doch seine Furcht wurde nicht bestätigt. Als er frisch geduscht mit einem Handtuch um die Hüften das Badezimmer wieder verließ, saß sie Leo streichelnd auf dem Fußboden neben dem genießenden Hund. Mike suchte im Kleiderschrank nach einer Jeans und einem Oberteil. Umgezogen setzte er sich dann wieder zu seinem Gast und prostete ihr zu. Violetta erzählte ihm von ihrem Verhältnis zu Nina. Die beiden kannten sich aus früheren gemeinsamen Schuljahren. Hatten sich dann aus den Augen verloren und bei ihrer Scheidung vor einem halben Jahr wieder getroffen. Im Gegensatz zu Mike vertrat damals Nina Violettas Mann. Trotzdem trafen sie sich danach und erneuerten ihre Bekanntschaft. Mike hörte ihr interessiert zu, stand nur einmal auf, um eine zweite Flasche des spanischen Roten zu holen. Als er wieder bei Violetta saß, fragte er sich, ob die oberen beiden Knöpfe vor seinem Gang in den Keller auch schon geöffnet waren. Violette war keine vollbusige Frau. Ihre Figur glich eher der einer Leichtathletin. Der Busen war

185

klein und flach. Trotzdem umgab diese Frau eine erotische Aura. Sie wusste sich vorteilhaft zu artikulieren, sich in die richtigen Positionen zu setzten und sich animierend zu bewegen. Sie spielte mit ihrem Gegenüber, ohne ein Wort über ihr Vorhaben zu verlieren. Mike schaute nebenbei auf sein Handy und bemerkte, dass Angelina noch immer nichts von sich hören lassen hat. Ein komisches Gefühl überfiel ihn, doch die weitere Unterhaltung mit Violetta lenkte ihn von seinen Gedanken an Angelina wieder ab. Leo wurde unruhig und Mike ließ ihn gegen seine Gewohnheit in den Garten machen. Er konnte Violetta ja nicht einfach vor die Tür beordern, noch sie alleine im Haus lassen. Der Tag verging schnell und das chinesische Restaurant belieferte am frühen Abend Mike und seinen Gast. Mike stellte das Essen auf den Tisch und holte das Besteck aus der Küche. Violetta war in der Zwischenzeit im Bad und musste wieder etwas von der zugeführten Flüssigkeit loswerden. Danach kam sie barfuß mit ihren Schuhen in der Hand zum Esstisch und setzte sich auf dem Stuhl neben Mike. Eigentlich lag das Gedeck für sie ihm gegenüber. Mike reichte es ihr und gemeinsam verspeisten sie unterhaltend das asiatische Fast Food. Mike spürte dabei öfters, dass ihr rechter Fuß sein linkes Bein berührte. Er meinte, es war mehr als zu viel, um Zufall gewesen zu sein. Mike musste jetzt aber mit Leo raus und sagte dies Violetta. Sie schaute ihn an und meinte, sie könne nach dem vielen Wein nicht mehr Auto fahren und würde gerne hier auf ihn warten. Mike sah sie erstaunt an. Er wusste, worauf sie hinspielte. Er zeigte ihr das Gästezimmer und verließ das Haus. Eine halbe Stunde später war er wieder da. Die frische Luft hat sein Kopf

186

wieder etwas rationeller denken lassen. Auf gar keinen Fall wollte er sich auf ihr Spiel einlassen. Er schaute noch mal auf sein Handy und erkannte, dass Angelina sich den ganzen Tag nicht gemeldet hatte. Er schrieb ihr noch und machte sich dann zum Schlafen fertig. Im Bad traf er dann auf Violetta. Sie hatte die Badezimmertür nicht abgeschlossen. Nackt, wie Gott sie schuf, putzte sie sich mit Mikes Zahnbürste die Zähne. Ihre kleinen Brüste wippten dabei hin und her. Mike sah, dass sie trotz ihrer geringen Größe wahnsinnig große und hart gewordene Brustwarzen hatte. Ihr Po war klein und eher männlich als weiblich. Ungeniert und sehr freizügig störte es sie nicht, dass Mike sie in der Tür stehend beobachtete. Als sie dann an ihm vorbei aus dem Bad ging, streiften ihre Brüste seinen Arm. Violetta begab sich danach ins Gästezimmer.

Mike lag noch lange wach. Er konnte nicht einschlafen und rang mit sich. Doch als die Sonne durch das Fenster den Tag ankündigte und die Vögel zu zwitschern begannen, war die Nacht und auch die Zweifel mit ihr gegangen. Er fühlte sich wohl in seiner Haut. Violetta saß schon angezogen vor einer Tasse Kaffee und wartete anscheinend auf ihren Gastgeber. Als Mike sich dazu setzte, bedankte sich für den gestrigen Tag und verabschiedete sich von ihm. Ohne einen Kuss oder Handschlag verließ sie das Haus und Mike saß alleine da. Er trank den von ihr angefangenen Kaffee aus und schaute nebenbei auf sein Handy. Angelina hatte ihm eine Liebeserklärung gesendet und Mike schrieb ihr zurück. Auf die Frage, warum sie sich gestern nicht gemeldet hat, gab sie aber keine wirkliche Antwort. Mike ging mit Leo joggen und gammelte den Rest des Tages einfach nur

187

herum. Am Abend telefonierte er noch eine gute Stunde mit Angelina und ging früh ins Bett.

Sechs Wochen waren vergangen und Mike fühlte sich einsam und alleine gelassen. Eigentlich sollte Angelina wieder nach Hause kommen, doch einen Tag zuvor sagte sie ihm in einem Telefonat, dass sie um zwei weitere Wochen verlängert habe. Die Reha soll bei ihr angeschlagen und sie wäre auf dem Weg des Fortschritts. Diesen wollte sie weiter gehen und einen Rückfall nicht riskieren, weil sie die Reha eventuell zu früh beendete. Mike hörte sich ihre Argumentation an und konnte keinen wirklichen Grund finden ihr zu widersprechen. So hatte er zwei weitere Wochen alleine vor sich.

Als der ICE am Bahnhof hielt, wartete Mike mit einem Strauß Blumen auf Angelina. Er beobachtete die aus- und einsteigenden Zuggäste auf dem Bahnsteig. Angelina stieg dann als letzter aussteigender Zuggast aus ihrem Waggon. Aus einiger Entfernung erkannte Mike, dass sie erheblich schlanker aussah als bei ihrem Reha-Antritt. Angelina machte auf ihm einen frischen und erholten Eindruck. Mike lief auf sie zu und umarmte seine Liebste mit überdeckenden Küschen auf ihre Wange. Angelina drückte in auch fest an sich und genoss seine herzliche Begrüßung. Sie schien wie ausgewechselt.

Ununterbrochen erzählte sie auf der kurzen Heimfahrt, wie gut es ihr ginge und wie erholt sie sei. Mike war froh, sie so zu sehen. Er schloss ihr die Haustür auf und kümmerte sich um ihr Gepäck. Nachdem er das Auto in die Garage parkte und ins Haus eintrat, sah er noch, wie Angelina ihr Handy beiseite legte. Sie lächelte ihn an und Mike lächelte zurück. Jetzt erst spürte er, wie sehr sie ihm

188

in den letzten Wochen gefehlt hatte. Er war glücklich, sie wieder bei sich zu haben. Während sie zusammen einen kleinen Imbiss zu sich nahmen, erzählten sich beide, was sie in den letzten Wochen so alles erlebt hatten. Mike ließ nur die Geschichte mit Violetta aus. Nicht wirklich ist etwas mit ihr gewesen und er behielt dieses kleine Geheimnis einfach für sich. Irgendwann fragte Angelina ihn dann, ob er es geschafft hat, die ganze Zeit treu geblieben zu sein. Mit ein wenig Unwohlsein konnte er ihre Frage aber wahrheitsgemäß bejahen. Mike dagegen stellte ihr eine solche Frage erst gar nicht. Er ging schwer davon aus, dass es so auch bei ihr war.

Beide fanden an diesem Wochenende wieder näher zueinander und verbrachten schöne gemeinsame Stunden miteinander. Ihre Liebe schien wieder gefestigt auf einem soliden Fundament zu stehen.

Zum Wochenanfang traten beide glücklich und verliebt ihre Arbeit in den verschiedenen Krankenhäusern wieder an. Die Partnerschaft der beiden festigte sich in den nächsten Wochen noch mehr und Mike dachte, wie schön es wäre, wieder ein Kind in der Familie zu haben.

Er nahm sich vor, dieses Thema mit Angelina trotz ihrer Trauer über den Tod Elas zu besprechen.

Es war dann an einem Samstag im September. Sie verbrachten einen gemeinsamen Urlaub in der Toskana. In einem alten, von Einheimischen sehr beliebten Restaurant genossen sie bei Kerzenschein das mediterrane Essen. Als die beiden mit einem Glas Lambrusco anstießen, holte Mike die Katze aus dem Sack. Er klärte Angelina über seinen Kinderwunsch auf. Plötzlich schwebte Ela in den Köpfen des Paares und Angelina weinte dem Verlust ihrer Tochter nach. Aus

189

dem romantischen Abend ist eine Nacht der Trauer und des Verlustes geworden. Mike schämte und ärgerte sich über sich selbst. Hätte er doch niemals dieses Thema angesprochen, schimpfte er in sich hinein.

Doch am anderen Morgen beim Frühstück, sprach Angelina noch einmal über Mikes Kinderwunsch und gab ihm preis, dass auch sie gerne wieder ein Kind haben würde wollen. Mike war positiv überrascht und küsste vor Glücksgefühle Angelina. Dann kam das Aber. Angelina war mit ihren 45 Jahren eigentlich zu alt für eine weitere Geburt und das versuchte sie Mike zu sagen. Doch er widersprach ihre Bedenken und predigte ihr ein Hoch auf die moderne Medizin. Angelina war sich dabei aber nicht sicher und ihre Zweifel blieben. Das Paar redete den ganzen Vormittag über das Thema Baby und irgendwann, von wem auch immer, fiel das Wort Leihmutter. So kam ein neues Kapitel in ihrem Leben dazu.

Der Urlaub verging, aber die Leihmutterschaft blieb. Mike einigte sich mit Angelina, sich um eine seriöse Leihmutterschaft zu kümmern und zu informieren. Die einzige Methode, die infrage käme, wäre eine Frau zu finden, die ihre Eizelle mit dem Samen Mikes befruchten lassen würde. Das Problem in Deutschland sind die Tätigkeiten, die im Zusammenhang von Ärzten mit einer Leihmutterschaft stehen, verboten. Mutter eines Kindes ist und bleibt nach deutschem Recht immer die gebärdende Frau. Es gibt aber Länder, wo die Leihmutterschaft legalisiert wurde. Zwischen 25000 Euro in Indien bis zu 100000 Euro in den USA variieren die Preise für ein seriöses Leihmutterprogramm.

190

Wochenlang unterhielten und informierten sich die beiden über das Vorgehen einer Leihmutterschaft. Ein Urteil des Bundesgerichtshofes half den beiden dann. In ihrem Urteil vom 10.12.2014 gab der BGH bekannt, dass ausländische Gerichtsentscheidungen, die den Wuncheltern die rechtliche Elternschaft zuteilt, in Deutschland anerkannt werden müssen, wenn ein Teil der Wuncheltern mit dem Kind genetisch verwand ist.

Es dauerte weitere drei Wochen, bis Mike eine Agentur in den Niederlanden fand, die allen Wuncheltern half, ein in den Niederlanden geborenes Baby legal mit einer rechtlichen Geburtsurkunde und allen juristischen Dokumenten in Deutschland anzumelden.

Weihnachten kam und auch das neue Jahr begann. Mike und Angelina fuhren dann im Januar über die holländische Grenze bis nach Utrecht zu ihrem Termin in die Agentur. Dort konnten sie sich die Fotos und Dokumente der Frauen ansehen, die für sie infrage kommen könnten. Nach stundenlangen durchforsten der Unterlagen und einigen Diskussionen einigten Mike und Angelina sich auf eine Frau namens Lucia. Die zukünftige Leihmutter war 22 Jahre alt und sah der früheren Angelina etwas ähnlich. Die Agentur verlangte für ihre Vermittlung der Leihmutter, den ganzen Dokumenten und die medizinische Begleitung 97000 Euro. Mike und Angelina unterschrieben den Kontrakt. Erst nach Eingang der Summe würde Mike der Samen entnommen und der Leihmutter in die Eizelle gepflanzt werden. Eine Zusammenkunft der beiden Vertragspartner sollte es aus moralischen Gründen nicht geben.

Es war dann kurz vor Ostern, als Angelina die Post der Agentur öffnete und ihnen mitgeteilt wurde, dass die

191

Leihmutter im November ein Baby erwarten würde. Das Geschlecht des zu erwartenden Kindes konnte aber noch nicht ermittelt werden. Zwei Minuten später sah Mike die frohe Nachricht auf seinem Handy. Zu Weihnachten wären sie wieder eine kleine Familie, waren seine ersten Gedanken.

## Kapitel 18

Das Jahr zog sich für die beiden wie Kaugummi. Der Frühling ging, der Sommer kam und wollte nicht in den Herbst wechseln. In der Zwischenzeit wussten die beiden, dass die Leihmutter einem Jungen das Leben schenken wird. Die beiden entschieden sich nach langen Beratungen für den Namen Julius und teilten der Agentur ihren Wunsch mit.

Im Oktober genoss das Paar ihren letzten alleinigen Urlaub in der karibischen See. Mit einem Segelboot steuerten sie in zwei Wochen einige Inseln der Karibik an. Doch beide sehnten die Geburt ihres Sohnes im November herbei und genossen den Urlaub nicht wirklich.

Es war der 16. November, als Julius das Licht der Welt erblickte.

Drei Wochen später war die Familie wieder zu dritt. Mike hatte eines der Gästezimmer für Julius umdekoriert und mit neuen Möbeln bestückt. Elas Zimmer sollte so unbenutzt bleiben. In dieser Richtung waren Mike und Angelina sich sofort einig. Mit dem Baby holte sich das Paar selbst das Glück ins Haus zurück. Sogar Leo roch und schaute schwanzwedelnd zu dem kleinen Julius und hieß ihn herzlich willkommen. Angelina wurde so wieder aus ihrem Job gerissen. 2 Jahre Mutterschaftsurlaub standen ihr durch ihren Arbeitgeber zu und den wollte sie dann auch in Anspruch nehmen. Der Gesetzgeber sah eigentlich nur 14 Wochen vor, doch in diesem Falle hatte das Paar Glück, einen großzügigen Arbeitgeber zu besitzen. Nur das Gehalt wurde nach 14 Wochen nicht mehr gezahlt.

Und wieder brach ein neues Jahr an. Mike war tagtäglich in der Klinik und zweimal die Woche in der Universität beschäftigt. Sein Arbeitsaufkommen war sehr hoch und kostete ihm viel Zeit. 60 Stunden in der Woche waren sein Minimum, manchmal sogar fast 70 Wochenstunden. Das Konto war zwar gut gefüllt, doch das Familienleben litt darunter. Als Angelina selbst ihrem Beruf nachging, waren Mikes Arbeitszeiten kein Problem. Doch da Angelina jetzt den ganzen Tag zu Hause war, merkte sie, wie lange am Tag sie alleine verbrachte. Maria kam noch immer und erfüllte ihren Dienst im Haus von Mike. Doch sie und Angelina wurden bis zum jetzigen Zeitpunkt keine Freunde. Angelina wollte sie auch kündigen, aber Mike bestand darauf, Maria zu behalten. Nur Leo freute sich immer, die Haushaltshilfe begrüßen zu dürfen. Für den Hund der Familie hieß es dann, ab nach draußen seine Runde drehen. Die beiden Frauen unterhielten sich nie privat zusammen und wenn sie sich ansprachen, dann ging es nur um dienstliche Fragen und kurzen Antworten. Nur Julius schien Marias Herz höherschlagen zu können. Mit seinem Lächeln und dem Blick seiner blauen Augen schaffte er es jedes Mal Maria zu verzaubern. Julius war jetzt der Mittelpunkt im Hause des Paares.

Angelina fühlte sich trotz des Kindes einsam. Mike ging früh aus dem Haus und kam spät wieder heim. Das Pärchen hatte vielleicht zwei gemeinsame Stunden am Tag und das meistens abends vor dem Fernseher. Als der Frühling begann, nutzte Angelina mehr Zeit mit irgendwelchen Aktivitäten aus. Sie schnappte sich ihren Sohn und besuchte den Park, das Schwimmbad oder

194

trank in der Innenstadt einen Kaffee. Mit Beginn des Sommers stand Anfang Juni der herbeigesehnte Urlaub an. Zwei Wochen an der Ostsee waren am Timmendorfer Strand gebucht. Mike betete um schönes Wetter in der Zeit. Er brauchte dringend eine Auszeit von der Klinik und wünschte sich einen erholsamen Urlaub mit seiner Familie. Doch der Sommer in Deutschland ist nicht berechenbar und die Meteorologen sagten kurz vor dem Start ins Glück keine guten Wetteraussichten voraus. Mike fuhr die 400 Kilometer und der Scheibenwischer begleitete sie die ganze Fahrt mit seiner Arbeit die Sicht freizuhalten. Angelinas Laune wurde für sie immer deprimierender und sie sprach während der Fahrt kaum ein Wort. Julius schlief die ganze Zeit und Mike konzentrierte sich auf die vor ihm fahrenden Autos. Vier Stunden sollte die Reise mit dem BMW eigentlich dauern. Doch auf der A7 kurz vor Hamburg stauten sich die Autos bis zum Elbtunnel. Der Stau sorgte für noch miesere Stimmung im Wageninneren als das schlechte Wetter. Der erste Urlaubstag ging am Abend mit ihrer Ankunft im Hotel zu Ende. Acht Stunden hatten sie statt der halben Zeit gebraucht. Angelinas Mundwinkel hingen bis zur Erde herunter und auch der Restaurantbesuch heiterte sie nicht mehr auf. Früh gingen die drei in der Hoffnung auf besseres Wetter schlafen. Am nächsten Morgen schob Mike ganz vorsichtig den dunklen Vorhang der Balkontür zur Seite und durch eine Wolkenlücke begrüßte ihn die Sonne. Er holte Julius zu sich ins Bett und weckte Angelina ganz sanft mit einem Kuss. Ich habe die Sonne gesehen, waren seine ersten Worte zu ihr. Angelina zwang sich ein Lächeln aus dem Gesicht und wollte noch ein klein wenig schlafen. Also

195

kam auf Mike die Aufgabe zu, dem kleinen Mann sein Frühstück zuzubereiten und ihn zu füttern. Zwei Stunden später saßen sie beim Frühstück und der Wind drückte den Regen an die Restaurantscheiben. Der Blick nach draußen zeigte alles in einem nassen Grau. Den Tag verbrachten die Drei dann im hoteleigenen Wellnessbereich. Leo war an diesem Tag meist alleine im Hotelzimmer. Drei Tage regnete es noch durch, bis sich am vierten Tag eine Trockenperiode durchsetzte und die Urlaubsgäste sich zumindest trocken draußen bewegen konnten. Das Thermometer zeigte 14 Grad Celsius an und machte so einen Urlaub in Bikini und Badehose nicht möglich. Angelinas Laune kippte von Tag zu Tag und nach einer Woche gab sie Mike die Schuld. Als wenn Mike der liebe Gott wäre und das Wetter bestimmen könnte. Als am neunten Tag wieder der Regen begann, schickte sie Mike alleine vor die Tür und verbrachte den Tag mies gelaunt in der Wellnessoase. Erst zum Abendessen war sie wieder im Hotelzimmer. Zu Mikes erstaunen in guter Stimmung. Sie machte sich sehr sexy zurecht und die Familie ging ins Restaurant herunter. Angelina bestellte eine Flasche Rotwein und lachte während des Essens sehr viel. Sie erzählte noch mehr, als wie sie lächelte und zeigte dabei oft ihre strahlend weißen Zähne. Mike sah sie ihm gegenübersitzen und fand sie hübsch anzusehen. Die Haare hochgesteckt fiel ihr eine Strähne ins Gesicht. Durch die Spaghettiträger ihres Kleides zeigte sie viel Haut und wer wollte, sah ihren Brustansatz. Mike fand sie unheimlich sexy und hoffte auf einen romantischen Abend mit passendem Abschluss. Was Mike nicht sah, war, dass auch ein anderer Gast, der alleine an einem Tisch saß, Angelina mit sexy Augen

196

ansah. Mike saß so, dass er diesem Gast seinem Rücken zuwendete und so nicht mitbekommen konnte, was hinter ihm geschah. Erst nach dem Essen bemerkte er, dass Angelina öfter über seine rechte Schulter in den Raum blickte. Mike drehte sich um und fragte sie, was es dort zu sehen gäbe. Angelina zuckte mit ihren Schultern und überhörte die Frage. Danach bezahlte Mike die Rechnung, gab wie immer ein üppiges Trinkgeld und die Drei verließen mit Leo das Restaurant. Auf dem Weg zur Tür gingen sie an dem Mann, der Angelina beobachtete, vorbei. Mike sah noch, dass auch er seine Rechnung bezahlte.

Aus dem Abend wurde kein romantisches Ende. Nach dem Restaurantbesuch suchten sie das Zimmer auf und schauten aus dem Bett einen Film. Mike schlief dabei ein. Als er wieder wach wurde, war der Fernseher aus und Angelina mit ihrem Handy beschäftigt. Als sie bemerkte, von ihm beobachtet zu werden, legte sie ihr Smartphone zur Seite und legte sich schlafen.

Der nächste Morgen weckte die Touristen mit blauen Himmel und Sonnenschein. Keine Wolke trübte den Himmel. Am Nachmittag wurden sogar 23 Grad Celsius erreicht und Angelina präsentierte sich in ihrem neuen Bikini der Marke Maryan Mehlhorn. Sie wackelte stolz am Strand mit ihrem Hinterteil, sodass sie die Blicke der männlichen und auch die neidvollen Blicke der weiblichen Strandbesucher zu sich zog. Mike fand es etwas unpassend, sagte jedoch nichts. Sie verbrachten schon einige Stunden dort, als Mike den Gast aus dem Restaurant ein paar Meter von ihnen liegen sah. Leider verdeckte seine dunkel getönte Sonnenbrille seine Augen. So konnte Mike nicht erkennen, wohin der Kerl blickte.

197

Doch sein Gefühl warnte ihn und er schaute sich das Spiel noch ein paar Minuten an. Doch auch seine Geduld hatte irgendwann einmal ein Ende und er fragte Angelina, ob sie diesen Spanner kennen würde. Sie schüttelte nur den Kopf und beschäftigte sich weiter damit, genug Sonnenstrahlen für ihren Teint zu bekommen. Mike wurde es zu bunt. Er bewegte sich zu dem jetzt in die andere Richtung schauenden Fremden und fragte ihn, was es so Interessantes an seiner Familie zu beobachten gäbe. Der Typ mit Bauchansatz und einer Rolex am Handgelenk tat überrascht und wies Mikes Vorwurf streng zurück. Mike drehte sich um und schaute in das wütende Gesicht Angelinas.

Zwei Tage später brach eine Hitzewelle über Schleswig-Holstein und ganz Deutschland ein, doch da fuhr Mike mit seiner Familie wieder in das heimatliche Ruhrgebiet. Ohne es bemerkt oder ohne es gewollt zu haben, entfernten sich Mike und Angelina immer mehr voneinander. Es gab auch wieder öfter Meinungsverschiedenheiten und immer wieder hitzige Diskussionen. Danach beruhigten sie sich wieder bis zum nächsten Streit. Die romantischen Passagen der beiden wurden immer seltener und als Julius zwei Jahre alt wurde, begann für ihn ein neuer Lebensabschnitt. Der kleine Mann besuchte seit dem einen Ganztagskindergarten und Angelina ging wieder ihrem Job nach. Danach legte sich die schlechte Atmosphäre etwas und das Paar fand wieder näher zusammen. Angelina schien entlastet und ging durch ihre Arbeit wieder in sich auf. Sie zog sich wieder sehr elegant an und fühlte sich wohl in ihrem Umfeld.

198

Zu Weihnachten lagen dann ein Haufen Geschenke unter dem Tannenbaum. Die meisten und größten Pakete hatte das Christkind für den kleinen Julius darunter gelegt. Doch auch an Angelina hatte der Weihnachtsmann gedacht und ein neues Smartphone mit dem angebissenen Apfel durfte sie ihr Eigen nennen. Mit einem dicken Kuss und einer Umarmung bedankte sie sich bei Mike und freute sich riesig über das neue Spielzeug. An diesem Abend, nachdem Julius erschöpft vor Aufregung eingeschlafen war, rief Angelina Mike zu sich ins Schlafzimmer. Mike sah sie dort in schwarzen Spitzendessous und verführerischen Blick liegen. Mike hatte schon lange nicht mehr das Vergnügen, mit Angelina zu schlafen erleben dürfen. Heute Abend war es endlich mal wieder so weit. Während sie sich im Bett rekelte und sich mit ihren Händen die Innenseiten ihrer Schenkel streichelte, hüpfte Mikes Herz fast aus seiner Brust. Ihre dunklen Brustwarzen schimmerten aus dem Dessous und brachten Mikes Gefühle in Wallung. Als er sich auf sie ins Bett stürzen wollte, streckte sie ihr rechtes Bein aus und hielt ihn so noch etwas auf Distanz. Angelina spielte mit ihm und Mike wusste das. Er blieb wie angewurzelt stehen und musste unbeteiligt zusehen, was sie tat. Ihre Hände streichelten ihre Haut auf Bauch und Busen. Sie nahm ihren Zeigefinger in den Mund und lutschte daran. In Mike stieg die Hitze auf und er wurde immer nervöser. Als Angelina ihren nassen Finger dann in ihre feuchte Spalte verschwinden ließ, konnte auch ihr ausgestrecktes Bein Mike nicht mehr von ihr fernhalten. Er stürzte auf sie und packte ihre Brüste aus. Die beiden liebten sich wie ausgehungerte Liebende, die sie auch waren. Es war für beide ein romantisch schönes Erlebnis

199

und eng aneinander geschlungen schliefen sie ein. Die Welt der beiden schien sich wieder zu kitten und das neue Jahr begann für beide vielversprechend.

Doch auch das kommende Jahr schlug mit einem Schicksalsschlag unerwartet zu. Es war der Ostersamstag, als Leo plötzlich nicht mehr fressen wollte und sich von seinem Rudel entfernte. Er lag nun alleine in einer Ecke des Wohnzimmers und jaulte leise vor sich hin. Mit traurigem Blick schaute er Mike an und bat um Hilfe. Noch nicht einmal aus dem Haus konnte Mike den Grönländer bewegen und es blieb nur der Garten für seine Notdurft. Den Dienstag nach dem heiligsten aller christlichen Feiertagen nahm sich Mike frei und fuhr mit Leo zum Tierarzt. Dieser untersuchte seinen tierischen Patienten und schüttelte schnell den Kopf. Eine Röntgenaufnahme bestätigte dann den Verdacht. Leo kämpfte gegen den Krebs und stand kurz davor, diesen Kampf zu verlieren. Mit einem Schmerzmittel erlöste der Veterinärmediziner Leo vorläufig von seinen Schmerzen, machte aber Mike klar, dass es besser sei, den Hund zu erlösen. Mike konnte für den Augenblick keinen vernünftigen Gedanken fassen und bat den Tierarzt, ihn noch einen Tag mit seinem besten Freund zu gewähren. In dieser Nacht lag Mike mit Leo im Arm auf der Hundedecke im Wohnzimmer. Er streichelte seinen Hund stundenlang und weinte um ihn. Leo wusch mit seiner Zunge Mike die Tränen von der Wange und schaute sein Herrchen liebevoll und treu an. Mike konnte sich nicht damit abfinden, morgen ohne Leo zu sein. Der Grönländer war über zehn Jahre loyal und treu an seiner Seite. Er war auch das Band und die Erinnerung an Ela. Mike hoffte, dass seine Tochter ihren Grönländer im

200

Himmel in Empfang nimmt und ihre Seelen wieder vereint sind.

Ohne Frühstück fuhr Mike dann zu dem Veterinär und bat ihn, seinen Job zu tun. In Mikes Armen schlief Leo dann nach der ersten Spritze ein. Mike streichelte seinen Hund auch noch nach der zweiten Injektion, bis der Tierarzt ihn den Tod seines Hundes bestätigte. Mike konnte seinen besten Freund nicht dort lassen und vergrub ihn verbotenerweise im eigenen Garten. Danach setzte er sich an Leos Grab und weinte bitterliche Tränen.

Angelina beobachtete Mike dabei und auch sie verlor genügend von ihrer Tränenflüssigkeit an dem Fenster, hinter dem sie stand.

Am nächsten Tag hatte der Alltag sie wieder ein. Die Arbeit rief und ließ Mike keine Zeit zum Trauern. Am frühen Abend krabbelte Julius über die Wohnzimmerfliesen und rief nach Leo. Mike rannen wieder die Tränen über das Gesicht. Jetzt lag es an ihm, seinen kleinen Sohn zu erklären, warum Leo nicht mehr da war. Der Kleine verstand es zwar nicht, weinte dann aber trotzdem mit seinem Vater.

Angelinas Herz zerbrach bei dem Anblick Mike so mit Julius, um Leo weinen zu sehen. Kein noch so liebes Wort oder ihr Mitgefühl konnten Mike Trost spenden. Erst Ela und nun ihr Hund.

In den nächsten Wochen fand Mike bei seiner Familie den Schutz, den er brauchte. Julius forderte seine Aufmerksamkeit und half ihn so über den Schmerz hinweg zu finden. Doch eines war für ihn klar. Noch einmal möchte er den Tod eines geliebten Hundes nicht miterleben und erklärte Angelina den Grund, nie mehr ein

201

Tier im Hause haben zu wollen. Sie nickte und akzeptierte seine Entscheidung.

## Kapitel 19

Mit der Schultüte stolz in seinen Armen stand Julius vor dem Haupteingang der Grundschule und ließ geduldig Angelinas Fotosession über sich ergehen. Lange überlegten Mike und Angelina, ob ihr Sohn mit noch keinen sechs Jahren reif genug für die Schule wäre, doch in Zusammenarbeit mit der Kindergärtnerin wollten sie den Versuch starten und ihn frühzeitig einschulen lassen. Julius war das jüngste, aber nicht kleinste Kind seiner Klasse. Zwei Monate nach der Einschulung feierte er seinen sechsten Geburtstag.
Die Beziehung von Mike und seiner Angie lief schleppend, wie bei vielen Paaren in ihrem Alter. Ein Sexleben zwischen ihnen fand nicht mehr statt. Sie lebten einfach gemeinsam nebeneinander her.

Mike war an einem sonnigen Samstag im Juli in der Innenstadt unterwegs und auf dem Weg zum Parkhaus. Am Ticketautomaten bezahlte er die Parkgebühren und marschierte dann zu seinem neuen Audi Q5. Mike gönnte sich dieses Mal einen Audi und keinen BMW mehr. Nach 20 Jahren wollte er eine andere Marke fahren. Auf jeden Fall stieg er in seinem neuen Wagen und fuhr in Richtung Ausgang. An der geschlossenen Schranke blieb er stehen und wollte das Ticket in den vorgesehenen Schlitz stecken. Auf der Gegenseite wollte ein Porschefahrer in das Parkhaus und zog das Parkticket, danach öffnete sich die Schranke und er war aus Mikes Sicht. Auch Mikes Schranke bewegte sich nach oben und er verließ das Parkhaus. Doch seine Gedanken waren bei dem Fahrer des Sportwagens. Irgendwie kam dieser ihm bekannt vor.

203

Er überlegte während der kurzen Heimfahrt, aber seine Erinnerungen gaben ihm keine passende Antwort. Zu Hause angekommen, eilte Angelina mit der Ansage einkaufen gehen zu müssen, an ihm vorbei und raste mit ihrem Auto davon. Mike starrte ihr wortlos hinterher. Julius begrüßte seinen Vater dann freudestrahlend und unterbrach Mikes Gedankenfluss. Mit dem Kleinen auf dem Arm ging er durch die Tür und spielte ein wenig gedankenverloren mit ihm. Doch Mike war nicht ganz bei der Sache. Immer noch versuchte er zu überlegen, wer der Kerl mit dem Porsche war. Julius beschäftigte sich schon wieder mit sich selbst, als bei Mike die Erinnerung an diesen Mann wie der Blitz einschlug. An der Ostsee. Der unmögliche Gaffer musste es gewesen sein. Mike sah leider das Nummernschild des Porsches nicht. Doch er war sich plötzlich ziemlich sicher, was den Kerl betraf. Beim Abendessen sprach Angelina über ihr altes Auto. Der Kleinwagen hatte mittlerweile 16 Jahre auf dem Buckel und ihrer Meinung nach sollte ein neues Auto für sie her. Mike und sie suchten dann in den nächsten Tagen einen Wagen im Internet für sie. Um das Umweltbewusstsein in eigener Sache zu fördern, sollte ein Elektroauto angeschafft werden. Auch hier bevorzugte Angelina einen Q1 der Marke aus Ingolstadt. An einem Nachmittag machte Mike dann pünktlich Feierabend und die beiden trafen sich am Autocenter der Ingolstädter. Die Verhandlungen liefen für beide Seiten zumutbar und Angelina durfte am nächsten Montag gegen einen satten Aufpreis ihr Auto gegen das E-Auto eintauschen.
So kam es dann, dass Mike am Samstagmorgen, als Angelina seinen Wagen zum Einkaufen nutzte, den alten

204

Volkswagen von außen und innen reinigte und die persönlichen Sachen aus dem Wageninneren in einer Kiste legte. Im Handschuhfach fand er jede Menge Zeug, das in den Mülleimer gehörte. Er trennte den Papiermüll von den Papieren, die noch gebraucht wurden. Alte Einkaufsbelege, abgelaufene Gutscheine und Parkquittungen sortierte er für den Mülleimer aus. Das Auto war dann für den Verkauf gereinigt und entleert gewesen und Mike schüttete den Abfall in die Mülltonne. Dabei flogen drei Papierschnipsel mit dem leichten Wind daneben. Mike bückte sich und sammelte die Papierstreifen wieder ein. Als er diese in die Mülltonne werfen wollte, schaute er sich die Papiere genauer an. Es waren zwei Bons aus dem Supermarkt und eine Parkquittung. Genau dieser Parkbeleg belebte plötzlich seine Aufmerksamkeit. Das Stück Papier wies das Datum des Samstags aus, an dem auch Mike das gleiche Parkhaus in der Innenstadt benutzte. Sein Misstrauen erinnerte ihn an diesem Tag und wen er dort gesehen hatte. Sein Verstand sagte ihm, dass dies absoluter Zufall sein könnte. Doch sein Bauch gab ihm ein anderes Gefühl. Mike lehnte sich weit in die Mülltonne hinein und kramte den Rest an weggeschmissenen Papiermüll wieder hervor. Er schaute sich die anderen Parkquittungen, die Angelina in ihrem Wagen verstaute, an. Er fand insgesamt sechs dieser Belege und die Tage, an denen Angelina das Parkhaus benutzte, waren in den letzten drei Jahren immer an einem Samstag. Auch das kann Zufall gewesen sein, denn der Samstag war Angelinas Einkaufstag. Mike schüttete alles in den Müll und ging mit dem Rest aus dem Wageninneren in die Garage. Stellte die Kiste dort an der Wand auf den Boden

205

und nahm sein altes Handy aus dem Handschuhfach mit ins Haus. Er hatte gar nicht mehr an dieses Ding gedacht und war froh, das Auto selbst entleert zu haben, denn so entging er vielleicht der Frage Angelinas nach dem Handy aus dem Weg. Er legte das Handy in den Schrank seines Schreibtisches und während er dies tat, dachte er an Angelinas altes Smartphone. Eine innere Stimme empfahl ihm sich das Handy von ihr einmal genauer anzuschauen. Seit sie ihr neues Handy zu Weihnachten bekam, lag das alte Mobiltelefon in ihrer Nachtkonsole neben dem Bett. Mike öffnete die Schublade und griff sich das alte Teil. Auf dem Weg zu seinem Schreibtisch wurde er von Julius abgefangen. Sein kleiner Sohn brauchte einen Spielgefährten und Mike war der einzige im Haus, der für Julius greifbar war. Als Angelina Stunden später die Tür öffnete, sah sie Mike und Julius auf dem Fußboden spielen. Sie mochte ihren Sohn. Aber aus einem ihr unbekannten Grund war das Band zwischen Mike und seinem Sohn dicker als ihres zu Julius. Vielleicht lag es daran, dass Mike der genetische Vater des Jungen war.

Irgendwann hatte der Kleine dann genug von seinem Papa und widmete seine Aufmerksamkeit seiner Mutter in der Küche. Mike nutzte die Pause und setzte sich an seinem Schreibtisch vor seinem Notebook. Er erinnerte sich an das Programm des Krankenpflegers und öffnete dieses. Mike schloss das Handy über ein USB-Kabel an das Laptop und startete das Spyprogramm. Kurz darauf rief Angelina ihn zum Abendessen. Mike ließ das Programm weiter laufen und begab sich an den Esstisch zu seiner Familie.

206

Als Angelina den kleinen Prinzen ins Bett brachte, schaute Mike noch einmal auf sein Notebook. Ein Haufen Daten führte das Programm und Mike speicherte diese auf seiner Festplatte. Er wollte sich die Daten ein anderes Mal, wenn er alleine war, ansehen. Er legte das Handy unauffällig wieder weg und verbrachte den Abend mit Angelina vor dem Fernseher.

Der Sonntagmorgen gehörte mal wieder seiner Joggingrunde. Er tat sich schwer. Zum ersten Mal ohne seinen treuen Begleiter Leo auf die Strecke zu gehen, zerbrach in wieder das Herz. Mike lief, ohne nachzudenken durch den Wald und merkte gar nicht, wie schnell er wieder an seinem Auto war. Nass geschwitzt fuhr er nach Hause. Angelina beschäftigte sich mit Hilfe von Julius in der Küche. Mike duschte und begab sich an seinem Schreibtisch. Er klappte den Deckel des Laptops auf und öffnete die gespeicherte Datei. Aufgelistet waren Fotos, Messengernachrichtenverläufe, Telefongespräche und Kurznachrichten. Mike schaute auf den Bildschirm und wusste gar nicht, wo er anfangen sollte. Er öffnete den Messengerdienst und das Programm startete mit den Nachrichten der letzten acht Jahre. Mike konnte sich aussuchen, ob die Auflistung nach den Kontakten oder dem Datum geschehen sollte. Er beschloss, das Fenster mit den Kontakten anzuklicken. Die meisten Namen in der Kontaktliste kannte Mike. Es waren Bekannte und Verwandte von Angelina oder auch ihm selbst. Doch es gab auch Namen in der Liste, die ihm nichts sagten. De Boer zum Beispiel kannte er. Einen Bernd Faller genauso wenig wie einen Martin Manger. Er sah die Liste weiter durch und bei dem Namen Violetta Nowack staunte er nicht schlecht. Mike klickte den Nachrichtenverlauf mit

207

Violetta an und musste schnell feststellen, dass die beiden Frauen sich gut kannten. Die beiden schienen sich in einem Swingerclub kennengelernt zu haben. Die Mails waren sieben Jahre alt und Mike glaubte nicht, was er las. Angelina hatte Violetta beauftragt, Mikes Treue während ihres Rehaaufenthaltes zu testen. Jetzt wunderte er sich auch nicht mehr über das freizügige Verhalten Violettas an diesem einen Samstag.

Mike wollte gerade weitere Nachrichten der beiden Damen durchstöbern, als Angelina die Tür öffnete und ihn zum Essen holte. Mike schloss die Datei und fuhr den Rechner herunter. Beim Essen mit seiner kleinen Familie war er ruhig und in seinen Gedanken verloren. Er wurde erst wieder in die Realität zurückgerufen, als Angelina ihn unter dem Tisch leicht vor das Bein trat. Julius hatte seinen Vater etwas gefragt und Mike dies nicht mitbekommen. Verlegen lächelte er seinen Sohn an und gab Julius die Aufmerksamkeit, die er von seinem Vater forderte.

Mike überlegte die ganze Zeit, wie er sich verhalten sollte. Angelina ansprechen? Dann würde er ihr erklären müssen, warum sie das Wochenende hier gewesen war. Sein Gewissen war eigentlich rein, denn er hatte sich mit ihr sexuell nicht eingelassen. Angelina musste ja die Wahrheit über Violetta und ihn kennen. Trotzdem war es ein verdammt bescheidenes Gefühl.

Am späten Abend, Angelina war schon auf der Couch eingeschlafen, schlich Mike sich noch einmal an seinen Schreibtisch. Er schaute sich den ganzen Nachrichtenverlauf der beiden Frauen an. Anscheinend haben die beiden keinen Kontakt mehr, denn die letzte Mail wurde vor 3 Jahren ausgetauscht. Mike konnte

208

sowieso nur die Nachrichten bis zum letzten Weihnachten an dem Angelina das Handy wechselte, nachverfolgen. Der meiste Mailverkehr der beiden ist aber schon über 5 Jahre her und durch diesen Nachrichtenverlauf las sich Mike nun durch.

Angelina und Violetta lernten sich anscheinend tagsüber in einem Hattinger Swingerclub kennen. Eine alte Villa bot den Besuchern alles, was das Swingerherz sich wünschte. Violetta war den Nachrichten nach beiden Geschlechtern zugeneigt und lernte Angelina und ihren Begleiter dort kennen. Mike fragte sich, wer der Begleiter Angelinas wohl war, denn er war noch nie in einem solchen Club. Anscheinend trafen die beiden Frauen sich nach einigen Treffen zu dritt, dann später auch alleine dort. Mike las soeben, dass Angelina mit Violetta über Jahre hinweg ein intimes Verhältnis hatte. Sie trafen sich nach einiger Zeit nicht mehr in der Hattinger Villa, sondern bei Violetta zu Hause in Dortmund. Die Adresse war sogar in einer Nachricht zu lesen und Mike notierte sie sich.

Plötzlich hörte er die Toilettenspülung und wusste, Angelina machte sich bettfertig. Mike fuhr den Rechner herunter und begab sich noch vor ihr ins Bett.

Zu viele Gedanken brachten ihn um den Schlaf. Er wälzte sich im Bett von rechts nach links und umgekehrt. Irgendwann fragte Angelina ihn, was los wäre. Mike stand auf und schloss leise die Schlafzimmertür. Es war halb vier in der Früh. Er setzte sich vor das Notebook und öffnete die Datei für weitere Recherchen.

Ein Klick auf den Namen Bernd Faller und der Nachrichtenverlauf wurde angezeigt. Die erste Nachricht von ihm stammt aus der Zeit am Timmendorfer Strand.

Der Kerl schrieb Angelina schmalzige Komplimente und wie schön der Tag im Wellnessbereich mit ihr war. Einige Mails weiter verabredeten sie sich zum ersten Mal in Recklinghausen und noch ein paar Nachrichten mehr und die Villa in Hattingen kam ins Spiel. Bernd Faller war der Spanner von der Ostsee und Mikes Verdacht, ihn im Parkhaus gesehen zu haben, bestätigte sich durch die geschriebenen Nachrichten. Es war ganz eindeutig, dass er und Angelina ein sexuelles Verhältnis eingegangen waren. Über die ganzen Jahre brach der Kontakt zwischen ihnen nie ab. Mike schaltete verzweifelt das Notebook aus und fuhr ohne Frühstück in die Klinik. Sein Herz wurde zum wiederholten Male von Angelina vergewaltigt und Mike war maßlos enttäuscht. Am meisten ärgerte er sich über sich selbst. Wieso liebte er diese Frau eigentlich? Diese Frage stellte er sich immer wieder.

Am Abend blieb er zunächst in seinem Büro in der Klinik und las weitere Nachrichten auf dem Laptop. Auch den Mailverkehr mit einem gewissen Martin Manger ging er nach. Je mehr er las, desto erschütternder wurde es. Mike konnte nicht glauben, dass Angelina die Frau war, die diese Nachrichten bekam und noch schlimmer diese auch verfasst hatte. Mike notierte sich die Handynummern der beiden Männer und speicherte diese auf seinem Handy. Danach machte er sich auf den Weg nach Hause. Traurig über diese Situation und wütend über seine Dummheit betrat er sein Heim. Angelina begrüßte ihn freundlich und stellte ihm das Essen auf den Tisch. Mike tat, als hätte er keinen Kummer und spielte den lieben Familienvater. Julius war sein ganzer Stolz geblieben und er wollte seinem Sohn nicht die Familie nehmen. Doch so durchgehen wollte er es Angelina auch nicht lassen.

In den nächsten Tagen überlegte er, wie er mit der Sache umgehen sollte. Die Telefongespräche bewiesen dann auch noch die vielen Kontakte Angelinas mit den beiden Männern. Mike entschloss sich bei den Männern zu melden.

Am anderen Tag rief er in der Mittagspause diesen Martin Manger an. Er hatte über das Internet seine Adresse und die Festnetznummer, die er jetzt wählte, herausbekommen. Nach dem vierten Klingeln wurde auf der anderen Seite der Hörer abgenommen. Es meldete sich eine Frau mit dem Namen Manger. Mike wollte erst wieder auflegen, überlegte es sich dann aber schnell anders und sprach mit der Frau über die Mails ihres Gatten. Der Kerl hatte zwei Kinder im Teenageralter und seine Frau konnte nicht glauben, was Mike ihr da auftischte. Der wiederum hatte eindeutige Beweise und schickte der Frau Manger einige davon über den Messengerdienst an ihr Handy. Danach beendeten sie das Gespräch und Mike war etwas erleichterter als noch vor dem Telefonat. Er konnte sich gut vorstellen, was auf Martin Manger nachher zukam.

Bei Bernd Faller war es nicht so einfach, etwas über ihn herauszubekommen. Das Internet gab keine zufriedenstellende Auskunft. Mike überlegte, wie er mehr über diesen Kerl herausfinden konnte. Doch ihm fiel erst nichts ein.

Ihm war aber auch bewusst, dass er mit Angelina reden musste. Er nahm sich vor, das Gespräch heute Abend zu suchen. So kam es, dass er auf Angelina wartete, als sie Julius ins Bett brachte.

211

Als sie wieder ins Wohnzimmer kam und sich auf ihr
Sofa setzte, fragte Mike sie nach den beiden Männern.
Angelina verlor fast alles an Farbe aus ihrem Gesicht,
den ihr Teint hergab. Schweißperlen bildeten sich auf
ihrer Stirn. Sie schaute Mike nicht an und spielte nervös
an ihren Fingern. Zu sagen hatte sie nichts, denn ihr
Mund blieb geschlossen. Mike wartete vergebens auf
einen Kommentar von ihr. Er wiederholte seine Frage,
doch sie blieb weiterhin stumm. Mike sah jetzt
Schweißflecken unter ihren Achseln der Bluse. Mike
wurde es zu bunt und er zitierte einige ihrer
geschriebenen Nachrichten. Angelina stand auf und
schloss sich im Schlafzimmer ein. Mike bekam keine
Antwort von ihr. Die Wut übernahm die Oberhand und er
wollte jetzt keine Konfrontation mit Angelina, deshalb
setzte er sich ins Auto und fuhr davon. Orientierungslos
durchstreifte er im Auto das Ruhrgebiet ohne wirkliches
Ziel. Bis er irgendwann auf einem Rastplatz auf der A42
anhielt. Noch immer nicht klar denkend, rief er Bernd
Faller an. Der Typ ging aber nicht an seinem Handy.
Mike schrieb ihn eine nicht so nette Nachricht und
wartete auf eine Antwort von ihm. Der Messengerdienst
zeige ihm an, dass der Adressat die Mail gelesen hatte.
Mike wartete ein paar Minuten und versuchte es noch
einmal. Es blieb bei dem Versuch, denn der
Ostseespanner blockierte Mike einfach.
Mike rief Max an und stand später bei ihm vor der Tür.
Max gab ihm im ausgebauten Keller eine
Schlafgelegenheit und riet ihm, sich heute nur noch
schlafen zu legen. Mike spürte jetzt seine Müdigkeit und
gehorchte seinem Freund. Am nächsten Morgen würde er
dann wieder klarer denken können und nichts

212

Unüberlegtes veranstalten, waren seine Gedanken, als er die Augen schloss.

Am nächsten Morgen beim Frühstück mit seinem besten Freund sprachen die beiden über seine Situation. Max versprach Mike seine Unterstützung zu, sollte er Hilfe brauchen.

Zur Mittagszeit stand er dann wieder vor der eigenen Haustür und wurde von Julius freudestrahlend empfangen. Angelina war im Badezimmer und versuchte so Mike aus dem Weg zu gehen. Mike sprach durch die geschlossene Tür zu ihr und sagte, dass er im Beisein ihres Sohnes das Thema nicht ansprechen würde. Mike wollte Julius nicht mit ihrem Streit belasten.

So kam es, dass sie sich den ganzen Tag zusammenrissen und sich am Abend zusammensetzen wollten. Während Julius dann schlief, sprachen die beiden über Angelinas Verfehlungen und die Konsequenz für die Zukunft. Mike wollte seine Familie nicht verlieren, konnte Angelina aber nicht mehr vertrauen und machte ihr das Angebot, eine offenen Ehe, ohne Trauschein einzugehen, bis Julius ein Alter erreicht hatte, dass ihn eine Trennung seiner Eltern nicht kaputtmachen würde. Doch Mike machte Angelina auch ganz klar verständlich, dass er Besuch von ihren Bekannten in ihrem zu Hause nicht ein einziges Mal dulden würde.

Mike richtete das Studio im Dachgeschoss mit neuen Möbeln ein und bezog dort sein neues Schlafgemach. Ein Bett mit Angelina wollte er nicht mehr teilen.

213

## Kapitel 20

Die nächsten Monate vergingen und Mike interessierte sich nicht mehr für Angelina. Sie kümmerte sich um ihren Sohn und um sich selbst. Am Wochenende, wenn Mike daheim war, ging sie oft bis in die Nacht aus. Am Sonntag saßen sie dann immer zum Mittagessen zusammen und spielten für ihren Sohn die heile Familienwelt. Es ging bis zu dem Zeitpunkt gut, als Julius mit seinen sieben Jahren fragte, wohin sie dieses Jahr in den Urlaub fahren würden. Weder Mike noch Angelina hatten sich über einen gemeinsamen Urlaub bisher Gedanken gemacht. Jetzt schauten sie beide gleichzeitig Julius an und der wartete auf eine Antwort. Mike fragte seinen Sohn dann, wie ihm ein Männerurlaub gefallen würde, doch der Kleine wollte mit seinem Papa und seiner Mama zusammen in die Ferien fahren.
Jetzt hatten Mike und Angelina ein kleines Problem, denn zusammen den Urlaub verbringen wollten sie beide nicht. In der Woche war Angelina weiter für die Familie da. Sie kümmerte sich nach der Arbeit um Julius und den Haushalt. Doch der Samstag gehörte ihr. Ohne Mike zu erzählen, wo sie sich samstags bis in den Sonntagmorgen aufhielt, verbrachte sie diese Tage ohne Mike und Julius für sich. Mike war gezwungen, mit seinem Sohn an den Wochenenden alleine zu Hause zu bleiben. Es wurmte ihn nicht zu wissen, was Angie trieb. Er schaute sich die alten gemeinsamen Fotos an und beantwortete die Fragen seines Sohnes. Julius wollte alles über seine verstorbene Schwester Ela wissen und Mikes Emotionen ließen jede Menge Tränen über seine Wangen rollen. Julius sah auch die Bilder der Familie mit Leo und weinte plötzlich ohne

214

Vorankündigung. Jetzt lag es an Mike, seinen Sohn trotz seines Kummers zu trösten. An diesem Abend spazierte Angelina eher als sonst durch die Haustür. Mike war vor dem Fernseher eingeschlafen und Julius schon lange in seinem Bett. Er schaute verschlafen auf und sah Angelina sexy wie schon lange nicht mehr. Er beobachtete sie, wie sie ihren schwarzen Mantel ablegte und eine Sporttasche auf den Boden stellte. In hohen offenen schwarzen Pumps, die ihre gepflegten Füße zum Vorschein brachten, stand sie nun am Esstisch. In ihrer weißen Marie Jo Avero Courtage, dazu die passenden Nylons und den Strumpfbändern, dafür ohne Slip schüttete sie sich ein Glas von der angefangenen Flasche Rotwein ein. Sie kam auf Mike zu und dieser erkannte an ihrem leicht wackeligen Gang, dass das Glas Rotwein nicht der erste Schluck Alkohol an diesem Abend war. Angelina setzte sich auf der Couch Mike gegenüber und er sah jetzt ihre dunkelroten Lippen und die mit Kajal bemalten Augen. Sie sah aus wie ein männermordender Vampir. Mike war nicht mehr schläfrig. Er richtete sich auf und prostete ihr mit seinem Glas zu. Angelina tat es ihm lächelnd nach und zeigte zum ersten Mal seit Monaten wieder ihre strahlend weißen Zähne. Schnell waren beide Gläser leer getrunken und Mike öffnete eine neue Flasche. Als er ihr Glas füllte, legte sie ihre Hand auf die seine. Mike wurde nervös, denn er erkannte nicht, wohin ihn dieses Spiel von ihr führen würde. Angelina sah ihm in die Augen und forderte Mike auf, sie zu küssen. Mike meinte sich verhört zu haben und blieb reglos vor ihr stehen. Sie nahm seine Hand, in der er noch die Flasche hielt und zog ihn näher an sich heran. Mike stellte die Flasche mit der anderen Hand auf den Boden. Dazu musste er sich

215

vor ihr bücken und blickte nun direkt auf ihr nacktes Geschlechtsteil. Angelina nutzte den Moment und legte beide Beine auf seine Schultern ab. Mit ihren Händen an seinem Hinterkopf führte sie ihn zu der kleinen Knospe, die verwöhnt werden wollte. Mike konnte sich nicht mehr wehren. Nicht gegen Angelina und erst recht nicht gegen sein Gewissen. Er spielte jetzt nach ihren Regeln das Spiel mit. Er spürte, wie Angie ihn mit ihren Beinen fester herunterdrückte und als er mit seiner Nasenspitze die weiche Stelle zwischen ihren Beinen anstieß, ließ er seine Zunge mit ihrer Klitoris spielen. Nach etwa zwei Minuten hörte Mike sie leicht stöhnen. Erinnerungen an früheren, glücklicheren Zeiten kamen in ihm auf und trieben ihn weiter an. Aus dem leisen Stöhnen wurden mittel laute Geräusche. Mike befürchtete, Julius würde wach werden und unterbrach für einen winzigen Augenblick seine Massage. Sofort reagierte Angelina und forderte durch ihren Druck mit den Beinen Mike auf weiterzumachen. Sie selbst biss sich leicht auf die Handfläche und hoffte so die Geräusche leiser halten zu können. Ihr Orgasmus kam heftig. Sie zuckte mit ihrem Unterleib wild hin und her. Biss sich fester in die eigene Hand und unterdrückte so den Schrei, der aus ihr heraus wollte. Mike wischte sich ihren Saft von seinem Kinn und stand auf. Angelina ließ ihn aber nicht gehen und hielt ihn an seinem Gürtel bei sich. Mit der anderen Hand öffnete sie seine Hose und zog sie zu Boden. Jetzt schaute sie direkt auf sein in voller Größe erigiertes Glied. Mit ihren Händen massierte sie ihn und brauchte nicht mehr fürchten, dass Mike gehen wollte. Sein Penis fühlte sich gut in ihren Händen an und sie begann ihn mit ihrem Mund zu liebkosen. Jetzt konnte Mike sein

216

Stöhnen nicht mehr unterdrücken. Als er merkte, dass sein Höhepunkt bevorstand, entzog er sich ihr und drang in ihre Scheide ein. Angelina nahm ihn ganz in sich auf und beide tanzten im gleichen Rhythmus wie in besten Zeiten. Ihr Höhepunkt kam gleichzeitig und Mike ergoss sich in ihr. Erschöpft kniete er nun vor ihr und Angelina saß noch breitbeinig vor ihm auf dem Sofa. Er sah sie an und sie blickte zurück. Sie nahm ihren Finger und führte ihn in sich hinein. Zog ihn wieder heraus und lutschte mit ihren roten Lippen daran. Mike schaute gespannt zu. Sie wiederholte das Geschehen nur dass sie dieses Mal ihren Finger in seinen Mund steckte. Mike schmeckte ihren und seinen eigenen Liebessaft und spürte ein weiteres sexuelles Verlangen in sich aufkommen. Angelina holte ihn zu sich auf die Couch und hauchte ihm ins Ohr, dass sie ihn noch immer liebte. Das war wieder ein Punkt in ihrem Leben, der ihre Zukunft beeinflusste. Auch Mike musste sich eingestehen, dass er sie noch immer liebte. Er wollte und konnte sich eine Zukunft ohne sie nicht vorstellen. Dabei fragte er sich auch, kann ich mit ihrer Vergangenheit leben? Angelina fragte ihn, wie es zwischen ihnen weitergehen soll und Mike zuckte mit den Schultern. Er wusste es selber nicht. Er fragte sie nun zum wirklich ersten Mal, warum sie ihn jahrelang hintergangen hat. Angelina sah ihm in die Augen und antwortete, dass sie ihre Lust lieber mit ihm ausleben wollte, doch er mit ihr zu wenig Zeit verbracht hat. Sie fühlte sich einsam und vernachlässigt. Dabei sei sie eine attraktive Frau, die den Männern gefällt. Sie braucht dieses Gefühl, geliebt und begehrt zu werden und vermisste das von ihm. Auch das sexuelle Verlangen in ihr hatte er nicht beachtet und erst recht nicht gestillt. So

217

kam eines zum anderen und katapultierte sie dahin, wo sie jetzt wären. Mike hörte ihr aufmerksam zu und versuchte sie nicht zu unterbrechen. Als sie mit ihren Begründungen zum Ende kam, fragte Mike sie noch einmal, und nun?

Dieses Mal zuckte Angelina mit den Schultern und blieb stumm. Keiner der beiden redete mehr und die Stille übernahm den Raum. Sie tranken den Rotwein aus und hielten sich nebeneinandersitzend die Hand. Zwischendurch küssten sie sich und ließen wieder voneinander ab. Keiner der beiden machte den Beginn aufzustehen und ins Bett zu verschwinden. Es war dann Angelina, die sich erhob und sich verabschiedete. Als sie aus dem Badezimmer kam, war sie nackt und Mike starrte zu ihr herüber. Jetzt sah sie nicht mehr wie eine Vampirlady aus. Ihre prallen Brüste wackelten beim Gehen wie ihr gepolsterter Popo. Mike fand sie sexy wie nie zuvor. Er schaute ihr nach, als sie die Treppe nach oben nahm. Mike wollte ihr nachlaufen, doch irgendetwas hielt ihn zurück. Er legte sich alleine in sein Bett und schloss die Augen. Kurz nachdem er eingeschlafen war, schlich Angelina sich ins Schlafzimmer. Mike wurde erst wach, als er eine Hand an seinem besten Stück spürte. Als er etwas sagen wollte, legte sie ihm ihre rechte Hand auf dem Mund. Danach setzte sie sich auf ihn und drückte ihm ihren Busen ins Gesicht. Langsam bewegte sie ihren Unterleib und der Liebesakt der beiden war dieses Mal sanft und zart.

Viel zu früh weckte der am Morgen auf das Bett springende Julius seine Eltern. Der Kleine war froh, seine Eltern zusammen dort liegen zu sehen und legte sich in die Mitte zu ihnen. Glücklich umarmte er abwechselnd

218

seine Mama und seinen Papa, bis auch er noch einmal einschlief.

Der Sonntag begann mit einem späten Frühstück und die Familie saß dabei zusammen. In den nächsten Tagen und Wochen umrundeten die Drei den Frühstückstisch immer gemeinsam und es stellte sich ein für Julius bisher nicht gekanntes Familienleben ein. Es wurde gescherzt, gelacht und sich geliebt. Alle drei fühlten sich wohl und freuten sich nach der Schule bzw. nach der Arbeit auf ihr Zuhause. Auch als der Sommer sich anmeldete, war das Leben der kleinen Familie intakt und Julius Wunsch nach einem gemeinsamen Urlaub wurde erfüllt. Das Ziel der Reise sollte die spanische Kanareninsel Fuerteventura werden. In einem exklusiven Club am weißen Strand Jandia, wollten sie zwei Wochen relaxen und das gute Wetter genießen.

Es war dann kurz vor dem angestrebten Urlaub, als Angelina Mike bat, mit ihr eine Party in der Hattinger Villa zu besuchen. Mike wollte davon nichts hören und bereute sofort, sich wieder mit ihr eingelassen zu haben. Doch Angelina blieb ruhig und gelassen. Sie sprach im ruhigen Ton ganz im Gegensatz zu ihrem Temperament weiter und sagte ihm, dass sie dort keinen anderen Sexpartner suchen würde, sondern mit ihm die Feier besuchen wollte. Wenn Mike die Party nicht zusagte, würde sie ihm zuliebe nicht zusagen. Mike war noch nie in einem Club wie diesen und er konnte sich auch nicht vorstellen, sich dort wohlzufühlen. Doch er bat Angelina um Bedenkzeit.

An seinem Schreibtisch suchte er im Internet nach weiteren Informationen, was diesen Club betraf. Bei diesem Event waren im Eintrittspreis das Benutzen der

219

Sauna, das Barbecue und die Getränke mit inbegriffen. Der Einlass wäre mit einer bestimmten Personenzahl und nur für Stammkunden begrenzt. Mike hatte ein schlechtes Gefühl, wollte aber auch verstehen, warum es Angelina immer wieder in dieses Haus zog. Er sagte ihr dann nach seiner Recherche für diese Party zu. Jetzt musste nur eine Person gefunden werden, die sich an diesem Samstag um Julius kümmerte. Mike fragte einige Tage später Maria, ob sie an diesem Tag hier bei ihm auf Julius aufpassen würde und sich so ein paar Euros extra verdienen wollte. Maria lächelte ihm zu und nickte mit dem Kopf. So stand dem Besuch der Party nichts mehr im Wege. In der nächsten Woche, Julius lag schon im Bett, legte Angelina vor Mike zwei Schachteln auf den Tisch. In den einem Päckchen befand sich eine Seiden-Boxer-Short von Tom Ford. In der anderen das passende Oberteil der gleichen Marke. Angelina meinte, Mike müsste dort in dieser Bekleidung auflaufen. Als Mike den Preis sah, hielt er sie für verrückt. Doch Angelina bestand darauf. Sie selbst wollte ihren neuen Lise-Charmel-Halbschalen-BH mit aufgesetzter Gupure-Spitze in Rot tragen. Dazu passend den Dressing-Floral-Slip in gleicher Farbe derselben Kollektion. Mike sollte so standesgemäß neben ihr erscheinen, deshalb wünschte sie sich, dass er diese Männerwäsche trägt.

Je nähe der Termin in Hattingen kam, desto unruhiger wurde Mike. Angelina dagegen blühte richtig auf und ihre gute Laune war für ihr Umfeld auch zu erkennen. An dem Tag der Party trat sie wieder wie der Vampir aus dem Badezimmer. Ihre High Heels in rotem Lack, dazu die durchsichtigen roten Dessous und Mike starrte sie mit offenem Mund an. Als Angelina ihren langen Mantel

220

überzog, klingelte es und Maria kam zur Tür herein. Sie sah noch für einen winzigen Moment, was Angelina unter dem Mantel trug, bevor sie ihn zuknöpfte. Mike dankte Maria noch einmal und verließ mit Angelina das Haus. Die Strecke über die A43 dauerte nach Hattingen zur Villa gute 45 Minuten und Mike spürte seine feuchten Handinnenflächen am Lenkrad. Nervös befuhr er den vorgelagerten Parkplatz und öffnete Angelina die Beifahrertür. Sie stieg elegant wie eine Grazie aus und ging mit selbstsicheren Schritten zum Eingang des Hauses. Der Türsteher am Eingang begrüßte sie mit Wangenküschen und einem Small-Talk wie alte Bekannte. Dabei behielt der breitschultrige Mann Mike immer im Auge. Angelina stellte ihn dann als ihre Begleitung vor und der Kerl wünschte beiden viel Spaß an diesem Abend. Im Foyer mussten sie sich ins Gästebuch eintragen lassen und bekamen beide einen Spindschlüssel für die Schränke im Umkleideraum. Angelina bestellte noch vier große Badetücher, die sie zum Abtrocknen und für die Sauna brauchen werden. Vor dem Spiegel der gemischten Umkleide zog sie ihren Lippenstift noch einmal nach und zupfte an ihren Dessous bis diese perfekt saßen. Mike dagegen wartete auf ihr Kommando und stand in seiner neuen Unterwäsche mit schwarzen Sneakern hinter ihr und wusste nicht, wie er sich verhalten sollte. Beide betraten dann den Thekenbereich und Angelina bestellte für sich einen trockenen Martini und für Mike ein gezapftes Bier. Auch hier begrüßte der Barkeeper sie wie eine Freundin. Mit den Getränken in den Händen führte Angelina Mike durch den Club. Mike staunte nicht schlecht. Hinter jeder Tür oder Nische gab es Skurriles und Überraschendes zu

221

sehen. Jedes Detail in dieser Villa wurde liebevoll von seinen Besitzern angelegt und die oberste Devise, der Gast soll sich wohlfühlen, wurde hier gelebt. Als Angelina mit Mike wieder in den Thekenbereich kam, waren ihre Gläser leer, dafür der Raum an der Bar gut gefüllt. Die Gäste kannten untereinander und redeten wie Freunde, die sich lange nicht gehen hatten. Es dauerte auch nicht lang und Mike sah beim Bestellen der neuen Drinks von der Theke aus, wie ein Pärchen sich mit Angelina unterhielt. Als er sich dazu gesellte, stellte Angelina Mike dem Pärchen vor und sie schüttelten sich die Hände. Schnell wurde bekannt, dass Mike heute zum ersten Mal hier im Hause war. Das Paar bot den beiden an, sich zu ihnen an einem Tisch in einer der Nischen zu setzen. Angelina sah Mike an und überließ ihm die Entscheidung anzunehmen oder abzulehnen. Mike wusste nicht, ob er sich dazu setzen wollte, sagte aber ja und so saßen sie einen Augenblick zu viert zusammen. Mike beobachtete die Gäste und sah, wie sich Pärchen fanden und andere sich trennten. Viele verschwanden in den anderen Räumen, um später wieder im Thekenbereich zusammenzufinden. Mike und Angelina unterhielten sich mit dem Paar am Tisch und das Gespräch ging in die Richtung Partnertausch. Mike stieß Angelina mit dem Fuß an, er war noch nicht so weit und versuchte dies Angie mitzuteilen. Angelina verstand Mikes Unsicherheit und übernahm die Initiative. Sie drehte sich zu ihm um und küsse ihn auf den Mund. Dabei streichelte sie seine Brust, während das Paar am Tisch zuschaute. Angies Zunge tanzte mit Mikes einen unendlichen Walzer und ihre Hände berührten seinen kleinen Mann, der schnell größer wurde. Das Pärchen gegenüber fühlte sich durch

222

Angelina und Mike inspiriert und folgte ihnen mit ähnlichem Aktionismus. Angelina nahm Mikes Hand und führte ihn in einen verdunkelten Raum. Das Licht war stark gedämmt und das in roten Satin bezogene überdimensionale Bett füllte den ganzen Raum aus. Auf einem angebrachten Regal stand eine Küchenrolle und ein kleiner Korb mit Kondome. Das konnte Mike noch erkennen, danach zog Angelina ihn auf die rote Spielwiese. Sie küssten sich und spielten mit ihren Händen an den Körperteilen des anderen. Als Mike dann über Angelina lag, öffnete sie sich ihm und er drang in sie ein. Sie liebten sich klassisch. Nichts Außergewöhnliches, doch intensiv und lange. Angelina erreichte als Erste ihren Höhepunkt und Mike kam kurz nach ihr. Als er sich dann von ihr abdrehte, sah er, dass sie nicht mehr alleine auf der Spielfläche waren. Das Pärchen, mit denen sie zusammengesessen haben, trieben es gerade vor Mikes und Angelinas Augen. Da Angelina keine Mühen machte aufzustehen, sah Mike den ganzen Akt des Pärchens. Die beiden schienen jetzt unter den Blicken ihrer Zuschauer besonders motiviert zu sein und machten freudig weiter. Dabei schaute die Frau, während sie auf allen Vieren von hinten genommen wurde, Mike lächelnd in die Augen. Mike war verwirrt und drehte sich zu Angelina um. Diese nahm sein Kinn in beide Hände und küsste ihn wieder sehr innig. Mike hörte das Pärchen vor ihnen stöhnen und versuchte sich auf Angie zu konzentrieren. Diese stand aber auf und bat Mike auf sie hier zu warten. Ein paar Wimpernschläge später war sie wieder da und gab Mike eine kleine blaue Pille, die er schlucken sollte. Mike als Arzt erkannte zwar die Farbe bei diesem Dämmerlicht nicht, wusste aber trotzdem, was

223

er da gerade geschluckt hatte. Angelina küsste ihn daraufhin wieder und Mike spielte mit. Das Paar neben ihnen wurde ruhiger und inaktiver. Angelina dagegen wurde wieder leidenschaftlicher und setzte sich auf Mikes Gesicht. Während er jetzt völlig im Dunkeln die Klitoris seiner Angie liebkoste, schaute sie direkt zu dem Pärchen vor ihnen. Sie bewegte ihr Becken im gleichen Takt wie Mike seine Zunge. Mike spürte ihre Hände an seinem Glied und später, wie sie sein Glied in den Mund nahm und ihn sehr liebevoll verwöhnte. Ihre Hände kniffen mit festem Griff seine Hoden und Mike verspürte einen sexuell angenehmen Schmerz. Er hörte Angelina, aber auch das Pärchen wieder stöhnen. Noch immer rutschte Angie auf seinem Gesicht herum und Mike bekam schon Atemnot. Doch er wollte Angelina bei der Liebkosung seines besten Stückes nicht unterbrechen und genoss ihre noch nie da gewesene Massage. Als er dann kurz vor seinem zweiten Höhepunkt des Abends war, erhob sich Angelina und Mike sah in das Gesicht der anderen Frau, die ihn zum Orgasmus gebracht hatte und genau in dem Moment alles in sich aufnahm, was Mike noch an Liebessaft ausstieß. Angelina sah Mike an und küsste ihn, flüsterte ihm ein Danke ins Ohr und küsste die Frau auf den Mund. Der andere Mann schaute sich das Spiel im sicheren Abstand einfach nur an.

Mike fühlte sich durch Angie anfangs betrogen und war ein wenig enttäuscht, dass sie ihn so reingelegt hatte. Angelina aber hielt ihr Versprechen und ließ sich mit keinem der anderen Gäste ein. Beide aßen und tranken, unterhielten sich mit anderen Gästen und benutzten die Sauna. Kurz vor Mitternacht liebten sie sich noch einmal, wobei Mike die zuschauenden Gäste nicht mehr

224

wahrnahm. Da er nur noch alkoholfreies Bier trank, konnte er dann gegen ein Uhr nach Verlassen der Party den Audi und Angelina sicher nach Hause lenken. Maria wartete vor dem Fernseher und in ihrem Schoß schlief Julius.

Nachdem Julius ins Bett gebracht wurde und Maria das Haus verlassen hatte, fragte Mike Angelina, warum sie so ein Ding mit ihm abgezogen hatte. Angie schaute Mike erstaunt an und antwortete, dass sie dachte, er fände es toll. Er sei ja auch in ihren Mund gekommen. Mike fiel die Kinnlade nach unten und ihm fehlten die Worte zu kontern. Er schüttelte einfach nur den Kopf. Angelina zog den Mantel aus und drückte Mike an die Wohnzimmerwand. Sie küsste ihn leidenschaftlich und ließ dabei ihren BH zu Boden gleiten. Ihre Brüste drückten jetzt auf Mikes Brustkorb und ihre Zunge spielte an seinem Ohr. Mit beiden Händen befreite sie ihn von seiner Hose und sprang den an der Wand angelehnten Mike an. Im Stehen liebten sie sich in dieser Nacht noch einmal, bevor sie dann zusammen schlafen gingen.

Am nächsten Morgen, Angelina und Julius schliefen noch, machte Mike sich zu seiner Joggingrunde in der Haard auf. Seine Gedanken ließen den gestrigen Abend noch einmal Revue passieren. Jetzt erst sah er, wie Angelina wirklich ihre Sexualität auslebte und das war erst der Anfang. Mike wusste nicht, ob er diese Leidenschaft teilen konnte.

Angelina dagegen fühlte sich irgendwie befreit und lebte richtig auf. In den nächsten Wochen sah man sie immer gut gelaunt und fröhlich in ihrem Umfeld. Mike dagegen war unsicher. Traute sich aber nicht, die Phase des guten Familienlebens deswegen zu zerstören.

225

Der Urlaub auf den Kanaren war schön und für alle entspannend gewesen. Danach mussten die beiden wieder ihren Berufen nachgehen und den Rest der Ferien passte Maria auf Julius bis zum Nachmittag auf. Mike und auch Angelina wussten, dass die Haushaltshilfe mittlerweile nicht mehr aus ihrem Haushalt wegzudenken wäre.
In der ganzen Zeit unterhielte sich das Paar nie wieder über den Partyabend in der Villa. Doch als der goldene Oktober zu Ende ging und sich ein verregneter November ankündigte, saßen Mike und Angelina an einem Abend vor dem Fernseher und schauten gelangweilt einen Film. Angelina holte einen Roja aus dem wieder aufgefüllten Weinregal im Keller und schüttete zwei Gläser voll. Sie reichte Mike eins von den Gläsern und prostete ihm zu. Sie wartete, bis er seinen Schluck genommen hatte und fragte ihn dann, wie er den Jahreswechsel feiern wollte. Mike dachte eigentlich im Familienkreis mit Julius, doch Angelina hatte wohl andere Pläne. Sie dachte daran, Mikes Eltern zu fragen, ob Julius den Silvesterabend bei ihnen verbringen dürfte und sie und er das neue Jahr in der Villa begrüßen würden. Jetzt war es raus, worauf Mike schon die ganze Zeit gewartet hatte. Er wusste, dass sein Besuch in Hattingen kein einmaliges Erlebnis bleiben würde. Er sah seine Angie an und bat um etwas Bedenkzeit. Eigentlich wollte er keine weiteren Besuche in irgendwelchen Clubs mehr. Doch was würde geschehen, wenn er Angelina absagte? Er befürchtete, dass sie dann wieder heimlich und alleine dieses Etablissement aufsuchen wird. Ihm war klar, Angelina will diese Clubbesuche und er kann sich ihr nicht entgegenstellen. Es bliebe nur die endgültige Trennung oder mit ihr das Swingen zu leben.

226

Mikes Eltern freuten sich auf ihren Enkel und holten ihn schon einen Tag vor Silvester von zu Hause ab. Julius sollte bis zum zweiten Januar bei ihnen bleiben und der Kleine freute sich riesig, zum ersten Male ein paar Tage ohne seine Eltern zu sein.

Im Club wurde für die Silvesternacht das Motto ganz in Schwarz herausgegeben. Angelina kleidete sich in einem schwarzen, aber durchsichtigen Negligee von Aubade. Mike das Top und die Hose Casual Tee der Marke Manstore. Dieses Mal nahmen sie ein Taxi und ließen sich nach Hattingen fahren. Zur Begrüßung im Club wurde jedem Gast ein Glas mit einem 2012er Dom Perigon in die Hand gedrückt. Der Champagner prickelte im Hals und schmeckte nach mehr. Mike und Angelina stellten sich an die Theke und bestellten ein zweites Glas dieses Getränkes. Schnell wurde unter den Gästen geredet und gelacht. Es gesellten sich zwei Pärchen zu Mike und Angelina und es wurde sich nett unterhalten. Als Mikes Glas in der Hand leer getrunken war, begab er sich an die Bar und bestellte zwei Wodka-Longdrinks. Während er auf die Getränke wartete, spürte er plötzlich eine Hand auf seiner rechten Schulter. Mike drehte sich um und blickte in das Gesicht einer der Frauen, die mit ihnen zusammen gestanden haben. Sie fragte nach einem Getränk und Mike bestellte es für sie. Die ganze Zeit ließ sie ihre Hand auf seiner Schulter liegen und zusammen warteten sie auf die Drinks. Sie lächelte Mike an und er aus Höflichkeit zurück. Ihre Hand rückte nun zu seinen Nacken und streichelte diesen sanft. Mike spürte ein leichtes Kribbeln an der von ihr berührten Stelle und es bildete sich eine Gänsehaut auf seinem Körper. Der Barkeeper stellte die Drinks vor Mike auf die Theke und

227

Mike überreichte der Dame, die immer noch seinen Nacken massierte, ihren Longdrink. Er selbst schnappte sich die anderen beiden Gläser und drehte sich zum Gehen um. Doch der Platz, an dem Angelina gerade noch mit den anderen Gästen stand, war plötzlich verwaist. Irritiert schaute er sich um. Doch er konnte Angelina nicht finden. Die Frau an seiner Seite prostete ihm zu und stellte sich als Nikki vor. Mike stieß mit ihr an und nannte ihr seinen Namen. Nikki war eine schlanke, dunkelhäutige Frau, deren Eltern aus der Karibik über die Niederlande in Deutschland ihre Heimat fanden. Das alles erzählte sie ihm, während Mike nach Angelina Ausschau hielt. Nachdem Mike das erste Glas ausgetrunken und abgestellt hatte, nahm Nikki seine Hand und führte ihn durch den Raum. Mike sah von hinten ihren String zwischen ihren Pobacken und ihre langen Beine vor ihm hergehen. Sie führte ihn durch eine Tür in den Saunabereich der Villa. Mike, naiv wie er war, dachte dort Angelina wiederzufinden, doch auch hier sah er sie nicht. Nikki zog ihren Slip und ihren Spitzen-BH aus und hing diese an einen Haken an der Wand. Mike sah jetzt ihre schwarzen Brustwarzen an den kleinen Brüsten. Nikki zeigte zu einer Glastür der finnischen Sauna und verschwand darin. Mike trank den Wodka aus, benutzte den Haken neben ihren und folgte ihr in die Sauna. Die schwarze Schönheit lag dort schon auf einem weißen Handtuch und wartete auf Mike. Noch waren die beiden alleine dort und Mike setzte sich neben ihr vor ihren Füßen auf die Bank. Auch er benutze ein gleiches Handtuch wie sie. Einige Minuten später schwitzte nicht nur er. Mike sah dicke Schweißtropfen von ihrem Körper auf das Saunatuch tropfen. Sie sah,

228

dass Mike sie anschaute und streichelte ihre Brüste. Dabei lächelte sie ihn an. Ihr linker Fuß suchte seine Leistengegend ab und Mike fühlte die Leidenschaft in sich steigen. Doch sein Verstand sagte ihm, stehe auf und verlasse die Sauna. Nach kurzem Zögern siegte die Stimme der Vernunft und Mike ließ die nun überraschte Nikki alleine im Raum zurück. Er durchstreifte die anderen Räumlichkeiten in der Hoffnung, Angelina zu finden. Mike sah viele Paare beim Sex. Manches, was er sehen musste war ungewöhnlich oder ein wenig anders als normal. In einem der hinteren Räume bestand das Mobiliar unter anderem aus einem Stuhl, die es beim Gynäkologen gibt. Mike sah auf diesen Stuhl Angelina breitbeinig liegen. Ein Mann vor ihr besorgte es ihr gerade, während sie einem anderen mit ihrer Hand half, sein Glied aufzurichten. Es standen noch zwei bisher unbeteiligte Männer und eine Frau dabei und schauten zu. Mike blieb in der Tür stehen und dachte an einen Pornofilm. Angelina ließ sich in den nächsten Minuten von allen vier Männern begatten, wobei die andere Frau sich um die umherstehenden Kerle kümmerte. Was Mike mitansehen musste, brannte sich in seinem Gehirn fest. Die Wut in ihm stieg auf und er drehte sich zum Gehen um, als Nikki durch die Tür schritt, ihn böse ansah und sich zu Angelina gesellte. Das Letzte, das Mike beim Verschwinden sah, war, wie die schwarze Frau sich vor Angelina kniete und ihr Kopf zwischen Angies Beine verschwand. Das alles war für Mike zu viel. Fünf Minuten später stand er vor dem Eingang der Villa. Es war noch keine zehn Uhr am Abend und ein Taxi hielt direkt vor ihm. Ein Pärchen stieg gut gelaunt aus dem

229

Wagen und verschwand in den Club. Mike setzte sich in den Fond des Taxis und ließ sich nach Hause fahren.
So kam es, dass Mike alleine auf der Couch saß, als der erste Knall das neue Jahr ankündigte. Die Knallkörper und die in den schwarzen Nachthimmel abgefeuerten Raketen explodierten und von Mikes Gesicht rollte die erste Träne herunter und fiel auf den Boden. Eine Zweite folgte und eine Dritte suchte sich direkt danach den Weg über sein Gesicht zum Boden. Mike schluchzte und wischte sich mit dem Handrücken die Wangen trocken. Er hatte es versucht, konnte sich aber mit seinem Gewissen und auch mit seiner Einstellung nicht mit dem Leben Angelinas arrangieren. Sie hatte einfach nicht seine Vorstellungen einer Partnerschaft. Für Mike gehörte Liebe, Treue und Loyalität zu einem gemeinsamen Leben und Angelina lebte mit einer anderen Meinung über eine Partnerschaft. Sie schaffte es nicht, sich mit nur einem Partner zufriedenzugeben. Mike wurde an diesem Silvester klar, dass die beiden keine gemeinsame Zukunft haben werden. Die angebrochene Flasche Wodka war halb leer und Mike schlief im Sessel ein. Geweckt wurde er, als die Sonnenstrahlen ihn durch das Fenster erreichten und in seinem Gesicht schienen.
Schweißperlen bildeten sich auf seiner Stirn. Sein Kopf schmerzte und der Magen rebellierte mit Unwohlsein. Mike ließ den Kaffeeautomaten laufen und begab sich ins Badezimmer. Angelina war noch nicht wieder zu Hause angekommen, als Mike den ersten Schluck der schwarzen Flüssigkeit in seinem Magen begrüßte. Er versuchte seine Gedanken zu sortieren und dachte über sein weiteres Vorgehen nach. Egal wie sehr er überlegte, eine Mitschuld für das ganze Dilemma trug er auch. Nie hätte

230

er die Clubbesuche zustimmen dürfen. Geschweige denn selbst dort aufzulaufen. Am Nachmittag wurde seine Übelkeit durch einen riesigen Hunger ersetzt und er durchwühlte den Kühlschrank nach etwas Essbarem. In der Pfanne brutzelte ein Omelette mit Schinkenstreifen, Käse, Pilzen und Zwiebeln, als die Haustür geöffnet wurde und Angelina eintrat. Mit ihrem Gesichtsausdruck hätte sie töten können und Mike wusste, dieser Tag würde kein gutes Ende nehmen. Ohne sich zu begrüßen, ging Angelina in die obere Etage und Mike hörte beim Essen, wie Schranktüren geöffnet wurden. Als er dann vor der Spüle stand und sein benutztes Geschirr abwusch, marschierte Angelina mit zwei großen Taschen kommentarlos an ihm vorbei und zog die Haustür hinter sich zu. Mike lief ihr sofort nach, sah aber nur noch, wie sie in einem wartenden blauen SUV stieg und der Fahrer schnell wegfuhr. Mike konnte das Kennzeichen aus dem Kreis Borken im Münsterland erkennen und dann war der Wagen aus seiner Sicht. Er rannte wieder ins Haus und tippte Angelinas Nummer, doch sie hatte ihn blockiert und nahm das Gespräch nicht an. Jetzt kam zu der Wut und Enttäuschung noch die Verzweiflung hinzu. Mike fasste keinen klaren Gedanken mehr. Er setzte sich auf die Couch und starrte stundenlang gedankenverloren den Bildschirm des ausgeschalteten Fernsehers an.
Am nächsten Tag, er hatte die Woche noch Urlaub, brachten seine Eltern Julius heim.
Der Kleine begrüßte seinen Papa stürmisch und suchte danach seine Mama. Mike bat seinen Eltern einen Platz an, doch sie wollten sofort wieder nach Hause fahren. Nachdem Mike sich von seinen Eltern verabschiedet hatte, kam Julius enttäuscht zu ihm. Egal wo er suchte, er

231

fand seine Mama nicht. Mike musste sich jetzt schnell etwas ausdenken und erklärte seinem Sohn, dass Angelina bei einer Freundin wäre. Diese Freundin bräuchte einige Tage ihre Hilfe und Angelina tat ihr den Gefallen. Mit dieser Notlüge erkaufte sich Mike ein paar Tage Aufschub.

## Kapitel 21

Angelina öffnete an dem folgenden Samstag die Haustür. Julius stürmte auf sie zu und ließ seine Mutter nicht mehr aus seinen Armen. Mike blickte nur auf und sagte kein Wort. Nachdem das Begrüßungsritual des kleinen Mannes beendet war, suchte Angelina das Dachstudio auf. Mike ging ihr hinterher und versuchte Angelina anzusprechen. Da sie aber auf alle seine Versuche stumm blieb, rief er Julius und ihn musste Angelina jetzt erklären, warum sie ihre Taschen packte. Mike verließ die obere Etage und hörte zwei Minuten später seinen Sohn oben weinen. Mike verstand Angelina nicht. Wie kann eine Mutter ihr Kind nur so vor dem Kopf stoßen, fragte er sich nicht zum ersten Mal. Als er Angie die Treppen herunter gehen hörte, fing er sie am Treppenaufgang ab und wollte eine Erklärung von ihr hören. Angelina sah ihn hasserfüllt an und sagte Mike, dass Julius sein Sohn und nicht ihr Kind wäre. Danach drehte sie sich um und verschwand mit zwei gepackten Koffern aus dem Haus. Mike schaute ihr noch nach und beobachtete, wie sie wieder in den blauen SUV stieg. Jetzt merkte er sich das komplette Kennzeichen und notierte es sich. Mike hörte Julius schluchzen und stieg die Treppenstufen nach oben. Dort lag sein Sohn weinend auf das von Angelina benutzte Bett und füllte das Kissen mit Tränen. Mike legte sich zu ihm und versuchte seinen Sohn zu trösten. Irgendwann war der dann vor Erschöpfung eingeschlafen.

Mike hatte nun ein wirkliches Problem. Wer kümmert sich nachmittags um einen Sohn? Bei seinen Eltern müsste er die Karten offen legen und das wollte er noch

233

nicht. Eine Tagesmutter für Julius nach der Schule so schnell zu bekommen, war aussichtslos. Maria! Er würde Maria fragen, ob sie ihren Job als Haushaltshilfe aufstocken wollte. Er war bereit, sie anzustellen und Sozialabgaben zu bezahlen. So würde sie ihre spätere Rente noch erhöhen können. Er drückte die Taste für Maria auf seinem Handy und wartete. Maria nahm nicht ab. Mike versuchte es den ganzen Abend, doch sie meldete sich nicht zurück. Leichte Panik stieg in ihm auf. Maria war seine einzige Hoffnung. Er musste sie überzeugen, ihn zu helfen. Am nächsten Morgen, es war der Sonntag, ließ er zwangsweise das Joggen ausfallen und frühstückte ausgiebig mit Julius. Plötzlich sagte der Kleine, er wolle einen Hund. Mike verschluckte sich an seinem Kaffee. Er konnte in der jetzigen Situation seinen Sohn den Wunsch nicht erfüllen, wollte ihn aber auch nicht noch trauriger machen. Er überlegte sich seine Antwort ganz genau und bat seinen Jungen den Wunsch, etwas in seiner Wunschliste nach hinten zu setzen. Der Kleine guckte seinen Vater an und sagte, dann möchte ich einen Hamster. Der Hamster hörte sich für Mike schon wesentlich besser an und er nickte Julius zu. Die beiden frühstückten weiter, als die Türklingel einen Laut von sich gab. Früher hätte Leo gebellt, doch er ist ja nicht mehr hier in dieser Welt. Julius stürzte in der Hoffnung, Angelina wäre zurück zur Tür und riss diese auf. Zu seiner Enttäuschung begrüßte die sechzigjährige Maria ihn. Mike sprang sofort auf und zeigte auf den Stuhl, der ihm gegenüber stand. Er nahm Maria die Jacke ab und legte sie zur Seite. Nachdem er ihr einen Kaffee eingeschüttet hatte, schickte er Julius in sein Zimmer. Danach machte er reinen Tisch und erzählte Maria, was

234

er von ihr wollte. Er bot ihr ein richtiges Gehalt an und fragte sie nach ihren Lohnvorstellungen. Maria sah ihren Boss streng an und schüttelte mit dem Kopf. Mikes Herz setzte in diesem Moment aus und der Schweiß lief unter seinen Achseln nach unten. Maria sagte ihm nun ihre Meinung. Sie mochte Angelina nicht. Noch nie, ergänzte sie. Nur Mike und Julius zuliebe, ist sie hiergeblieben. Danach machte sie eine Pause und sah Mike ohne ein weiteres Wort zu verlieren an. Sie sah ihn zum ersten Mal nervös von einer Seite auf die andere Seite rutschen. Gerade als er zu einem Satz ansetzen wollte, hob sie die Hand und bat ihm, sie ausreden zu lassen. Mike blieb still. Maria atmete tief durch und hob ihre gewaltige, unter der Bluse liegenden Brüste dabei an. Mike wartete gespannt, was sie zu sagen hatte. Maria war bereit, Mike zu helfen. Aber eine Bedingung hatte sie und diese war ihr wichtiger als ihr Gehalt. Angelina sollte nie wieder einen Fuß in dieses Haus setzen dürfen. Mikes Kinnlade klappte nach unten. Damit hatte er nicht gerechnet. Doch in seiner Lage konnte er ihr diese Forderung nicht abschlagen und nickte ihr zu. Jetzt lächelte Maria und nannte ihm ihre Gehaltsvorstellung.

Mike war glücklich und setzte noch am selben Abend einen Arbeitsvertrag auf und legte ihn Maria am nächsten Tag zur Unterschrift vor. Von nun an war sie die Frau im Hause. Sie kaufte ein, sie putzte, sie kochte und kümmerte sich bis zum Eintreffen Mikes um Julius. Sogar die Hausaufgaben machte der Kleine jetzt mit ihr. So vergingen die nächsten Wochen, aus denen dann Monate wurden. In der Zwischenzeit änderte Mike den Türcode und Angelina musste an der Haustür klingeln,

235

um an ihren Sachen zu kommen. Doch sie meldete sich nicht. Es war für Mike und Julius, als sei sie gestorben.
In der Woche arbeitete Mike in der Klinik und stand im Hörsaal der Universität Bochum. Doch die Wochenenden gehörten seinen Sohn. Julius, mittlerweile neun Jahre alt, wünschte sich, wie sein Freund Paul den in der Stadt neu eröffneten Dojo besuchen zu dürfen. Mike freute sich, dass sein Sohn Karate lernen wollte und unterstützte ihn dabei. Mit dem Fahrrad fuhr Julius dann zweimal die Woche zum Training und hatte Spaß, die japanische Kampfkunst zu erlernen. Nach einem halben Jahr dann der erste Erfolg. Julius bestand seine erste Prüfung und durfte sich nun den gelben Gürtel, der auf japanisch Obi gerufen wurde, um die Taille binden. Natürlich war an diesem Samstagnachmittag Mike unter den Zuschauern. Julius präsentierte den Obi stolz seinem Vater und hatte schon die nächste Stufe im Kopf. Er wollte den orangefarbenen Gürtel den seinen nennen dürfen. Mike sah gerne den Ehrgeiz seines Sohnes und war sehr stolz auf ihn.
Doch egal wie sehr sich Mike mit Julius beschäftigte, ihm fehlte eine Frau und wenn er ehrlich war, musste er zugeben, er vermisste Angelina. Mike konnte es selbst kaum glauben, doch sein Herz liebte sie noch immer.
Er fühlte sich abends alleine vor dem Fernseher sitzend, oft einsam. Dann gingen ihm wirre Gedanken durch den Kopf. Diese Gedanken brachten ihn dann an einem Freitagabend dazu, sein Notebook aufzuklappen und die Welt des Internets zu betreten.
Er fand sich auf einige Datingseiten wieder und surfte weiter durch das World Wide Web. Irgendwann spiegelte das Desktop dann das Bild der Villa in Hattingen wieder.

Mike klickte die Homepage des Clubs an und schaute sich auf deren Seiten um. Nach einigen Klicks sah er, dass für den morgigen Samstag eine Mottoparty anstand. Der Eintritt für einen einzelnen Mann wurde mit 120 Euro ausgeschrieben. Mikes Hände tippten sich ganz automatisch zur Anmeldung und ohne vorher richtig darüber nachgedacht zu haben, stand er auf der Gästeliste. Bezahlen musste er mit seiner Kreditkarte. Plötzlich fühlte er sich unwohl und ihm war flau im Magen. Doch jetzt hatte er bezahlt und wurde als Gast erwartet. Er rief Maria am Samstagmorgen an und überredete sie an diesem Abend auf Julius aufzupassen. Als Grund nannte er eine Einladung auf einer Party. Nur wo und was für eine Party er besuchen wollte, behielt er für sich. Maria war dann früh am Nachmittag da und richtete das Studio für ihre Übernachtung ein.

Als Mike das Taxi vor der Villa verließ, war er einer der letzten Gäste, die eingelassen wurden. Die Feier war schon angebrochen und die Gäste suchten sich. In kleinen Gruppen standen sie im Thekenbereich, manche hatten sich auch schon gefunden und waren in anderen Räumen verschwunden. Das Motto an diesen Abend war der freie Körper Kult, deshalb musste Mike auch nicht überlegen, was er anziehen müsste. Er stand an der Bar und bestellte ein gezapftes Bier, als sich eine Hand auf seiner Schulter legte. Mike hatte gerade ein Deja-vu. Er drehte sich langsam um und schaute in das Gesicht einer alten Bekannten. Nikki lächelte nicht, ließ aber ihre Hand auf seiner Schulter liegen. Sie bat ihn, ihr einen Aperol Spritz zu bestellen und Mike erfüllte ihr den Wunsch. Erst als sie ihn mit dem Glas zuprostete, begann sie zu sprechen. Es wurden Floskeln ausgetauscht und nicht wirklich

237

Interessantes angesprochen. Bis sie zu dem Punkt ihres letzten Treffens kamen. Nikki sah ihn an und zuckte mit den Schultern. Mike wusste auch keine richtige Antwort und bestellte für beide das jeweils gleiche Getränk. So entzog er sich für einen kleinen Augenblick aus der peinlichen Situation. Nikki dagegen nahm seine Hand und führte ihn wie damals in den Saunabereich. Mit zwei Badetüchern in der einen und Mike in der anderen Hand beraten sie die finnische Sauna. Im Gegensatz zu ihren ersten Besuch, waren sie dieses Mal nicht alleine. Ein Paar saß eng umschlungen und schwitzend in einer Ecke und ließen sich nicht durch die neuen Besucher stören. Nikki legte die beiden Badetücher auf die Holzbank und setzte sich mit Mike nebeneinandersitzend darauf. Mike guckte jetzt zum ersten Mal an diesem Abend Nicki genauer an. Ihre Figur hatte sich nicht geändert. Ein kleiner Popo, auf dem sie jetzt saß und ihre kleinen festen Brüste eroberten seine Aufmerksamkeit. Mike hatte schon zwei Jahre keine Frau mehr geliebt und der primitivste Instinkt der Menschheit übernahm die Kontrolle über ihn und das sah Nikki natürlich sofort. Jetzt lächelte sie zum ersten Mal und ihre linke Hand fand sofort Mikes aufgerichteten Freund. Mike schloss die Augen und ließ sich fallen. Sein Geist wurde durch Nikki benebelt und er genoss ein lange nicht mehr erlebtes Wohlgefühl. Nikki streifte ihm ein Kondom über und setzte sich auf sein bestes Stück. Mikes Hände spielten an ihren Brustwarzen, während Nikki ihren Po auf und ab bewegte. Keiner von beiden achtete auf das andere Pärchen und waren in ihrer Ekstase gefangen. Erst als sie ihr Liebesspiel unterbrachen und beide schwitzend die Sauna verließen, trat das andere Pärchen mit ihnen

238

aus dem Raum. Mike hielt ihnen die Tür auf und achtete auf die Frau. In diesem Moment blieb sein Herz stehen, er blickte in kürzester Entfernung in Angelinas Gesicht. Auch Angelina wurde bleich um die Nase, sagte aber nichts und tat, als kenne sie Mike gar nicht. Nikki wartete lächelnd auf ihren Liebhaber und Mike sah sie verwundert an. Angelina war nicht mehr zu sehen, als Mike Nikki auf diesen Zufall ansprach. Er wurde das Gefühl nicht los, dass sie ihn mit Absicht in Angelinas Nähe geführt hatte. Die dunkelhäutige Schönheit tat aber selbst erstaunt und stritt alle Vorwürfe Mikes von sich. Kurz danach stand Mike mit einen Southern Comfort in der Hand neben Nikki im Thekenbereich und bestellte sofort einen zweiten Whiskey. Nach dem dritten Bourbon genoss er den amerikanischen Whiskeylikör, dessen besondere Aromen wie Pfirsich, Vanille, Orange, Zimt und Schokolade seinen Gaumen verwöhnten. Mike trank sich in einen berauschenden Zustand und die Welt um ihn setzte alle normale Regeln außer Kraft. Er schnappte sich Nikki und betrat mit ihr einen der vielen Räume. Auf einer Liegefläche liebten sie sich ein weiteres Mal und Mike fühlte sich gut. Nikki hatte ihren Spaß und führte Mike in einen weiteren Raum. Hier waren noch andere Gäste des Hauses, doch der Raum war so weit abgedunkelt, dass Mike nur schemenhaft die Schattierungen der Anwesenden erkennen konnte. Hier berührten sich alle untereinander und hatten wilden Sex, ohne den Partner wirklich zu sehen. Mike blieb aber bei Nikki und blieb dort tatenlos. Die Nacht brach herein und Mike wollte das Etablissement verlassen. Nikki hatte aber andere Pläne und bat ihm nicht zu gehen. Angelina sah Mike an diesen Abend nicht mehr und er verspürte

239

keine Lust mehr in sich aufkommen, hier zu bleiben. Nikki verließ mit ihm die Villa und zusammen nahmen sie sich ein Zimmer in einem nahe liegenden Hotel. Mike orderte noch eine Flasche Sekt und gemeinsam betraten sie das angemietete Zimmer. Mike besuchte das Badezimmer als erster und kam nach gefühlten zwei Minuten wieder heraus. Er sah Nikki nackt über den kleinen Tisch gebeugt. Ihre Nase folgte einer kleinen weißen Linie, die auf der Tischplatte angefertigt wurde. Als sie sich nach oben bewegte, war die Line durch ihre Nase gezogen und sie wischte sich den Rest des Kokses mit der Handoberfläche von der Nasenspitze. Mikes Willenskraft war durch den vielen Alkohol und dem Sexrausch der Nacht gebrochen. Nikki legte eine zweite Line an und zeigte für Mike mit dem Finger darauf. Mike zögerte kurz, doch sein Verstand war immer noch benebelt und er zog sich das Pulver durch die Nase. Es dauerte nicht lange und die Euphorie übernahm mit einer erhöhten sexuellen Erregung die Kontrolle über Mike. Seine letzten Hemmungen fielen von ihm ab und er vergaß sein eigenes ich. Nikki fühlte sich ähnlich und beide hatten bis in die Morgenstunden gemeinsamen Sex in allen nur bekannten Ausführungen. Die Müdigkeit und der Schlaf kamen mit dem Sonnenaufgang und Mike schlief neben Nikki ein. Mit Kopfschmerzen und Angstzuständen wachte er nach zwei Stunden auf und bereute sofort den gestrigen Abend. Er gab Nikki einen Kuss und verließ das Hotel. Ein Taxi setzte ihn dann zu Hause ab und Mike suchte sein eigenes Bett auf. Maria und Julius schienen noch zu schlafen. Im Schlaf überfielen ihn Träume, die sich in Halluzinationen verwandelten. Mike wurde gegen Mittag schweißgebadet

240

wach und quälte sich aus dem Bett. Maria stand mit Julius in der Küche und bereitete ein Essen vor. Julius durfte ihr dabei stolz helfen. Mike sah die beiden über die offene Theke und war froh, solch eine verantwortungsbewusste und loyale Frau im Haus zu haben. Ohne zu überlegen rief er Maria herüber, dass er sie am liebsten heiraten würde. Als der Satz gesprochen war und Maria ihn mit großen Augen ansah, bereute er, diese Aussage getätigt zu haben. Die Zeit stand für ihn einige Sekunden still. Doch dann lachte Maria laut auf und Mike lachte mit ihr. Mit einem Kuss auf die Wange bedankte er sich bei ihr und bat sie, mit ihnen den Sonntag zu verbringen. Zum ersten Mal verbrachte Maria als Gast Zeit im Hause Mikes. Julius freute sich, mit Maria und seinen Vater den Tag verbringen zu dürfen. Der Tag verging viel zu schnell und nachdem Julius sein Bett aufsuchen musste, öffnete Mike noch eine Flasche Lambrusco und goss diesen in zwei Weingläser. Er reichte Maria eins und stieß mit ihr an. Danach machte er sich frei von seinem Gewissen und klärte Maria auf, wie frohe er über ihre ständige Anwesenheit im Haus wäre. Ohne sie wäre sein jetziges Leben nicht möglich gewesen und dafür wollte er sich bei ihr bedanken. Er wusste, dass Maria noch nie in den mediterranen Süden gewesen war und bot ihr an, mit Julius und ihm in den nächsten Ferien den Urlaub an der Cote de Azur zu verbringen. Maria saß da und sie wusste nicht zu antworten. Eine Träne fand den Weg aus ihrem linken Auge und rollte die Wange herab. Mike hatte ein Ferienhaus in Les Issambres angemietet und dieses hatte vier Schlafzimmer. Eines davon sollte Maria für zwei Wochen beziehen dürfen. Sie war einfach nur die gute Seele im Haus. Sie kümmert

241

sich nicht nur um den Haushalt, sondern auch um Julius und das Wichtigste was für sie sprach, war die Liebe, die Mikes Sohn ihr entgegenbrachte. Maria blieb auch diese Nacht im Haus und legte sich, nach dem das Glas ausgetrunken war, oben ins Bett.

In der darauf folgenden Woche, es war der Mittwochabend, saß Mike an seinem Schreibtisch und arbeitete einige E-Mails ab, als sein Handy vibrierte. Mike schaute auf das Display und der Messengerdienst zeigte eine unbekannte Nummer an. Mike öffnete die Mail und las die Nachricht, die am Ende mit einem lieben Gruß von Nikki endete. Nikki bedankte sich für den schönen Abend und bot Mike ein weiteres Treffen, dieses Mal vielleicht bei ihr zu Hause an. Mike musste an ihre Brüste denken, als er die Nachricht ein zweites Mal las. Er hatte sich an diesem Samstag fallen lassen und war mit auf ihrer Welle gesurft. Das dürfte sich aber so nicht mehr wiederholen, er schwor sich, Aufputschmittel in Zukunft zu ignorieren und nie mehr zu benutzen. Auch den Club in Hattingen wollte er nicht mehr betreten. Doch Nikki war aber auch eine attraktive Frau. Mike schätzte sie auf Mitte 30 und fand sie erotisch und sexy. Ein Treffen bei ihr konnte er sich sehr gut vorstellen und das antwortete er ihr auch.

Kurz nachdem er die Antwort ins Netz geschickt hatte, kam schon die Einladung für den nächsten Samstag von der farbigen Schönheit. Mike würde also Maria erneut fragen müssen, ein Auge auf Julius zu werfen. Er hoffte, Maria stimmte zu.

Dieses Mal sagte er ihr die Wahrheit. Mike erzählte Maria von Nikki und ihrer Einladung. Maria wirkte etwas enttäuscht, nickte aber und sagte zu.

242

Mike stand mit einem Strauß bunter Blumen und einer Flasche Dornenfelder in den Händen am Samstag vor Nikkis Tür und wartete eingelassen zu werden. Die Fahrt in den südlichen Essener Stadtteil Überruhr kostete ihm fast eine Stunde und Mike verspätete sich um einige Minuten. Es dauerte einige Zeit, für Mike gefühlte zehn Minuten, bis der Türöffner brummte und er die Haustür des Mehrfamilienhauses aufdrücken konnte. Nikki wohnte ganz oben in der dritten Etage und Mike nahm zwei Stufen auf einmal. Als er oben angekommen war, war die Wohnungstür einen Spalt geöffnet und Mike hörte Nikki rufen, er möge eintreten. Das Licht in der gesamten Wohnung war bis auf eine kleine Lampe ausgeschaltet. Mike schaute sich um und ging in das dämmrig beleuchtete Wohnzimmer. Aus der kleinen Küche duftete es wie in einem italienischen Restaurant und Mike sah auf den vorbereiteten Esstisch. Er guckte sich weiter um und blickte auf ein gerahmtes großes schwarz-weiß Foto. Auf dem Bild zeigte sich Nikki ihrem Betrachter nackt in verführerischer Pose. Mike starrte auf das Bild an der Wand, als Nikki ihn hinter seinem Rücken ansprach. Mike drehte sich in die Richtung ihrer Stimme und sah sie im Türrahmen ihres Schlafzimmers stehen. Nikki trug zur Begrüßung an diesem Abend einen weißen Spitzen BH, einen dazu passenden String und weiße Lackschuhe mit hohen Absätzen. Bevor Mike etwas sagen konnte, stand sie vor ihm und küsste ihn auf dem Mund. Ihre Zunge suchte die Seine und versuchte sich mit ihr zu verknoten. Nach der Begrüßung freute sie sich über die Blumen und bot Mike einen Stuhl am gedeckten Tisch an. Während Nikki die Blumen in einer Vase stellte und die Pizza aus dem Backofen holte,

243

öffnete Mike die Flasche und goss den Wein in die auf dem Tisch stehenden Gläser.

Während sie die Pizza verspeisten und den Wein genossen, unterhielten sie sich. Nikki stellte einige nicht zu intime Fragen und Mike versuchte oberflächlich zu antworten. Er wollte nicht zu viel erzählen, doch aber auch das Gespräch am Laufen halten. Irgendwann, der Tisch war schon abgeräumt und eine zweite Flasche Rotwein geöffnet, stellte Mike die Frage, die ihm schon die ganze Zeit durch den Kopf ging. Woher kannte oder kennt Nikki Angelina? Als er sie fragte, schaute Nikki ihn an und sagte erst einmal nichts. Sie nahm einen kräftigen Schluck aus ihrem Glas und stellte dieses wieder auf den Tisch. Dabei sah sie Mike ununterbrochen an. Sie wählte wohl ihre Antwort genau ab und fing dann an zu erzählen. Angelina lernte sie in der Villa vor einigen Jahren kennen. Sie war dort Stammgast und sehr bekannt. Angelina organisierte dort oft Treffen mit mehreren Frauen und Männern. Irgendwann kam Nikki dazu. Ihre Bekannte Violetta hatte sie überzeugt, die Villa mit ihr zu besuchen und an diesen Abend lernte sie Angelina kennen. Violetta stellte sie ihr vor und zusammen hatten sie zu dritt dann gemeinsamen Spaß. Den ganzen Abend verbrachten die Frauen unter sich und duldeten die Männer nur als Zuschauer. Da Nikki gefallen an der Atmosphäre im Club fand, besuchte sie ihn dann öfters und traf auch Angelina oft. Mehr sagte sich dann zu Mikes Frage nicht mehr. Doch Mike spitzte plötzlich die Ohren. Was hatte Nikki mit Violetta zu tun? Mike fragte also noch einmal und Nikki wollte das Thema um Violetta nicht beantworten. Sie schüttelte den Kopf und Mikes Frage blieb unbeantwortet. Mike wollte sich damit

244

aber nicht zufriedengeben und fragte noch einmal nach. Doch anstatt zu antworten, bewege Nikki plötzlich ihren Fuß unter der Tischplatte in Mikes Schritt. Mike blickte nach unten und sah, wie sie mit ihren weiß lackierten Zehen an seiner Hose spielte. Er fühlte die Streicheleinheiten, die sie mit ihrem Fuß praktizierte, durch seine Jeans.

Nikki wollte nicht mehr reden. Sie wollte jetzt Sex. Mit ihrem Fuß spürte sie etwas in seiner Hose härter werden und sie lächelte innerlich. Als die Jeans zu platzen drohte, hielt sie inne und schaute Mike provozierend an. Mike konnte nun nicht mehr vernünftig denken, denn sein Sexualtrieb wurde durch sie zu sehr angeregt. Nikki stand auf und ging ins Badezimmer, nur um sofort wieder zurück zu sein. Aus einem kleinen, metallisch glänzenden Röhrchen zog sie mit einem weißen Pulver eine Linie auf dem Tisch und schniefte sich den Koks durch die Nase. Danach bot sie Mike eine Line an, doch der lehnte höflich ab. Nikki wischte sich mit der Hand die Nase ab, richtete eine Fernbedingung in den Raum hinein und es erklang Musik von Bon Jovi. Sie stand auf und bewegte sich tanzend vor Mike. Dabei streichelte sie ihren Körper selbst mit ihren Händen. Die Erotik, die sie dabei ausstrahlte, erfasste Mike und dieser tanzte nun mit ihr. Sie kamen sich dabei so nah, dass sie sich fast berührten. Nikki ging einen Schritt zurück und öffnete im Tanz ihren BH. Dieser fiel auf den Boden und ihre aufgerichteten schwarzen Brustwarzen lächelten Mike an. Sein Verlangen und die Begierde nach dieser Schönheit der Nacht wuchsen ins Unermessliche an. Nikki erkannte an Mikes Verhalten, wie er nach ihr verlangte und setzte dem Spiel noch die Krönung auf, als sie mit ihren

245

Fingern an ihren Brustwarzen spielte. Als Mike sie dann berühren wollte, hielt sie ihn davon ab und schüttelte den Kopf. Sie drückte ihn auf einen der beiden Sessel und tanzte weiter zu der Musik von Bon Jovi. Als dann Axel Rose mit den Guns´n Roses den Song November Rain durch die Boxen trillerte, lag der weiße Slip auch auf dem Fußboden und Nikki tanzte nackt vor ihrem Beobachter. Jetzt beteiligte sie Mike an ihrem erotischen Spiel und zog ihn im Sessel sitzend ein Kleidungsstück nach dem anderen aus. Als nach neun Minuten der Song geendet hatte und Adele Hello rief, saß Mike mit steifem Glied nackt in seinem Sessel. Nikki umfasste nun seine aufgerichtete Lanze und massierte diese. Danach stülpte sie ihm ein Kondom über und setzte sich rücklings auf ihn. Mike durfte nun agieren, umfasste ihre kleinen Brüste und spielte an ihren harten Brustwarzen. Nikki schien es zu gefallen, denn bald konnte die Musik ihr Gestöhne nicht mehr überdecken und ihr erster Höhepunkt stand kurz bevor. Mit Billy Idols Rebel Yell war es dann so weit. Nikki schrie ihren aufkommenden Orgasmus heraus, während Mike seinen Schuss in das Kondom abfeuerte. Danach verblieben die beiden eine Zeit lang so sitzen, bis Nikki aufstand und die beiden Weingläser gut gefüllt an den Tisch brachte. Die beiden unterhielten sich noch etwas und legten sich dann schlafen.

Mike erwachte früh am Morgen. Die Sonne kündigte gerade den neuen Tag an. Er schlich sich aus dem Bett und kleidete sich an. Nikki öffnete die Augen und fragte ihn, ob er sich schon wieder davon schleichen wollte. Mike nickte nur, gab ihr einen Kuss und verwies auf seinen wartenden Sohn. Nikki hielt seine Hand und ließ

246

ihn so nicht gehen. Erst mit dem Versprechen auf ein Wiedersehen konnte Mike sich von ihr lösen und sich auf den Heimweg machen.

**Kapitel 22**

Mike und Nikki trafen sich jetzt öfters. Beim letzten Treffen lud Mike sie dann zu sich nach Hause ein. Einzige Bedingung von ihm war kein Koks und seinen Sohn achten. So kam es, dass Nikki Julius kennenlernte und Mikes Haus bewundern konnte. Danach blieb sie öfter am Wochenende über Nacht und die beiden liebten sich in der Zeit, wenn Julius schon in seinen Träumen lag.

Alles ging seinen gewohnten Lauf und das Leben schien es wieder gut mit Mike zu meinen. Bis zu dem Zeitpunkt, als Mikes Handy vibrierte und er an einem Dienstagabend nach der Vorlesung in der Uni auf den Bildschirm schaute. Angelina hatte ihn kontaktiert und eine Nachricht hinterlassen. In der Mail über den Messengerdienst ließ sie ihrem Frust freien Lauf. Anscheinend hatte sie von seiner Beziehung zu Nikki erfahren und beschimpfte erst sie und dann ihn mit übelsten Worten. Es folgten noch weitere Nachrichten von ihr und darin plauderte sie intime Geheimnisse über Mikes neue Freundin aus. Für ihr erstes Treffen in der Villa hatte Angelina Nikki engagiert und gut bezahlt. Wütend und hasserfüllt beendete sie ihre Nachricht mit einigen unschönen Sätzen. Mike ließ das Gelesene sacken und kam zu dem Entschluss, einfach nicht zu antworten.

Doch Angelina ließ nicht locker und sendete noch eine Nachricht und diese hatte es in sich. Sie schrieb Mike, dass Nikki eine Professionelle sei und sich seit Jahren für ihre Dienste bezahlen ließe. Jetzt hatte sie den wunden Punkt in Mike getroffen und er schrieb zurück. Angelina

248

schickte ihm daraufhin Fotos von einer privaten Party, die Nikki in eindeutigen Stellungen mit unterschiedlichen Partnern zeigte. Mike wurde es zu bunt. Er blockierte nun Angelina und sie konnte ihn keine Nachrichten mehr zukommen lassen. Doch sie hatte erreicht, was sie wollte. Sollten die Nachrichten Angelinas der Wahrheit entsprechen, würde er sich mit Nikki nicht mehr treffen wollen.

Er wartete bis zum Freitagabend und kontaktierte Nikki dann, indem er ihr einige von Angelinas Nachrichten zukommen ließ. Lange musste Mike warten, bis sie antwortete. Sie schrieb, dass sie in jungen Jahren Fehler begangen hatte. Jetzt aber schon lange nicht mehr das Leben früherer Zeit praktizieren würde. Nun liege es an Mike, was er daraus machen möchte.

Zumindest stritt sie Angelinas Behauptungen nicht ab und zum Glück hatte Mike jedes Mal ein Kondom beim Sex mit Nikki benutzt. Wenn er jetzt darüber nachdachte, wurde ihm bewusst, dass Nikki ihm immer ein Gummi übergezogen hat. Mike stand mal wieder in einer Sackgasse seines Lebens und er musste eine Entscheidung treffen. Kommt er mit Nikkis Vorleben klar oder nicht, fragte er sich selbst. Er wusste es nicht und nahm sich selbst eine Bedenkzeit. Er hatte komischerweise Nikki nie nach ihrem beruflichen Werdegang gefragt und auch sie hatte es nie thematisiert. Mike schrieb ihr über seine Bedenken und bat sie, ihm Zeit zum überlegen zu geben.

Im Endeffekt blieb ihr nichts anderes übrig, als den Vorschlag Mikes zuzustimmen oder ihn komplett zu verlieren.

249

Der Audi Q5 war dieses Mal vor der Reise voller bepackt als gewöhnlich. Marias Koffer passte gerade noch so in den Fond des Autos. Die Sommerferien begannen mit regnerischem Wetter, das zwei Wochen anhielt und Julius Laune nicht förderte. Doch jetzt, in der Mitte der Schulferien, am Tag der Abfahrt in den Süden Frankreichs schien die Sonne wolkenlos vom blauen Himmel. Das Ziel dieser Reise war der Küstenort Les Issambres, der zur Gemeinde Roquebrune-sur-Argnes gehörte. Bekannt geworden ist der Ort in den 1930er-Jahren aufgrund seiner kleinen Buchten und Sandstrände. 1245 Kilometer zeigte das Navigationsgerät vor Beginn der Reise an und Mike graute es vor der Fahrt und vor den Benzinpreisen in Frankreich. Über die Autobahn A2 ließen sie das Ruhrgebiet hinter sich. Die A3 führte sie an Köln vorbei und die A4 ein kurzes Stück in Richtung Eifel. Jetzt sah die Landschaft schon nach Urlaub aus. In Luxemburg wurde dann der Tank noch einmal gefüllt und die Grenze Frankreichs überfahren. Über Metz, Nancy und Lyon weiter in den Süden. Bei Marseille, dann Richtung Cannes und nach 16 Stunden die kleinen Pausen mitgerechnet, kamen die Drei erschöpft von der Fahrt in Les Issambres an. Doch als die drei Touristen das Ferienhaus, das in den nächsten zwei Wochen ihr Domizil sein sollte, sahen, schlugen ihre Herzen höher. Der südfranzösische Sommer zeigte sich von seiner schönsten Seite. Es war angenehm warm, aber nicht zu heiß. Das Mittelmeer und der Strand hinter dem Haus luden zum Baden ein. Sie besuchten die Städte Saint Tropez mit der aus vielen Louis de Funes Filmen berühmten Gendarmerie und die Filmfestivalstadt Cannes. An den Abenden speisten sie in den kleinen

250

französischen Restaurants und Maria genoss es, einmal nicht in der Küche stehen zu müssen. Mike und Julius lernten während des Urlaubes Maria erst richtig kennen. Dort war sie nicht die Angestellte, die sich um den Haushalt kümmerte. Hier an der Cote de Azur war sie die lockere Privatperson, die Mike und auch Julius des öfteren überraschte. Sie war immer witzig, drehte das Radio immer lauter, wenn die Sender Rock-Musik spielten und sang laut mit. Ihre gute Laune war ansteckend und die beiden Männer fühlten sich in ihrer Gegenwart wohl. Sogar im Bikini am Strand machte Maria trotz ihres Alters zur Überraschung Mikes eine gute Figur. Mike sah sie und dachte daran, wie sie wohl mit 30 Jahren ausgehen haben muss. Warum nur versteckte sie sich zu Hause hinter einer Fassade, die ihre wirkliche Person verbarg, dachte Mike, als sie wieder fröhlich bei einem Song mitsang.

Braungebrannt fuhren sie dann nach zwei tollen Urlaubswochen wieder in die Heimat. Mike gestattete Maria sogar abwechselnd mit ihm den Audi zu fahren und Maria überraschte ihn durch ihren flotten Fahrstil wieder einmal. Mike sagte ihr auf dem Beifahrersitz, dass sie für ihn eine Wundertüte mit dem Hauptgewinn sei. Noch nie hatte er einen Menschen so falsch eingeschätzt wie sie. Maria lächelte bei dem Gehörten und steuerte den SUV sicher über die französische Autobahn.

In Recklinghausen angekommen, begrüßte heftiger Regen die Urlauber. Mike fuhr Maria bis zur Haustür und sah zum ersten Mal, wo sie wohnte. Er half ihr noch, ihren Koffer in die erste Etage zu tragen und verabschiedete sich von ihr. Als Mike zu Hause das Auto leer räumte und Julius erschöpft in seinem Bett den benötigten Schlaf nachholte, stand plötzlich Nikki an der Garage, hinter dem Audi. Mike ganz in Gedanken erschrak, als sie das Wort an ihn richtete. Eigentlich wollte er sich nur noch ausruhen und früh schlafen gehen, doch Nikkis Besuch hinderte ihn nun daran. Er zeigte auf die seitliche Garagentür und folgte ihr durch die Terrassentür ins Wohnzimmer. Nikki sah natürlich umwerfend aus und das war auch ihr Plan gewesen. Sie trug trotz des immer noch anhaltenden Regens ein weißes Sommerkleid, dass den Kontrast zu ihrer Hautfarbe noch mehr bekräftigte. Dieses Mal trug sie flache weiße Sandalen und keine Schuhe mit hohen Absätzen. Mike sah ihre Brustwarzen durch das Weiß des Kleides durchschimmern und er hätte wetten können, dass auch dies Absicht von ihr war.

Mike bot ihr ein Wasser an, doch sie wollte lieber etwas Alkoholisches trinken. Mike schüttete ihr einen Southern Comfort ein und reichte ihn ihr. Nikki nahm einen kräftigen Schluck und hielt Mike das leere Glas wieder hin. Danach setzte sie sich mit ihrem zweiten Bourbon auf die Couch und wartete, dass Mike sich zu ihr setzte. Noch immer sprachen die beiden nicht miteinander und Mike setzte sich mit seinem Wasserglas ihr gegenüber auf das andere Sofa. Nikki strich sich nervös mit den Händen durch ihr kurzes Haar und versuchte den Anfang zu machen. Sie begrüßte Mike mit den Worten, dass sie ihn vermisste. Es ihr leidtat, dass er von Angelina und nicht von ihr selbst über ihre Vergangenheit informiert worden ist. Sie ihn aber liebte und ihn nicht verlieren wollte. Die Sätze auszusprechen fiel ihr ziemlich schwer und als sie stotternd zum Ende kam, liefen ihr einige Tränen über das Gesicht. Mikes gutes Herz ließ nun nicht mehr zu, dass er sie verletzen könnte und er schickte sie nicht sofort nach Hause. Nikki stand auf und kniete sich vor Mike. Dabei umarmte sie seine Beine und gab sich ganz unterwürfig. Mike streichelte ihr Haar, blieb aber noch immer kommentarlos. So verharrten die beiden, bis Mike sie mit seinen Armen hochhob und ins Schlafzimmer trug. Er sich neben sie legte und seinen Hand um ihre Taille fasste. Nikki rückte näher an ihn heran und schlief mit ihm ein.

Julius war es dann, der am anderen Morgen die beiden weckte, indem er zu seinem Vater ins Bett steigen wollte. Julius sah Nikki und verließ das Schlafzimmer seines Vaters. Er deckte den Frühstückstisch und holte bei dem nahe liegenden Bäcker Brötchen für alle drei.

So kam es, dass Nikki ihr erstes Frühstück mit Mike und Julius zu sich nahm.

Die Drei hatten das Frühstück gerade beendet und Mike wollte Nikki zum Gehen bewegen, als die Türklingel sich meldete. Mike wollte nicht, dass Maria Nikki hier sah und schickte sie über die Terrasse nach draußen. Nikki sollte dann durch das Gartentor verschwinden. Mike ließ Julius in dem Glauben, Maria stehe vor dem Haus, die Tür öffnen. Natürlich fiel ihm ein, dass Maria ja den Türcode hatte, doch da war es schon zu spät. Angelina schritt an Julius vorbei und schaute Mike mit einem todbringenden Blick an. Sie fragte ihn, wo sie sei. Mike tat ahnungslos und schickte seinen Sohn in sein Zimmer. Angelina aber nahm keine Rücksicht auf das Kind im Hause und schrie Mike an. Sie fragte noch einmal nach der schwarzen Nutte und lief an Mike vorbei ins Schlafzimmer. Sie sah sofort, dass beide Seiten des Bettes benutzt wurden und zeigte mit dem Finger darauf.

253

Jetzt wurde es Mike zu viel und er bat sie, das Haus zu verlassen. Angelina überhörte die Aufforderung und suchte weiter. Sie öffnete die Türen des Badezimmers und des Büros. Doch hier fand sie nichts. Sie lief nach oben ins Studio und fand dort die Beweise, die sie meinte, gesucht zu haben. Doch Mike musste sie enttäuschen und erklärte ihr, dass dies die Sachen von seiner Haushaltshilfe Maria wären. Angelina sah die konservative Bekleidung und musste sich eingestehen, dass dies nicht die Kleidung von Nikki sein könnte. Mike machte jetzt leichten Druck, indem er sie jetzt ernst aufforderte zu gehen. Angelina stapfte die Treppe herab und wollte sich wieder in den Wohnbereich begeben. Doch Mike hielt sie fest und versperrte ihr den Weg. Mit seinem Körper drängte er sie zur Haustür, öffnete diese und schob seine Ex-Frau nach draußen. Angelina keifte noch vor der zugezogenen Tür, stieg aber zwecks Erfolglosigkeit schnell in ihr Auto und fuhr davon. Nikki saß währenddessen geduckt hinter dem Lenkrad ihres Autos und beobachtete, wie ihre Rivalin wegfuhr. Mike war froh, jetzt endlich alleine zu sein und rief Julius zu sich. Dieser kam mit Tränen in den geröteten Augen zu seinem Vater, der ihm die Situation um seine Mutter versuchte zu erklären.
Zwei Wochen später ging Mike am Abend die Post der letzten beiden Tage durch und hatte plötzlich einen Briefumschlag einer in Recklinghausen ansässigen Anwaltskanzlei in der Hand. Darin gab die Anwältin bekannt, dass sie Angelina in der Klage um das Sorgerecht für Julius juristisch vertreten würde. Mikes Herz blieb einen kurzen Augenblick stehen. Er las das Schreiben noch einmal und schüttelte verständnislos den

254

Kopf. Nie hatte Angelina Julis wirklich als ihren Sohn gesehen und nun wollte sie das Sorgerecht. Mike wusste von nun an, woran er bei ihr war und durfte sich auf einen unsauberen Krieg einstellen.

Nikki meldete sich nach drei Wochen der gegenseitigen Stille an einem Freitagabend bei Mike. Das Handy summte und Mike sah ihren Namen auf dem Display. Eigentlich hatte er das Thema Nikki abgehakt, doch aus einem auch ihm unbekannten Grund ergriff seine rechte Hand das Handy und drückte auf den Button, um das Gespräch anzunehmen. Nikkis Stimme war sehr leise und nicht so kraftvoll und selbst bestimmend wie gewohnt. Mike hörte ihre Unsicherheit am Telefon und stellte sich vor, wie viel Mut sie für dieses Gespräch aufgebracht hat. Mike sprach höflich und ruhig. So wurde auch Nikkis Selbstvertrauen wieder geweckt und ihre Stimme fester und ruhiger. Sie fühlte sich einsam und verlassen und bat Mike vorbeikommen zu dürfen. Julius war noch nicht im Bett und so verabredeten sie sich für zehn Uhr abends bei Mike zu Hause.

Pünktlich sah Mike durch das Küchenfenster die Scheinwerfer von Nikkis Auto in der Parklücke vor dem Haus ausgehen. Ohne dass sie klingeln musste, öffnete er die Tür und wartete auf seinen Gast. Nikki stieg aus ihrem Wagen und ging geradezu auf Mike zu. Ihre Absätze erzeugten auf dem Pflaster das typische Geräusch von Damenschuhen mit hohem Absatz. Sie trug zu ihren schwarzen Schuhen ein rotes Kleid. Sie sah sexy aus und nichts an ihr verriet ihr mangelndes Selbstbewusstsein. Mit einem Kuss auf beiden Wangen begrüßten sie sich und gingen gemeinsam in den Wohnbereich. Die einzige Lichtquelle gab eine in der

255

Ecke hinter dem Sofa stehende Stehlampe ab. Das Licht war noch gedämmt und hielt für das Auge des Betrachters alles in einem Schattenbereich. Nikki hatte sich wirklich bemüht, ihr Aussehen genau abzustimmen. Ihre Fingernägel und die Fußnägel waren in dem selben Rot lackiert, wie das knielange Kleid, das sie trug. Auch der aufgelegte Lippenstift ließ ihre Lippen in der gleichen Farbe leuchten. Ihr kurzes Haar wurde mit viel Gel streng nach hinten gestylt. Nikki sah umwerfend aus und das wusste sie auch. Mit ihrem Auftritt hatte sie den ersten Punkt für sich verbuchen können. Jetzt war es Mike, dessen Hände ein wenig zitterten, als er den Rocha in die beiden Gläser schüttete.

Nikki begann das Gespräch, indem sie aus ihrer Kindheit und ihrer Jugend erzählte. Ihre Eltern lebten streng nach den Regeln des Katholizismus, aber auch nach den Regeln ihrer Familienbande und diese sah vor, dass Nikki, die eigentlich Nalani hieß, mit 17 Jahren verlobt wurde.

Nalani ist ein alter kreolischer Name und soll so viel wie ruhiger Himmel bedeuten. Doch der Himmel über dem Kopf von Nikki war plötzlich stürmisch und dunkel und nicht mehr ruhig. Ihr Vater hatte mit einem Cousin eine Heirat arrangiert, ohne seine Tochter zu fragen, noch ihre Interessen zu beachten. Nikki kannte den Kerl gar nicht und wusste sich nur zu helfen, indem sie das elterliche Haus verließ. Von ihrer Familie fliehend, nahm sie am Nürnberger Hauptbahnhof den ersten Zug und verschwand in Richtung Norden. In Essen stieg sie dann völlig mittellos aus dem ICE. Sie besaß nur das, was sie an ihrem Körper trug und eine kleine Handtasche mit einigen gesparten Euros. Die erste Nacht verbrachte sie

am Bahnhof in Essen. Dort fiel sie dann einem Mann auf, der sie bei sich aufnahm. Der Kerl aber sah nur ihre Schönheit und das Geschäft, das er mit ihr machen konnte. So landete sie in der Szene des Rotlichtmilieus und musste für ihr Leben als Prostituierte in einem Haus ihres Beschützers arbeiten. Sie sparte heimlich und konnte unbemerkt einen Haufen an Euros verstecken. So hatte sie dann irgendwann genügend Geld, um sich aus den Fängen des Zuhälters herauszukaufen. Während dieser Lebensphase lernte sie Angelina kennen. Seit einigen Jahren arbeitete sie aber in einer Modeboutique und versucht ihr Leben als Teilhaberin dieses Geschäftes zu finanzieren. In der Hattinger Villa hätte sie dann ihre sexuelle Befreiung ohne Zwänge von außen erlebt. Das war der Grund, den Club immer wieder zu besuchen. Dort konnte sie ihren Partnern dann ihren Willen aufzwingen. Die Männer und auch die Frauen spielten mit ihr nach ihren Spielregeln. Eine Beziehung führte sie bis zum Kennenlernen von Mike keine. Als Nikki mit ihrem Bericht fertig war, sah Mike, der die ganze Zeit still zugehört hatte, Tränen über ihr Gesicht laufen. Er musste sich plötzlich eingestehen, dass er sich nie einen Kopf darüber gemacht hatte, wie und warum Nikki in die Prostitution hineingerutscht war. Jetzt saß er dumm und peinlich ihr Gegenüber. Mike breitete die Arme aus und Nikki setzte sich auf seinen Schoss. Mike schloss die Arme um sie und hielt sie eine ganze Weile fest an sich gedrückt. Beide vergaßen in diesem Moment die Welt um sie herum. Mike sprach dann die ersten Worte an sie und bot ihr an, das Wochenende bei ihm zu bleiben.
Mit Mikes Angebot fiel die Last von ihren Schultern und befreite sie von den angelegten Fesseln. Überwältigt von

257

seiner einfühlsamen Anteilnahme, küsste Nikki Mikes Hals. Mike fühlte ihre Zunge auf seiner Haut und war wie elektrisiert. Jetzt lockerte er seine Umarmung und gab ihr so ein wenig Raum. Nikki nutzte diesen und begrub ihre Hände unter seinem T-Shirt. Mike spürte ihre Fingernägel leicht über seine Brust streicheln und merkte, wie sie seinen Verstand benebelte. Es kam, wie es kommen musste. Der Wein war ausgetrunken und Mike lag über der auf der Couch liegenden Nikki. Ihre Beine waren hoch in den Raum gespreizt und beide erholten sich von dem gerade beendeten Liebesakt.

Nach diesem Wochenende trafen sich Mike und Nikki öfter auch mal in der Woche. Aber immer im Haus von Mike. Irgendwann nach einigen Wochen lud Nikki dann Mike und Julius zu sich in die Wohnung nach Überruhr ein und Mike wusste, sollte er diese Einladung annehmen, würde er eine selbst gesteckte Grenze überschreiten.

Es hätte eigentlich für alle Beteiligten ruhig und relaxed ausgehen können, wenn nicht Angelina mit ihrem Hass auf Mike, Nikki und ihrem eigenen Leben immer wieder Breitseiten auf ihren Ex-Mann schießen würde. Das größte Schlachtschiff geht eben auch unter, wenn diese Breitseitengeschosse oft genug treffen und Angelina schoss ohne Pause.

Mike bekam auf der Arbeit einen Anruf von Maria. Sie bat ihn, sofort nach Hause zu kommen, eine Frau mit männlicher Begleitung vom Jugendamt waren zu Besuch und wollten mit Julius Vater sprechen.

258

Mike konnte die Klinik aber nicht sofort verlassen und bat Maria, den Leuten vom Jugendamt zu bitten, spät am Nachmittag noch einmal wiederzukommen.

Die Mitarbeiter verabschiedeten sich bei Maria und kamen am Nachmittag nicht mehr vorbei. Der Bericht vom Jugendamt spielte dann später Angelina in die Karten. In dem Schreiben, dass Mike einige Tage nach deren Besuch in der Post hatte, beschrieben sie die Situation von Julius bei seinem Vater als inakzeptabel. Der Junge sei den ganzen Tag bis in den Abend ohne elterliche Aufsicht. Weiter befürworteten diese in ihrem Bericht, dass Angelina zumindest ein geteiltes Sorgerecht zugesprochen wird. Daraufhin baute Angelinas Anwältin ihren Sorgerechtsstreit gegen Mike auf. Mike blieb nichts anderes über, als sich juristisch vertreten zu lassen. Er nahm all seinen Mut zusammen und tippte auf dem Handy Ninas Nummer. Nina, mittlerweile auf Familienrecht spezialisiert, sollte ihn juristisch vertreten. Mike rief sie nicht in der Kanzlei, sondern am Abend privat an. Nina aber drückte Mike weg. Erstaunt darüber schrieb er sie über einen Messengerdienst an. Er erkannte an die gesetzten Haken, dass sie seine Nachricht gelesen hatte. Doch Mike wartete vergeblich an diesen Abend auf ein Zeichen von ihr. Erst am nächsten Morgen hatte sie sich mit einer schriftlichen Antwort zurückgemeldet. Mike rief sie daraufhin nachmittags in der Kanzlei an und durfte am nächsten Tag nach seinem Feierabend bei ihr vorstellig werden. Er fühlte sich noch nie im Leben so hilflos wie bei ihr in ihrem Büro. Nina blieb die ganze Zeit ziemlich formell und hielt Mike so auf Distanz. Sie hörte sich Mikes Sorgen an, las das von Mike mitgebrachte Schreiben der Gegenseite und gab ihm

259

juristischen Rat. Mike unterschrieb dann das Schreiben, dass Nina ihn anwaltlich vertreten darf und verließ mit flauem Magen ihre Kanzlei.

Nina hatte eine Woche später die von Angelinas Anwältin an das Familiengericht eingereichten Dokumente vor sich liegen. Der Satz, dass in Mikes Haus sich Prostituierte im Beisein ihres Sohnes die Klinke in die Hand geben, schockte Nina. Sie rief Mike an und bestellte ihn zu sich in die Kanzlei.

Nun musste Mike die Hosen herunterlassen und beichtete Nina, was es mit diesem Satz auf sich hatte. Die Juristin hörte ihm zu und informierte ihren Klienten, dass sich seine Chancen auf das alleinige Sorgerecht damit verringert haben. Nina fragte Mike nun, ob er einen dreckigen Sorgerechtsstreit anstreben möchte oder freiwillig das Sorgerecht mit ihr teilen wolle. Er sah Nina verzweifelt an, wollte dann aber Julius fragen und seine Entscheidung respektieren.

Zwei Tage später, den folgenden Samstag, redete Mike mit seinem Sohn und erklärte ihm, dass seine Mutter das Sorgerecht wollte. Julius wollte bei seinem Vater bleiben, aber auch wieder mit seiner Mutter zusammen sein. Mike verzichtete dann auf einen Sorgerechtsstreit und bot über Nina Angelina an, sich das Sorgerecht zu teilen.

Aufgrund des ganzen Stresses der letzten Wochen sahen Mike und Nikki sich nicht mehr. Mike hatte den Kopf einfach nicht frei genug, um sich mit ihr zu treffen. So kam es, dass die Einladung Nikkis von Mike noch nicht angenommen wurde.

Nikki dagegen wurde mit jedem Tag, der ohne eine Nachricht von Mike verging, immer verzweifelter. Ihr

260

Laune war am Tiefpunkt angelangt. Sie wünschte, Mike würde sich endlich melden. Sie hasste Angelina mit jeder Minute, die sie von Mike getrennt war, mehr. Sie hatte Angelina im Hattinger Club mehr als einmal gesehen und das, was sie sah, war wesentlich mehr als die normale sexuelle Leidenschaft, die Menschen beim Swingen praktizieren. Darum hätte nach Nikkis vernehmen Angelina eher den Mund halten sollen, als sie an den Pranger zu stellen.

Jeden Abend saß sie in ihrer Wohnung und starrte ihr Handy an. Doch wenn es summte, war es nie der herbeigesehnte Anruf Mikes. Etwas mehr als drei Wochen hielt sie diesen Zustand aus, dann eines Abends in der Woche rief sie ihn einfach an.

Mikes Handy vibrierte und es sah auf das Display. Nikkis Name leuchtete groß auf. Er überlegte kurz, das Gespräch nicht anzunehmen und meldete sich dann doch.

Mike spürte Nikkis Unsicherheit. Er entschuldigte sich bei ihr, sich so lange nicht gemeldet zu haben. Aber er sah im Moment keine Möglichkeit, den Kopf freizubekommen, um sich mit ihr zu treffen. Das Jugendamt und auch Angelina wollten ihm Julius wegnehmen und das konnte er auf gar keinen Fall zulassen. Er bat Nikki um Verständnis und beendete das Telefonat. Nikki kam dabei gar nicht zu Wort und schaute nach dem Gespräch noch minutenlang mit Tränen in den Augen auf dem Bildschirm ihres Handys. Sie fühlte Mike verloren zu haben. Angelina hatte durch ihre ständigen Angriffe auf Mike geschafft, dass er sie nun auf Abstand hielt.

Dabei war oder ist Angelina keine unschuldige Frau. In der Villa wurde sie von den anderen Gästen unter

261

vorgehaltener Hand der Sex-Vamp oder die Unersättliche genannt. Ihre nymphomane Art machte sie dort oft zur Attraktion des Abends. Sie lebte wie ein Punk in den Siebzigern. Sex, Alkohol und Rock´n Roll. Und diese Frau klagte sie wegen ihrer unverschuldeten Vergangenheit bei Mike an. Schlimmer noch, sie benutzte sie als Vorwand, Mike das Liebste zu nehmen, was er besaß. Nikki fragte sich nun, wie konnte sie Mike für sich zurückgewinnen und ihrer Nebenbuhlerin es richtig heimzahlen?

Mike dagegen versuchte seine Gedanken neu zu ordnen. Mitten in dieser Phase meldete sich Nina bei ihm und hatte die Neuigkeit für ihren Klienten parat, dass Angelina Mikes Angebot, das Sorgerecht zu teilen, abgelehnt hatte. Nina wollte mit Mikes Einverständnis noch einmal ein vor-gerichtliches Treffen mit der Gegenseite vereinbaren. Mike stimmte dem zu und saß ein paar Tage später an Ninas Seite im Büro von Angelinas Anwältin. Nina verhandelte ohne Rücksicht auf Verluste und machte Angelina darauf aufmerksam, ihr bisheriges Leben vor Gericht auszubreiten. Das Gleiche bliebe natürlich auch der Gegenseite vorbehalten und am Ende würde das Gericht entscheiden. Nina sah Angelina kalt in die Augen und sagte ihr, dass sie sich entscheiden müsse, ob sie dies wirklich wollte. Angelina saß danach mit ihrer Anwältin alleine zur Beratung zusammen. Es dauerte eine gute Viertel-Stunde und die Vier saßen wieder beisammen. Mike sah eine wütend dreinschauende Angelina und hörte der Anwältin zu, wie sie Ninas Angebot, das Sorgerecht zu teilen annahm. So kam es, dass einige Wochen später das Familiengericht dieser Vereinbarung zum Wohle des

262

Kindes zustimmte und Julius nun abwechselnd bei seinem Vater und auch bei seiner Mutter verbringen musste. Mike hatte nie vorgehabt, Julius den Umgang mit seiner Mutter zu blockieren. Er wünschte und handelte nur zum Besten seines Sohnes. Da Julius die Entscheidung des Gerichtes selbst so gewollt hatte, dachte Mike, dass alle Parteien mit dem Urteil glücklich sein würden. Doch Angelina wollte Mike nur schaden und hatte deshalb diese Lawine losgetreten.

## Kapitel 23

Während der ganzen juristischen Einigung und des Urteils des Gerichtes sind die Wochen über das Land gezogen. Nikki wartete noch immer auf ein Zeichen von Mike und bestieg jeden Abend enttäuscht ihr Bett. Mike dagegen packte zu dieser Zeit mit Julius einige Sachen zusammen und wartete danach auf Angelina, die Julius zum ersten Mal abholen wollte. Zwei Wochen im Monat sollte sein Sohn jetzt bei ihr bleiben und dann für die gleiche Zeit wieder nach Hause kommen. Für diesen Rhythmus hatten sich Mike und Angelina geeinigt. Angelina kam dann zwei Stunden nach der verabredeten Zeit und hupte vor der Tür. Mike drückte Julius die große Tasche in die Hand und der Kleine schleppte diese mit beiden Händen mühsam zum Auto. Angelina hatte es noch nicht einmal nötig auszusteigen und ihm zu helfen. Mike sah Angelina mit seinem Sohn um die Ecke fahren und war plötzlich alleine. Maria sah alles aus dem Küchenfenster und hatte wirkliches Mitleid mit ihrem Boss. Als Mike dann ins Haus zurückkehrte, machte sie etwas, dass sie vorher noch nie getan hatte. Sie nahm Mike tröstend in den Arm und sprach einige beruhigende Worte zu ihm. Sie bot ihm an, bei ihm zu bleiben. Doch Mike schüttelte den Kopf und wünschte ihr ein schönes Wochenende. Maria verschwand dann und Mike weinte alleine im Wohnzimmer sitzend. Er grübelte über sein bisheriges Leben nach und erkannte, dass er beruflich und finanziell sehr erfolgreich war, aber in der Liebe völlig versagt hatte. Angelina war nicht die Frau, die er sich gewünscht hatte. Mit Nina hatte er es sich verscherzt und Nikki? Ja, was war eigentlich mit Nikki fragte er sich selbst. Eigentlich war Nikki eine tolle Frau. Doch wie war es mit ihrem Vorleben? Mike hatte Angst, dass Nikkis Vergangenheit ihm irgendwann schaden könnte. Er selbst gestand sich aber auch ein, nicht fair zu ihr gewesen zu sein und schämte sich dessen ein wenig. Jetzt saß er hier an einem Samstag alleine im Haus und fühlte sich einsam. Er hob das Handy vom Tisch und wählte ihre Nummer. Nikki meldete sich schon nach dem ersten Klingeln und Mike sagte ihr unsicher ein Hallo. Nach dem Üblichen, wie geht es dir, herrschte erst einmal Stille zwischen den beiden. Mike schluckte den Klos im Hals herunter und fragte Nikki, ob sie nicht Lust hätte, zu ihm zu kommen. Nachdem es ausgesprochen war, fühlte er den Schweiß unter seinen Achseln herunterlaufen.

Eine Stunde nach der Frage stand Nikki vor Mikes Haustür. Mike öffnete die Tür und sah sie in der abendlichen Dämmerung vor sich stehen. Die Laterne auf der Straße in ihrem Rücken spendete nur schattenhaftes Licht, deshalb schaltete Mike die Außenlampe mit der Funktion des Bewegungsmelders an. Jetzt sah er ihre Schönheit und machte den Platz in der Tür so weit frei, dass sie an ihm vorbei hineintreten konnte. Mike roch den Duft ihres Parfüms und schaute beim Schließen der Haustür auf ihre Rückansicht. Ihr Aussehen traf mal wieder seinen Nerv und er starrte ihr auf den kleinen Po. Nikki trug wie fast immer offene schwarze Pumps. Mike schätzte die Höhe ihres Absatzes auf gute 12 Zentimeter. Ihr schwarzes seidenglänzendes Kleid bedeckte ihre Oberschenkel nur bis knapp über den Knien. Ihre Lederjacke zog Nikki aus, während sie sich auf eines der

265

Sofas im Wohnzimmer setzte. Mike fragte seinen Gast, nach welchem Getränk es ihr dürstete und Nikki zeigte auf die Flasche Southern Comfort. Mike schüttete den Bourbon in zwei Gläser, legte ein paar Eiswürfel dazu und reichte Nikki ein Glas. Als sie den Whiskey entgegennahm, berührten sich für einen Sekundenbruchteil ihre Finger. Dieser kurze Augenblick reichte aber aus, um Mike zu elektrisieren. Die Flasche wurde schnell leerer und das Gespräch der beiden immer länger. Mit dem Ansteigen des Alkoholpegels wurde die Atmosphäre kontinuierlich lockerer.

Irgendwann besuchte Nikki dann das Badezimmer und Mike schüttete den letzten Rest der Flasche in die beiden Gläser. Er selbst spürte die Wirkung des Alkohols sehr deutlich und er beschloss, es beim jetzt letzten Drink zu belassen. Mike hörte, wie die Badezimmertür in seinem Rücken geöffnet wurde und Nikki mit den Absätzen über den Bodenfliesen stöckelte. Das einzige Licht, welches ein wenig Licht in den Raum warf, kam aus dem Bad. Mike sah Nikki erst, als sie direkt vor ihm stand. Außer ihre Schuhe hatte sie nichts mehr an. Ihre harten Nippel waren auf gleicher Höhe mit Mikes Augen, die sich nicht sattsehen konnten. Er brauchte nur die Hände auszustrecken und hätte ihre Brüste berühren können. Irgendeine Stimme hielt ihn davon ab. Nikki bewegte sich ohne Musik tanzend vor ihm und heizte das gemeinsame Beisammensein somit noch weiter an. Sie streichelte ihren Körper mit erotischen Bewegungen selbst und brachte Mike um den Verstand. Nikki legte ihren rechten Fuß auf den linken Oberschenkel Mikes und stand nun nur noch einbeinig vor ihm. Mike konnte so ihre intimste Körperstelle sehen und schluckte schwer.

266

Nikki beugte sich vor und küsste Mike auf den Mund. Ihre Zunge zwang ihn mitzumachen und plötzlich fanden seine Hände ihren kleinen Busen. Drei Atemzüge weiter stand Mike nackt hinter ihr und drang von hinten in ihr ein. Nikki stützte sich vorgebeugt auf der Tischplatte des Wohnzimmertisches ab und genoss das gemeinsame Liebesspiel. Beide waren sexuell ausgehungert und Mike kam sehr schnell. Nikki selbst war noch nicht am Höhepunkt und musste ohne befriedigt geworden zu sein, eine Pause hinnehmen.

Etwas später lagen die beiden im Bett und Nikki durfte nach einer Weile ihren Orgasmus herausschreien. Entspannt schliefen beide nebeneinander ein.

Nikki verließ glücklich am Sonntagabend das Haus und stieg in ihrem Wagen. Mike schaute ihr vor dem Haus stehend nach und bewegte sich erst von der Stelle, als sie rechts abbog.

Am nächsten Wochenende war er immer noch ohne Julius und nahm eine Einladung Nikkis zu ihr zu kommen an. Mike stand mit Blumen in der einen und einer Flasche Rocha in der anderen Hand am Freitagabend vor ihrer Haustür und wartete, dass sie den Türöffner drückte. Das Summen erklang und Mike drückte die Tür auf. Ihre Wohnungstür stand einen Spalt auf und Mike trat ohne zu warten ein. Nikki stand am Esstisch ihres kleinen Wohnzimmers und deckte diesen mit den letzten selbst gekochten Speisen. Es roch toll und der Spruch Liebe geht durch den Magen, kam Mike in den Sinn. Das Essen war wirklich gut und schmackhaft. Auch an ein Dessert, bestehend aus verschiedenen Eissorten hatte sie als gute Gastgeberin gedacht. Mit

267

vollem Bauch öffnete Mike dann die Flasche Wein. Nikki räumte den Tisch ab und schaltete die Spülmaschine an. Alles war wie bei einem alt eingespielten Liebespärchen. Auf jeden Fall bis zu dem Zeitpunkt, als Nikki ihr kleines metallenes Röhrchen mit Koks auf den Tisch legte. Mike schüttelte sofort den Kopf und legte seine Hand auf die ihre. Unter beiden Händen war nun das Röhrchen verdeckt und Mike schaute Nikki ernst in die dunkelbraunen Augen. Im ernsten Ton erklärte er ihr, dass, wenn sie sich weiter mit ihm treffen wollte, sie mit den Drogen aufhören müsste.

Nikki nickte ihm zu und mit voller Leidenschaft durchlebten sie gemeinsam das Wochenende.

Am Sonntagabend brachte Angelina Julius wieder nach Hause und Mike begrüßte seinen Sohn mit offenen Armen. Der Kleine stand kurz vor seinem achten Geburtstag und die letzten zwei Wochen kamen Mike wie eine Ewigkeit vor. Noch nie im Leben von Julius waren die beiden so lange voneinander getrennt gewesen.

Voller Stolz winkte Julius seinem Vater mit dem orangenen Gürtel zu und Mike schämte sich, nicht bei der Prüfung dabei gewesen zu sein. Er hatte es einfach vergessen.

In den nächsten Tagen erzählte Julius seinem Vater alles, was er in den zwei Wochen bei seiner Mutter erlebt hatte. Auch Maria musste ihm ihre Aufmerksamkeit beim Zuhören schenken.

Irgendwann dann, fragte Julius plötzlich schon zum zweiten Mal nach Nikki. Mike wusste nicht, warum sein Sohn sich auf einmal für Nikki interessierte und wollte dem auf den Grund gehen. Mike bohrte ein wenig nach und dann verplapperte sich Julius seines jungen Alters

268

wegen. Angelina hatte die Anmerkung fallen lassen, dass, wenn Nikki nicht wäre, sie noch mit Mike und Julius zusammenleben würde. Jetzt wusste Mike, woher der Wind wehte. Angelina nutzt nun ihren Einfluss auf Julius, um ihn mit falschen Informationen zu manipulieren. Sie versuchte Julius in ihren Krieg gegen Mike miteinzubeziehen. Mike konnte es kaum glauben, auf was für ein niedriges Niveau sich Angelina herabgesetzt hat. Das alles nur, um ihn zu schaden. Mike klärte seinen Sohn auf, dass Nikki nichts mit seiner Trennung von Angelina zu tun hatte. Diese Auskunft sollte eigentlich für seinen Sohn als Antwort reichen. Doch Julius gab sich nicht zufrieden und sagte Mike, dass seine Mutter ihm Mikes Antwort schon im Voraus vorhergesagt hatte. Mike garantierte Julius jetzt, dass Nikki nichts mit seiner Trennung zu tun habe. Damit beendete er das Thema und war sehr wütend auf seine Ex-Frau. Mit der Faust in der Tasche unterdrückte er seine Wut, atmete ein paar Mal tief durch und bekam langsam wieder die Kontrolle über seine Gedanken. Er nahm sich vor, Angelina nicht anzurufen und sie wegen ihres erbärmlichen Versuches, Julius negativ zu beeinflussen, zu konfrontieren.
Mike konnte sich darauf einstellen, dass der Krieg mit Angelina als Feind weitergehen würde.

Ein knappes halbes Jahr verging ohne nennenswerte Vorfälle. Bis kurz vor Julius neunten Geburtstag Angelina Julius am Samstag ohne Vorankündigung statt sonntags nach Hause brachte. Eigentlich kein Problem für Mike, doch als sein Sohn an der Tür klingelte, lag er mit Nikki im Bett. Mike öffnete die Haustür nur in Jogginghose und erschrak, als er Angelina mit Julius vor der Tür stehen

269

sah. Angelina drängte sich an Mike vorbei ins Innere und blieb in der Diele kurz stehen. Sie roch die andere Frau im Haus und schickte ihren Sohn in sein Zimmer. Mike wollte sie so schnell wie möglich wieder vor die Tür hinausbegleiten, doch Angelina ließ sich nicht so einfach abwimmeln. Mikes Kommentar, dass sie hier nichts mehr zu suchen hatte, schüttelte sie kommentarlos ab. Als Angelina sich umschaute und auf dem Weg ins Schlafzimmer war, stellte Mike sich ihr in den Weg. Angelina versuchte trotzdem an ihm vorbeizukommen, doch Mike hielt sie in Schach. Er fasste ihr an den Arm und begleitete sie nach draußen. Das Wochenende mit Nikki war nun vorzeitig zu Ende und Nikki verabschiedete sich ein paar Minuten, nachdem Angelina aus der Tür ging. Sie fuhr mit ihrem Wagen davon, ohne zu bemerken, dass ihr ein Auto folgte. Angelina hatte einfach auf sie im Auto ein paar Parklücken entfernt gewartet und nahm die Verfolgung auf. Bis nach Essen vor ihrer Wohnung folgte Angelina Nikki und wusste nun, wo sie wohnte. Sie beobachtete, wie ihre Rivalin den Hausflur betrat und wenig später in der obersten Etage, in der Dachgeschosswohnung das Licht eingeschaltet wurde. Warum Angelina Nikki folgte, wusste sie selbst nicht so genau. Sie redete sich aber ein, diese Information gebraucht zu haben.

Einen Tag vor Julius neuntem Geburtstag wollte der Filius, dass seine Mutter auch auf seine Geburtstagsfeier teilnehmen darf. Mike meinte sich verhört zu haben und schüttelte den Kopf. Als er dann aber Julius weinen sah, konnte er es nicht über sein Herz bringen, ihm diesen

270

Wunsch abzuschlagen. Zähneknirschend stimmte er dem Wunsch seines Sohnes zu.

So kam es, dass Angelina am anderen Tag im Kreise einiger Kinder mit Maria und Mike den Geburtstag Julius mitfeiern konnte. Angelina hielt sich zurück und blieb im Hintergrund. Maria war unwohl bei dem Gedanken an diese Frau, tat trotzdem ihre Arbeit und brachte Angelina künstliche Höflichkeit entgegen.

Später, Maria und die anderen Gästekinder waren schon gegangen und Julius verabschiedete sich gerade ins Bett, machte Angelina nicht den Eindruck, auch zu gehen. Mike wünschte Julius an seinem Bett eine gute Nacht und schloss beim Verlassen des Zimmers die Tür. Angelina saß nicht mehr in dem Sessel im Wohnzimmer und im ersten Augenblick dachte Mike, sie wäre gegangen. Doch dieser Gedanke war mehr ein Wunsch als Realität. Mike setzte sich auf die Couch und atmete tief durch. Genau in diesem Moment öffnete sich die Tür des Badezimmers und Angelina knipste das Licht aus. Im Dunkeln suchte sie sich den Weg zu Mike, der sich umdrehte und nach ihr rief. Erst als Angelina sich zu ihm auf seinem Schoß setzte, bemerkte Mike, dass sie nackt war. Er versuchte sie von sich zu stoßen, doch Angelina klammerte sich mit beiden Armen um seinen Oberkörper. Mike spürte ihren dicken Busen an seinem Bauch drücken und setzte etwas mehr Kraft ein, um sie loszuwerden. Angelina fühlte dies und schmiegte sich noch fester an ihm. Mike wollte auch nicht grob werden und trotzdem wünschte er, Angelina würde ihn sofort verlassen. Doch genau das Gegenteil trat ein. Angie bedeckte plötzlich seinen Hals mit Küsse und schmatzte ihm liebende Wörter ins Ohr. Mike wollte das alles nicht und stand einfach mit ihr auf den Armen auf.

271

Jetzt klammerten sich auch noch ihre Beine um Mikes Torso und er wusste, um sie loszuwerden, müsste er sie fester anpacken. Angelina wehrte sich abgeschüttelt zu werden und benutzte die Waffen einer Frau. Je heftiger Mike versuchte, sie von sich zu stoßen, desto erregter wurde sie. Auch durch die Jeanshose spürte sie, dass es Mike ähnlich ging. Obwohl er sie loszuwerden versuchte, wurde es in seiner Hose hart. Noch immer an ihm geklammert, versuchte Angelina jetzt die Gürtelschnalle seiner Hose mit einer Hand zu öffnen. Jetzt kam der Moment, als die Vernunft ausgeschaltet und durch den Sexualtrieb ersetzt wurde. Mike bewegte sich mit ihr ins Schlafzimmer und ließ sich auf das Bett fallen. Dabei löste sich Angelina von ihm und fiel neben ihm ins Bett. Sie drückte ihm ihre Brüste ins Gesicht und die beiden liebten sich wie einst in früheren verliebten Tagen. Angelina blieb nicht über Nacht dort. Während Mike schlief, schlich sie sich aus dem Haus. Mike hingegen plagten schwere Albträume und er wälzte sich verschwitzt in seinem Bett. Als der Wecker ihn weckte, fühlte er sich wie durch den Fleischwolf gedreht. Das sein Gewissen mit aufgewacht war und ihn jetzt übel zusetzte, war der Preis für den gestrigen Abend. Mike schaute in den Badezimmerspiegel und hasste sich selbst. Wieder einmal ist er den Verlockungen Angelinas erlegen gewesen, obwohl er wusste, dass sie nur Probleme mit sich bringen würde. Mike kann sich den Verlockungen Angelinas einfach nicht entziehen. Er ist ihr bisher immer wieder sexuell verfallen und ärgert sich dann danach. Er vermisste das gemeinsame Familienleben, genau wie den sagenhaften Sex mit ihr. Doch ihre dunkle Begierde kann er einfach nicht unterstützen oder gar akzeptieren.

272

Dazu kam noch ihre Rachsüchtigkeit und die Verschlagenheit andere Menschen in ihrem Umfeld nach ihrem Willen zu manipulieren. Sogar ihn selbst hatte sie mehr als einmal als Bauernopfer missbraucht. Ihrem sexuellen Verlangen ordnete sie alles unter, nur um ihre Befriedigung zu erlangen.

Angelina fuhr am nächsten Tag nach Dienstschluss in den Süden Essens. Dort hielt sie vor Nikkis Wohnung, stieg aus ihrem Wagen und schellte bei ihrer Rivalin an. Es dauerte eine gute Minute, bis sich Nikki durch die Sprechanlage meldete. Die Tür öffnete sie nicht. Doch für Angelinas Vorhaben reichte die Sprechanlage an der Haustür völlig aus. Als Nikki fragte, wer an der Tür sei, warnte Angelina sie, ab jetzt keinen Kontakt mehr zu Mike zu suchen. Nikki fragte nach dem Grund und Angelina erzählte ihr, dass sie wieder ein Paar wären. Auch von letzter Nacht erzählte sie ihr und fuhr dann ohne auf eine Antwort zu warten nach Hause.
Nikki konnte das Gehörte nicht glauben und war sehr verzweifelt. In ihrer Panik griff sie sich ihr Handy und rief Mike an. Als er sich meldete, überschüttete sie ihn mit dem Gehörten von Angelina. Mike schluckte und musste ihr von letzter Nacht beichten. Alles andere jedoch widersprach er heftig.
Um sie zu beruhigen, versprach Mike ihr, sie am Wochenende zu sich einzuladen, obwohl Julius zu Hause wäre. Etwas ruhiger beendete Nikki dann das Gespräch und freute sich auf den nächsten Samstag.
Mike dagegen war nicht amüsiert über Angelinas Handlung und teilte es ihr mit einer Nachricht mit. Er schrieb ihr, dass der gestrige Abend eine einmalige Sache

273

war und keine Wiederholung finden würde. Eine sofortige Antwort bekam Mike aber nicht.

Das Wochenende verbrachte Nikki dann mit Mike und Julius, der sie aber mit einem spürbaren Abstand behandelte. Sie spürte Julius Ignoranz ihr gegenüber und Nikki fühlte sich trotz Mikes Anwesenheit unwohl.

Die ganze Woche grübelte sie über Julius nach und fasste den Entschluss, in die Offensive zu gehen. Dazu half ihr der Briefträger, der einige Tage später die Post in ihrem Briefkasten einwarf. Darunter war ein Brief, der ihr vielleicht helfen konnte.

Wie jedes Jahr erhielt sie aufgrund ihrer früheren Tätigkeit eine Einladung des Grafen von Aaren. Auf seiner Burg in der Eifel lud der Adelsmann einmal im Jahr zu einem Wochenende der besonderen Art ein. Die Burg auf dem grünen Hügel wurde nicht wie viele andere im Krieg zerstört und behielt so ihren eigentlichen Urzustand. Seit dem Mittelalter prägt die Silhouette der Burg die Landschaft um ihr herum. Das Adelsgeschlecht von Aaren herrschte schon im 13. Jahrhundert unter einer Vielzahl von Königen über ihren Besitz und Ländereien. Schon immer gab es Gerüchte über die sagenhaften und geheimen Partys des Hauses von Aaren. Doch niemand, der eine Einladung des Grafen erhalten und diese auch angenommen hatte, verlor je ein Wort über die Geschehnisse in den alten Katakomben der mittelalterlichen Burg.

Nikki wusste aus früheren Zeiten, dass Angelina diese Einladung bisher auch bekommen und diese zügellose Veranstaltung immer besucht hatte.

274

Sie machte Mike den Vorschlag, ihn als seine Partnerin bei diesen dunklen Exzess zu begleiten. Da alle Anwesenden mit Masken oder verschleiert bei der Ausschweifung wären, würden die Gesichter in den nur von Kerzen erleuchteten dunklen Räumen nicht zu erkennen sein. So könnte er aber Angelinas wahres Wesen und ihre wirkliche Passion miterleben.

**Kapitel 24**

Der Mond war voll und leuchtete mit den Sternen am klaren Nachthimmel um die Wette. Die Scheinwerfer des Audis beleuchteten als einzige Lichtquelle den schlecht zu befahrenden Weg durch den Wald hinauf zu der Burg von Aarens. Die Eifel zeigte sich hier in ihrer wahren Natur. Schon seit einem halben Jahrtausend stehen die Burg und der Wald unverändert dem Besucher gegenüber. Als Mike mit Nikki als Beifahrerin um die letzte Kurve der Anhöhe fuhr, sahen sie von Weitem die Beleuchtung des Burgvorplatzes. Mike erkannte viele der teuren Automarken und wusste plötzlich, auf was er sich da eingelassen hatte. Am großen eisernen Tor zum Vorplatz überwachten zwei Angestellte die Besucher und ihre Einladungen. Mike wurde von denen genau beäugt und dann auf Vorzeigen der Einladung mit Nikki eingelassen. Durch das große Eingangsportal wurde das Paar von einem weiteren Angestellten begleitet und im Foyer der Burg von einer sehr freizügig bekleidete Dame auf eines der Zimmer geführt. Der Weg dorthin führte in die zweite Etage der Vorburg und war nur durch Kerzenlicht beleuchtet. Die Wände aus nacktem Stein gaben dem Betrachter den Eindruck, sich ins Mittelalter zu begeben. Die begleitende Dame öffnete eine der vielen Türen und überreichte Nikki einen altertümlichen Schlüssel und ein Blatt Papier mit den Verhaltensregeln während ihres Aufenthaltes auf der Burg. Das Zimmer oder besser gesagt, der Raum bestand aus dem nackten Steinboden und den steinernen Wänden. Ein Bett aus alten Holz, eine Waschschüssel, eine Kanne mit Wasser und ein

276

Keramikgefäß für die Notdurft waren die einzigen Gegenstände, die den Raum ausfüllten. Der Dresscode an diesem Wochenende gab an, dass der Mann nur in schwarzer erotischer Unterwäsche und mit einer Gesichtsmaske das zugewiesene Zimmer verlassen durfte. Für die Damen der Party galten ähnliche Regeln. Schwarze Dessous und auch sie mussten ihr Gesicht verhüllen. Mike verließ mit der vorgeschriebenen Bekleidung dann das Zimmer, begleitet von Nikki in schwarzen durchsichtigen Dessous, Schuhe mit sehr hohen Absätzen und einem Gesichtstuch in schwarzem Samt. Der Graf rief die Gesellschaft pünktlich um acht Uhr zum Dinner und die eingeladenen Gäste wurden von den angestellten Damen an ihren Plätzen der großen Tafel geführt. Die bediensteten Frauen waren alle gleich bekleidet. Nikki erkannte den schwarzen Spider Balconette-blunch-BH und einen Scarab-black-plaid-String an den Damen. Beide Kleidungsstücke waren teuer und zeigten mehr, als sie verdeckten. Vor einigen Jahren war sie selbst noch eine der Damen des Grafen. Der Adelsmann begrüßte dann alle Anwesenden und bat zum gemeinsamen Essen. Er klatschte nach der Ansprache in die Hände und einige Herren, die auch nur leicht bekleidet waren, trugen mehrere Spanferkel und die deftigen Beilagen herein. Der Schmaus begann und es wurden genügend Weinkaraffen auf die Tafel gestellt. Der Höhepunkt aber war das Dessert. Zwei nackte Frauen wurden auf die Tafel gelegt. Diese Frauen waren mit Obst und Schokolade übergossen. Eine in dunkler Zartbitterschokolade und die andere in weißer Schokolade. So ergab das Dessert einen farblichen Kontrast und den Startpunkt für die beginnenden

277

Ausschweifungen des Abends. Der erste Gast knabbere an der weißen Schokolade herum und befreite die Brustwarze der Lady auf dem Tisch. Es dauerte nur einen zweiten Wimpernschlag und die Hälfte der Gäste fielen über das Dessert her. Jetzt wurden die Kammern, die an den Speisesaal grenzten, geöffnet und die Party konnte beginnen. Mike suchte anfangs nach Angelina und erkannte sie trotz ihrer Maskerade am anderen Ende der Tafel nahe beim Grafen sitzen. Nachdem das Dessert abgeräumt wurde und sich der Pulk um die beiden Frauen aufgelöst hatte, sah Mike, dass Angelinas Platz nun verwaist war. Nikki nahm seine Hand und führte Mike von der Tafel fort. Die jetzt offen stehenden Türen der angrenzenden Räume waren mit dem Mobiliar unterschiedlicher Themen eingerichtet. Nikki und Mike schauten sich erst einmal nur um. Sie besuchten die einzelnen Räume wie das BDSM-Zimmer, den dunklen Raum oder den Raum für den Gruppensex. Es gab sieben Themenräume für alle Anwesenden und nicht einer war unbesetzt. Die Gäste ließen ihrer Passion freien Lauf und alle Hemmungen fallen. Mike suchte nach Angelina, fand sie jedoch nicht. Nikki verabschiedete sich dann kurz bei Mike, um sich etwas zu erleichtern. Plötzlich stand Mike alleine da und fühlte sich wieder einmal unwohl. Eine Frau mittleren Alters sah ihn wohl alleine und etwas unsicher in dem Türbogen des Spielzimmers stehen. Sie fasste ihn von hinten an den Po und steckte ihm ihre Zunge ins linke Ohr. Mike erschrak, doch der Türrahmen blockierte eine Flucht und ihn blieb nichts anderes übrig, als die unbekannte Frau dezent zur Seite zu schieben. Die Dame wollte sich aber nicht so einfach abschütteln lassen und griff mit ihrer Hand in Mikes Hose. Genau in diesem

278

Moment rettete Nikki ihn, indem sie der aufdringlichen Dame zu verstehen gab, dass Mike ihr gehörte. Die Gehörnte drehte sich um und verschwand aus Mikes Blickfeld. Wenig später liebten sich Mike und Nikki in einem der Räume für Zweisamkeit. Wurden jedoch ohne ihr Wissen heimlich durch die vielen Gucklöcher in den Wänden von einigen Anwesenden beobachtet. Als Mike sich dann mal kurz erleichtern musste und kurze Zeit später wiederkam, war Nikki nicht mehr dort. Egal wo er sie jetzt suchte, er fand sie nicht. Leichte Panik überfiel ihn und Mikes Stirn glänzte vor Schweißtropfen. In dem kurzen Moment von Mikes Abwesenheit hatte Nikki aus der dort stehenden Karaffe ein Schluck Rotwein ins Glas geschüttet und ausgetrunken. Danach sah sie noch für den Bruchteil einer Sekunde Angelina ins Zimmer treten, bevor vor ihr alles verschwamm. Nikki fühlte, wie sie sich von ihrer körperlichen Hülle befreite und ihre Gedanken durch sexuelles Verlangen ersetzt wurden. Willenlos ließ sie sich von Angelina und ihren beiden Begleitern aus dem Raum führen. Mike fand dann den Raum, der früher einmal die Burgkapelle gewesen war. Eine Vielzahl von Menschen umrundeten den Altar und schauten zu, wie eine schwarze Schönheit von mehreren Männern genommen wurde. Die Augen der auf dem Altar liegenden Frau waren glasig und in einem anderen Nirwana. Sie schien in einer anderen Welt zu sein und gab sich allen, die wollten hin. Keiner der Beteiligten wusste von dem unfreiwilligen Drogenrausch der farbigen Frau. Mike kämpfte sich irgendwie durch die Menschenmenge und erstarrte vor Schreck, als er Nikki dort auf dem Altar liegen sah. Ein kräftiger Mann drang gerade in sie ein und gleichzeitig befriedigte sie einen

279

anderen Oral. Mike stand geschockt da und konnte sich nicht mehr bewegen. Irgendwann wurde er von den hinter ihm stehenden Personen nach vorne gedrückt und stand bald vor der mit gespreizten Beinen liegenden Nikki. Im Hintergrund beobachtete unerkannt Angelina die Szene. Sie war zufrieden, ihr Plan ging auf. Mike dagegen nahm unter dem Protest der anderen Gäste Nikki auf den Arm und schleppte sie aus den Räumen in ihre Kammer. Dort angekommen, legte er sie auf das antike Bett und deckte sie zu. Er überlegte kurz sein weiteres Verhalten, verließ dann die Schlafkammer und suchte die Räume der Maßlosigkeiten wieder auf. Was genau er dort zu finden dachte, wusste er selbst nicht. Doch irgendjemand musste für Nikkis Dilemma verantwortlich sein und Mike hatte einen Verdacht. Als er sich unter den Feiernden mischte, stand plötzlich die unbekannte Dame, die Nikki vorher noch verjagt hatte, ihm gegenüber. Sie lächelte ihn unter der Maskierung an und reichte ihm ein Glas gefüllt mit dem Hauswein der Burg. Mike wollte erst verneinen, doch der Durst und der aufgestaute Stress machten ihn durstig und er trank, dass ihm gereichte Glas in einem Zug leer. Die Frau sah ungläubig zu und reichte Mike auch noch ihr Glas. Er trank auch dieses aus und spürte sich langsam wie auf einer Wolke schwebend. Auch dieses Vorgehen beobachtete aus sicherer Entfernung Angelina. Mike ließ sich kurz danach von der Unbekannten in einem der Räume entführen. Er war nicht mehr er selbst, sondern unter dem Drogeneinfluss der im Wein aufgelösten aphrodisierenden Medikamenten. Mike lag ohne seinen eigenen Willen unter der nun auf ihm reitenden Frau und ließ den Ritt willenlos über sich ergehen. Ihm erging es jetzt wie zuvor Nikki. Wie ein

280

Anfänger hat er sich von der dem Fleisch verfallenden Frau hereinlegen lassen. Doch lange Spaß hatte die Unbekannte nicht, denn Angelina tippte ihr auf die Schulter und die Reiterin verließ, ohne zu protestieren den Raum. Nun hatte Angelina Mike dort, wo sie ihn hin haben wollte. Wehrlos und mit sexuellem Verlangen lag er mit steifem Glied vor ihr. Angelina nahm sich Mike, wie sie wollte und das ohne Pause. Die Drogen in Mikes Blut ließen seinen besten Freund die ganze Zeit stahlhart stehen. Angelina nutze die Zeit mit ihm zu mehreren Höhepunkten, bis die Wirkung der Medikamente nachließ. Irgendwann erkannte Mike Angelina und sprach diese aus dem eigenen Hintergrund an. Angie nahm nun Reißaus und ließ Mike dort alleine liegen. Als dieser aufwachte und seine Sinne sich wieder zusammen fügten, war die Nacht fast zu Ende und die Party aufgelöst. Mike suchte schwankend mit wackeligen Beinen die Schlafkammer auf. Er legte sich neben der noch schlafenden Nikki und schloss seine Augen.

Am nächsten Morgen wurden alle Gäste aufgefordert, die Burg wieder zu verlassen. Allen wurde eine Kopie des von ihnen zuvor unterschriebenen Dokuments zur Geheimhaltung und Verschwiegenheit am Ausgang in die Hand gedrückt. So auch den immer noch schwindelnden Mike und Nikki, die auf dem Weg zurück ins Ruhrgebiet Mikes Audi fahren musste.

Am Sonntag der folgenden Woche brachte Angelina Julius wieder nach Hause. Mike wartete schon vor der Haustür, als Angelina mit ihrem Auto vorfuhr. Mike begrüßte seinen Sohn und schickte ihn ins Haus. Angelina wollte sofort losfahren, doch Mike versperrte ihr den Weg und stellte sie zur Rede. Er wollte wissen, wo und vor allem wer sich am letzten Samstag um Julius gekümmert hat. Angie sah Mike mit einem selbstbewussten Lächeln ins Gesicht und log ihn unverschämt an. Sie fügte dann noch hinzu, dass, wenn er meinen würde, sie wäre am letzten Wochenende nicht bei ihrem Sohn gewesen, möchte er doch bitte einen Beweis seiner Vermutung vorlegen. Natürlich konnte Mike ihren Aufenthalt in der Burg nicht beweisen und musste zähneknirschend den Rückzug einläuten.

Doch nun überraschte er seine Ex-Frau. Wie aus dem Nichts lud er sie ein ins Haus zu kommen. Jetzt horchte Angelina plötzlich auf und vermutete einen Hinterhalt. Doch die Chance, etwas Zeit mit Mike zu verbringen und ihn wieder an sich zu binden, wollte sie nicht so einfach vergeben. Sie schaltete den Motor aus und stieg aus dem Wagen. Mike zeigte ihr mit einer Geste seiner Hand an, vor ihm ins Haus zu gehen. Hinter ihr die paar Schritte bis zur Haustür, wunderte er sich noch, wie eine Frau mit solchen Absätzen überhaupt Auto fahren könne. Angelina stöckelte gewohnt grazienhaft über den gepflasterten Eingangsbereich und wusste ihren Po für Mikes Augen provozierend einzusetzen.

Am Esstisch füllte Mike zwei Tassen mit Kaffee und stellte eine davon direkt vor Angelina ab. Mike fing ein belangloses Gespräch an und wartete auf ihre Reaktion. Nach einigen Minuten erkannte er, wie ihre Augenlider kleiner wurden und sie in eine Art Trance verfiel. Sein Plan schien aufzugehen. Mike schaute ihr in die Augen und ihre Pupillen erweiterten sich. Scopolamin, das auch als Hyoscin bekannt geworden ist, tat seine Wirkung. Einige wenige Tropfen in den Kaffee und der Genuss des

282

braunen Gesöffs bewirkt einen Rauschzustand. Die
Wirkung der Droge begann einzusetzen und Angie wurde
immer ruhiger. Scopolamin findet man in der Natur in
Nachtschattengewächse wie Stechapfel, Bilsenkraut oder
in der Engelstrompete. In der modernen Chemie wird es
aber auch synthetisch hergestellt. Angelina war nun in
einem Zustand der Apathie und beantwortete Mikes
Fragen wahrheitsgemäß. Er setzte nun ihre eigenen
Waffen gegen sie ein. Am Ende der Befragungen, als die
Wirkung nachließ, war Mike um einiges klüger. Er
wusste jetzt um die nymphomane Veranlagung seiner Ex-
Frau. Ihr halbes Leben verbrachte sie damit, den
sexuellen Kick immer weiter zu steigern. Angelina
erzählte ihm unfreiwillig unter dem Einfluss der Droge
alles, was Mike wissen wollte. Das Scopolamin reduziert
aber auch die Hemmungen und Angelina befreite sich
plötzlich unaufgefordert von ihrer Bluse. Mike sah sie
danach den weißen Rüschen-BH abstreifen und ihre
gewaltigen Brüste lagen vor ihm auf dem Tisch. Angelina
schaute ihn an und sagte ihm, dass sie ihn wolle. Jetzt
sofort und für immer. Mike hatte Angst, dass Julius aus
seinem Zimmer kommen könnte und schleppte Angelina
ins Schlafzimmer. Er schaute in Julius Zimmer und sah
ihn schlafend im Bett liegen. Mike schloss die Tür und
ging zu Angelina zurück. Sie lag nun nackt auf der Decke
und wartete auf Mike. Mit den Händen schüttelte sie ihre
Brüste und fragte ihn, ob er sie nicht erotisch anziehend
finden würde. Mike sah auf ihren Busen und spürte das
Verlangen, sich um sie zu kümmern. Doch er vergaß
nicht, wie Angelina ihn und Nikki in der Burg
hintergangen hatte. Die Frau in seinem Bett war
gefährlich und nicht auszurechnen. Trotzdem hatte sie

283

eine sexuelle Macht über Mike, die er sich nicht entziehen konnte. Angelina stellte ihre Beine angewinkelt so auf das Bett, dass Mike in sie hinein sehen konnte. Das rosa Fleisch lud ihn zu sich ein und er wurde wie ein Stück Eisen vom Magneten von ihr angezogen. Angelina, mittlerweile in die Jahre gekommen und keine junge Frau mehr, hatte einige erotische Kilos zu viel am Körper, doch genau dies weckte Mikes Leidenschaft. Auch er wollte sie. Aber als seine Frau und nicht als die Nymphomanin, die sie immer wieder war. Das Scopolamin ließ in seiner Wirkung nach. Doch Angelina blieb weiterhin hemmungslos zu Mike. Ihre Finger fanden vor seinen Augen den feuchten Eingang zwischen ihren Beinen und er sah ihr dabei zu, wie sie sich selbst massierte. Sie schaute ihn an und sagte nur ein Wort. Bitte! Mikes Gewissen klopfte bei ihm an, doch auch das Stück Fleisch in seiner Hose sprach zu ihm. Er ging auf sie zu und beugte sich über sie. Angelina legte ihre Arme um seinen Oberkörper und wartete auf eine Reaktion von ihm. Mike hob sie aus dem Bett, reichte ihr ihre Kleidung und schickte sie nach Hause. Angelina meinte sich verhört zu haben und ließ sich wieder auf das Oberbett fallen. Doch Mike wurde ernst und verließ selbst den Schlafraum.

Es dauerte eine gute halbe Stunde, bis Angelina frustriert die Schlafstätte verließ und ohne sich umzudrehen, durch die Haustür verschwand.

Mike fühlte sich mies. Er hatte sich auf ein Niveau begeben, das er vor einiger Zeit noch für unmöglich gehalten hätte. Doch er war Angelina mit seinen Methoden einfach nicht gewachsen und wusste sich nur so zu wehren. Er sah kurz darauf in den

284

Badezimmerspiegel und ahnte, dass Angelina diese Schmach nicht so einfach auf sich sitzen lassen würde. Nur was noch von ihr kommen sollte, wusste er nicht. Mike lag schlaflos in dem Bett, indem er Angelina so gedemütigt hatte und beschloss, am nächsten Tag mit ihr zu reden. In seinen Gedanken übernahm die Idee eines Waffenstillstandes konkrete Formen an und dieses Angebot wollte er ihr unterbreiten. Maria war im Haus und achtete auf Julius. Mike nahm die Gelegenheit wahr und versuchte Angelina bei ihr zu Hause aufzusuchen. Doch vor dem Mehrfamilienhaus stehend, wartete er darauf, dass sein Klingeln erhört und die Haustür geöffnet wurde. Doch er wartete vergeblich. Die Tür öffnete sich nicht.

Zurück im Wageninneren blieb Mike noch etwas gedankenverloren sitzen und grübelte über seinen nächsten Schritt nach. Hier konnte er zurzeit nichts ausrichten und startete seinen Audi. Genau in diesem Moment beleuchteten die Scheinwerfer seines Autos den Hauseingang und er sah Angelina hineingehen. Mike schaltete den Motor wieder aus und wollte gerade die Fahrertür öffnen, als er eine ihn bekannte Frau vor der nun geschlossenen Tür stehen sah. Er erkannte diese Dame auch ohne ihre Augenmaske aus der Burg. Es war die Frau mittleren Alters, die ihm das Weinglas gab und er danach nicht mehr er selbst war. Diese Frau hatte in ohne seinen Willen sexuell genötigt. In der Rechtsprechung könnte man auch von Vergewaltigung ausgehen. Mike beobachtete, wie sie in den Hausflur verschwand und wartete ein paar Minuten. Die Ungeduld und die Neugier trieben ihn dann an und er wagte einen erneuten Versuch.

285

Dieses Mal wurde die Tür nach dem ersten Klingeln geöffnet und Mike marschierte die Treppenstufen in die erste Etage hinauf. Angelina schaute ungläubig, als sie Mike im Treppenhaus auf sich zukommen sah. Sie blickte kurz über ihre rechte Schulter nach hinten und wirkte unsicher. Ganz das Gegenteil ihrer sonstigen Natur. Mittlerweile stand Mike ihr gegenüber, aber sie machte nicht den Eindruck, ihn hinein lassen zu wollen. Bisher sind von beiden noch keine Worte gefallen und Mike war dann derjenige, der die Stille unterbrach. Die Frage von ihr hereingelassen zu werden, war Angie unangenehm. Doch sie konnte kaum hier im Hausflur vor den Ohren ihrer Nachbarn ein Gespräch mit Mike führen. Genervt ließ sie ihn vorbei in ihre Wohnung. Mike betrat zum ersten Mal das Heim seiner Ex-Frau und musste sich erst einmal umsehen, um sich zurechtzufinden. Was er zu sehen gehofft hatte, war nicht da. Die Frau, die Mike meinte, aus der Burg wiedererkannt zu haben, war nicht hier. Der Gedanke, sich geirrt zu haben, übernahm die Oberhand und Mike setzte sich auf die kleine Couch im Wohnzimmer.

Angelina bot ihm nichts an und kam sofort auf den Grund seines Besuches zu sprechen. Sie wirkte gestresst und übel gelaunt. Mike spürte, dass sein Besuch ungelegen kam und wünschte, er wäre zu Hause geblieben. Doch nun saß er hier und musste das Beste aus der Situation machen. Er schaute sie an und fragte nach einem Waffenstillstand. Angelina sah in ungläubig an und lächelte verlegen. Ihr war die gestrige Demütigung noch anzumerken, doch sie überlegte, das Angebot Mikes anzunehmen. Eigentlich wünschte sie sich wieder ein normales Verhältnis zu ihm und setzte sich neben ihn auf

286

die enge Couch. Sie saßen nun so nah beisammen, dass sich ihre Arme und Beine berührten. Angie wollte wissen, wie sich Mike einen Waffenstillstand vorstellte. So viele Dinge waren geschehen und könnten nicht mehr rückgängig gemacht werden. Mike sah sie an und zuckte mit den Schultern. Er wusste es auch nicht. Doch der Besuch bei ihr würde der erste Schritt gewesen sein. Er sah ihr dabei in die Augen und verspürte ein leichtes Kribbeln in der Magengegend. Jetzt ging Angelina in die Offensive und sprach ihn auf den unschönen gestrigen Abend an. Doch sie gab auch zu, nicht immer fair gewesen zu sein und bot Mike an, die Vergangenheit ruhen zu lassen und ab heute von vorn zu beginnen. Mike nickte und erkannte leichte Schweißflecken in den Achseln ihrer Bluse. Angelina schien nervös zu sein. Erst jetzt stellte sie zwei Gläser auf den Tisch und schüttete diese mit Mineralwasser voll. Beide tranken einen Schluck und lächelten sich freundschaftlich an. Mike sehnte sich nach Normalität und hoffte, sie meinte es ernst. Mit ihrem noch dick aufgetragenen Lippenstift auf den Lippen drehte sie sich zu Mike um und versuchte sich einen Kuss zu stehlen. Dieses Mal ließ Mike den Kuss zu und erwiderte ihn sogar. Angelina zog ihn an sich und der Kuss wurde intensiver. Mikes rechte Hand fand ihre linke Brust und massierte diese. Angie stöhnte laut auf und ihre Brustwarze drückte hart gegen den Stoff ihrer Bluse. Mike spürte ihre Hand zwischen seinen Beinen und auch seine Hose wurde schnell zu eng. Mike wollte mit ihr ins Schlafzimmer, doch Angelina hielt ihn fest und wollte sich hier auf der Couch lieben. Ein wenig verwundert ließ sich Mike jedoch darauf ein und zum ersten Mal seit Jahren liebten sie sich und hatten nicht

287

nur explosionsartigen Sex. Eine gute Stunde später verabschiedete Mike sich von Angelina und schloss die Wohnungstür von außen. Als die Tür ins Schloss fiel, öffnete sich die Tür des Schlafzimmers und die Dame aus der Burg trat ins Wohnzimmer.

Einige Tage später meldete sich Nikki an einem Mittwochabend bei Mike. Er selbst scheute die ganze Zeit ein Treffen mit ihr. Ihm war klar, dass sie als Paar keine Zukunft hätten und er schob das Gespräch mit ihr seit Langem vor sich hin.
Nikki dagegen war sich im Klaren, was Mike ihr sagen wollte. Sie selbst wollte ihn zwar noch immer, aber nicht so, wie sie es in der nahen Vergangenheit gelebt hatten. Sie wünschte sich ein Leben mit ihm und das als zwei gleichgestellte Partner in einer Hausgemeinschaft. Dazu konnte sich Mike aber nicht überwinden und Nikki schlug eine Beziehungspause vor. Mike schluckte den Klos herunter und war dennoch froh, dass sie ihm die Entscheidung abgenommen hatte.
Nikki beendete dann das Telefongespräch und weinte sich die Augen aus.
Auch Mike war nicht wohl bei dem, was gerade passiert war. Aber es würde für alle Seiten die beste Lösung sein, redete er sich selber ein.

Wie es jetzt in seinem Leben weitergehen sollte, wusste er selbst auch nicht. Doch sein Hauptaugenmerk würde er wieder seinem Sohn schenken müssen, da war er sich sicher. Alles andere müsste sich hinten anstellen.
Seinem inneren Versprechen konnte Mike am nächsten Samstag sofort Taten folgen lassen. Mit Maria

288

beobachtete er als Zuschauer Julius Prüfung, den blauen
Gürtel in Karate zu erringen. Mikes Sohn liebte den
Kampfsport und war bei jedem Training hoch motiviert
und immer wieder begeistert. So war es dann auch, dass
er am Ende der Prüfung die blaue Schärpe um seine
Hüften binden durfte. Mike war stolz auf seinen Sohn
und zur Feier des Tages besuchten alle drei am Abend
noch die Lieblingspizzeria von Julius. Als Angelina eine
Woche später Julius zu sich holen wollte und an der
Haustür klingelte, öffnete Mike und nicht Julius die Tür.
Er bat Angie kurz hereinzukommen und zeigte auf das
Sofa im Wohnzimmer. Mike setzte sich ihr gegenüber
und klärte sie über seine Trennung von Nikki auf. Er bat
sie aber trotzdem, Nikki nicht weiter zu belästigen. Angie
hörte sich an, was Mike von ihr wollte und nickte ihm
kommentarlos zu. Als auch sie etwas sagen wollte,
stürmte Julius das Wohnzimmer. Er begrüßte seine
Mutter mit einer langen Umarmung und verhinderte so
eine Weiterführung des Gespräches.
Danach verabschiedeten sich die Zwei und Mike war nun
alleine im Haus.
Alleine an einem Wochenende wollte er auch nicht sein.
Nikki kontaktieren konnte er nicht mehr, also rief er
seinen Freund Max an. Doch auch Max hatte keine Zeit
und so war Mike noch immer einsam. Die Langeweile
trieb ihn ins Internet und er durchstöberte das World
Wide Web ohne wirkliches Ziel. Irgendwann landete er
auf die Seite der Hattinger Villa und wollte schon
weiterklicken, als seine Augen für heute Abend eine
Mottoparty erblickten. Jetzt hatte er natürlich sein ganzes
Leben Vorbehalte gegenüber solchen Clubs gehabt und
mit Angelina ein warnendes Beispiel erlebt. Trotzdem

289

kam ihm kurz der Gedanke, sich ins Auto zu setzen und zur Villa zu fahren. Eine Stimme in seinem Kopf sagte ihm, warum willst du alleine zu Hause bleiben. Nichts und niemand hält dich auf. Gönne dir den Spaß und genieße das Wochenende. Da gab es aber auch die andere Stimme. Genau die sprach zu ihm und rief ihm ins Gewissen. Mike war unsicher und gelangweilt. Er sagte sich selbst, dass er ja mal ohne Verpflichtungen dorthin fahren könnte und meldete sich auf der Homepage als Gast für den heutigen Abend an. Der Club wollte dann natürlich sofort den Eintrittspreis von hundert Euro über eine Kreditkarte abgerechnet haben und Mike zögerte kurz. Doch die Zweifel legten sich und er gab den Betrag frei.

Zwei Stunden später, gegen 21 Uhr, stand Mike an der Theke des Etablissement und trank ein Bier. Das Motto des Abends war die freie Körperkultur, deshalb brauchte er sich vorher keine Gedanken über die Kleiderordnung zu machen. Nur seine schwarzen Sneaker hatte er noch an und beäugte die anderen Gäste. Es war schon interessant, die anderen Anwesenden zu sehen, wie Gott sie schuf. Mike sah alle Arten von Brüsten. Große, Kleine, stramm stehend oder hängend. Mollige Frauen und schlanke Damen. Der Club war gut besucht. Es waren nur wenige einzelne Herren anwesend. Frauen, die alleine da waren, erblickte Mike gar keine. Die meisten Besucher waren als Pärchen hier. Mikes Enttäuschung wuchs mit seinem Zweifel an. Bei dem zweiten Bier bereute er, in die Villa gekommen zu sein. Doch der Eintrittspreis hielt ihn erst einmal an Ort und Stelle. Mit dem dritten Bier gesellte Mike sich zum Buffet und füllte seinen Teller mit einigen Köstlichkeiten. Die ersten

290

Bissen hatte er gerade heruntergeschluckt, als ihn eine
Dame ansprach. Rubens hätte seine reinste Freude an ihr
gehabt, ging es Mike durch den Kopf. Doch auch mit
einigen Pfunden mehr als normal war die Dame attraktiv
und sehr gepflegt. Ihre Zehennägel und Fingernägel
waren perfekt in einem dunklen Rot lackiert. Ihr
Lippenstift hatte die selbe Farbe. Die Wangen mit wenig
Make-up bestrichen und die Haare hochgesteckt gestylt.
Dazu trug sie schwarze Pumps mit mittelhohen Absätzen.
Dies alles erkannte Mike in den ersten zwei Sekunden,
nachdem sie ihn angesprochen hatte. Die Frau sah Mikes
Blick und fragte ihn, ob ihm gefällt, was er sieht. Mike
fühlte sich bei etwas Verbotenem ertappt und seine
Gesichtsfarbe rötete sich. Erst als die Dame ihm lächelnd
die Hand gab und sich als Jeanette vorstellte, wurde Mike
lockerer. Er ergriff die von ihr gereichte Hand und stellte
sich selbst unter seinen Namen vor. Jeanette stand nun
bei Mike und zusammen verspeisten sie ihre Leckereien
vom Buffet. Mike erwischte sich dabei immer wieder,
wie er ihre dicken, leicht hängenden Brüste anstarrte und
Jeanette erkannte dies erneut. Sie lachte ihn an und
flüsterte ihm etwas ins Ohr. Sie nahm seine Hand in die
ihre und führte Mike in einen Raum für Zweisamkeit.
Jeanette verschloss die Tür und die beiden waren nun
alleine und ungestört. Jeanette erlaubte oder forderte
Mike auf, ihre Brüste mit seinen Händen zu massieren.
Mike fühlte sich überrumpelt, ging der Aufforderung
Jeanettes aber nach und fand sofort Gefallen an dem, was
er tat. Jeanette wusste ihren Busen genau einzusetzen und
beugte sich über den mittlerweile auf der Spielwiese
liegenden Mike. So fielen ihre Brüste in sein Gesicht und
Mike bedeckte sie mit Küssen. Jeanette stöhnte leicht und

291

ihre Hände suchten sein steif gewordenes Glied. Jetzt stöhnte auch Mike und biss ihr leicht in die harten Brustwarzen. Das schien Jeanette sehr zu gefallen, denn nun flüsterte sie ihm Maßlosigkeiten ins Ohr. Auch ihr Griff wurde fester und Mike spürte einen leichten Schmerz, der aber durch die Erektion unterdrückt wurde. Sie drückte an seine Hoden herum und genoss Mikes Saugen an ihren Nippel. Nach ein paar Minuten biss sie ihm in seine linke Brustwarze und Mike versuchte, den Schmerz in seiner Ekstase zu beherrschen. Von der anfänglichen Glut der Leidenschaft wurde nach kurzer Zeit mit Jeanette ein Feuer der Inbrunst. Mike kannte diese Art des Sexes nicht und war über sich selbst verwundert. Er genoss die Zweisamkeit mit Jeanette. Im Rausch der Entzückung ließ er sich fallen und übergab an diesen Abend den dominanten Part an seine Partnerin. Jeanette war ein Profi und spürte sofort, worauf ihr Sexpartner ansprach. Sie nutze ihre Erfahrungen und bearbeitete Mike, wie es ihr und ihm gefiel. Sie kniff und verdrehte seine Brustwarzen und Mike genoss den Schmerz. Er wusste, am morgigen Tag würde er diese Behandlung durch Jeanette bereuen, denn die Schmerzen würden dann nicht mehr durch seine Erregung überdeckt. Als sie ihn oral verwöhnte, streichelte Jeanette Mikes Prostata und er wurde vor Wollust fast verrückt. Zum Ende saß Jeanette mit ihrem Po auf seinem Gesicht. Mikes Zunge fand den Eingang zu ihrem Feuchtgebiet und belohnte sie nun für die Verzückung, die sie ihm gab. Mike übergoss sich in ihrem Mund und kurz nach ihm schrie sie ihren Höhepunkt laut heraus. Erschöpft lagen die beiden gemeinsam auf der Liebesstätte und füllten mit jedem Atemzug die Energiereserven wieder auf.

292

Mikes Brustwarzen brannten wie Feuer und er wünschte sich kühlende Eiswürfel, um den Schmerz, die sie nun erzeugten, zu lindern. Jeanette schien seine Gedanken zu erraten und bat ihm hier liegenzubleiben. Sie verließ den Raum, nur um sofort wieder hereinzukommen. In den Händen einen metallenen Sekteimer mit einer Flasche Schaumwein gekühlt mit Eiswürfeln. Sie legte sich neben ihm und bedeckte die brennenden Brustwarzen mit jeweils einem Eiswürfel. Mike fühlte den Schmerz etwas abklingen und genoss das aufkommende angenehme Gefühl. Es dauerte nicht lange und das Eis auf seiner Brust war geschmolzen. Sofort verdrängte der wieder aufkommende Schmerz das Wohlgefühl des kalten Eises. Doch zu diesem Zeitpunkt fand Jeanettes Zunge den Eingang seines Mundes und beide küssten sich leidenschaftlich. Als sie sein bestes Stück bearbeitete und er in ihrer Hand zu erneuter Größe anwuchs, verging das Gefühl des Schmerzes und Mike fand sich in einem Raum der Geilheit wieder. Jeanette ließ sich nun von hinten nehmen und Mike ergoss seinen Samen kurz danach in das übergestülpte Kondom. Nach der zweiten Runde gingen beide in den Thekenbereich und bestellten sich zwei Biere. Erst jetzt unterhielten sie sich nicht über Sex und Mike erfuhr von Jeanette, woher sie kam und wie oft sie schon Clubs wie diesen hier besucht hatte. Während die beiden sich unterhielten, gesellte sich ein anderer Mann zu ihnen. Als Mike ihn mit großen Augen ansah, stellte Jeanette den Unbekannten als ihren Mann vor. In diesem Moment verschlug es Mike die Sprache. Mike blieb noch zwei Stunden und unterhielt sich mit dem Paar. Danach fühlte er sich trotz der vier Biere in fünf Stunden fahrtüchtig und begab sich auf den

293

Heimweg. Zu Hause angekommen legte er sich sofort schlafen und während der Phase des Einschlafens verstand er nun Angelina ein wenig mehr. Das Verlangen, die eigene Sexualität auszuleben und immer weiter zu steigern, hatte er heute Abend zum ersten Mal verspürt. Im Traum praktizierte er mit Angelina den Sex, in den ihn Jeanette eingeführt hatte und als er am nächsten Morgen aufwachte, war die Hose feucht und verklebt.

## Kapitel 25

Julius feierte seinen 15. Geburtstag. Seit zwei Jahren wohnte Angelina wieder bei Mike mit ihm und Julius zusammen. Die beiden fanden während dieser Zeit wieder langsam zueinander und besuchten in der Vergangenheit auch die Villa. Doch die Besuche wurden weniger und im letzten Jahr fanden sie gar nicht mehr statt. Angelina verlor die Lust, bewirkt wohl durch die einsetzenden Wechseljahre. Mike dagegen war noch voll im Saft und das Feuer der Begierde brannte noch in ihm. Jetzt kam es zu der Situation, indem sich die Vorzeichen geändert hatten.
Julius wuchs langsam zu einem jungen Mann heran. Auch er brachte vor einigen Tagen ein erstes Mädchen mit nach Hause. Stolz präsentierte er ihr die in seinem Zimmer an den Wänden hängenden Urkunden, die bescheinigten, dass er es bis zu dem schwarzen Gürtel in seinem Kampfsport geschafft hatte. Er durfte sich seit dem mit Meister im Dojo ansprechen lassen.

In der Universität gab Mike als Professor weiter Vorlesungen. Der Hörsaal war meistens gut gefüllt. Mike beobachtete seit einiger Zeit, dass eine Studentin bei ihm immer in der untersten Reihe saß. Das Mädchen schätzte er auf Mitte zwanzig ein. Das Sonderbare an ihr war, dass Mike meinte, sie würde ihm jedes Mal Blicke zuwerfen. Da der Sommer vor der Tür stand und die Tage schon sommerlich warm waren, trugen die meisten Kommilitonen nur leichte Bekleidung. So auch die Studentin in der ersten Reihe. Während Mike seinen Vortrag hielt, spielte sie sich beim Zuhören mit den

295

Fingern in ihrer in der Stirn hängenden blonden Haarsträhne. Mike sah unauffällig immer wieder zu ihr herüber. Wie ein Magnet die Eisenspäne anzog, so schaffte diese Studentin es, dass Mike den Blick nicht von ihr lassen konnte. Kaugummi kauend schaute sie ihm bei seinem Unterricht keck ins Gesicht und förderte Mikes Nervosität. Mike zweifelte an seinen Verstand oder bildete er sich das alles nur ein, ging es ihm durch den Kopf. Am frühen Abend, Mike korrigierte gerade einige Klausuren, klopfte es an seiner Bürotür. Da Mike ungestört bleiben wollte. Hatte er diese vorher verschlossen. Doch der Besucher vor der Tür war hartnäckig und klopfte ein zweites und drittes Mal. Mikes Konzentration war nun gestört und unterbrochen. Er erhob sich und öffnete die Tür.

Dort stand zu seiner Überraschung die Studentin aus der ersten Reihe. Sie kaute noch immer oder schon wieder ein Kaugummi. Das Mädchen war natürlich hübsch und ungeschminkt. Dieser Zustand fiel Mike schon bei ihrer ersten Begegnung auf. Jetzt stand sie vor seinem Büro und wartete von ihm eingelassen zu werden. Mike fragte nach dem Grund ihrer Störung und machte ihr den Weg ins Innere frei. Sie setzte sich auf dem Stuhl vor seinem Schreibtisch und sah ihn mit ihren hellblauen Augen an. Sie zupfte an ihrem Spaghettiträger des weißen Sommerkleides und Mikes Augenmerk richtete sich kurz dorthin. Mike sah den Ansatz ihrer kleinen Brust und wieder fragte er sich, ob sie ihn absichtlich mit ihren Gesten provozieren wollte. Erst jetzt nannte sie ihren Namen und stellte sich als Melanie Schmitt vor. Sie würde aber gerne wie von all ihren Bekannten einfach nur Mel genannt werden, gab sie Mike noch als Folgesatz

296

mit. Jetzt war es an Mike zu fragen und er wollte endlich den Grund ihres Besuches wissen. Mel sah in weiter an und fragte ihm nach belanglosen Details in seinen Vorlesungen. Sie musste unbedingt die nächste Prüfung bestehen und wollte sich dafür die beste Vorbereitung nehmen. Mike wusste aber noch immer nicht, was sie von ihm wollte. Mel machte dann den Vorschlag, ihre Situation bei einem Kaffee genauer zu beschreiben. Jetzt erkannte Mike das Vorhaben seiner Studentin und schüttelte den Kopf. Er würde seine Anstellung verlieren, sollte er auf ihr Angebot zurückgreifen. Mel lächelte ihn an und nickte mit ihrem Kopf. Genau diese Antwort hatte sie erwartet und schob ihm ein Zettel über den Schreibtisch zu. Danach stand sie auf und verließ das Büro. Mike schaute erst jetzt auf dieses kleine Stück Papier und blickte auf eine handgeschriebene Handynummer.

Es war dann der Sonntag nach diesen merkwürdigen Besuch Mels in seinem Büro. Mike stieg aus dem Auto in der Haard und wollte zu laufen beginnen. Er lief die ersten Meter an, als ihn plötzlich Mel von hinten ansprach. Er wusste nicht wie nur dass sie seine Sonntagmorgenlaufrunde herausbekommen hatte und hier auf ihn gewartet haben musste. Mike stoppte wieder und sah Melanie ernst an. Danach sprach er, dass dies, was sie vorhätte, nicht gehen und er sich darauf nicht einlassen würde. Doch Mel war hartnäckig und fragte ihn, ob er nicht anfangen wollte zu laufen. Mike schüttelte den Kopf und trabte langsam los. Mel passte sich seiner Geschwindigkeit an und lief ohne zu reden neben ihm her. Nach der halben Strecke bemerkte Mike,

297

dass ihr die Puste langsam ausging. Er hätte jetzt das Tempo anziehen können und wäre Mel losgeworden. Doch da war wieder die innere Stimme, die ihm riet, die Geschwindigkeit zu senken. Mike wurde unmerkbar langsamer und Mel konnte weiter neben ihm laufen. Mike sprach trotzdem weiterhin kein Wort und lief in ihrem Rhythmus weiter. Kurz vor dem Ende der Runde blieb er stehen und dehnte sich. Auch Mel blieb stehen und machte es Mike nach. Jetzt erst schaute Mike sich Mel an und er sah ihr Shirt durchgeschwitzt. Sie hatte keinen BH an und ihre hellen Brustwarzen waren für jedermann zu sehen. Nur war außer Mike niemand hier. Ihre Wangen waren von der Anstrengung sehr gerötet und sie atmete noch schneller als normal. Trotzdem ließ sie sich von ihrer Erschöpfung nichts anmerken. Mike hatte erbarmen. Sie wäre eine sehr attraktive und hübsche junge Frau und auch für ihn sehr begehrenswert. Aber er dürfte aus beruflichen Belangen keine privaten Kontakte zu ihr haben und schon gar keine Intimen. Es würde sein Job und seinen Lehrstuhl an der Uni riskieren und das möchte er trotz aller Begehren nicht wollen. Als Mike seine Sätze beendete, redete zum ersten Mal Mel. Sie gab zu, ihn mit aufreizenden Gesten auf sich aufmerksam gemacht zu haben. Doch sie hatte sich in ihm verguckt und würde das Studium für ihn unterbrechen und seinen Vorlesungen fern bleiben, nur um ihn treffen zu dürfen. Mike erklärte ihr danach, dass er kein Single wäre. Mel schüttelte nur den Kopf und ließ plötzlich ohne Vorankündigung die Bombe platzen. Vor zwei Jahren hätte sie ihn im Club der Hattinger Villa gesehen und erkannt. Sie hätte ihn beim Sex mit seiner Partnerin durch einen Spion beobachtet und gedacht, sie führen eine

298

offene Partnerschaft. Mike schaute sie nun überrascht an und erkannte, dass ihr Oberteil noch immer durchsichtig vom Schweiß war. Mel sah, wohin Mike blicke und lächelte ihn jetzt an. Sie drehte sich um und schaute in die Umgebung. Niemand war zu sehen und Mel hob das Shirt hoch. Mike glaubte zu träumen. Die Blondine vor ihm hatte keine Hemmungen. Sie ging in die Offensive, ohne auf Mike Rücksicht zu nehmen. Bisher konnte Mike ihren Avancen immer widerstehen, doch nun begab er sich auf einen Weg, der es ihm nicht mehr leicht machte, sie nicht zu berühren. Mel zog das verschwitzte Shirt über den Kopf und hielt es in ihrer rechten Hand fest. Sie ging die zwei Schritte auf den verdutzten Mike zu und umarmte ihn. Mike spürte ihren nassen Schweiß, der sich mit seinem auf seinem Lauftrikot mischte. Jetzt umarmte er sie und flüsterte ihr ins Ohr, dass es falsch wäre, was sie gerade machten. Mel hörte gar nicht zu und ihre Hände versuchten unter Mikes Oberteil zu kommen. Genau in diesem Moment kamen zwei andere Jogger um die weit entfernte Kurve. Mike sah diese auf sich zulaufen und wusste, die Zeit nicht erkannt zu werden, würde knapp werden. Er schnappte sich Mel und ging in das Dickicht der angrenzenden Bäume. Das dichte grüne Buschwerk machte sie nun für vorbeigehende Waldbesucher unsichtbar. Auch die beiden Jogger liefen, ohne sie zu sehen an ihnen vorbei. Mel nutzte ihre Chance und küsste Mikes Hals. Er schmeckte salzig, aber gut. Mel wollte mehr und rang ihm einen Kuss ab. Mike drückte sie von sich und schüttelte erneut den Kopf. Um sich etwas Luft zu verschaffen, machte er ihr das Angebot, sich ein anderes Mal mit ihr zu treffen. Er schlug vor, das laufende Semester abzuwarten und dann

299

noch einmal über alles reden zu wollen. Mike half Mel wieder in ihr Oberteil zu kommen und die letzten dreihundert Meter meisterten die beiden noch gemeinsam. Auf dem Parkplatz trennten sie sich dann und fuhren auf unterschiedlichen Wegen nach Hause. Nach dem Duschen beobachtete Mike Angelina in der Küche, überwand sich und erzählte ihr die Geschichte um Melanie. Angie blieb im Gegensatz zu ihrem natürlichen Temperament ziemlich ruhig. Sie hörte zu, bis Mike zum Ende kam und schaute ihn fragend an. Mike sagte ihr, dass er Mel nicht wiedersehen wollte. Doch Angie fragte ihn, warum er sie nicht wiedersehen möchte. Mike meinte sich schon wieder einmal zu verhören. Er fragte Angelina nach dem Ernst ihrer Frage. Angie machte den Vorschlag, die Studentin in der Villa gemeinsam zu treffen. Mike setzte sich wortlos an den Tisch und sagte nichts mehr.

Doch Angelina ließ jetzt nicht locker und nahm das Thema erneut auf. Sie sprach über ihre Wechseljahre, den seit Monaten nicht mehr praktizierten Sex und die Chance, so etwas Pep in ihr Liebesleben zu bringen. Mike schaute ihr in die Augen und erkannte, dass sie es wirklich ernst meinte. Plötzlich kam ihm eine Vorahnung in den Kopf und Mike fragte Angelina, ob sie in letzter Zeit in der Villa oder einem anderen Club zu Besuch war. Angelina schüttelte den Kopf, doch Mike war sich nicht sicher. Alte Erinnerungen kamen ihn ihm auf und die erlebten Wunden schmerzten noch heute.

Julius öffnete die Haustür und stapfte mit seiner Freundin in die Küche. Durch sein Auftauchen wurde das Gespräch bis auf Weiteres aufgeschoben.

Mike ging weiter seiner Arbeit in der Klinik und in der Uni nach. Bei seiner ersten Vorlesung saß Mel wie immer in der ersten Reihe. Er sah sie und dachte darüber nach, ihr über die von ihr bekommene Handynummer anzuschreiben. Mike ließ sich nichts anmerken und brachte die Stunde routinemäßig hinter sich.

Noch auf dem Weg aus der Uni Richtung Recklinghausen überlegte sich Mike, was er Mel schreiben sollte. Er hatte nun das, was er nie wollte, nämlich eine offene Beziehung. Doch er wünschte sich auch noch sexuell aktiv zu sein und in den letzten Monaten verwehrte sich Angelina ihm gegenüber. Richtig war es nicht und eigentlich gegen seine Überzeugung einer Partnerschaft. Doch Angelina selbst machte diesen Vorschlag und nun war er mitten drin. Zu Hause angekommen schrieb er Mel noch, bevor er aus dem Auto stieg. Er schlug ihr vor, sich am Sonntagmorgen wieder zum Laufen mit ihr zu treffen und dort zu reden. Mel sagte dem zu und wartete in den nächsten Tagen aufgeregt auf den Sonntag.

Die Vorlesungszeit und somit das Semester waren vorüber. Mel verabschiedete sich an der Uni in Bochum von ihren Mitkommilitonen und schrieb sich für das nächste Semester in der Universität von Münster ein. So schaffte sie das Hindernis zu umgehen und Mike konnte beruhigt seinen Job als Professor weiter ohne Gewissensbisse nachgehen.

Kurz danach bedrängte Mel Mike über den Messengerdienst seines Handys. Sie wollte ihn so bald wie möglich sehen und mehr. Mike fühlte sich nicht wohl bei der ganzen Sache. Doch so wie Mel nun auf ein Date mit ihm drängte, genauso wollte Angelina das Ding über

301

die Bühne bringen. Mike war gefangen zwischen den beiden Frauen. Er dachte dann einfach, dass er das Treffen über sich ergehen lassen sollte und danach Ruhe hätte.

Julius war mittlerweile alt genug und konnte einen Abend alleine bleiben. Im Gegenteil, der Filius freute sich, einen Samstag mit seiner Freundin ungestört im Haus verbringen zu können.

Es war dann das erste Augustwochenende. Seit einer Woche brannte die Sonne mit mediterraner Sommerkraft auf das Ruhrgebiet. Die Hitze wurde für alle Bewohner, ob Mensch oder Tier unerträglich. Alle suchten irgendwie oder irgendwo eine kühle Stelle, um der Hitze zu entfliehen. Die Freibäder und Badeseen waren von den Jugendlichen überlaufen. Ventilatoren und mobile Klimaanlagen waren ausverkauft. Das Gute an den heißen Tagen war, die Frauen trugen alle luftige, schön anzusehende Sommerkleider. So auch Mel, als sie auf dem Parkplatz vor der Villa aus ihrem Auto stieg. Mike und Angelina warteten in ihrem Wagen auf ihre Verabredung. Angelina sah Mel jetzt zum ersten Mal. Sie beobachtete Mel beim Aussteigen und wunderte sich über ihre jugendlichen Art. Sie fragte sich, wieso macht dieses hübsche Mädchen einem älteren Mann wie Mike ganz eindeutig zu verstehende Komplimente. Eine leichte Eifersucht stieg in ihr auf. Mel schaute sich auf dem fast vollen Parkplatz um und erkannte Mike, als dieser aus dem Audi stieg. Im Schlepptau an seiner Seite sah sie eine dominant wirkende Frau. Mel sah nun endlich Mikes Partnerin. Kurz danach wurde sie von Mike, der Angelina vorstellte, begrüßt. Die Drei verteilten Wangenküschen und machten sich auf den Weg zum Eingang des Clubs.

302

In der Umkleide unterhielten sich Mel und Angelina miteinander und Mike sah die beiden Frauen nebeneinanderstehen. Mel schlank und jugendlich hübsch. Daneben Angelina, in die Jahre gekommen und etwas fülliger, aber trotzdem schön anzusehen. Mels kleine Brüste standen spitz von ihr ab. Angies dagegen kämpften voluminös gegen die Schwerkraft. Während Mike die beiden Frauen beobachtete, sah er Angelina zum ersten Mal lächeln. Mel lächelte zurück und zog sich einen roten Rüschenslip über. Danach fanden ihre Füße den Weg in ebenfalls roten Pumps und sie war fertig für den gemeinsamen Abend. Angelina entschied sich für einen BH von Saint Laurent mit der Bezeichnung White Lace-trimmed point d`esprit tulle underwired balcone bra. An den Füßen veredelte der gleiche Luxushersteller mit seinen Opyum Sandalen in schwarzem Leder und dem goldenen Tone Hell das Auge des Betrachters. Angies Popo trug ein Lace Culotte Höschen in Weiß. Dafür war sie in der Woche extra nach Düsseldorf an die Kö gefahren und hatte einen ganzen Monatslohn ausgegeben.
Angelina legte schon immer Wert auf edle Markenbekleidung, doch mit dem heutigen Outfit schlug sie sich selbst. Mal wieder war sie ein Hingucker und das trotz der jungen Konkurrentin neben ihr.
An der Theke hielt das Dreigestirn dann jeder ein Glas kühlenden Sekt in der Hand und beobachteten die anderen Gäste. Mike ließ seinen Blick durch den Raum gleiten und erschrak plötzlich. Er erkannte im Hintergrund einer kleinen Gruppe Jeanette, die ihn mit ihren Augen fixierte. Im Gegensatz zu Mel war diese Frau ein wenig mollig und ein ganz anderer Typ. Mike

303

wusste nicht, ob er ihr zunicken sollte oder nicht. Genau in dem Moment, als er sie grüßen wollte, schaute sie weg. Angelina und Mel bekamen davon nichts mit. Nach dem zweiten Glas Sekt, dass die beiden Frauen sich gönnten, Mike blieb nun beim alkoholfreien Bier, redeten Mel und Angie, wie der Abend ablaufen sollte. Mike kam sich wie ein Trottel vor. Er wurde gar nicht mit involviert. Mel wollte endlich mit Mike zusammen sein, ihn küssen, Zärtlichkeiten austauschen und in sich spüren. Das alles mit ihm alleine. Mel dagegen, dessen Pegel der Eifersucht weiter angestiegen war, konnte dem aber nicht zustimmen und wollte mit von der Partie sein. In ihrer dominant beherrschenden Art und einem einschüchternden Ton überließ sie die Entscheidung Mel. Entweder nach ihren Regeln oder gar nicht mit Mike intim werden. Mel betrat jetzt Neuland und die sonst auch so selbstbewusste Frau hatte sich von Angelina den Schneid abnehmen lassen. Mike wurde ein wenig sauer. Er fühlte sich übergangen, obwohl er ja das Projekt der Begierde war. Als dann zwischen den beiden Frauen Stille herrschte, machte sich Angelina auf den Weg zum Buffet. Diese Chance ließ Mel nicht verstreichen und umarmte Mike. Ihre Hände streichelten seinen Rücken und ihr Busen drückte an seinem Torso. Mel küsste dabei Mikes Hals und empfand eine Erleichterung endlich ihren Gefühlen nachgehen zu dürfen. Doch ihr Glück war nur von kurzer Dauer. Schneller als gedacht stand Angelina mit einem Teller voller kleiner Leckereien bei ihnen. Sie spielte die Eiskönigin, doch an ihrem Blick erkannte Mike, dass es ihr nicht so gefiel, wie sie vortäuschte. Mels Sicherheit meldete sich zurück und sie versuchte die Führung zu übernehmen. Die beiden Damen um Mike

304

waren beide zwei Platzhirsche und kämpften um ihr
Revier. Mel überraschte dann aber Mike und vor allem
Angelina. Sie küsste, ohne sich vorher etwas anmerken
zu lassen Angelina auf den Mund. Mikes unterer Kiefer
klappte nach unten. Angelina fasste sich aber wieder
schnell und erwiderte den Kuss. Mel hatte gehofft, durch
ihre Aktion das Eis zwischen ihr und Angie brechen zu
können.
Kurz danach war das Trio in einem separaten Raum
verschwunden. Mike lag auf einer großen, in Gummi
eingehüllten Pritsche und rechts und links neben ihm die
beiden Frauen. Ein Traum für die meisten der Männer
dieser Welt. Doch während Mel versuchte, Zärtlichkeiten
mit Mike auszutauschen, versuchte Angelina seinen
besten Freund prall zu bekommen. Mike dagegen war mit
seinen Gedanken woanders. Er dachte an den
Gummibezug und was hier schon alles getrieben wurde.
Sauberkeit wurde dabei mit Sicherheit außer Acht
gelassen. Mike küsste Mel ohne wirkliche Gefühle und
sein bestes Stück schlief heute einfach weiter. Schlapp
lag er zwischen seinen Beinen. Auch als Angelina ihn
verwöhnen wollte, blieb das Ding klein. Irgendwann gab
sie auf und gab seinen Schwanz an Mel weiter. Mike
wurde noch deprimierter und auch Mel versuchte alles,
ohne jedoch Glück zu haben. Angelinas Eifersucht
verschwand wegen dieser Entwicklung immer mehr und
fand sich zum Schluss auf der Nulllinie wieder. Die
beiden Frauen küssten die Brust Mikes und knabberten
an seinen Brustwarzen. Doch Mike enttäuschte auf
ganzer Linie. Ihre Gesichter waren sich nun ganz nahe
und Angelina nahm den Kopf Mels in beide Hände. Mel
starrte sie an. Angie zog sie über den Rumpf Mikes zu

305

sich und steckte ihr die Zunge in den Hals. Die beiden Frauen küssten sich leidenschaftlich und fingen an, sich zu streicheln. Mike lag unter den beiden aktiven Frauen und schaute nur zu. Angelina und Mel streichelten und küssten sich überall. Zwischendurch versuchten sie abwechselnd Mike doch noch an ihrem Liebesspiel teilhaben zu lassen. Einmal kam ein Funken der Hoffnung auf, doch dieser währte nur kurz und bevor Mikes Liebesstab in Mel Einlass fand, war es für ihn wieder vorbei. Amylnitrit. Dieser Name fiel Angelina ein. Amylnitrit wird in der Umgangssprache auch Poppers genannt. Diese Chemikalie kann eine gefäßerweiternde Wirkung haben. Meist beim gleichgeschlechtlichen Sex unter Männern benutzt. Doch Angelina hatte auch schon den Gebrauch beim Geschlechtsverkehr zwischen Mann und Frau beobachtet. Sie ließ die beiden kurz alleine und fragte an der Theke nach der Droge. Durch die schnelle Wirkung von Amylnitrit stellt sich durch die Gefäßerweiterung im Hirn schnell ein sogenannter Flash ein. Dieser führt aber nicht zu Halluzinationen, erwirkt aber ein intensiveres Gefühl. Nach ungefähr zehn Minuten ist der Spaß dann vorbei und der Benutzer muss nach inhalieren. Auf alle Fälle war es für Angelina ein Versuch wert. Ein männlicher Gast hörte Angelina fragen und sprach sie an. Er schob ihr dann eine noch verpackte Tablette Sildenafil hinüber und lächelte sie an. Diese kleine blaue Pille ist im Handel besser unter dem Namen Viagra bekannt. Das Problem war nun, dass die Wirkung sich erst nach ungefähr 30 Minuten einstellte und diese Zeit musste Angelina irgendwie überbrücken. Mit einem kräftigen Schluck Sekt spülte Mike die Pille herunter und wartete auf das Ergebnis. Währenddessen beschäftigten

sich die beiden Frauen miteinander. Mel fand langsam gefallen an Angelinas Behandlung und ließ sich im Rausch der Sinne fallen. Mike sah zu und ihm kam plötzlich die Erkenntnis, warum Angelina so schnell begeistert von einem Treffen mit Melanie war. Sie hatte alles so geplant und konnte so im Beiseins Mikes ihre neue Passion ausleben. Zu Angies Sexleben gehörten wohl seit Neustem gleichgesinnte Damen. Mike fühlte sich mal wieder von ihr betrogen. Doch jetzt war er hier und beobachtete die beiden Frauen bei ihrer Liebelei. Die Wirkung des Potenzmittels setzte ein und Mike spürte ein pulsierendes Klopfen in der Schläfe. Er lag neben den beiden ineinander liegenden Frauen und sein bestes Stück richtete sich langsam auf. Erst als er in voller Größe zur Zimmerdecke schaute, wurden die beiden Frauen auf ihn aufmerksam. Angelina wartete nun nicht lange und setzte sich auf ihm, um ihn langsam in sich gleiten zu lassen. Für Mel war zu diesem Zeitpunkt nur noch die Zuschauerrolle zu besetzen und jetzt durfte sie mit steigernder Eifersucht Mike und Angelina beim Liebesakt beobachten. Angelinas Verlangen war unersättlich und sie nahm sich von Mike alles, was er zu geben hatte. Sie trieb ihn zum Höhepunkt und ließ für ihre Rivalin nichts mehr übrig. Als sie von Mike abließ, lag sein kleiner Freund wieder schlaff zwischen seinen Beinen. Hasserfüllt schaute Mel ihr in die Augen und schwor sich, diese Maßlosigkeit Angelina heimzuzahlen. Sie versuchte zwar noch einige Minuten Mike wieder zu ermuntern, doch sein Zauberstab spielte nicht mit und legte sich endgültig schlafen.
Mel verließ daraufhin den Club und auch Mike suchte mit Angelina den Parkplatz auf. Als er in seinen Audi

307

steigen wollte, sah er einen langen Kratzer auf der Fahrerseite. Mit einer ganzen Portion Wut im Bauch lenkte er das Auto über die A 43 bis zur Abfahrt Recklinghausen und später in die heimische Garage. Als er in Julius Zimmer schaute, um zu sehen, ob alles in Ordnung war, sah er Julius dort schlafen und neben ihm lag seine Freundin schlafend in seinem Arm. Mit Angelina redete er in dieser Nacht nicht mehr. So konnte er einen Wutausbruch verhindern.

Im Bett fand er keinen Schlaf. Angelina lag neben ihm und schien fest und gut zu schlafen. Kurz vor dem Tagesanbruch fielen ihm dann doch noch die Augen zu. Zwei Stunden später saß er wieder im Auto und war auf dem Weg in die Haard. Mike wollte sich trotz der kurzen Nacht mit seiner Joggingrunde den Frust ablaufen. Als er aus seinem Auto stieg, sah er den Kratzer im Lack und ärgerte sich über Mel. Kaum an sie gedacht, kam sie mit ihrem Kleinwagen etwas flott auf Mike zugefahren. Sie hielt direkt neben ihm an und sprang aus dem Auto. Sofort bombardierte sie Mike mit unschönen Worten. Mike ließ sich nicht durch ihre Äußerungen provozieren und steckte die verbalen Attacken einfach weg. Er drehte sich um und begann seine Laufrunde. Mel schimpfte weiter wie ein Spatz, musste aber bald ihre Energie für den Lauf und Mikes Geschwindigkeit opfern. Auf halber Strecke, die sie uneingeladen einfach neben ihm lief, sprach sie keinen Satz mehr. Kurz danach fing sie an zu weinen. Mike sah sie mit Tränen in den Augen und blieb stehen. Jetzt tat ihm Mel leid. Sicher hatte sie sich den gestrigen Abend anders vorgestellt, doch Angelina hatte nicht nur ihn, sondern auch sie hereingelegt. Mikes Mitleid mit ihr trieb ihn dazu, sie in den Arm zu nehmen.

308

Kommentarlos ließ sie ihm gewähren und umarmte ihn ebenfalls. So standen die beiden einige Minuten ungestört auf dem Pfad im Wald. Mike spürte, wie ihre Hände über seinen Rücken streichelten. Er drückte sie fester an sich und versuchte ihr so ein wenig Trost zu spenden. Mels Mund lag an seinem Hals und ihre Zunge küsste seine salzige Haut. Mike fühlte, wie ihm eine Gänsehaut überzog. Direkt danach kam ein angenehmes Kribbeln und ein Wohlgefühl in ihm auf. Da er noch immer fest an Mel gedrückt gewesen ist, spürte sie seine anwachsende Erregung. Ihre Hand wanderte in seine Sporthose und Mike hielt sie nicht zurück. Kurz danach zogen die beiden sich hinter den Sträuchern zurück und waren so für niemanden, der zufällig vorbeikommen sollte, zu sehen. Im Stehen liebten sie sich und nachdem sie fertig waren, schenkte Mel ihm ein Lächeln. An den Autos zurück wollte Mel von Mike wissen, wie er sich nun ihr gegenüber verhalten wollte. Mike zuckte mit den Schultern. Er hatte sich noch nie Gedanken über sich und sie gemacht. Er glaubte nicht an eine gemeinsame Zukunft und das sagte er ihr auch. Mels Tränen kamen zurück und sie drückte sich wieder an ihm. Mike versprach ihr, sich in der Woche telefonisch zu melden. Damit gab sich Mel erst einmal zufrieden und befreite Mike aus ihrer Umarmung.

## Kapitel 26

Mike hielt sein Versprechen und rief Mel an. Danach trafen sie sich nicht nur sonntags zum Joggen. Mike besuchte sie einige Male in ihrer kleinen Studentenwohnung in Bochum. Doch auch diese Zeit endete schnell, denn Melanie musste ihre Bleibe in Münster beziehen und die Wohnung in Bochum verlassen. Damit waren die Treffen mit Mike erst einmal gestorben.

Mike bemühte sich, seine Treffen mit Mel vor Angelina geheim zu halten. Deshalb traf ihn plötzlich der Schlag, als sie ihn an einem Freitagabend fragte, was die kleine Studentin so treiben würde. Mike tat ahnungslos und zuckte nur mit den Schultern. Doch Angelina lächelte schelmisch und sah ihn ernst an. Mike erkannte, dass Angie wohl etwas ahnte und hielt einfach den Mund. Angelina aber hakte nach. Sie wünschte sich, die Villa mal wieder zu besuchen. Mike schüttelte den Kopf. Er wollte dort nicht mehr hin. Doch Angelina gab nicht nach und reservierte online zwei Plätze für die Party am Samstagabend. Mike wurde gar nicht mehr von ihr gefragt. Entweder er würde mit ihr kommen oder nicht. Sie wollte mal wieder ein wenig Spaß haben, mit oder ohne ihn. Ihre Worte zeigten Mike, dass Angelina wieder in die Spur ihres früheren Lebens zurückgefunden hat. Es lag nun an ihm, sich zu entscheiden. Er sagte zu und schrieb Mel eine Nachricht.

Am frühen Samstagabend fuhren Mike und Angelina nach Hattingen und Angie drückte Mike eine Viagra in der Umkleide in die Hand. Sie knipste mit dem Auge und ging vor Mike in den Thekenbereich. Als Mike dann etwas später umgezogen oder besser gesagt ausgezogen aus der Umkleide kam, suchte er durch den Raum blickend Angelina. Sie stand neben einem Pärchen, das Mike bekannt war. Jeanette und ihr Mann unterhielten sich sehr angeregt mit Angelina. Mike zögerte kurz. Er rang mit sich, sich dazuzugesellen. Doch Jeanette sah ihn und nahm ihn die Entscheidung ab. Sie kam auf ihn zu und führte ihn an der Hand haltend zur Bar. Mike bestellte sich ein alkoholfreies Bier und nichts für Angelina. Jeanette nahm einen Sekt und die beiden stießen mit den Gläsern an. Danach standen die Vier beisammen und unterhielten sich über die Villa und ihren Gästen. Mike war das Gespräch nicht recht und langweilig. Doch die anderen Drei nahmen keine Rücksicht und redeten munter weiter. Der Sekt lief gut und die Stimmung wurde lockerer. Irgendwann fragte Jeanettes Mann dann, ob sie gehen sollten. Angelina lächelte und Jeanette faste Mikes Hand. Eine Minute später fand sich Mike mit Angelina und dem Pärchen in einem separaten Raum wieder. Mike dachte kurz an Mel und wollte wieder verschwinden, doch Jeanette hielt noch seine Hand und gab diese nicht frei. Angelina machte dann den Anfang. Sie zog Jeanette zu sich und beide legten sich küssend auf die Spielfläche des Zimmers. Mike stand dort und neben ihm Jeanettes Mann. Beide schauten den beiden Frauen beim Liebesspiel zu. Jeanettes Mann hielt es dann nicht mehr aus und er versuchte in das Spiel der beiden Damen einzusteigen. Das Letzte, das Mike beim Verlassen des Zimmers sah, war der Kopf Jeanettes zwischen Angelinas Beinen und der Pimmel des Mannes in Jeanettes Hintern. Mike atmete tief durch, er hatte genug gesehen und erlebt.

311

Diese Welt war einfach nicht die Seine und er überlegte schon, das Haus wieder zu verlassen, als er an der Theke Mel sitzen sah. Sie saß mit überkreuzten Beinen auf einem Barhocker und unterhielt sich mit zwei Kerlen. Noch hatte sie ihn nicht gesehen und Mike beobachtete sie aus dem Hintergrund. Die beiden Männer schienen Freunde zu sein und sie näherten sich Mel immer mehr. Als dann der Erste sie an den Busen fasste, haute sie ihm auf die Finger. Der Bursche war ein wenig verwundert und wurde böse. Jetzt fand Mike den richtigen Zeitpunkt gekommen, um Mel von den beiden Männern zu erlösen. Mike ging auf sie zu und küsste sie, ohne vorher etwas gesagt zu haben. Mel freute sich und erwiderte den Kuss leidenschaftlich. Mike nahm sie an der Hand und entführte sie in eine andere Räumlichkeit. Die beiden Kerle standen dumm da und schauen ihnen nur noch nach.

Was Mike nicht wusste, war der Raum und sein Geheimnis, in dem er sich mit Mel befand. Es war der Zuschauerraum des Clubs und durch die Glasspiegel konnten die anderen Gäste das Geschehen in diesem Zimmer beobachten. Mike und Mel liebten sich, ohne zu ahnen, dass sie beobachtet wurden. Die heimlichen Zuschauer sahen, dass sich zwei Liebende liebten und nicht wie gewöhnlich hier im Haus einfach nur ihren sexuellen Fantasien nachgingen. Zu Mikes Leidwesen schaute auch Jeanettes Mann zu und rief Angelina zu sich. Mit Wut und Eifersucht beobachtete sie ihren Mike beim Geschlechtsakt mit dieser Studentin. Angelina ließ sich ihren Ärger unter den Anwesenden nicht anmerken und entfernte sich von den Spiegeln in der Wand. Sie tat amüsiert und suchte Jeanette. Zusammen suchten die beiden Frauen den Gruppenraum auf und amüsierten sich mit einigen der anderen Gästen.

Als sie endlich genug hatte und zur Theke ging, saß Mike dort mit dieser Melanie. Angelina verzog das Gesicht und gab Mike zu verstehen, dass die Zeit der Heimfahrt gekommen war. Sie wartete seine Antwort nicht ab, drehte sich um und verschwand in die Umkleide. Mike verabschiedete sich von Mel und folgte Angelina. Weder beim Ankleiden noch auf der Heimfahrt redete Angelina ein Wort. Mike spürte die Spannung, die Angelina umgab. Also hielt auch er den Mund. Zu Hause angekommen öffnete Angelina eine Flasche Sekt und füllte ein Glas. Sie trank den Sekt mit zwei Schlücken aus und füllte das Glas nach. Mike hob die Augenbrauen und suchte das Badezimmer auf. Zum Glück übernachtete Julius auswärts und musste den sich annähernden Streit nicht miterleben. Mike brauchte im Bad länger als gewöhnlich und seine Verzögerungstaktik tat nichts zur Beruhigung von Angelinas Gemüt bei. Im Gegenteil, sie baute enormen Druck auf und stand kurz vor der Explosion. Als Mike sich endlich unsicher ins Zimmer zurückbegab, stand Angelina mit dem Sektglas in der Hand nackt vor ihm. Wütend fragte sie ihm, was er an ihren Körper nicht mochte. Mike konnte mit der Frage nichts anfangen und versuchte es ihr zu sagen. Doch so weit kam er nicht. Angelina schmiss ihm das halb gefüllte Sektglas an den Kopf. Danach schnappte sie sich die Flasche und stand unbeherrscht vor ihm. Mike fühlte eine warme Flüssigkeit über seinem linken Auge laufen. Er wusste, dass es sein Blut aus der Verletzung durch das Sektglas war. Um Angelina zuvorzukommen, sprang er auf sie zu und fasste nach der Flasche. Die beiden rangen

313

und der Rest des Sektes verteilte sich im Wohnbereich des Hauses. Zum Schluss lagen beide auf den Fliesen des Fußbodens. Mike auf ihr und versuchte sie so kampfunfähig zu halten. Es war das erste Mal, dass die beiden handgreiflich wurden. Angelina schrie ihn an, sie endlich loszulassen und Mike löste sich von ihr. Er rechnete sofort mit einem weiteren Angriff, doch dieser blieb aus. Mike setzte sich auf die Couch und Angelina rührte sich nicht. Es herrschte Stille zwischen ihnen. Nach einer Weile bewegte Angelina sich und spreizte ihre Beine. Mit der rechten Hand spielte sie an ihrer Klitoris und mahnte Mike zuzuschauen. Sie provozierte ihn und rief ihm zu, sie endlich zu befriedigen. Als sie ihn als sexuellen Versager beschimpfte und nicht damit aufhörte, spürte Mike das Kribbeln der Wut bis in den Weisheitszähnen. Angelina lachte ihn dann auch noch aus und fragte ihn nach der Einnahme von Viagra. Mike stürzte sich auf sie und drang mit voller Größe in sie ein. Beide lagen auf dem Boden und Mike stieß so fest, er konnte zu. Angelina fand gefallen an dem gewaltvollen Sex und schrie nach mehr und fester. Sie kratzte ihm mit ihren Nägeln den Rücken auf, doch Mike spürte vollgepumpt mit Adrenalin keinen Schmerz. Angelina erlitt bei diesem Akt einen multiplen Orgasmus und wollte nicht aufhören. Doch nachdem Mike sich in ihr ergossen hatte, wandte er sich von ihr ab und verschwand ins Schlafzimmer.

Mike verschlief den Morgen und auch seine Joggingrunde. Völlig übermüdet kämpfte er sich aus dem Bett. Ein Blick auf die rechte Seite des Bettes sagte ihm, dass dieses unbenutzt war. Als Mike die offene Küche betrat, wartete Angelina schon mit einer Tasse Kaffee auf

314

ihn. Sie goss eine zweite Tasse ein und stellte sie vor Mike auf den Tisch. Danach sahen sich beide ins Gesicht und jeder wartete auf einen Kommentar des anderen. Angelina machte dann nach stillschweigenden Minuten den Anfang. Sie benutzte das Wort Scheiße und meinte damit den gestrigen Abend. Sie entschuldigte sich damit, in der Villa ohne Wissen oder Zustimmung Mikes ein paar Linien Koks eingezogen zu haben. Sie wäre außer Kontrolle und unberechenbar gewesen. Mike durfte dann noch aus ihrem Mund erfahren, dass sie ihn noch immer liebte und deswegen die Eifersucht sie immer rasend vor Wut machen würde. Mike saß da und blieb bisher still. Als jedoch Angelina mit ihrer Entschuldigung zu Ende war, wartete sie auf ein Statement Mikes. Diesem fehlten aber zuerst die Worte und er wusste jetzt nichts Unüberlegtes von sich zu geben. Nach einer Weile der Ruhe sah er, dass Angelina sich nicht mehr lange hinhalten lassen würde. Nervös tippte sie mit den Fingern auf die Tischplatte. Mike durchbrach dann sein Schweigen und legte mit seinem Kummer und seinem Unverständnis los. Er redete sich in Rage und fand kein Ende. Mit immer mehr Worten erklärte er der zuhörenden Angelina seine Meinung zu ihrem Sexualverhalten. Sie fühlte sich nach seinem Vortrag wie die reinste Sünderin, was sie ihrer eigenen Meinung nach auch war. Die beiden redeten noch eine ganze Zeit miteinander und warfen sich auch verbale Unschönheiten an den Kopf. Keiner von ihnen nahm ihr Umfeld wahr und plötzlich räusperte sich jemand. Angelina und Mike sahen erschrocken in das Gesicht ihres Sohnes. Wie lange er dort schon stand und wie viel er von ihrer Unterhaltung mitbekommen hatte, konnte keiner sagen.

315

Melanie wartete an diesem Sonntag vergebens auf Mike. Sie lief die Runde in der Haard alleine. Auf halber Strecke machte sie in der Hoffnung, Mike noch verspätet zu sehen kehrt und lief den Weg zurück. Doch ihre Hoffnungen, Mike zu begegnen, zerschlugen sich mit jedem weiter gelaufenen Meter und am Auto zurückgekehrt, hatte sie die Gewissheit, Mike heute nicht mehr über den Weg zu laufen. Enttäuscht wählte sie im Auto seine Nummer. Doch Mike nahm das Gespräch nicht an. So blieb ihr nur eine Sprachnachricht aufzusagen und auf seine Reaktion zu warten.

Auf dem Weg nach Hause kamen Mel Zweifel an ihre Liebe zu Mike. Die ganze Situation mit Angelina setzte ihr sehr zu. Immer wieder spukte die Frage in ihrem Kopf umher, war es das alles wert? Mike war ein toller Mann. Doch hatte er auch ein sehr großes Problem mit Namen Angelina. Mel, endlich zu Hause angekommen, war sich im Klaren, es musste eine Entscheidung vonseiten Mikes her. Erneut hinterließ sie ihm eine Sprachnachricht und ging danach unter die Dusche.

Mike sah die eingegangen Nachrichten auf seinem Handy erst am frühen Abend. Zu sehr waren Angelina und er gegenüber Julius in Erklärungsnot und sprachen mit ihrem Jungen den ganzen Nachmittag. Nicht überzeugt von dem, was er von seinen Eltern hörte, verabschiedete Julius sich dann in seinem Zimmer und ließ seine Eltern ratlos in der Küche zurück. Angelina und auch Mike wussten beide, was sie der eigenen Familie angetan haben. Sie lobten Besserung, ohne aber wirklich daran zu glauben.

Am frühen Abend blickte Mike zum ersten Mal auf sein Handy und sah die beiden Nachrichten von Mel. Er hörte

316

diese in seinem Büro ab und stand danach wie ein nasser Pudel da. Er konnte sich nicht entscheiden. Er mochte Mel, aber er brachte es trotz all der Umstände nicht über sein Herz, die Familie noch einmal zu entzweien und Angelina zu verlassen. Zu viele Jahre ließ er Angelina ihre nymphomane Ader ausleben, ohne ihr Einhalt zu gebieten. Er nahm es hin und sie gewähren. Dann gab es immer wieder Phasen, in denen es gut lief und er die Hoffnung auf eine ganz normale Beziehung hatte. Er musste sich aber auch eingestehen, dass er den Glauben daran schon lange beerdigt hatte. In der Nacht fand Mike selten Schlaf und wurde immer wieder durch seine unruhigen Gedanken geweckt. Er nahm sich vor, am Abend von Angesicht zu Angesicht mit Mel das Gespräch zu suchen.

In der Klinik war die Hölle an diesem Montag los und Mike bekam kaum Luft zum Atmen. Ununterbrochen fielen die Verunfallten wie ein Schwarm Heuschrecken in die Klinik ein und verlangten von Mike und seinem Team alles ab. Als er dann endlich zu einer Pause kam und sich auf den Feierabend und das Gespräch mit Mel vorbereiten gedachte, klingelte noch einmal das Telefon auf seinem Schreibtisch. Der Rettungshubschrauber brachte eine verunglückte Person in die Klinik und Mike sollte die Notoperation leiten. Als er dann den OP betrat, lag die Frau schon unter Narkose auf dem Operationstisch. Mike sprach mit dem bisher behandelnden Arzt die Verletzungen durch und überflog den Bericht des Arztes. Es stand schlecht um die Frau. Mehrere Knochenbrüche und innere Verletzungen gaben kaum Mut und Optimismus. Doch Mike delegierte sein Team gekonnt und versuchte die Frau am Leben zu

317

halten. Doch als er in das Gesicht der in Koma liegenden Frau sah, knickten ihm die Beine weg. Eine der OP-Schwestern konnte Mike gerade noch vor einem Sturz festhalten. Vor ihm auf dem Tisch lag Mel. Sie ist auf der Straße von einem Auto angefahren worden. Mehr wusste das Ärzteteam zurzeit nicht. Mike riss sich zusammen und begann mit seiner Arbeit.

Es war dann mitten in der Nacht, als Mike völlig erschöpft den Operationssaal verließ. Er hatte sein Bestes gegeben, doch ob Mel ihre Verletzungen überleben wird, entscheidet nun nicht mehr er, sondern der Herr im Himmel. Mike legte sich auf seiner Liege im Büro und verbrachte die Nacht in der Klinik. Er wollte vor Ort bleiben. In der Kantine beim Frühstück wurde er dann von einer der Stationsschwestern gestört. Vor seinem Büro wartete ein Mann der Polizei und wollte ihn sprechen. Der Kommissar stellte sich unter dem Namen Schöller vor und zeigte Mike seinen Dienstausweis. Er wollte wissen, wie es Mel ginge und Mike klärte den Polizisten auf. Mitten in seiner Erklärung platzte wieder eine der Krankenschwestern in sein Büro herein und flüsterte ihrem Chef etwas ins Ohr. Mike schaute den Ermittler blass an und berichtete ihm, dass seine Patientin gerade ihren Verletzungen erlegen war. Schöller nahm die Information ohne sichtbarer Gefühlsregung auf und schrieb sich die Uhrzeit des Todes in einem Block auf. Mike musste seine Trauer rund seinen Zorn unterdrücken und spielte dem Mann der Polizei Neutralität vor. Doch nachdem Kommissar Schöller das Büro verließ, brach Mike in Tränen aus. Die Kripo selbst würde nun wegen Fahrerflucht mit Todesfolge gegen den Fahrer des Unfallautos ermitteln.

318

Als er am Abend nach Hause kam, war Julius alleine im Haus. Maria hatte sich bis zum späten Nachmittag um den Haushalt gekümmert und das Abendessen vorbereitet. Von Angelina fehlte jede Spur. Auch Julius konnte Mikes Frage auf den Aufenthaltsort Angelinas nicht beantworten..

Angelina nahm sich an diesem Montag auf der Arbeit frei. Bei einem Autoverleih lieh sie sich einen 5er BMW und bezahlte in bar. Sie wählte einen Rundumschutz als Versicherung, sodass bei einem verursachten Schaden keine Kosten auf sie zukommen würden. Danach fuhr sie vor die Haustür von Mel. Es hat ihr einiges an Zeit gekostet, den Wohnort der Studentin in Münster herauszubekommen. Sie beobachtete den ganzen Tag die Haustür des Studentenheimes und es dauerte bis zum Nachmittag, als sie endlich das Objekt ihrer Warterei erkannte. Mel stieg in ihrem Kleinwagen und fuhr Richtung Süden. Als sie auf der A43 unterwegs war, fuhr Angelina direkt hinter ihr. Zwischen Dülmen und Haltern setzte Angelina dann zum Überholen an und war auf gleicher Höhe mit Melanie. Der kurze Blick in den Rückspiegel bestätigte Angelina, dass hinter ihnen auf einigen Hundert Metern kein Auto zu sehen war. Angelina zuckte das Lenkrad nach rechts und stieß Mels Wagen an. Melanie konnte nicht mehr reagieren und schleuderte über die Leitplanke gegen mehrere Bäume, bevor ihr Auto von einer dicken Eiche gestoppt wurde. Angelina gab Gas und entfernte sich schnell von der Unfallstelle. Zehn Minuten später fuhr sie in Recklinghausen von der Autobahn in einen Waldweg. Dort begutachtete sie den Schaden an dem Leihwagen,

319

der sich aber in Grenzen hielt. Angelina überlegte ihre nächsten Schritte und fuhr nach Gelsenkirchen. Dort steuerte sie den Wagen bei roter Ampel auf eine Kreuzung und ihr Plan ging auf. Ein Transporter von rechts konnte nicht mehr rechtzeitig bremsen und fuhr frontal in die Beifahrerseite von Angelinas geliehenen Wagen. Dieses Mal war der Schaden größer und der Fahrer des Transporters rief die Polizei. Angelina gab bei dem Verhör des Polizisten ihre Schuld zu und der aufnehmende Beamte protokollierte dieses. Da das Auto noch fahrtüchtig war, konnte Angelina das Auto noch zu dem Autoverleih zurückbringen. Der Angestellte kümmerte sich um die Versicherungsformulare und legte sie nach kurzer Zeit Angelina zum Gegenzeichnen vor die Nase. Danach konnte Angelina das Büro verlassen und ihr um die Ecke geparktes Auto für den Heimweg benutzen.

Zu Hause angekommen war das Haus verlassen. Mike war nicht da und Julius sah sie auch nicht. Angelina wartete noch eine Weile und legte sich dann ins Bett. Jetzt mit der Ruhe kamen ihr aber Gewissensbisse. Sie hatte eine Straftat begannen und das Leben eines anderen Menschen geplant gefährdet. Sie fand in dieser Nacht keinen Schlaf, irgendwann nach Mitternacht hörte sie Julius kommen und in seinem Zimmer verschwinden. Auf Mike wartete sie vergebens. Am nächsten Morgen ging sie früh aus dem Haus und begann ihre Arbeit sehr viel früher als gewöhnlich.

Spät am Abend schloss sie dann die Haustür auf und sah sofort in Mikes Gesicht. Er wirkte verstört und sie fragte künstlich besorgt, was ihn denn beschäftigen würde.

320

Mike sah sie an und erzählte von seinem Tag und seine vergebliche Mühe, Mel doch noch am Leben zu halten. Jetzt war es Angelina, die sich setzen musste. Damit hatte sie nicht gerechnet und es auch nicht gewollt. Nur einen Schrecken wollte sie ihrer Rivalin einjagen und sie nicht vorsätzlich töten. Innere Panik stieg in ihr auf und sie konnte Mikes Schilderungen nicht mehr folgen. Sie wusste auch nicht, wie sie sich jetzt verhalten sollte. Als Mike mit seinem Bericht fertig war, sagte sie nur, es täte ihr für Mel leid und suchte das Badezimmer auf. Im Spiegel schauend sah sie eine Frau, deren Nerven durchgegangen waren und das Geschehen nicht mehr rückgängig machen konnte.

Ihre Gedanken rasten durch ihren Kopf. Jetzt kam die Angst dazu. Bisher war sie nie so weit gegangen. Ihr wurde nun bewusst, eine wirkliche Straftat begangen zu haben. Ihr drohte Freiheitsentzug oder sogar eine Mordanklage. Mit der Angst stieg auch die Panik weiter an. Immer wieder fragte sie sich, wie sie sich verhalten sollte. Sich bei der Polizei stellen und es als Unfall beschreiben oder einfach abwarten? Angelina konnte sich keine eigene Antwort geben. Plötzlich bemerkte sie, dass Mike die ganze Zeit mit ihr gesprochen und sie nichts davon mitbekommen hatte. Als er auf eine Antwort von ihr wartete, sagte sie nur, sie sei müde und würde ins Bett gehen.

Mike konnte ihre gezeigte Gleichgültigkeit nicht verstehen und folgte ihr ins Schlafzimmer. Er sah Angelina auf dem Bauch und das Gesicht ins Kissen gedrückt liegen. Als er sich zu ihr an den Bettrand setzte, erkannte er, dass sie weinte. Mike dachte Angelina ließ den Tränen wegen Mel freien Lauf und deshalb

streichelte er ihre Hand. Angelina blieb in der Stellung liegen und rührte sich nicht. Jetzt überfiel die Trauer um Mel auch Mike und ihm liefen einige Tränen über das Gesicht. Seine Seele schrie nach Trost und wer außer Angelina konnte ihm jetzt diesen Trost gewähren. Mike stieg zu ihr ins Bett und legte den Arm um sie. Angelina reagierte noch immer nicht und blieb unbeweglich in der Stellung liegen. Mikes Sehnsucht nach Berührungen und dem Seelentrost wuchs mit jeder Minute weiter an. Plötzlich bemerkte er, dass seine Hand den Popo von Angelina streichelte. Sie lag nun ohne zu weinen da und atmete ruhig und flach. Aus dem benötigten Trost wurde sexuelle Lust und Mikes Finger fühlten die aufkommende Feuchtigkeit in ihrem Schritt. Angelina öffnete etwas ihre Oberschenkel, damit Mike besser an ihre Klitoris kam. So liebten sie sich in der Nacht mit unterschiedlichen Gründen. Mike um Trost zu finden und Angelina um sich abzulenken. Über Mel verloren sie in den nächsten Tagen kein Wort mehr. Angelina wollte dem Ganzen einfach so aus dem Weg gehen und Mike wollte ihr seine wirkliche Trauer nicht noch zeigen. Zur Beerdigung ging er alleine und hielt sich unauffällig in der dritten Reihe auf. Er warf eine einzelne Rose auf den Sarg und sprach Mels Eltern sein Beileid aus. Danach verließ er den Friedhof und begann in der Klinik mit seiner Arbeit.
Am nächsten Tag berichtete die lokale Zeitung von dem Unfall und dass die Eltern der Verunglückten eine Belohnung für den entscheidenden Hinweis auf den Fluchtfahrer ausgesetzt hatten. Mike las den Artikel und wunderte sich, dass es diesen Hinweis noch nicht gab.

Der Unfall geschah an einem hellen Tag und es muss doch Zeugen geben, dachte er und faltete die Zeitung wieder zusammen.

Angelina dagegen versuchte, die Geschichte zu vergessen und dies gelang ihr nach außen hin auch sehr gut. Doch gute vier Wochen nach der Tat meldete sich der Angestellte des Autoverleihers bei ihr. Er sprach auf ihre Mailbox und wollte sich mit ihr noch einmal wegen des Unfalls treffen. Angelina hörte die Sprachnachricht ein paar Mal ab und die Nervosität stieg jedes Mal weiter an. Sie sah ein, dass sie diesen Kerl nicht ignorieren konnte und drückte den Button für den Rückruf.

Am späten Nachmittag fuhr Angelina zu einem amerikanischen Fast Food Restaurant und wartete dort auf ihre Verabredung. Keine fünf Minuten nach ihr stieg der Autoverleiher aus eines seiner Autos und stieg auf der Beifahrerseite zu Angelina ein.

Er kam direkt auf den Punkt und klärte seine Kundin über seine Beobachtung auf. An dem von ihr geliehenen Auto seien Lackspuren unterschiedlicher Autos zu sehen gewesen. Nach seiner Recherche könnten die Lackspuren auf den Unfall mit Fahrerflucht auf der A43 hinweisen. Jetzt bescheinigte er Angelina, dass es ihm ja leidtäte, doch als ehrlicher Bürger müsste er seinem Gewissen nach der Polizei einen Tipp geben. Der einzige Grund, noch nicht bei der Ermittlung angerufen zu haben, war der, dass er sich Angelinas Meinung dazu einholen wollte.

Angelina hörte zu und krallte sich an das Lenkrad ihres Autos, um so das Zittern ihrer Hände verbergen zu können. Sie sah ihn an und fragte den Kerl neben ihr, was sie für ihn tun könnte. Dieser wiederum tat unwissend und fragte sie, was sie damit meinte. Angelina sah ihn noch immer in die Augen, startete den Wagen und fuhr von dem Parkplatz der Fast Food Kette. Der Erpresser neben ihr wirkte geschockt und wollte, dass sie anhielt. Doch Angelina fuhr weiter und hielt erst in einem Waldstück an. Dort fragte sie ihn noch einmal, was sie für ihn tun könnte. Der Kerl rieb mit seinem Zeigefinger über seinen Daumen und gab ihr so zu verstehen, sein Taschengeld etwas aufbessern zu wollen. Angelina schüttelte den Kopf und behauptete, kein Geld zu besitzen. Ihre Hand berührte dabei den linken Oberschenkel des Mannes und er ließ sie gewähren. Angelina ging weiter und öffnete gekonnt mit einer Hand die Hose des jetzt erregten Mannes. Sein Penis schien nicht groß zu sein und sie dachte noch, dass sie ihn nie freiwillig nehmen würde. Trotzdem blieb ihr nun nichts anderes übrig, als das Angefangene zu beenden. Mit dem Mund befriedigte sie ihn oral und nach zwei Minuten schmeckte sie sein warmes Ejakulat in ihrem Mund. Sie öffnete die Tür und spukte seinen Liebessaft aus. Danach kam von ihr die Frage, ob es ihm reichen würde. Doch der Kerl schüttelte den Kopf und schloss seine Hose. Angelina machte ihm dann den Vorschlag, sich eine Zeit lang mit ihm zu treffen und in Naturalien seine Forderungen abzuarbeiten.

Wieder auf dem Parkplatz ihres Treffens angekommen, stieg der Autoverleiher mit den Worten nächste Woche gleicher Ort im Wald aus Angies Wagen und verschwand in seinem Auto.

Angelina schaute in den Rückspiegel und sah in ihr eigenes Gesicht. Was sie betrachtete, widerte sie an und

324

ihr flossen die Tränen über die Wangen. Sie fühlte sich als Abschaum, der sich nicht tiefer erniedrigen konnte. Sie startete den Wagen und fuhr langsam mit schlechtem Gewissen davon.

Zu Hause angekommen zeigte sie sich ihrer Familie gegenüber normal. Doch von innen fraß sie das ganze Geschehen auf. Sie suchte Ablenkung und fand diese ein wenig in einem erhöhten Weingenuss. Doch nach einigen heimlichen Treffen mit dem Autoverleiher reichte der Alkohol nicht mehr aus und sie besorgte sich über frühere Kontakte etwas Benzoylecgoninmethylester oder einfacher ausgedrückt, sie besorgte sich ein paar Gramm Kokain. Mit dem Koks durch die Nase geschnieft, hielt sie den selbsterzeugten Stress aus und überstand ihre Ängste, doch noch mit dem Unfall in Verbindung gebracht zu werden. Die einzige Person, die ihr noch schaden konnte, war der Kerl, den sie sich Woche für Woche hingeben musste. Doch auch das wollte sie ändern. Bei ihrer nächsten Verabredung war sie weit vor der abgemachten Zeit vor Ort und versteckte ihr Handy so in den Büschen, dass sie das Treffen aufnehmen konnte. Als dann ein Auto in den Waldweg fuhr, startete sie die Aufnahme und tat so, als würde sie ihre Blase entleeren.

Ihre Verabredung stieg aus seinem Auto und kam ihr ein paar Meter entgegen. Angelina sah ihn und zog den Slip gar nicht mehr hoch, sondern aus. Sie lehnte sich mit dem Bauch über ihre Motorhaube und der Kerl, dessen Name Adam war, nahm sie ohne ein Wort des Grußes von hinten. Angelina fand trotz ihrer Sexsucht keinen Gefallen an diesen Mann und wartete jedes Mal auf ein schnelles Ende. Doch Adam hatte nicht an ein schnelles

Ende gedacht und wechselte dein Eingang. Als er anal in sie eindrang, schrie Angelina vor Schmerz auf. Doch Adam hatte kein Mitleid und stieß voller Vergnügen immer wieder feste in sie hinein. Erst als er sich in ihrem Po ergoss, nahm er Abstand von ihr. Mit einem Taschentuch wischte er sich sauber und verließ, ohne sich umzudrehen, den Ort der Schande. Angelina blieb jammernd zurück und konnte sich vor Schmerzen kaum rühren. Als sie sich nach einigen Minuten etwas erholt hatte, holte sie ihr verstecktes Handy aus dem Gebüsch und sah sich im Auto die Aufzeichnung des Treffens an. Zu ihrem Glück war Adam darauf gut zu erkennen und für sie die Eintrittskarte dem Ganzen ein Ende zu bereiten.

Mike fiel irgendwann das veränderte und seltsame Verhalten Angelinas auf und er sprach sie an einem Samstagabend darauf an. Sie tat erstaunt und spielte alles herunter. Überzeugend klang ihr Vortrag aber nicht und Mike blieb weiterhin skeptisch. Nach der Besprechung mit Mike brauchte sie wieder etwas, um sich zu beruhigen und schnupfte auf der Toilette ein wenig Koks. Die Nase wieder gesäubert, betrat sie das Wohnzimmer und schaute weiter mit Mike fern. Doch das Zeug tat seine Wirkung und Angelina driftete in ihrer Gedankenwelt ab. Als Mike sich ihr näherte, schlug sie geistesabwesend um sich und er musste sich mit seinen Armen vor ihren Schlägen schützen. Erst als er sie an den Händen festhielt und in ihren glasigen Augen schaute, erkannte er den Grund ihrer Paranoia. Er nahm sich vor, am anderen Tag, wenn sie wieder klar denken konnte, mit ihr zu reden.

326

So kam es, dass sie am Sonntag zusammen saßen und das unangenehme Thema besprechen mussten. Ergebnis dieser Unterredung war, dass Mike Angelina das Versprechen abnahm, ab sofort die Finger von irgendwelchen Drogen zu lassen. Sie dagegen war froh, so sauber aus dem Gespräch mit Mike gekommen zu sein. Ihr dunkles Geheimnis war noch sicher in ihrem Kopf verschlossen.

Am folgenden Montag beobachtete sie in sicherer Entfernung den Autoverleih und folgte Adam nach Schließung des Ladens unauffällig in ihrem Auto. Nach kurzer Zeit fuhr er in eine Einfahrt und parkte dort sein Auto. Danach öffnete er die Tür eines Reihenhauses und betrat seine Wohnung. Kurz danach trat eine Frau aus der Tür und brachte einen Müllbeutel in die Mülltonne. Angelina nahm an, dass er mit dieser Frau verheiratet war und wartete einige Minuten ab, um sich dem Namensschild an der Klingel zu nähern. Adam und Christiane Schmidt mit Sohn Kevin sollten dort also wohnen. Angelina hatte genügend Informationen, um sich den Kerl vom Leib zu halten. Noch im Auto schickte sie ihm die Videoaufzeichnung ihres letzten Treffens mit der Bemerkung, dass die nächste Nachricht an Christiane gehen würde. In der Hoffnung, nun von Adam Schmidt befreit zu sein, fuhr Angelina nach Hause.

## Kapitel 27

Angelina hörte nichts mehr von ihrem Erpresser. Auch die Polizei meldete sich nie bei ihr und sie hatte Melanie schon fast vergessen. Julius 18. Geburtstag stand an und Mike erfüllte seinem Sohn den Wunsch eines eigenen Autos. Mit strahlenden Augen übernahm Julius die Autoschlüssel aus den Händen seines Vaters und konnte sich nicht zurückhalten, eine Testfahrt mit seinem Kleinwagen der Marke Audi zu unternehmen. Zurück kam er dann mit seiner Freundin und schnitt den Geburtstagskuchen an. Die Welt von Mike und Angelina schien wieder in den richtigen Bahnen zu verlaufen. Mittlerweile gingen die beiden Mittfünfziger auf den Spätherbst ihres Lebens zu und wurden wesentlich ruhiger. Angelina hielt ihr Versprechen gegenüber Mike und ließ die Finger von irgendwelchen Muntermachern. Die Wochenenden verbrachten die beiden meist im eigenen Haus und sahen fern. An solch einem Wochenende, nach dem zweiten oder dritten Glas Rotwein fragte Angelina Mike plötzlich, ob sie nicht mal wieder etwas an einem Samstagabend unternehmen sollten. Mike sah sie überraschend und stirnrunzelnd an. Er wusste nicht, was sie meinte und hakte nach. Sie zuckte die Schultern und überließ ihm die Entscheidung. Mike ahnte, wohin Angelina nach langer Zeit wollte. Doch für ihn kam ein Besuch in einem Etablissement wie die Villa in Hattingen nicht infrage. Deshalb fragte er sie noch einmal und erklärte ihr, dass er in keinem Club mit ihr gehen würde.
Die beiden gingen am nächsten Samstag nach Jahren mal wieder ins Kino und danach in einem Pub etwas trinken.

Den Abend beendeten sie dann zu Hause in ihrem Ehebett, indem sie sich liebten. Angelina war aber immer noch nicht befriedigt und sehnte sich manchmal nach den vergangenen Zeiten. Ihr fiel es immer schwieriger, ihren sexuellen Hunger zu stillen. Es lag nicht an Mike und das wusste sie auch. Es war einfach sie, die den Kick nicht bekam. Mike musste also noch eine Extrarunde einlegen und sie oral stimulieren. Für Angelina war das auch nicht mehr wie für einen heroinabhängigen Junkie das Methadon. Es half ihr für einen kurzen Moment, nicht aber auf Dauer. Ihr Problem war, dass sie Mike trotzdem liebte und ihre Partnerschaft nicht mehr aufs Spiel setzen wollte. Aber die unendlich drängende Leidenschaft klopfte tagtäglich bei ihr an und oft war sie in Versuchung, ihr nachzugeben. Bisher schaffte sie es jedoch, sich unter Kontrolle zu halten und nicht rückfällig geworden zu sein. Doch mit jedem Tag, den sie dem Verlangen nicht nachkam, steigerte sich der Trieb nach körperlichem Sex weiter. Angelina wusste, dass sie diesem Verlangen nicht mehr lange standhalten konnte und sich in einem Club wiederfinden würde. Sie konnte einfach nicht anders. Sie brauchte den Rausch der Sinnlichkeit und den ultimativen Kick, den jeder Orgasmus bei ihr auslöst, nur um danach einen noch gesteigerten Kick nachzugehen. Um in den multiplen Orgasmushimmel zu kommen, half ihr oft ein wenig Koks, den sie sich meist kurz vorher durch die Nase gezogen hatte. Doch sie wollte auf gar keinen Fall das gegebene Versprechen gegenüber Mike brechen und schlug sich die aufkommenden Gedanken wieder aus dem Kopf. Sie drehte sich um und sah Mike fest schlafend neben ihr liegen.

329

Angelina lag noch wach im Bett, als sie Julius die Haustür öffnen hörte. Kurz danach kamen stöhnende Geräusche leise zu ihr herüber und Angelina drehte sich von Mike weg und schlief mit der Gewissheit, dass ihr Sohn gerade Spaß haben sollte, ein.

Am nächsten Morgen betrat Julius mit einer für Mike und Angelina unbekannten jungen Frau die Küche und verabschiedete sich von seinen Eltern, ohne gefrühstückt zu haben. Als das junge Pärchen aus der Tür verschwunden war, schauten sich Mike und Angelina ungläubig an und fragten sich, was sie gerade miterleben durften. Beide kannten Julius eigentliche Freundin und dachten er und sie wären noch fest zusammen.

Zu ihrer Überraschung kam ihr Filius dann auch am Nachmittag wieder ins Heim zurück und hatte seine Freundin im Schlepptau. Jetzt verschlug es Mike die Sprache und er sah Angelina an, um ihr zu sagen, dass er wohl von ihr viel aufgenommen hätte.

Mike nahm sich vor, ein Gespräch mit seinem Sohn zu führen.


In der nächsten Woche, an einem Tag während Mike in der Uni eine Vorlesung hielt, schaffte es Angelina nicht mehr und suchte ein Haus in Dortmund auf. Dieser Club war von seiner Größe her unerreichbar im ganzen Umkreis. Angelina beobachtete im Auto sitzend den Eingang des Etablissement und schaute sich die eingehenden Besucher an. Nach drei Liedern im Autoradio packte sie ihre Sucht und sie trat durch die Eingangstür des Dark Heaven.

Dieser Club lud Anhänger der BDSM-Szene zu sich ein und Angelina wollte sich mal wieder einer solchen

330

Behandlung unterziehen. Ihr Körper und ihr Geist verlangten nach sexueller Unterwürfigkeit. Als sie aus dem Umkleideraum ins Foyer kam, hatte sie nur ihre hohen schwarzen High Heels an. Dazu trug sie ein schwarzes, mit Nieten beaufschlagtes ledernes Halsband, sonst nichts. Die wenigen anderen Gäste drehten sich sofort zu ihr um und beobachteten sie. Angelina ging sofort in einen der Räume und wartete auf den ersten Gast. Es dauerte auch nicht lange und der erste Mann stand neben ihr. Da sie sich in dem Masterroom des Clubs befanden, würde Angelina sich angebunden ihrem Spielgefährten hingeben. So band der anwesende Mann ihre Fußfesseln und ihre Handgelenke mit Lederbändern an einer Wipping Bench. Sie kniete dann für jedermann sichtbar mit ausgestreckten Po ihrem Vergnügen entgegen. Der Fremde behandelte sie erst alleine mit Einfühlsamkeit und ein wenig Härte. Angelina spürte, dass genau dies sie gebraucht hatte und rief leise nach mehr. Nach ein paar Minuten waren drei Männer in dem Raum und zwei davon schauten anfangs nur zu. Doch lange hielten sie sich nicht zurück und gesellten sich dazu. Angelina verlangte nach dem Schmerz der sexuellen Leidenschaft und ihr Wunsch wurde ihr erfüllt. Zwischen den zugeführten Schmerzen hatte sie vaginalen und oralen Geschlechtsverkehr. Immer wieder spürte sie einen Mann sie nehmen und saugte sie in sich ein. Sie wurde auf eine ewig heranrollende Welle der Ekstase getragen und betete, dass diese Welle nicht zusammenbrach. Ihr Eintritt in den Himmel der Leidenschaft dauerte eine Ewigkeit, doch auch die größte Welle bricht spätestens am Strand und so brach auch Angelinas Welle ohne Vorankündigung.

331

Denn als sie endlich ihre Augen öffnete, stand Julius mit Tränen in den Augen vor ihr. Sekunden danach rannte er aus dem Raum und verließ den Club. Angelina war geschockt, ließ sich losbinden und saß zwei Minuten später hinter dem Lenkrad ihres Autos. Ihr Kopf war leer und sie konnte keinen klaren Gedanken mehr fassen. Irgendwann, sie wusste selbst nicht wie, stand sie an einem beschrankten Bahnübergang und wartete auf den heranfahrenden Zug. Als dieser kurz vor dem Bahnübergang herangerast war, setzte sie ihren rechten Fuß auf das Gaspedal und der Wagen fuhr links an der Schranke vorbei auf die Bahngleise. Der hinter ihr wartende Autofahrer hörte noch die Zugsirene und das Quietschen der Zugbremsen. Danach vernahm er einen ohrenbetäubenden Knall und sah, wie das vor ihm auf die Gleise gefahrene Auto in zwei Hälften geteilt wurde und diese seitlich wegflogen. Der Zeuge rief mit zitternden Fingern den Notruf und konnte gerade noch den Ort des Unglücks beschreiben, als ihn der Schock einholte.

Als Mike in die Straße seines Hauses einfuhr, sah er schon aus der Entfernung ein Polizeiauto vor seiner Einfahrt stehen. Er parkte vor seinem Haus und stieg aus seinem Audi. Die beiden Polizisten kamen direkt auf ihn zu und fragten nach seinen Namen. Mike zückte seinen Personalausweis aus dem Portemonnaie und einer der beiden Beamten schaute ihn sich an. Danach gab er Mike seinen Ausweis nickend wieder. Mit der Aussage, es wäre besser, im Haus über ihr Anliegen zu sprechen, bat Mike die beiden Polizisten ins Haus. Als die Tür von innen geschlossen war, klärten sie Mike über Angelinas Unfall auf. Mike konnte es nicht glauben und schüttelte den

332

Kopf. Sein Kopf wurde leer und er bekam einen leichten Schwindelanfall. Die Knie fingen an zu zittern und die Beine waren nicht mehr fähig, seinen Körper zu tragen. Mike fiel mehr auf die Couch, als sich kontrolliert zu setzen. Er wusste gar nicht, was er fragen oder sagen sollte. Die Welt blieb in diesen Moment stehen und drehte sich für ihn nicht mehr weiter. Er nahm alles nur noch in einem Zeitraffer wahr. Er hörte die Polizisten zwar abwechselnd reden, doch das Gesagte kam bei ihm nicht mehr an. Einer der Polizeibeamten orderte über sein Handy einen Seelsorger an. Zwanzig Minuten später saß dieser neben Mike auf der Couch und versuchte zu ihm durchzudringen. Die beiden Uniformierten hatten noch einige Fragen und wollten von Mike die Antworten, um ihren Bericht anzufertigen.

So gut es ging, sprach Mike mit den beiden und bat sie dann, ihn alleine zu lassen. Erst als das Haus leer war, weinte er laut los. Trotz allem, was Angie verbrochen und ihm angetan hatte, sie war die Frau seines Lebens und er liebte sie. Wie konnte er nun ohne sie weiterleben, spukte es in seinem Kopf.

Plötzlich fiel der Gedanke auf seinen Sohn und Mike versuchte Julius erfolglos über sein Handy zu erreichen. Ihm blieb nichts anderes übrig, als auf seinen Sohn zu warten.

Mike schlief mitten in der Nacht kurz auf der Couch ein. Als er gegen fünf in der Früh erwachte, lief der Fernseher immer noch, doch von Julius fehlte noch immer jede Spur.

Mike brühte sich einen Kaffee auf und schlürfte die wach machende Flüssigkeit herunter. Danach fuhr er in die Forensik und identifizierte den Rest, der von Angelina

333

übrig geblieben war. Die eigene Partnerin so leblos dort liegen zu sehen, war auch für den sonst so routinierten Arzt nicht zu verkraften. Mike musste danach gestützt von einem Krankenpfleger hinausbegleitet werden. In seinem Büro versuchte er dann Julius noch einmal zu erreichen, doch der Junge ging nicht an sein Handy. Mike konnte sich nicht erklären, warum sein Sohn seinen Anruf nicht entgegennahm. Zur Mittagszeit besuchte ihn ein Beamter der örtlichen Kriminalpolizei und stellte routinemäßig seine Fragen. Bei seinen Antworten schüttelte Mike oft den Kopf, denn er konnte sich nicht vorstellen, warum Angelina sich das Leben genommen haben soll.

Am Abend nickte Mike dann wieder vor dem Fernseher ein und wurde einige Stunden später durch das Öffnen der Haustür geweckt. Julius schlich ins Haus und wollte unbemerkt in sein Zimmer kommen. Doch Mike rief ihn zu sich und Julius blieb erstarrt stehen. Mike erkannte, dass sein Sohn nicht nüchtern dastand und fragte ihn zuerst, wo er die letzten Tage gewesen war. Julius antwortete nicht und fragte nach dem Aufenthaltsort seiner Mutter. Jetzt lag es an Mike, seinen Sohn zu erklären, was geschehen ist. Zu Julius erstaunen schüttete er seinen Sohn ein Glas Whiskey ein und bat ihn, sich zu ihm zu setzten. Jetzt wurde Julius nervös, denn irgendetwas Schlimmes muss vorgefallen sein. Er dachte natürlich an den Auftritt seiner Mutter in dem Dortmunder Club und das sein Vater darüber Bescheid wisse. Doch als Mike die Tränen über das Gesicht liefen, ahnte Julius, dass das Gespräch ein anderes Thema haben würde. Mike erklärte stotternd seinem Sohn, was passiert ist. Julius sah seinen Vater an und plötzlich war der Club

334

vergessen und er wieder nüchtern. Mit weinenden Augen schrie Julius seine Trauer heraus und stürmte an Mike vorbei in seinem Zimmer. Mike ließ ihn gewähren und hörte ihn schreien, weinen und fluchen.

Mike ließ Angelina nach der Freigabe durch die untersuchende Polizei einäschern und auf dem Stadtfriedhof unter einer alten Eiche begraben. Mit Julius an seiner Seite nahm er die Beileidswünsche der Trauergäste entgegen und fuhr danach mit seinem Sohn nach Hause. Als er aus der Garage kam, stand unverhofft Nikki vor ihm. Mike erschrak ein wenig, doch Nikki zeigte ehrlich Mitleid mit ihm und bekundete ihm ihre Beileidswünsche. Mike sah sie mit geröteten Augen an und zeigte zur Haustür. Julius schien es nicht zu gefallen, dass sein Vater Nikki hineingebeten hat und verzog sich in sein Zimmer.

Mike und Nikki unterhielten sich eine knappe Stunde und dann bat Mike sie, ihn alleine zu lassen. Nikki nahm ihm aber beim Gehen das Versprechen ab, dass er sich bei ihr melden sollte.

Er suchte seinen Sohn in seinem Zimmer auf und sprach ihm tröstende Worte zu. Die beiden umarmten sich und weinten einige Minuten zusammen. Danach wollte Julius mit seiner Trauer und Wut alleine bleiben und Mike verschwand in seinem Büro. Auf dem Schreibtisch lagen die Dinge, die Angelina an ihrem Todestag bei sich hatte. Mike durchsuchte die durchsichtigen Plastiktüten, in denen die Sachen von der Polizei an ihm übergeben wurden. In der Handtasche war nichts Außergewöhnliches zu finden. Nichts von ihrer persönlichen Habe wies auf die Tat eines Suizides hin. Als er ihr Handy in den Händen hielt, drehte er es hin und her. Mike überlegte, was er damit machen sollte und ihm fiel das Programm des Krankenpflegers ein. Mike loggte sich in sein Notebook ein und das Programm forderte ihn auf, das neuste Update herunterzuladen. Es dauerte ein wenig, bis das Programm von Mike endlich benutzt werden konnte und er verband über das USB-Kabel Angelinas Handy. Zuerst musste er das Passwort über das Programm knacken. Das war aber schnell geschafft. Danach konnte er in ihren Nachrichten stöbern. In ihrer Adressliste waren viele Personen, die Mike nicht kannte. Doch der angezeigte Mailverkehr zeigte ihm keine Nachricht von einer ihm unbekannten Person. Über eine angebotene Hilfe des Programms konnte Mike die gelöschten Nachrichten wieder herunterladen und tat dies auch. Der Blick auf seine Armbanduhr zeigte ihm, dass er schon die halbe Nacht an seinem Laptop saß. Doch was er jetzt zu lesen vor sich hatte, hielt ihm an seinem Schreibtisch. Der Nachrichtenverlauf eines Adam Schmidts erlangte dann seine Aufmerksamkeit und irgendwann stieß er auf die Aufnahme, die Angelina diesem Adam Schmidt gesendet hatte. Für Mike war es schwer anzusehen, auf was sich Angelina da mit diesem Kerl eingelassen hatte. Doch in den Morgenstunden, die er ohne Schlaf am Computer miterlebte, beschloss Mike diesen Adam Schmidt zu besuchen.

Mike selbst hatte sich für die Zeit der ersten Trauer von der Klinik freistellen lassen und schrieb diesen Kerl über Angelinas Handy sofort an. Es dauerte gute zwei Stunden, bis der Fremde sich meldete. In seiner Nachricht wollte er wissen, was sie von ihm noch wollte. Mike schaffte es, den Nachrichtenverlauf so zu gestalten, dass der Kerl sich nichts ahnend mit Angelina noch

336

einmal treffen wollte. Er schlug denselben Ort wie immer vor. Doch Mike wusste nicht, welchen Ort er meinte und schlug einen anderen Treffpunkt vor. Adam Schmidt wartete mit seiner Antwort ein paar Minuten, sagte dann aber zu.

Am Abend wartete Mike dann in der Haard auf dem Parkplatz auf diesen Mann. Der Typ kam pünktlich und wunderte sich wohl darüber, Angelina noch nicht zu sehen. Kurz nachdem an seinem Wagen das Licht ausgeschaltet wurde, summte Angelinas Handy. Mike stellte sich nun mit seinem Auto so hinter dem anderen Wagen, dass der andere Kerl nicht wegfahren konnte. Danach stieg Mike aus und klopfte an die Beifahrertür seiner Verabredung.

Adam Schmidt staunte nicht schlecht, als Mike ihm sagte, dass Angelina nicht kommen würde. Der Feigling wollte sofort ausreißen, erkannte jedoch, dass Mikes Auto ihm den Weg versperrte. Ihm blieb nichts anderes übrig, als zu warten, bis Mike den Weg freimachte. Doch dieser sah keinen Grund, von seinem Vorhaben weg zu rücken. Er wollte den Kerl zur Rede stellen. Es dauerte dann eine ganze Weile, bis Adam Schmidt das Seitenfenster einen Spalt öffnete und Mikes Fragen anfing zu beantworten. Als der Fremde Mike alles erzählt hatte und ihn anflehte, ihn nicht mehr zu belästigen, gab Mike den Weg frei. Er konnte es nicht glauben, was der Kerl ihm da von Angelina aufgetischt hatte. Doch hatte er auch das Gefühl, dieser Adam Schmidt sprach die Wahrheit. Völlig verwirrt fuhr Mike wieder heim und grübelte über das Gehörte nach. Für ihn stellte sich die Frage, was tun mit der neuen Information? Die ganze Nacht lag er wach und starrte in die Schwärze des Schlafzimmers. Dabei

337

überlegte Mike seinen nächsten Schritt. Als die Sonne den nächsten Tag ankündigte, beschloss er, das Geheimnis für sich zu behalten. Der Grund seiner Entscheidung war der, egal was er hätte gesagt, Mel hätte es nicht zurückgebracht. So wurde der Fall nie geklärt und die Akte der untersuchenden Beamten geschlossen. Auch Julius behielt sein Geheimnis über das Gesehene im Club für sich. Er schämte sich wegen seiner verstorbenen Mutter und wollte sie nicht noch mit Dreck bewerfen. Anfangs überfielen ihn nachts noch wirre Träume, in denen Angelina immer die Hauptrolle in Julius sexuellen Geisterwelt spielte. Er wachte dann jedes Mal schweißgebadet auf und konnte danach nicht mehr einschlafen. Doch mit der Zeit verschwammen die Erinnerungen und die Träume blieben fern. Julius sagte nie ein Wort zu seinem Vater und behielt nur das Wissen über seine Mutter in seinem Kopf.

Die Wochen vergingen und wurden zu Monaten. Die Farben der Natur wechselten mit den Jahreszeiten und Mike ging nur noch seinen Job nach. Er führte privat das Leben eines Einsiedlers und als Julius in München Jura studierte, lebte Mike ganz alleine in seinem Haus.

Er ließ niemanden an sich heran. Vor allem wollte er die Liebe weit von sich wissen. Nikki schrieb ihn öfter an, doch Mike ignorierte ihre Anfragen. Er hatte einfach Angst, sein Herz noch einmal zu verlieren und wieder enttäuscht zu werden. Die einzige Frau, die es schaffen hätte können, dass er sich von Angelina löste, lag unter der Erde und Mike gab sich noch immer eine Mitschuld für das Geschehene.

Nachts alleine und einsam im Bett liegend plagte ihn sein Gewissen und raubte ihm den Verstand. Eines Morgens

338

dann erwachte er mit der Klarheit, sein vergangenes und gegenwärtiges Leben hinter sich zu lassen.

Mike nahm sich vor, in der Klinik eine Auszeit zu nehmen. Er reichte einen Antrag ein und bat darin um ein Jahr unbezahlten Urlaub. Die Überraschung beim Personalchef des Krankenhausverbundes war groß und er versuchte Mike noch zum Umdenken zu überreden, doch Mikes Entschluss stand fest und der Versuch, ihn zum Bleiben zu überzeugen, blieb erfolglos.

An der Universität reichte Mike sogar einen Auflösungsvertrag ein. Er hatte nicht mehr vor, seinen Lehrstuhl dort wieder zu besetzen. Nach dem jetzigen Semester sollte für ihn Schluss sein.

Er wollte jetzt in seinem Alter kurz vor den Sechzig noch einmal von vorne beginnen. Nur eine Sache wollte er nicht ändern. Es lag ihm am Herzen, Maria weiterhin als Hilfe im Haushalt zu beschäftigen. Diese Frau hatte sich die ganze Zeit um ihn und seinen Sohn gekümmert. Mike war ihr dankbar und seiner Meinung nach gehörte sie zur Familie. Er sprach mit ihr und erklärte Maria seine nächsten Vorhaben. Er wollte, dass sie sich weiter um seinen Haushalt und das Haus kümmerte. Maria sah ihn mit großen Augen fragend an. Zum ersten Mal sprach sie ihren Boss jetzt an und machte reinen Tisch mit ihren Gedanken und Gefühlen. Mehr als zwanzig Jahre würde sie sich um Mike und dessen Anhang kümmern und das alles nicht des Geldes wegen, sondern wegen ihrer Gefühle zu ihm. Sie hatte so viel Ärger und Unmut in diesem Haus mitbekommen und trotzdem hatte sie nie daran gedacht, ihm den Rücken zuzuwenden und zu gehen. Ihr Herz hielt sie in der Anstellung Mikes. Sie sprach über den gemeinsamen Urlaub und das dies die

339

schönste Zeit in diesem Haus für sie war. Wie sehr sie sich nach ihm gesehnt hatte und wie sie danach wieder zusehen musste, wie Mike sich mit seinen Frauen ins Unglück stürzte. Doch sie überstand die ganze Zeit und war noch immer hier.

Mike hörte ihr mit offenen Ohren zu. Er schien die ganzen Jahre blind gewesen zu sein, denn von Marias wirklichen Gefühlen hatte er nichts mitbekommen. Plötzlich sprach eine innere Stimme zu ihm und Mike nahm Maria in den Arm. Er drückte sie an sich und ließ sie nicht mehr los. Es dauerte einen Augenblick, als er spürte, dass auch Maria sich an ihm drückte. Er spürte ihre Brust an seinem Bauch anliegen und ihren Kopf an seiner Brust liegen. Ihre Hände streichelten seinen Rücken und ihre Tränen durchnässten eine Stelle seines T-Shirts. Maria streichelte ihn weiter und die Zeit blieb für beide in diesem Moment stehen. Mike genoss die Vertrautheit und konnte sich nicht von ihr lösen. Auch Maria wollte sich nicht aus ihrer Stellung bewegen und holte sich, wonach sie jahrelang geträumt hatte. Sie überwand sich und auch auf die mögliche Folge einer Ablehnung riskierte sie ihre Finger unter seinem Shirt zu stecken. Nun streichelte sie die nackte Haut seines Rückens. Mike hinderte sie nicht daran und fühlte eine leichte Gänsehaut aufkommen. Ein weiteres Mal hörte er eine Stimme in seinem Kopf reden. Diese Stimme mahnte ihn aufzuhören und Maria nicht ins Unglück zu stürzen. Er löste sich von ihr und schaute ihr ins Gesicht. Maria sah auch ihn an und flüsterte ihm zu, nicht aufzuhören. Doch Mike wusste, er würde ihr wehtun, sollte er jetzt weiter machen. Er sagte ihr, dass sie mit ihm nicht glücklich werden würde und es besser für sie

340

wäre, kein Verhältnis mit ihm einzugehen. Mike weihte Maria in seinem Vorhaben für die nächsten Monate ein. Jetzt weinte Maria erst recht und klammerte sich wieder an seinem Oberkörper. Sie hängte sich regelrecht an ihm und wollte ihn nie mehr loslassen. Mike bewegte sich nicht und blieb starr stehen. Er flüsterte ihr erneut ins Ohr, dass sie beide einen Fehler machen würden, sollte er sie ins Bett tragen. Doch Maria dachte nun nicht mehr rational. Sie wollte endlich ihren Gefühlen nachgeben und von Mike geliebt werden. Mike dagegen liebte Maria auch, aber nicht als seine Partnerin auf sexuelle Weise. Er glaubte sie als besten Freund, als Mädchen für alles und Familienangehörige zu lieben. Er hatte einfach Angst durch eine unbedachte Handlung dieses Band, dass sie all die Jahre zusammen band, zu zerschneiden. Maria wurde immer verzweifelter und die Angst, Mike zu verlieren, trieb sie in eine unüberlegte Handlung. Sie trat einen Schritt von Mike zurück und zog sich die Kleider vom Leib. Mike blieb unfreiwillig die Rolle des Zuschauers. Er spürte seine Männlichkeit mit jedem ausgezogenen Kleidungsstück Marias ansteigen. Alles, was jetzt geschah, war nicht mehr unter seiner Kontrolle und eigentlich von ihm nicht gewollt. Maria stand nun nackt vor ihm und er konnte den Blick nicht von ihr lösen. Ihr nackter Körper hatte ihn in seinem Bann gezogen und festgehalten. Maria hatte einen riesigen Busen. Der zwar den Krieg gegen die Erdanziehungskraft zu verlieren scheint, aber durch seine wahnsinnige Größe die Herzen des starken Geschlechts höherschlagen lässt. Auch ihr Po hatte durch ein Paar Pfunde zu viel, eine weibliche runde Form. Maria war nicht dick, aber sie hatte die richtigen Rundungen, die eine Frau sexy wirken lassen. Natürlich

341

war sie keine junge Frau, aber durch ihren Charakter für Mike sehr anziehend.

Trotzdem wollte er ihre Freundschaft nicht riskieren und schüttelte vor ihr den Kopf. Doch Maria wollte ihn jetzt auch auf die Gefahr hin, ihn danach zu verlieren. So kam es, dass sich beide einige Wimpernschläge später im Bett des Schlafzimmers wiederfanden.

Glücklich in seinen Armen aufwachend, hörte Maria draußen die ersten Vögel zwitschern und so den neuen Tag ankündigen. Sie drückte sich fester an Mike heran und schloss noch einmal ihre Augen.

In der darauffolgenden Woche studierte Mike im Internet die Angebote der Anbieter für Wohnmobile. Er suchte sich einige interessante Objekte heraus und verglich die verschiedenen Wohnmobile miteinander. Am nächsten Tag schaute er sich das erste seiner herausgesuchten Wohnmobile an. Er hatte eine Liste in der Hand und hakte diese bei der Begutachtung des ersten Objekts ab. Rückfahrkamera, Satellitenschüssel mit dem dazugehörigen Fernseher, drei Photovoltaikplatten, die für autogenen Strom sorgten. Einen 143 Liter fassenden Kühlschrank, eine Klimaanlage, ein kleines Bad mit Dusche und Toilette, ein großes Bett und noch viele Extras mehr. Das Gefährt maß knapp sieben Meter und war mit einer Zuladung bis 3,5 Tonnen zugelassen. Der Händler versprach Mike, dieses Vehikel nirgendwo günstiger zu bekommen. Sollte er diesen Wagen trotz seines Versprechens in den nächsten vier Wochen billiger erwerben können, würde er ihm die Differenz auszahlen. Mike überzeugte die Verhandlung mit dem Verkäufer und unterschrieb den Vertrag.

342

Drei Tage später stand das Gefährt in der Einfahrt seines Hauses in Recklinghausen.

## Kapitel 28

Das Osterfest war vorüber und die ersten warmen Sonnenstrahlen erweckten die Natur aus dem langen Winterschlaf. Langsam sprießten die ersten Blüten der Blumen, Sträucher und Bäume hervor. Der Winter war verdrängt und in den nächsten Monaten stand die wärmere Jahreszeit bevor. Morgens sangen die Vögel ihre fröhlichen Lieder und Mike wurde seit Tagen davon geweckt. Ohne seinen Job in der Klinik gönnte er sich jetzt einen längeren Schlaf. Seit Tagen packte er das neu erworbene Wohnmobil mit Proviant und Kleidung voll. Vor Wochen schon hatte er diesen Augenblick herbeigesehnt. Mit einem befreienden Gefühl packte Mike die letzten Sachen in sein Reisemobil und bereitete sich auf die vorläufig letzte Nacht in seinem Haus vor. Zum Abschied auf Zeit lud er Maria zum Abendessen bei sich zu Hause ein. Maria sollte während seiner Tour durch die Länder Europas in dem nächsten halben Jahr auf sein Haus aufpassen und mit ihm in Kontakt bleiben. Maria stand pünktlich zur verabredeten Zeit vor der Haustür. Sie benutzte die Klingel und ließ sich die Tür durch Mike öffnen.
Sie hatte trotz ihres reifen Alters ein kurzes Kleid für den heutigen Abend ausgewählt und hoffte, es würde ihren Gastgeber gefallen. Zum ersten Mal kochte nicht sie für Mike, sondern er für sie. Auf dem Tisch stand eine Karaffe, indem der Rotwein schon atmete und aus der Küche roch es nach mediterranem Leckereien. Maria konnte während des gesamten Abendessens den Blick nicht von Mike lassen. Irgendwie hatte sie ein flaues Gefühl in der Bauchgegend. Nach dem Dessert öffnete

344

Mike eine zweite Flasche des spanischen Rotweins. Der Abend verlief locker und fröhlich. Die Unterhaltung wurde lustiger, als die zweite Flasche sich dem Ende neigte. Trotz der Fröhlichkeit blieb bei Maria das komische Gefühl im Bauchraum bestehen. Als Mike sie fragte, ob er eine dritte Flasche Roja öffnen solle, schüttelte Maria mit dem Kopf. Sie hatte genug Alkohol intus und wollte nicht völlig betrunken sein. Trotzdem gingen ihr erotische Gedanken durch den Kopf und sie beobachtete jede Bewegung Mikes mit verliebtem Blick. Mike lachte viel und nach sehr langer Zeit fühlte er sich mal wieder wohl. Maria gab dafür mit ihrer Unbekümmertheit den Ausschlag. Sie war eine nette und loyale Freundin der Familie geworden. Mike konnte sich ein Leben ohne sie gar nicht mehr vorstellen. Doch auch bei ihm zeigte der Alkohol seine Wirkung. Aus der Lockerheit heraus riskierte er immer öfter einen Blick auf ihre fraulichen Rundungen. Beim Einatmen hob sich ihr Busen ein wenig, nur um beim Ausatmen wieder in die Ausgangsformation zurückzukehren. Mike erinnerte sich an die gewaltigen Brüste Marias und konnte nun die Augen nicht mehr von dem Objekt seiner Gedanken lassen.

Maria meinte von Mike lüstern angeschaut zu werden. Sie übersah dies bei ihrer Unterhaltung erst und redete fröhlich weiter. Doch auch ihr Kopf beschäftigte sich mit der erotischen Seite des Mannes ihrer Begierde. Sie fühlte plötzlich den Stoff ihres BHs an ihren Brüsten reiben. Als sie den Blick nach unten warf, sah sie die eigenen Brustwarzen hart durch das Kleid schimmern. Mike musste das genauso sehen und Maria schämte sich ein wenig. Sie spürte das Blut in ihren Wangen laufen

345

und sie rötlich färben. Was sollte Mike jetzt von ihr denken, ging es ihr durch den Kopf und ihre Achseln wurden vor Aufregung feucht. Um wieder einen klareren Kopf zu bekommen, entschuldigte sie sich für einen kleinen Augenblick und suchte das Bad auf. Dort kühlte sie zuerst ihre Handgelenke und dann ihr Gesicht mit kaltem Wasser. Nach einigen Minuten meinte Maria jetzt wieder bei normal klarem Verstand zu sein und machte sich auf, um Mikes Gesellschaft wieder beiwohnen zu können. Ein letzter Blick in den Spiegel und die Panik brach in ihr aus. Sie hatte das cremefarbene Kleid so durchnässt, dass es vorerst an der durchnässten Stelle durchsichtig alles freigab, was darunter vorher geschützt gewesen war. Sie schaute sich panisch um und erblickte den Föhn an der Wand. Ihr kam die Idee, dass Kleid trocken zu föhnen und zog es über die Hüften aus. Nur in ihrer Unterwäsche stehend versuchte sie das Kleid wieder trocken zu bekommen.

Mike wunderte sich, wo Maria so lange blieb und wollte nachsehen, warum sie so lange im Bad feststeckte. Er klopfte leise und öffnete die Tür.

Das Geräusch des Föhns verschluckte Mikes Klopfen und Maria bekam nicht mit, wie er die Badezimmertür öffnete.

Mike sah Maria fast nackt mit dem Föhn in der einen und ihrem Kleid in der anderen Hand vor dem Waschbecken stehen. Ihr Beine waren noch mit halterlosen Strümpfen bekleidet. Dazu der BH und ein Spitzenslip. Das war alles.

Maria sah hinauf in den Spiegel und erblickte Mike in der Tür stehend. Sie schaltete den Haartrockner aus und legte das Kleid über den Handtuchhalter ab. Ganz langsam

346

drehte sie sich um und schaute Mike dabei ernst an. Ihr kam der Gedanke, in dieser peinlichen Situation in die Offensive zu gehen. Mit der rechten Hand öffnete sie den Verschluss des BH´s gekonnt und ihr Busen lag frei. Danach ließ sie ihren Slip über die Knie auf den Boden rutschen. Ihr war klar, was sie wollte.
Mike beobachtete das Geschehen aus sicherer Entfernung und konnte die Lage nicht wirklich richtig einschätzen. So stand er nur bewegungslos dar und machte nichts.

Maria wachte durch das Geräusch einer zugezogenen Haustür aus ihrem Schlaf auf. Sie schaute nach rechts und bemerkte, dass sie alleine in Mikes Bett lag. Trotz der Kopfschmerzen, die der Kater mit sich brachte, regierte sie sofort. Sie schlüpfte in ihr Kleid und rannte barfuß vor die Haustür. Mit ihrem Blick nach rechts die Straße hinauf, sah sie nur noch die Rücklichter des Wohnmobils links abbiegen. Ihre innere Eingebung sagte ihr, dass dies ein Abschied für immer sein würde. Sie stand noch einige Minuten regungslos mit Tränen in den Augen vor dem Haus, bis die Kälte sie aus ihrer Erstarrung holte und ins Haus trieb. Maria weinte den ganzen Tag und verließ erst am Abend das Haus. Ihre Kontaktversuche zu Mike blieben über das Handy erfolglos und so fand sie sich enttäuscht in ihrer Wohnung wieder.

Mike wachte früh am Morgen auf und sein Kopf meinte, es wäre besser, sich heimlich aus dem Haus zu schleichen. Ohne die übliche morgendliche Tasse Kaffee oder einen Bissen für den Magen setzte er sich in sein Reisemobil und fuhr davon.

Er wollte Maria bei seinem Abschied nicht in die Augen schauen und schlich wie ein Dieb in der Nacht davon. Trotzdem nahm er sich vor, sie am Abend anzurufen und sich zu entschuldigen.

Über München, um sich von Julius für die Zeit seiner Fahrt zu verabschieden, sollte es dann erst in den mediterranen Raum gehen. Er schaute sich die Länder des Mittelmeerraumes an. Besuchte Städte wie Rom, Venedig und Florenz in Italien. In Kroatien badete er auf der Halbinsel Istrien in kristallklarem Wasser und in Katalonien, auf dem spanischen Festland bestaunte er die Metropole Barcelona. Sieben Monate ließ er es sich gutgehen, bevor er sich über Südfrankreich auf dem Heimweg machte. Über die Schweiz und dem Schwarzwald sollte dann der Rest der Strecke angetreten werden. Von Saint Tropez ging es zum Lac de Sainte Croix an der Verdon-Schlucht. Dort, am türkisfarbenen See gefiel es ihm so gut, dass er einen nicht eingeplanten Zwischenstopp einlegte und einige Tage in der Provence verblieb.

Zu Hause wartete stattdessen Maria nervös und unruhig auf ihre heimliche Liebe. Sie hatte sich fest vorgenommen, ihm bei seiner Ankunft ihre Gefühle zu ihm zu beichten. Das Haus war durch sie in einem einwandfreien Zustand und wartete, wie Maria auf seinen Bewohner. Mike sollte schon seit Tagen zurück sein, doch mit einem Anruf an Maria erklärte er ihr noch ein paar Tage in der Provence anzuhängen.

## Das Ende

Nach monatelangen Durchfahren der südlichen Teile
Europas befuhr Mike mit seinem Haus auf vier Rädern
den Grand Canyon in der Provence. Mit über tausend
Metern ist dies die tiefste Schlucht auf dem Kontinent.
Die Straße war eng, sehr eng sogar und war eher ein
asphaltierter Pfad in die Berge hinauf. Mike steuerte eine
uneinsichtige Linkskurve entgegen, als ein Reisebus mit
Touristen in diesem Knick von der anderen Seite auf
Mikes Wohnmobil zusteuerte. Der Fahrer des Busses
benötigte mehr als seine Fahrbahn und befuhr zur Hälfte
die entgegenkommende Fahrspur. Mike sah den Bus
plötzlich in der Kurve auf sich zukommen und dann
wurde es schwarz. Der Bus rammte Mikes Vehikel frontal
und schob ihn über den Rand in den Abhang der Schlucht
herunter. Mehrere Hundert Meter stürzte das Wohnmobil
den Berg hinunter. Überschlug sich unzählige Male und
blieb in mehreren Teilen zerstreut in der Tiefe liegen.
Mike bekam davon nichts mehr mit. Nachdem die
Schwärze ihn in sich gefangen hatte, schwebte er
orientierungslos in einem schwerelosen Zustand. Kein
Geräusch drang zu seinen Ohren. Er fühlte sich befreit.
Die Schwere seines Körpers verlassen zu haben, gab ihm
ein Gefühl der Glückseligkeit. Er war in diesem Moment
körperlos. Nur noch von seinem eigenen Geist
eingenommen. In der Weite erkannte er ein kleines Licht,
das schnell größer und heller wurde. Durch dieses auf
ihm zukommende Licht verspürte er eine unendlich
mitgebrachte Liebe. Das Licht näherte sich ihm und
nahm Gestalt mit menschlichen Konturen an. Mike fühlte

349

sich zu diesem Licht hingezogen. Geborgenheit bedeckte ihn. Erst als das Licht ihm ganz nahe war, erkannte Mike Angelina in diesem Lichtschein stehen. Mit einem Lächeln und weit ausgestreckten Armen empfing sie ihn.

Kein Bodybuilder, dafür Parkinson

Als Kind und Jugendlicher wollte ich immer Fußballer werden. Ich träumte davon, in den großen Stadien aufzulaufen. Als junger Mann zog es mich dann vom Fußball weg ins Fitnessstudio und dort träumte ich den Traum, meinen Körper den eines Bodybuilders gleichzustellen. Erreicht habe ich keines, von beiden, bekommen habe ich Parkinson. In meinem hier beschriebenen Lebenslauf möchte ich meine sportlichen und krankheitsbedingten Erinnerungen wiedergeben. Es geht mir darum, mich später mit diesen Zeilen an diese Episode meines Lebens erinnern zu können. Vielleicht liest der eine oder andere Leidensgenosse und Leidensgenossin meine Sätze und findet sich in ähnlicher Weise wieder.

351

MICHAEL BALTUS

KINDER IM POTT

Erzählt wird die Geschichte eines Jungen, der in den Siebzigern des zwanzigsten Jahrhunderts in einer Bergbausiedlung groß geworden ist. Viele kleine und große Erlebnisse begleiten den Leser und geben ihm Einsichten in das Leben der Menschen des nördlichen Ruhrgebietes. Das Geschriebene wurde in der üblichen Sprache des Reviers erfasst und unterstreicht damit das gewisse Gefühl, sich in die Region hineindenken zu können. Viele kleine Kurzgeschichten aus dem Pott werden in diesem Buch beschrieben und führen den Leser in die Welt der Kohle zurück.

352

Der Virus

Der Komplott der Mächtigen

In einer geheimen Konferenz beschließen einige der mächtigsten Männer und Frauen der Welt, wie das weltweite Bevölkerungswachstum gestoppt werden muss. Um die Macht der westlichen Industrienationen weiterhin zu sichern und die Umweltzerstörung in den Griff zu bekommen, beschlossen die Anwesenden einen für die meisten Menschen tödlichen Komplott. In den Labors der führenden Pharmaunternehmen sollen Virologen einen Virus und gleichzeitig ein Gegenmittel herstellen, dass dann heimlich auf die Weltbevölkerung losgelassen werden soll. Nur eine ausgewählte Anzahl von Menschen sollte das Gegenmittel verabreicht bekommen und so die weltweite Bevölkerungszahl wieder in eine Richtung reduziert werden, dass ein wirkliches Leben der Nachhaltigkeit garantiert. Doch eine Handyaufnahme könnte die Öffentlichkeit warnen und das Vorhaben zum Scheitern bringen.

353

Das vergessene Elfenreich

Die Geschichte handelt über eine verlorene Liebe zwischen dem jungen Rachelle und seiner anvertrauten Ireen. Beschrieben wird der Weg der beiden von ihrer Jugendzeit bis ins hohe Alter. Der Roman führt uns mit Rachelle und Ireen durch eine nicht existierende Fantasiewelt voller Abenteuer, Brutalität und erotischer Episoden. Die Welt in dieser Zeit sollte eine Bessere werden, wurde jedoch durch Kriege und das Recht des Stärkeren geprägt. Mord, Totschlag, Raub und Vergewaltigungen waren an der Tagesordnung. Unser Liebespaar flüchtete vor ihren Peinigern und erlebte während ihrer Reise über den Kontinent viel Gutes und noch mehr Schlechtes. Das Ziel: Ein vergessenes Elfenreich.